田浩江在《唐卡洛》中飾演菲利普二世

# 目/錄

# 前／言

翟永明

　　大約在 2012 年，我認識了歌唱家田浩江。那時他常回國演出歌劇，只要我在北京，總會去看他的演出。曾經，在看了他出演的歌劇《諾爾瑪》之後，我還寫過一首詩題獻給他。

　　田浩江是紐約大都會歌劇院的簽約演員，他的簡歷拿出來要嚇人一跳。作為一個中國人，能站在世界歌劇舞台的中央，在別人的主場上取得成功，這是多麼不容易的事情。試想一個金髮碧眼的外國人，要在長安大戲院或某個國內一流的京劇團飾演重要角色，那的確是前所未有。

　　幾年前的一個晚上，我和徐冰應田浩江之邀，前去國家大劇院小劇場，看他的舞台作品《我歌我哥》。我知道他是歌唱演員，但他怎麼在一個獨角戲中來"歌我哥"呢？這應該是一個獨特的演出。我們邀上李陀與劉禾，一起去觀看。《我歌我哥》由田浩江自編自導自演，舞台由無數個行李箱組成一個裝置，也許這暗喻了田浩江在世界各地的演唱史。他集歌劇演

員、流行歌手、話劇演員、脫口秀演員於一身，神奇地將這一
幕獨角戲演繹得活色生香。他是一個天生的演員，除了天生的
歌喉之外，他的表演也是極其出色的。有一類演員就是這樣，
只要站在舞台，他就能迸發出巨大的能量，他們為舞台而生。
《我歌我哥》，以我們這一代人熟悉的時代歌曲，串聯出他與年
長八歲的兄長之間的一場對話，帶有極強的自傳性。田浩江天
生有講故事的才能，他能把一些生活中的日常，變成舞台上的
戲劇感。我當時一邊看，一邊覺得這些自傳性的講述，太有文
學性了：他用口述語言展現出日常事物的豐富動人及內在的力
量。所以，幾年後，當我知道他在寫作，並很快會出書，一點
都不感到驚訝。

當我真正在電腦上讀到田浩江發來的散文時，我還是吃驚
了：他使用文學修辭和文學洞察力時，與他的舞台表現，有一
種內在的串聯與和諧。這部書對話的不再是他的親人，而是他
的朋友、同行、知音，以及在歌劇舞台幕前幕後的魅力人物。
田浩江在稿紙上建築了一座大舞台：舞台上有我們仰為天神的
角色與人物，也有不起眼的凡人面孔。既有光彩照人的主角，
也有站在背後的配角或龍套。有魔法式的精彩瞬間，也有咒語
附體的失敗一刻。既有舞台旁側的觀察入微，又有舞台中央仙
容正大的特殊照耀。這是一次靈魂探索之旅，活水源頭是：音
樂、歌唱、友情、回憶，以及心靈碰撞。而作者田浩江儼然如
大舞台上的導演和指揮，用一種特殊的寫作風格塑造、處理、
指揮、翻譯和描繪了這樣一部有聲有色、亦苦亦悲的歌劇浮世
繪。一種撲面而來、音調鏗鏘有力的旋律，投向讀者；讀者也
在字裡行間，快速接到這種鏗鏘的力道。

讀田浩江的文章，還發現他有着小說家觀察和描摹事物的能力，他擅長將許多不起眼的小細節抓住，渲染、生動地帶出。他的每篇散文都更像一篇短篇小說，有故事架構、有人物描寫、有層層推進的情節和背景描述。而且，他像個職業作家一樣，知道在甚麼地方開始和在甚麼時候結束，絕不拖泥帶水。不是專業作家的他，很勤奮地寫作、修改，最多時改到八稿。難得的是他在文學寫作中依然遵從自己的內心節奏，某種意義上，是一位歌唱家的節奏，以一種歌劇式的遼闊或激越，一種裂帛式的嗓音，書寫他生命中那些最美的人生場景和坎坷、苦惱的經歷，這嗓音厚實而堅定。田浩江文字的最大特徵，便是富於感染力，這種感染力，是他多年在歌劇舞台上浸淫出來的激情與想像力，以及一種富有形式感的戲劇張力。他書中描摹深寫的那些人物，有淺浮雕式的立體部分，也有隱入文字後面的淡淡暈染；而故事的埋線和佈局，常常被他勾出大輪廓，留白給讀者，讓他們自己去填補。

比如《大都會試唱記》一篇，就大放異彩。雖然，在與田浩江交往的過程中，不止一次聽他講過這個故事。但落到紙上的這些華彩段落，無拘無束地發揮了他的寫作才能。這種生機勃勃，不同於作家，這種向戲劇借鑒的筆法，是他獨有的，需要作者具有極高的天賦與敏銳的觀察。

"試唱"，一個改變田浩江命運的考試，他理當着重渲染，關乎生存、愛情、信譽和對自己的認同。此篇的寫法把文字和情節、氣氛運用到得心應手的地步。如同在大都會歌劇院上演的一幕戲劇：先抑後揚，有驚無險；一次次的通關、一次次的逢凶化吉，讓讀者不由得懷疑其真實性。他充分發揮了自己擅

長的戲劇性渲染：初次試唱的失利；伴奏生病；爛鋼琴家的
拉垮；隱形眼鏡關鍵時刻的掉落，促使他後面用了一大堆“一
隻眼”的詠歎式敘述；而最後鋼琴家缺席所帶出的緊張感，被
拖延的時間的節奏，被他直接用分秒計時來表現：12 點 40、
41、42……49，加上三個大大的驚歎號，這幾乎就是一個歌
唱演員在紙上的表演，作家很少這樣來寫作，我想也沒有這樣
的體會。他用驚心動魄，或驚人魂魄的節奏，代入了“試唱”
的層層劇情。田浩江本人在“試唱”舞台上的真正發揮，卻完
全被留白了。只用了經紀人的讚美，及大都會難以得到的全年
演出合同來襯托。

　　關於“紅得生氣勃勃”的佛羅倫薩，關於“塞維利亞的理
髮師”的排練過程，關於“晴朗的一天”，關於“美聲老味道”，
他都書寫得精彩紛呈，每一篇有每一篇的味道。正是他這種詼
諧幽默的音質、身在其中的臨場感、微妙動人的對話、一波三
折的節奏，讓他的文章呈現出一種舒服得體的語感和質地。更
別說他的所見所聞所思所寫，都充滿魅惑和吸引力。既有天南
地北的異國風光，又有歌劇世界的生機盎然。幸運的是：他能
使用別人不能得到的一手材料，將自己的歌劇人生鑲嵌在一段
段行雲流水的敘述中。田浩江既是本書的男主角，也是本書的
創作者，雙重視點正好展現那些動人故事。書裡有與帕瓦羅蒂
的同台演出，與伯樂式的經紀人的相遇，與那些如雷貫耳的大
師名字並列在一起的忐忑、驕傲、快樂，以及文化差異帶來的
各種妙趣橫生的誤會與釋然。各色人等、各路人馬，在不同的
歌劇大舞台上的側寫和衝突，俯拾皆是。夾雜其中的，是主人
公從北京鍋爐工通往大都會歌劇院簽約演員這一路上的驚心動

魄、跌跌撞撞、起死回生。

　　如同所有歌劇一樣，書中也有一位女主角：一切功勞歸於瑪莎，一切晦氣靠瑪莎解救。瑪莎，是一位隱居幕後但時時發聲的潛在的女主角，她像一個空氣閥，在重要決策或壓力增大時，充當田浩江生活中的空氣閥，為他打氣，也為他泄氣。她從來不是甚麼背後的女人，她一直在前台。而田浩江對妻子毫無保留的讚美和書寫，也是我在現在中國作家、藝術家的作品中，很少看到的，使其成為本書的又一特點。

　　這本書的讀者至少可以涵蓋三個方面：普通讀者，對世界充滿好奇，希望讀到歌唱家眼中的歐美國家，與一般旅遊者有所不同；古典音樂從業者及愛好者，書中夾敍夾議、乾貨十足的聲樂知識，會讓他們獲益匪淺；文學愛好者，對陌生世界和陌生領域以及熟悉的文學領域，都有着濃厚的興趣。不同層面的讀者，能得到不同的滋養，這是一本好書的特點。

　　田浩江在本書《後記》說道：想寫的有很多。他現在還在他熱愛的舞台上演出，並嘗試連接東西方文化的交流，同時也在進行新的創作。他既有舞台經驗，又有文學才能，如果有一天他開始寫作小說和劇本，我並不吃驚。我期待他拓寬自己的創造力和視野，完全地激活連他自己尚不清楚的能量。舞台上的輝煌也許會隨着謝幕而消退，文字的閃亮卻永遠在場。

總是笑得特別開心的帕瓦羅蒂

大都會版《阿依達》，
帕瓦羅蒂的凱旋出場，
右上是我飾演的古埃及國王

上圖：帕瓦羅蒂在大都會的最後一場《阿依達》，演出後謝幕

下圖：大都會版《假面舞會》謝幕，中間為帕瓦羅蒂，我在最左側

《阿依達》演出的後台，帕瓦羅蒂把我和瑪莎都推到前面擋住他，於是我最"龐大"

# 帕瓦羅蒂

　　我這輩子第一次看歌劇是在紐約大都會歌劇院，看的是威爾第的《埃爾南尼》。當時吸引我的不是威爾第，不是《埃爾南尼》，也不是大都會歌劇院，而是帕瓦羅蒂。

　　我最早知道帕瓦羅蒂是在北京中央樂團的資料室。1981年，我當時是中央樂團的合唱隊員。那天我走進資料室去找個歌譜，一進門就看到辦公桌上豎着一張唱片，正對着門口，唱片的封面是一個大頭像。資料室的老師看見我站那兒盯着唱片看，就說："這是帕瓦羅蒂，意大利男高音之王。"

　　我從來就喜歡爽朗的笑容，總覺得笑得特開心的人都是好人。當時我並不知道帕瓦羅蒂是誰，但那張唱片封面給我留下了極為深刻的印象。帕瓦羅蒂能稱王當然是因為他那無與倫比的高音，我覺得一定還因為他的笑容。那張照片上的帕瓦羅蒂頭髮、鬍子亂蓬蓬，眉毛一高一低撑着顯得有點調皮，圓臉大頭，眼神坦蕩，笑得開心，真誠得帶點兒天真。他脖子上有一條淡藍色的圍巾，上面是彩色的碎花，非常舒服地襯托着他可愛的笑容和背後的藍天，整個照片讓人愉快，使我一下子就喜歡上帕瓦羅蒂。

　　我出國留學之前只聽過一次帕瓦羅蒂演唱的錄音。那時誰有一個錄音機，有幾盤磁帶，都令人極為羨慕。記得是在中央樂團的同事家，聽音樂的過程像舉行宗教儀式。朋友拿出一個塑料大圓盤的磁帶，小心翼翼，按在一尺見方體型厚重的國產錄音機上，拉出小半寸寬的棕色磁帶，捲到右側的大空轉盤上，莊嚴地按下播音鍵，輕輕說了聲："帕瓦羅蒂。"

兩年以後，1983 年 12 月 17 日，我出國留學，從北京飛到紐約，第一天就去逛林肯表演藝術中心。在大都會歌劇院的廣告櫥窗裡我一眼看到帕瓦羅蒂——跟北京那張唱片封面一樣的大頭像，頓時興奮。於是，那天晚上我看了這輩子第一場歌劇。

我買的是八美元的站票，最便宜的，對我來說已是一筆巨款。那時自費出國留學的都沒錢，我走出紐約肯尼迪國際機場時，兜裡只有三十五塊美金，相當於我在中央樂團大半年的工資。當時真是豁出去了！

我那時根本不懂甚麼西洋歌劇，第一次聽帕瓦羅蒂的錄音簡直是一次"拜神"的經歷，那種莊嚴的儀式感徹底把我鎮住，"拜神"的結果，就是我到了美國的第一天，從我全部財產三十五塊美金裡數出八美元，站在紐約大都會歌劇院的最後一排，看我的"神"。

大都會歌劇院的站票區其實很仁慈，有人性。雖然距離舞台遙遠，看不清楚米粒大小的演員，而且無論歌劇長短需全程站立，但站票區的每個站位都有齊胸高的扶手，包着深紫色的絲絨，你可以兩手架在上面，減輕腿部的壓力，累了還可以換個姿勢。非常重要的是，站票區的聲音效果還不錯，可以清晰地聽到遠方舞台傳來的聲音。

　　我後來才知道，在大都會歌劇院，總有些視歌劇為生命的人永遠買站票，幾乎每場必看。有些人也不站，靠着牆坐在地上，閉着眼聽台上的歌劇。他們都是些沒錢的人，歌劇卻讓他們顯得很富有，遠比那些來歌劇院社交的有錢人懂歌劇。要聽他們的評論，等於上課，他們的批評和讚揚都是貨真價實的，即便苛刻，也句句在點兒上。如果這一晚他們一個都沒出現，那這場演出一定有嚴重的問題，不是演員不行，就是戲導得太差。

　　那天晚上我昏頭昏腦地站那兒看歌劇時，嚴重的時間差加上聽不懂，也看不清楚，還沒反應過來，《埃爾南尼》第一幕已經結束。幕間休息時，一對美國老夫婦走到我面前，手裡晃着兩張票，跟我不停地用英文說着甚麼。我當時只會說幾個英文詞，以為他們要把票賣給我，就不停地說："No, No!"再配上拚命搖頭加擺手。最後他們把票硬塞進我手裡，一轉身走了，我才明白他們是不看了，把票送給我。

　　我找到劇場帶位的，給她看我手中的票，她轉身帶着我往舞台方向走去，於是我從最後一排的站票區，坐進了觀眾席第五排正中間，最貴的位子之一，我仔細一看票價：一百五十美元！

　　我很不安地環顧四周，周圍一些人也在注意我，可能我的樣子不像有錢人，坐最貴的位子顯得可疑。而且我的穿着可能也怪，因為我一直沒脫北京買的加厚鴨絨白大衣，裡面還穿了高領毛衣加秋褲，滿臉滿身的汗，那時哪裡知道進劇場要脫衣服？雖然我坐那裡顯得不知所措，但馬上被周圍的景象吸引了。劇院一下子變得壯觀起來，一層層的觀眾席盤旋而上，沉重的金色大幕瀑布一樣地垂下，與座位上紫紅色的絲絨交織出一派高貴的感覺，我只在畫冊和小說裡讀到過這些場景。抬起頭能看到十幾個晶瑩的水晶吊燈，大小不一，大的方圓十幾米，在大廳金黃色的天花板上花朵一樣盛開着，最大的一個就懸掛在我頭頂，伸出數十支亮閃閃的枝幹，四散着星辰般的光芒。周圍都是穿着精緻華麗的人，舉止優雅，女士們身上散發着各種香水味道，麻藥般地飄散過來，讓人昏暈。樂池離我幾步之遙，裡面傳來樂手們調音和練習的聲音，和着周圍幾千觀眾柔聲的交談，混合成一種奇特的和聲，好聽。突然，整個劇場燈光開始減弱，水晶吊燈群緩緩地升起，星辰融入黑暗，人聲和樂聲都逐漸消失，使我瞬時覺得歌劇就是另一個世界。

大幕無聲無息地張開，樂聲驟起，我突然發現離我也就不到三十米的舞台上，帕瓦羅蒂就站在那裡，面對着我，敞開他令人不可置信的歌喉。

我完全呆住了。帕瓦羅蒂絕對有一種不由分說的吸引力，他身軀龐大，沒甚麼動作，但你會感到他就是戲，你的目光就會跟着他，只要他張口，旁邊人的歌聲似乎立馬失去光彩，你會像中了魔法，不能自制地被他的歌聲迷住。人們對帕瓦羅蒂的演唱有各種各樣的見解，我認為他之所以成為近六十年最偉大的男高音，是因為他的歌唱像說話，愉悅動人，明亮又好聽。他的聲音充滿着生命，是活的，就像他的笑容，感動你，絕不做作。

大都會歌劇院顯然是世界一流，我那天晚上除了被帕瓦羅蒂徹底迷倒，而且被台上的演員、合唱隊、佈景、燈光、服裝和樂隊完全鎮住。輝煌——是我對歌劇的第一印象。

　　帕瓦羅蒂的謝幕很可愛，他好像有點兒不好意思地走出大幕，兩臂猛地張開，大手一翻，頭一歪，笑得像個靦腆又淘氣的大熊，觀眾完全瘋狂，我也大喊大叫。

　　後來很多人問我，是不是第一次看歌劇的經歷讓我下決心唱歌劇？更有人離譜地瞎傳，說我當場發誓，一定要登上大都會歌劇院的舞台。這些都不是真的。看到真實的帕瓦羅蒂當然高興，但我根本就沒想過唱歌劇，這輝煌跟我無關，最真實的感覺是：我還剩二十七美元，怎麼辦？怎麼活下去？

　　再見到帕瓦羅蒂是十年以後，在大都會歌劇院的排練廳。

　　1993 年秋季，我在大都會歌劇院簽約的第三年，第一次跟帕瓦羅蒂一起排歌劇。

　　那天是我們跟鋼琴伴奏的戲劇排練，排的是歌劇院新製作威爾第的《朗巴底人》，據說帕瓦羅蒂會來排練。我們排戲已經排了幾天，大指揮詹姆斯‧萊文都是每天出現，大男高音卻遲遲未見。我一早上就興奮不已，終於要跟這位巨星一起排歌劇了！因為帕瓦羅蒂要來，導演決定我們要返回第一幕重排，專門排他沒有排過的場景。所有的歌唱家、啞劇演員、助理指揮、導演的團隊，還有幾個音樂部門的人、伴奏、歌劇指導，都已到齊，互相招呼着，排練廳裡至少有二十多個人。準時 11點，我正背對着門口跟一個熟識的歌唱家說着甚麼，突然所有人一下子安靜了，排練廳裡的空氣似乎凝結了兩秒鐘，然後我感到空氣中好像有一道無形的波紋四散，回頭一看，帕瓦羅蒂進來了。

　　只見他低垂着眼睛，面無表情，幾乎沒有跟任何人打招呼，上身穿着一件深色寬大的衣服，鬆鬆垮垮長及膝蓋。他大約比我高一點，可身形比我大一倍，走路有些吃力。只見他緩緩地走到鋼琴旁邊，跟指揮萊文友好地握手寒暄了幾句，就坐上給他準備的椅子，拽過譜架，戴上眼鏡，開始看譜子。他不時會跟指揮和鋼琴伴奏說點兒甚麼，還伸出手去按幾下鋼琴鍵找音。

　　大家似乎都有點拘謹地注視着他們，一兩分鐘才恢復正常的聊天對話。萊文一聲"我們開始"，所有人都提起了神，各就各位，包括帕瓦羅蒂都坐直了。

　　我相信有"氣場"。每次排練，帕瓦羅蒂在與不在根本就是兩種氛圍。即便他坐在那裡不說話，你都會感到房間中有一種力量吸引你，中心就在帕瓦羅蒂。在演出中，"氣場"更明顯，帕瓦羅蒂在台上和不在台上，根本就是兩回事兒，他一出場，全場的觀眾和台上的演員都會精神一振。

　　國內聲樂界喜歡給些大明星起個綽號，叫帕瓦羅蒂"老帕"，叫多明戈"多哥"，叫俄國大指揮捷傑耶夫"姐夫"。都是有"氣場"的人物。

　　老帕工作起來極為認真，他不說廢話，問的問題都很簡短但很到位。他似乎很珍惜自己的精力，尤其是排戲的時候，走幾步知道自己的位置以後，他就會馬上回到自己的椅子坐下。導演基本上不要求他做甚麼，只告訴他從哪裡出場，從哪裡下場，隨他怎麼演戲，我們來配合他。帕瓦羅蒂的替補演員隨時都會在排練場，只要他一坐下，從排練變成"看排練"，他的替補馬上就會走進排練場地替代他排戲。

　　我們會根據老帕的要求隨時進行某個片段的音樂排練，

他對音樂準確性的要求很細，而且在排練中幾乎都是放開嗓子唱。通常戲劇排練大家會省嗓子小聲唱，主要是排戲，但是老帕一放聲，大家自然都會放聲。

聽帕瓦羅蒂如何運用嗓音，近距離地觀察他的歌唱技巧，是一種難得的經歷。在排練廳裡，我總覺得他的聲音音量不大，但非常集中，乾淨，位置很高，即不撐也不擠，只是不知道他是否完全放聲了。等我們進到劇場上舞台排練，我試着在觀眾席不同的角度和距離聽他的歌唱，發現他的聲音非常"傳"，不管你坐在哪裡，帕瓦羅蒂的聲音好像就在你的耳邊，字與字，句子與句子之間非常 Legato（連貫）。最重要的還有，他的聲音總是穩穩地坐在呼吸的支持上，而且音準極好。我覺得意大利最傳統的美聲唱法就是聲音一定要集中，一定要高位置，集中就明亮，位置高就穿透。老帕絕對是意大利正統美聲唱法的傳人。我是主張學唱歌需要聽真正大師演唱的錄音，尤其是實況演出的錄像和錄音，最好是聽 20 世紀四五十年代開始到帕瓦羅蒂時代，大師們的演出實況。就像學畫畫的人到美術館去臨摹，學寫作的人要讀經典文學作品一樣，年輕的歌唱家要能從大師們的演唱中悟出道理，模仿是學唱歌的方式之一。要注意的是：有些大師的演唱可以模仿，有些不行，尤其是模仿戲劇性歌唱家的聲音，必須小心。你可以模仿帕瓦羅蒂，但不要模仿多明戈這種戲劇性的男高音，雖然都是大師。

在這裡必須要闢個謠，總有人說帕瓦羅蒂不識譜，那是胡說八道。我想說的是，他不像多明戈，是一個看樂隊總譜排練的人，但普通的五線譜老帕不但熟讀，而且比我棒，也比你們都棒。

　　大師沒架子，但跟不熟的人沒話。《朗巴底人》是一部演出極少的歌劇，在大都會歌劇院的歷史中是首次演出。我們所有參加演出的人都是第一次唱這部歌劇，包括帕瓦羅蒂。大都會歌劇院一定是為了他量身定做了這部歌劇。我們在排練廳排了四個星期，然後在舞台上排練一週。帕瓦羅蒂是一號男主角，我是配角之一，跟他沒有對手戲，只有一段大重唱，導演還安排我站得離他很遠。排練的日程根據場景決定，我的戲不多，所以四個星期在排練廳排練時，很多時候並不需要我，再加上在帕瓦羅蒂面前我很緊張，不知所措地發怵，所以一直到首演那天我都沒跟他講過一句話。

　　帕瓦羅蒂沒保鏢，從來沒看見他周圍有過黑衣大漢。有一對年輕夫婦照顧他，他們那時也就二十多歲，夫婦倆都隨和，意大利人，不能說精明但質樸。帕瓦羅蒂一直有女秘書，據說一兩年換一個，大都很漂亮，也都是意大利人。我們排《朗巴底人》時那位叫喬瓦娜，個子有一米七五，棕色的短髮，圓臉圓眼，皮膚很白，像是意大利北方人。喬瓦娜很有朝氣，很熱情，不停地幫帕瓦羅蒂安排各種事兒，總顯得很忙碌，跑進跑出。後來就有一個子不高戴個眼鏡的女孩老跟着喬瓦娜，像是她的助手，很年輕，也就二十多歲，皮膚光滑，不怎麼化妝，叫妮可。妮可也是意大利人，不愛說話，動作不多，老是慢慢騰騰的，眼睛裡喜歡琢磨事兒。我總覺得她不那麼在意帕瓦羅蒂和周圍的事情，經常安靜地坐在帕瓦羅蒂的化裝間外，眼神兒霧一樣不知在想甚麼。

　　世上的事兒就像霧，妮可過了幾年成為帕瓦羅蒂的第二任妻子，還給他生了一個非常可愛的娃娃。

　　《朗巴底人》公演的那天我一直很不安。劇中女高音主角是大都會歌劇院的當家花旦米羅，美國人，是藝術總監萊文一手培養出來的明星。她的聲音音色特別，濃厚又有穿透力，語言和風格都很好，擁有大量的粉絲，是一個少見的歌唱天才，一張嘴就是一股意大利美聲唱法的老味兒，醉人。米羅以演唱威爾第歌劇著稱，三十來歲已經成名。在幾部大都會歌劇院重要的 DVD 和唱片中，包括《阿依達》《假面舞會》和《弄臣》等威爾第歌劇，都是米羅領銜，萊文指揮。

　　這次有點兒不對。在整個《朗巴底人》的排練過程中，米羅幾乎就沒放過聲，一直就輕輕地唱，聽上去小心翼翼，從來沒有唱出過高音，而這部歌劇的女高音唱段有一些難度極高的高音。米羅是一個驕傲的人，舉止個性很強，一舉一動都帶着一種霸氣。排戲歸排戲，每個人都在等着聽她唱出高音，包括大師萊文和老帕。記得我們在與樂隊第一次彩排那天，大師萊文當着所有演員的面對米羅說："寶貝，今天你可要唱出來了，一定要。"語氣嚴肅。

　　米羅最堅定的支持者是帕瓦羅蒂，他總是在鼓勵米羅，在排練中只要米羅大聲唱出幾句，帕瓦羅蒂就會給她叫好，時不時還會給她一個"熊抱"。米羅孤傲的個性不太招人喜歡，於是更顯得老帕的鼓勵多麼重要。我喜歡夠哥們兒的人，"仗義"是我們青年時代最重要的性格成分，"為朋友兩肋插刀"是必須的。那時我不能說喜歡米羅，但被老帕的這份兒"仗義"感動，於是越來越替米羅擔心。

　　合樂彩排的第一幕，米羅基本上是放出了聲音，好聽，唯獨沒有唱高音。那一刻我注意到指揮萊文的臉一下子沉了下來，看也不看米羅。第二幕，米羅終於放聲唱了詠歎調最後那個要命的高音，沒唱好，似乎要破，但米羅不改一貫的霸氣，彷彿沒事兒一樣。所有人都垂下了眼睛。

首演之前，帕瓦羅蒂的注意力似乎有一半分給了米羅，去她的化裝間祝她成功，給她打氣，開些無傷大雅的玩笑，不時用"熊掌"輕輕拍拍她。米羅一副志在必成的神態，但一臉的濃妝總遮不住眼睛深處的那點兒緊張。

我也緊張，雖然我的唱段不多。《朗巴底人》是一部新製作的歌劇，首次在大都會歌劇院公演，台側台下架滿了攝像機。這部歌劇將在美國 PBS 公共電視台播出，還會在美國主要的廣播電台直播。參加這種陣勢的演出不是玩笑，而且是我第一次跟我的"神"同台。

我總是喜歡在側幕觀看大明星們的排練和演出，那是最好的課堂。在大都會歌劇院的二十年中，我不知道站在側幕看了多少老一代歌劇明星的演唱，還有他們的台風與演技，學到的一切都是無價的。只是後來能讓我站在台側傾聽的歌唱家越來越少。

那天只有我一個人站在台側聽米羅唱詠歎調。

第二幕結尾時有米羅的一段詠歎調，最高音到 High 降 D，對很多歌劇女高音來說已是極限的極限，是一個恐怖的音高。當我站在台側聽米羅快唱到那個極限高音時，覺得自己在微微顫抖，不自覺地為她祈禱，希望她能夠唱好。可是，她唱到最高那個音時——失聲了，完全沒有聲音，在靜默中停了下來。米羅雙手抱在胸前，仰望着劇場的上方，無助地站在台中央，顯得很孤獨。樂隊也停了下來，四千觀眾寂靜無聲，好像整個世界停頓了兩三秒鐘。突然，從觀眾席傳出了一片喝倒彩的聲音，越來越響，之中還夾雜着米羅粉絲為她打氣的叫喊，場面混亂。不過，這一切都晚了，對任何一個歌唱家，這種時刻一定是毀滅性的，是歌唱事業崩潰的開始。

緊接着是幕間休息，後台化裝區一片尷尬，只有帕瓦羅蒂和米羅的房間不斷有人進出。帕瓦羅蒂進出了幾次米羅的房間，關開門的瞬間能夠聽到他大聲地為米羅打氣，米羅又跟着帕瓦羅蒂回到他的房間，能看見穿着寬大睡衣、脖子上圍着一條白毛巾的帕瓦羅蒂在擁抱米羅，安慰她，告訴她那個音就是個意外，會好的。只聽到米羅大發雷霆："他 × 的，我根本不知道怎麼回事兒，我應該唱得很好，× 他 × 的！"昂着頭快步走出帕瓦羅蒂的房間。

歌劇繼續演出，可以感到米羅的信心已不在，雖然帕瓦羅蒂極力地支持她，甚至陪着她走到台側，摟着她的肩膀，目送她上台，為她真是"兩肋插刀"了。

1993 年 12 月 17 日，第五場《朗巴底人》。第一幕演出時，我在台上有一剎那走神了。我突然想起十年前的今天，1983 年 12 月 17 日，我到美國的第一天，就來這裡看了帕瓦羅蒂的演出，看的這輩子第一場歌劇，十年前的今天！我一陣激動，在台上拚命抑制自己，腦子裡在想一定要找機會告訴老帕。第一幕結束謝幕後，我追上正往化裝間走的大師，開始結結巴巴地跟他說話。

由於緊張和不好意思，我胡亂地說着："我、我是田……十年前……從北京來……沒錢……看了大師……是我第一場歌劇……我真很高興能跟你演歌劇……十年以後……同一天……"語無倫次。從台側走到化裝間也就一分多鐘，我不知道講了甚麼，也不知道他是否聽懂了。老帕只是笑笑，眼睛盯着地面，一邊走一邊説着"是，是。好，好"。然後一推門進了他的化裝間，門在我面前"砰"的一聲關上。

我站在他的門前愣了一下，覺得自己一定説錯了甚麼，心裡一陣後悔，餘下的演出情緒全無，沮喪至極。

演出完謝幕，所有演員排成一排出去總謝幕時，主要角色在中間，我是配角就在最邊上。到了該帕瓦羅蒂出去時他沒動，揮着手讓所有的演員出大幕，還催大家："出去出去，快，快！"等到該我出去的時候，他用左手一把攬住我的右手，把我拉出大幕，面對着拍着手的幾千人，他揮動右手使勁地吸引觀眾的注意力，不停地指着我，帶着大家為我鼓掌！我哪兒敢當啊！刹那間，我熱淚盈眶。

後來的四場演出，帕瓦羅蒂都是拉着我的手出去謝幕的。

從那時開始，帕瓦羅蒂見到我總會叫一聲"China boy"（中國男孩），然後對我雙手合十，我也合十回復，後來合十成了我們的"接頭暗號"，見面先對暗號。

大都會歌劇院的人都知道我太太瑪莎做一手好菜，尤其是她的"北京烤鴨"。我們 1991 年搬到紐約至今，瑪莎做了大約兩千兩百隻烤鴨，太多人吃過。如果中國春節前後我正好在大都會歌劇院演出，瑪莎一定會為劇院後台做一頓年飯，晚上演出兩小時前送到劇院。我可能是唯一的一個歌劇演員，演出當天，起床就開始剁洋白菜，包餃子，炸春卷兒。下午 5 點，我就和瑪莎肩挑手提，帶着一大堆飯菜去歌劇院。

瑪莎深知歌劇演員們對食物很挑剔，每個人有各自的飲食習慣，尤其是演出前和演出中，都非常小心吃甚麼。她可不想承擔哪個歌唱家吃了蔥、薑、蒜或胡椒卡了嗓子，或者誰被餃子噎住的責任。她就會在一些食物旁邊插個小牌子，上面寫着"僅供後台工作人員，有蔥蒜，歌唱家止步！""注意！這個菜是辣的！"等等。

當瑪莎把幾大托盤的食物擺在歌劇院後台時，誰能頂得住那種香味兒的誘惑啊！化裝師們、服裝師們、管道具的、藝術部門負責的，會有幾十個人蜂擁而至，衝到最前面的往往是當天晚上要上台的歌唱家們，配角們吃得最多，主要角色們相對節制。瑪莎為後台做的食物通常會有春卷兒、餃子、東坡肉、炒牛肉或雞肉的菜，還會有炒麵和炒飯。其中她的春卷兒和餃子極受歡迎。有一次她還做了北京烤鴨，四隻，在那兒片給大家吃。沒人相信這一切食物都是出自我們家那個小廚房。有一次大都會歌劇院藝術部門的主管跟我說："你以為你一直在這裡有合同，是因為你唱得好？錯了，全是因為我們想吃瑪莎做的飯！"

帕瓦羅蒂出名的喜歡吃，還自己做飯。意大利人大都喜歡吃中國菜，大師身材龐大絕對跟吃有關。

"我已經從你做的食物裡偷了五個春卷兒！"帕瓦羅蒂笑着告訴瑪莎，"現在要唱了，先不吃，晚上回家熱了吃，兩面煎一下對吧？"

那次是我們一起演威爾第的《假面舞會》，開幕之前在他的化裝間，老帕還頑皮地打開他藏的春卷兒給瑪莎看。我們請過老帕來家裡吃飯，但他實在行動不便，專門派他的助手夫婦來取瑪莎做的烤鴨。

　　每次在大都會歌劇院的演出，只要有老帕，演出結束後台至少有兩百人擠着去恭喜他，幾乎每個人都想跟他留影合照。劇院的工作人員總是試圖阻擋人們照相的要求，不讓人隨便走進老帕的化裝間，避免他太累。但很多朋友看了歌劇就想見見老帕，就請瑪莎把他們帶進後台，只要帕瓦羅蒂看到瑪莎出現在他的化裝間，就會大聲地招呼我們的朋友們進去跟他合影。照相時，可愛的老帕一定會伸手把瑪莎拽過去，擋在他前面，遮住自己的半個身子，以免顯得過於龐大。還有，他的習慣是見了所有的客人之後才卸妝。

　　帕瓦羅蒂每場演出都堅持自己畫眉毛，無論演哪一部歌劇，不管在哪個歌劇院唱，化裝的最後一個環節，就是自己湊在大鏡子前面——畫眉毛。不知為甚麼，他畫的眉毛總是左邊高，右邊低，而且很粗很黑，唱歌的時候一使勁兒，左眉更高，右眉更低。每個歌唱家演出之前都有自己的習慣——求個好運。帕瓦羅蒂也不例外，他每場演出一定要在後台找到一顆彎釘子，然後揣在演出服的兜裡上台，為了好運氣。也許他要自己畫眉毛也是同樣的原因。

　　沒有人在歌劇演出之前不緊張，不管你是多大的腕兒。每個歌唱家有自己減壓的方式。帕瓦羅蒂放鬆的方式，是在歌劇演出的前一天晚上，跟助手夫婦打幾個小時撲克，一直到凌晨三四點鐘，然後睡到第二天中午。起床後試一下聲音，如果嗓子不錯，就不再出聲，一直到演出前來到化裝間，化完裝，唱一兩段劇中的詠歎調開嗓子。

　　威爾第的《阿依達》是我跟帕瓦羅蒂唱的最後一部歌劇，也是他最後一次演出《阿依達》，我還留了一張當時演出的海

報，做個紀念。那是 2001 年，帕瓦羅蒂已經動過膝蓋的手術，
走路困難，要人攙着走，所以劇院在舞台上特意改變了佈景，
放置了一些大箱子、大椅子和一些用麻袋布做的大墊子，為了
帕瓦羅蒂在台上隨時有東西可以靠着，也能坐下。

　　我的角色是埃及的國王，第一幕就出場，而且是在一百多
名合唱隊、舞者和群眾演員的簇擁下走上王位。一陣號角過去
之後，在低音提琴三聲撥弦之後有一個唱段，宣佈敵人要進攻
了。由於撥弦的音量微乎其微，我那段唱等於清唱，在一片寧
靜中開始，而且在場上所有演員的注視下。我唱段的第一句最
重要，節奏和音準絕對不能錯，尤其是節奏，如果和低音提琴
幾乎聽不到的撥弦節奏錯開，就很難再對上。

　　歌劇一開幕，帕瓦羅蒂一上場就有一段著名的詠歎調，隨
後是與埃及公主和女奴阿依達的二重唱和三重唱，整個過程大
約十五分鐘。之後我與眾人出場，他們三人就轉過身來背對觀
眾，聽國王宣講。

　　首演那天的演出，當大提琴三聲撥弦後，全場靜默，我剛
要張嘴唱，突然看見面對着我十多米遠，背對觀眾的老帕，從
嘴裡吐出一塊鴨蛋大小的綠色物體，直線落下，只見老帕迅速
地一抬右手，準確接住綠色物體，攥在手裡，面不改色，整個
過程也就兩秒鐘，讓我一下子驚住，發不出聲，於是錯過了大
提琴撥弦後的第一句唱段。雖然就晚了一秒多鐘，但節拍亂
了，足以讓指揮的大師萊文皺起眉頭，用指揮棒示意我馬上糾
正錯誤，跟上歌唱節奏，剎那間我滿身冷汗。

　　我永遠沒有解開這個謎，到底是甚麼綠東西從帕瓦羅蒂
的嘴裡飛了出來？！問題是他已經唱了詠歎調、二重唱和三重

唱，這麼大一塊綠東西在嘴裡怎麼唱的呢？我聽說帕瓦羅蒂
喜歡在台側咀嚼一塊蘋果皮，上台之前吐出來。於是我試過嘴
裡含一塊雞蛋大小的蘋果皮練唱，根本沒法唱，舌頭都不會動
了，無法咬字，蘋果皮還差點兒進了氣管。

　　排練《阿依達》期間，有一次他坐在鋼琴旁邊情緒不錯，
招手叫我："China boy，過來過來！"他跟我說："你知道嗎？
我又要去中國演出了，離我上次去快十五年了，我真的很高
興！"他告訴我第一次去中國演出是 1986 年，在天安門前騎
過自行車，說那是全世界最寬的大街。他還提起曾用幾個小時
畫了個京劇花臉的妝，經歷了最長最複雜最疲勞的化裝過程，
然後穿起全套的戲裝，當了一回票友。

　　這個世界只有帕瓦羅蒂，唯一的歌劇演唱家，可以一個人
在幾萬到十幾萬的觀眾面前開獨唱音樂會，可以吸引世界範圍
的流行音樂巨星們和他一起歌唱。記得帕瓦羅蒂 1991 年在英
國倫敦海德公園裡曾為十二萬觀眾演唱，觀眾中有英國王子查
爾斯和戴安娜王妃。音樂會進行中突然大雨滂沱，為了不影
響他人觀看，所有人在戴安娜和查爾斯的帶領下放下雨傘，坐
在雨中，渾身濕透地看帕瓦羅蒂的音樂會，沒人動，也沒人離
去。這就是"氣場"。

　　2005 年，帕瓦羅蒂最後一次去中國巡演，他的膝蓋已經
無法支撐他的體重，幾乎無法行走，在北京的獨唱音樂會是坐
在椅子上完成的。


　　2004 年 3 月 8 日中午，紐約五大道上華爾道夫酒店的大
宴會廳聚集了一千二百位客人，每張餐桌十人，佈置奢華，到

處是閃亮的水晶酒杯和銀光閃閃的餐具，還有鮮花。我和瑪莎不時會碰到認識的人，但我提不起精神寒暄，望着遠方舞台的大屏幕上"謝謝你帕瓦羅蒂"幾個大字，心中一陣難過，大家心照不宣，都知道這是為帕瓦羅蒂開的告別宴會。

在 2003—2004 年紐約大都會歌劇院的演出季，帕瓦羅蒂只有三場歌劇《托斯卡》的演出，從 3 月 6 日到 13 日。3 月 8 日午宴這天，美國主要的英文報紙——包括中文報紙，報道他在大都會歌劇院演出《托斯卡》時，不約而同地用了"告別演出"的字樣。

在華爾道夫酒店舉行的午宴是大都會歌劇院主辦，一千二百位來賓主要為女士，都是歌劇院的贊助者，大都來自紐約的上流社會。

"你好，你是哪裡來的？"我和瑪莎找到我們的桌子準備坐下時，瑪莎旁邊一位滿身珠寶的老年女士抬起疲倦的眼睛問她，臉上顯然沒少做整容，畫着濃妝，弓着背，似乎被滿脖子的寶石項鏈墜得抬不起頭。

"中國香港。"瑪莎笑着回答她，"那還好。"老婦似乎鬆了一口氣，"那些中國內地人、俄國人……真不知道他們到底要甚麼？"說完盯了我一眼。

如果不是瑪莎寬宏大量在她旁邊坐了下來，憑我的脾氣，早一轉身就走了。我決定不跟她說一句話。整個午餐，我的注意力全在遠方的帕瓦羅蒂。

應邀出席午宴的有許多歌劇界知名歌唱家，帕瓦羅蒂常年合作的朋友，不少是馳騁歌劇舞台數十年的巨星。有蕾歐婷·普萊斯、比佛利·希爾斯、安娜·莫芙、謝爾·米爾恩斯、塞繆・雷米等一共有大約三十位。我是有幸被邀的幾個年輕演員之一，也許是因為跟帕瓦羅蒂在大都會演過三部歌劇十九場演出。

我們一一走上舞台，被主持人介紹給所有的來賓，然後每個人都會走到帕瓦羅蒂面前向他致意，老帕看到我的時候，笑了，我們都默契地雙手合十，交換了"接頭暗號"，只見他嘴裡喃喃地動了一下，說了一句"China boy"。

宴會持續了大約兩個小時，期間在舞台上的大銀幕持續地播放着歌劇演出實況片段，都是帕瓦羅蒂在大都會演出的錄像，還播放了幾位歌劇明星的視頻講話，包括多明戈、卡拉雷斯、米雷拉・弗蕾妮和我崇拜的男低音恰烏洛夫。十幾個人在現場講話，大都在講跟帕瓦羅蒂合作時一些好笑的經歷，有時帕瓦羅蒂也會大聲地跟他們開個玩笑，引起人們一陣陣大笑。

宴會的每一道菜都非常精美，可我根本無心品味，總在回憶那些跟老帕有關的經歷。

帕瓦羅蒂是個孝子，跟父母關係極好，據說每天都會通電話——無論他在世界任何一個地方。有一次我們演完《阿依達》，老帕一定要請我們跟他一起吃飯，在中央公園邊上的一家意大利餐館，離他家很近，我和瑪莎還有幾個演員去了。

雖然已經深夜，餐館裡還是人聲鼎沸，很熱鬧。老闆當然認識帕瓦羅蒂，給我們留了一個長桌子，位置很好，挨着一個火光閃爍的壁爐。

整個晚上我們吃飯的時候，老帕幾乎一直在打電話。由於餐館很吵，有時他不得不提高聲音。他是跟他父親在聊那天晚上的演出，告訴父親他怎麼唱的，哪一幕更好一些，哪個音他覺得不太好，遇到誰，他很高興整個演出還順利，等等。我想他是世界上唯一的一個，會在演出後跟父親聊這麼久的歌唱家。聽說他的父親是一個麵包師，男高音，酷愛歌唱。

誰說世界上沒有不散的宴席？華爾道夫酒店那天的午宴，永遠停留在我的記憶中，沒散過。記得最清楚的，是主持人邀請帕瓦羅蒂講話的時刻。

"女士們先生們，現在，請跟我一起歡迎我們的盧契亞諾‧帕瓦羅蒂！"主持者話音未落，全體來賓瞬間都站了起來，高呼："Bravo（好啊）! Bravo! Bravo!！"震耳欲聾的掌聲和歡呼聲，持續了很久，很久。

帕瓦羅蒂站在那裡，雙手撐着講台，目光低垂，看得出來他在努力地控制着自己的情感，時間好像停止，歡呼聲一陣高過一陣，所有的人都瘋了。

帕瓦羅蒂終於揮動起他寬大的手掌，示意大家坐下，沒有一個人坐。

"我來之前覺得我會哭。"他的目光依然低垂，停了幾秒鐘。

"但我不想當大家的面流淚，所以來之前我已經哭過了。"

停頓。

"我想說的是，我在大都會歌劇院度過了許多愉快的時光。"他講到自己跟當時歌劇院院長沃比的友誼，說他們剛認識的時候沃比還是一個木工，負責劇院製作佈景和道具的工作。1990 年的一天，沃比走進帕瓦羅蒂的化裝間，問他下個演出季想唱甚麼角色，帕瓦羅蒂笑着反問道："我想唱甚麼跟你有甚麼關係呢？"沃比也笑着說："跟我有關係，因為我現在是這個劇院的院長。"帕瓦羅蒂說到這裡，大家都笑了。

長時間的停頓。

帕瓦羅蒂雙手撐着講台，頭更低了，目光盯着麥克風，許久沒有講一個字。

擴音器裡傳出一聲輕輕的抽泣，他哭了。

所有的人都屏住了呼吸，宴會大廳一片寂靜。

"我想，真心地……謝謝你們——我的同事們……這麼多年……"他哽咽着，斷斷續續地說着："我真的愛你們……謝謝大家……"

老帕轉身揮了下手招呼站在右側的助手過去，搭着助手的肩膀，緩緩地走向宴會廳的大門，再也沒有回頭。

沒有人動，也沒有聲音，大家一直目送帕瓦羅蒂消失在大門外，很多人噙着眼淚。

當宴會大廳的門慢慢關上的時候，歌劇的黃金時代大幕垂落。

那是我最後一次見到帕瓦羅蒂。

# 《丹尼男孩》

　　《丹尼男孩》是一首愛爾蘭民歌，我唱過無數次，每次都會很投入，我覺得這是世界上最好聽、最感人的歌曲之一。

　　一唱起《丹尼男孩》，我總能聯想起愛爾蘭那綠色的原野，起伏的山巒，可以看見靜靜的羊群，在遠方的風笛聲中跟著雲一起遊動，我還會想起盧。

　　2004 年我從紐約回北京開音樂會，是我離開故鄉二十一年的第一場獨唱音樂會。編曲目花了我幾個月，反覆試唱，反覆練習，很謹慎，覺得這場音樂會非同一般。出國這麼久，回來得有個像樣的交代，親友們也期待。曲目中就有《丹尼男孩》。我唱了整晚上的歌劇詠歎調和藝術歌曲，中文的、外文的，好多朋友都沒記住我唱了甚麼，就記住了這首愛爾蘭民歌。

　　Danny Boy 國內通常譯成《丹尼男孩》，老的中文譯法是《倫敦小調》，那是民國時期的譯法。我還是喜歡叫它的原名 Danny Boy。全世界都熟悉這首歌的旋律，我在西方很多音樂會中唱過這首歌，有幾次我唱這首歌時，最後一個音還沒唱完，很多觀眾就站了起來。

　　這首歌是盧教給我的，確切地說，是他逼我學的。

　　盧生在愛爾蘭，十來歲的時候來到美國，那時第二次世界大戰剛結束，有許多愛爾蘭人移民到了美國，從底層打工做起。盧瘦高，雖然背略駝，也至少有一米八五。盧的背駝得很好看，尤其是跟你說話的時候，居高臨下地彎向你，顯得很親切，給人信任感。盧的臉頰緊瘦，總是紅紅的，很多愛爾蘭人的臉頰都有發紅。盧的笑很經看，下巴微撅，嘴角上捲，不笑也像笑。盧喜歡笑，尤其看到漂亮女人，灰綠色的眼睛會俏皮地眯起來，閃出一道追光直射過去，"色"得可愛，像個情竇初開的大男孩，想花又不好意思。

有一個中國油畫家在科羅拉多住過一段時間，盧買了他的一幅油畫。那幅畫大概有一人高，畫的是一個正面的裸體女人站在那裡梳頭，女人並不漂亮，但身材不錯。開始盧把這幅畫掛在客廳，因為他總站在這幅畫前，受到太太的抗議，他不得不把這幅畫放進地下室拐彎的牆上。過不了多久，太太又開始抗議，說盧去地下室的次數比以前多很多。

盧是做地產的，他從不多說自己的生意，只是聽他太太安娜講過幾次，說盧對土地買賣的感覺很準確，總能找到價格便宜的地，買進然後加價售出。

我們在丹佛認識。

那是 1984 年的聖誕節，我到美國的第一年，在丹佛大學音樂學院學習。那時已認識瑪莎，她是科羅拉多大學醫學院做遺傳學研究的副教授，香港長大，喜歡彈鋼琴。她總想辦法給我們這些沒錢的音樂學生介紹些工作，認識一些可以幫助我們的人。某次瑪莎安排我去她朋友家的聖誕夜聚會，唱兩首聖誕歌曲，她給我彈的伴奏。第一首歌唱的是《主禱文》(*The Lord's Prayer*)，我唱的時候，隱約感到人群中有一個西服筆挺的高個子男士，手裡拿着一杯紅酒，直直地站在一邊，目不轉睛地看着我。

"我叫盧・沃爾什，很喜歡你的演唱。"他笑着走過來對我說，伸出長長的手臂，微微弓下身，一邊跟我握手，一邊緊緊摟了一下瑪莎，對着她臉頰親熱地吻下去，還不忘對我眨眨眼睛。他恭維她伴奏彈得好，說她今晚很漂亮，可以看出他們很熟。

盧比我大二十多歲，我們成了忘年交，也許可以說，他成了我的愛爾蘭父親。

從我們認識的第一天，盧老想着怎麼幫助我。他知道我的獎學金只是免了學費，得自己打工掙生活費。

"我們家房子外牆要刷油漆了，你會嗎？我們請個油漆工也要付五十塊錢一天，你能不能幹？"五十塊錢一天？！我在中餐館端盤子忙一天才賺二十塊錢，我當然答應了。盧的家很大，至少六百平方米。我開始工作時才知道這五十塊錢不好掙。首先要爬很高的梯子，一隻手要提着油漆桶，另一隻手在半空中搖搖晃晃地一筆筆地用刷子往牆上刷油漆。提着桶就不能抓着梯子，不抓着梯子我會緊張到腿肚子抽筋兒。爬得越高，我的工作進度越慢，心跳得更快。過了幾天，盧扛來另一個大長梯子，跟我一起刷起牆來，在半空中跟我邊幹邊聊。我很不好意思，一定是我刷得太慢了。後來知道其實盧就想讓我多賺點兒錢，看我不但刷不好，還在空中哆裡哆嗦，乾脆幫助我一起刷。"我們家的牆三個月以前才刷過，盧是在抽風，非說顏色不對，重刷。"盧的太太有一天似乎不經意地跟我說，一邊往案板上的包心菜"哐"地剁了一刀。

盧開始說服我學着唱愛爾蘭歌曲，有計劃地一步步說服我。第一步，就是讓我相信我的聲音最適合唱愛爾蘭歌。他是個非常固執的人，甚麼事情在他腦子裡形成一個想法會永遠待在那兒，如果他認為他的想法是對的，就會用非常禮貌、溫和而且富有激情的方式，堅持不懈地實施到底。

"你知道這是一首多麼有名的愛爾蘭歌啊，太適合你的聲音了，還有這首。"盧每次見到我都會有備而來地遞給我一兩首愛爾蘭歌譜，不會多，也不會少，很有耐心地給我"洗腦"。他會給我放唱片，複印出各種對愛爾蘭歌曲的介紹，也會輕輕地給我哼幾句。有一次我在鋼琴前坐下來，試着唱幾句這些歌，他激動得滿臉通紅："你的聲音唱愛爾蘭歌會迷住多少人啊！你必須錄個磁帶，錄二十首愛爾蘭歌，我幫你賣，我敢擔保你會賺錢，這絕對是好生意，想想有多少人會買你的磁帶啊！"他的眼睛裡閃爍出堅決又熱切的光芒，使我根本無法拒絕。

盧極為熱愛他的祖國，講起愛爾蘭，他灰色透明的眼睛會瞬間閃出暖意。在他的描述裡，愛爾蘭是一個那麼美麗的地方，到處都是綠色的原野，歌好聽、舞好看、啤酒好喝，女孩子漂亮。"你必須去愛爾蘭開音樂會，我們一定會搞定，觀眾都會愛上你，我們一起去！我來安排！"

有一首歌叫《四個綠洲》(*Four Green Fields*)，屬於他"逼"我一定要學會的歌之一。那是講在愛爾蘭北部早期被英國佔領的四個區域的傳說。內容講的是一個母親告訴她的孩子們，那塊土地本來是愛爾蘭的，但被佔領了，你們世代都要記住。這首歌透着一種對故土憂傷的愛，旋律動聽歌詞簡單，唱幾遍就熟，我想這首歌一定是愛爾蘭的"我的家在東北松花江上"。很多年裡，英國和北愛爾蘭共和軍就是為這幾塊土地進行着血腥的爭鬥。我敢說盧沒少捐錢給北愛爾蘭共和軍，他是極其愛國的愛爾蘭人，很多這樣的人，都曾暗地裡支持這個"恐怖組織"的活動，不少無辜的英國人和愛爾蘭人曾為這殘酷的敵對喪失生命。

《士兵之歌》(*The Soldiers Song*)是愛爾蘭的國歌，盧沒放過我，連他們的國歌也讓我學了。本來我拒絕，說學了也沒處去唱，他一臉固執的神情說他保證這一定大受歡迎："你知道在美國有多少愛爾蘭人想聽這首歌嗎？"

後來盧帶我去過好幾個愛爾蘭酒吧吃飯，在美國到處都有這種店，裡面有各種著名的愛爾蘭啤酒和愛爾蘭食物，因為盧，我喜歡上了愛爾蘭的黑啤酒。

"請全體起立！"盧一進酒吧就會舉起右手，大聲宣佈："這裡有一位著名的歌唱家要演唱愛爾蘭國歌！"有人會站起來，大多數人置之不理。盧會站得筆直，脫帽，右手放在左胸口，一臉莊嚴地等我開口，而我就想找個地方藏起來。

盧喜歡戴帽子，鴨舌帽。一進他們家門，門背後至少掛着十幾頂帽子，一半以上的帽子是綠色的。愛爾蘭人喜歡綠色，那是他們國旗的顏色，尤其在過愛爾蘭的節日時，大家一定都會戴上綠帽子。盧一直惦記着送我一頂，我就是不要，後來告訴他在中國"戴綠帽子"意思是你的女人出軌了，背着你跟別的男人偷情。盧恍然大悟，眼睛立刻眯眯笑，一臉頑皮的"壞"樣。以後他每次戴綠帽子的時候，都會跟我擠擠眼睛，眼神閃閃，笑說他太太今天要出軌。

　　盧當過兵，賣過愛爾蘭手工製作的水晶酒杯，特別喜歡請客。在我的印象中，他太太永遠在廚房裡忙碌，而且廚房裡滿天滿地到處是食物，麵包、肉、蔬菜、水果、起司、果醬……隨時都有吃的。有一次盧跟我講起愛爾蘭經歷過恐怖的饑荒，大約在"二戰"前，人們翻山越嶺地去教堂排隊領點兒食物，很多人餓死了。也許，這就是他們希望在家裡到處能看到食物的原因。

　　盧的家很大，院子也很大。他們養着兩匹馬，還有一條似乎能永遠活着的灰色老狗，愛爾蘭種的，一身亂毛。馬和狗都高大，消瘦，有點兒駝背，走起路來都像盧。

　　我喜歡盧家的聚會，這對夫婦特別喜歡請客，客人可以隨便帶朋友，帶朋友的朋友。他們家很大，大平層加地下一層，開起派對來，每一層，每一個角落都是人，愛爾蘭啤酒瓶子橫躺豎臥，每人手裡還都有水晶酒杯。盧賣愛爾蘭水晶酒杯的生意沒做成，於是把所有沒賣出去的酒杯都搬回家請客用。盧喜歡人們欣賞他那兩百多隻手工水晶杯，聽大家碰杯的聲音是他的一大樂趣。有幾次客人們都走後，我說幫他洗酒杯，他堅決不要。後來我發現他很享受清洗這些雕刻着花紋的水晶酒杯，擦拭每一個酒杯的時候，他顯得很陶醉。後來他告訴我這些水晶酒杯來自他的故鄉，都是鎮上的手藝人一個個地燒出來，一刀刀地刻上花紋，每一個酒杯都不一樣。

　　我想對於盧來說，每一個水晶酒杯都是愛爾蘭。

　　我真的學了二十首愛爾蘭歌，而且是在音樂學院裡沉重課程和作業壓力下學的。還真的錄了磁帶，是請瑪莎彈的伴奏。她有她遺傳研究所裡的事兒，我不但上學還得打工，大家都忙得不可開交。不過，磁帶最終錄成，在瑪莎家錄的，用她家的音響和一個借來的、講話用的麥克風。瑪莎是我的英文發音指導，我那時的英文還糟得很，説話都不成句，根本唱不準這些愛爾蘭歌詞的發音。完成這個磁帶並不是因為盧的誘惑——"你肯定能賺很多錢！"而是這些歌真的好聽，一唱就上口，內容都特別純樸，講故土和愛情。唱這些歌總讓我特別想念北京，勾起我對過往所有的愛和回憶。愛爾蘭俘虜了我，這些歌裡我最喜歡的就是《丹尼男孩》。

《丹尼男孩》是一首類似自言自語的歌，就像遠方飄來斷斷續續的風笛聲，講述了一個純情的生死戀。大意是個傷心的少女跟男孩丹尼説：風笛在呼喚，從山峰迴蕩到山谷，夏天已跟着玫瑰花瓣消逝，你雖離去，還會歸來，無論在陽光下還是在陰影中，我就在這兒等待我深愛的丹尼男孩。如果我死去，你會找到埋葬我的地方，我會聽到你輕輕的腳步聲，你會溫暖我的墳墓，告訴我你愛我，我會在夢中等待你的到來。

我不能説這是一首多麼好的情詩，也不用在這兒翻譯出它最確切的詞意，但它就是感動我。這首歌的旋律像説話，就像你最好的朋友，傷感地跟你講內心深處的事兒。連綿不斷的句子像風一樣一直拉着你走，從心到天邊，唱好了，催人淚下。

今天有一首極為流行的英文歌曲，叫《你鼓舞了我》(*You Raise Me Up*)，作者毫不掩飾地説，創作靈感來自《丹尼男孩》，可以從旋律中，處處聽到《丹尼男孩》。

在西方，大家都習慣了聽男高音演唱《丹尼男孩》，網上很多，尤其是愛爾蘭的男高音，他們可以唱得很高，音色明亮、乾淨，唱腔中帶着難拿的英倫味道。我也許是第一個男低音唱這首歌，如果沒說錯，也是第一個中國歌手唱《丹尼男孩》。

2013 年 12 月 17 日，我在紐約卡內基音樂廳開了一場獨唱音樂會，是我出國走上歌劇之路整整三十週年的回顧音樂會。所有的曲目都跟我的經歷有關：有我在 20 世紀 70 年代考中央音樂學院時唱的革命歌曲，有我學會的第一首歌劇詠歎調，有我最喜歡的中國兒歌，《丹尼男孩》自然名列其中。當晚，這首歌可能是最受歡迎的曲目之一，掌聲並不雷動，但持續了很久很久。

卡內基音樂廳的後台有四五個舞台工作人員，這些人全是在卡內基音樂廳工作過很多年的白人，老油條，走路晃晃悠悠，音樂會經歷無數，據說年薪都在三四十萬美元，一派牛哄哄的樣子。音樂會開始之前，跟他們溝通舞台佈置、燈光、鋼琴等有關事情時，一副懶洋洋的德性，很不耐煩，滿臉的權威，好像我們甚麼也不懂。尤其是一個五十多歲的主管，態度很不友善，讓我一直壓着火告訴自己別生氣，因為不想影響演出情緒，就耐着性子跟他們好好說，讓我們的年輕助手們盡可能地配合他們。後來助手們告訴我，音樂會的下半場，當我在台上唱《丹尼男孩》時，那個牛 × 主管在後台監控演出的屏幕前越坐越直，一直盯着屏幕看我唱歌，後來就開始擦眼淚。演出結束後，他站在台側等我從台上走下來，一句話沒說，緊緊地抱了我一下。在那個瞬間，我覺得他有點兒像我的盧，因為他也有紅紅的臉頰。

我的愛爾蘭歌曲磁帶沒讓我發財。唱得好壞不論，誰會去買一個一看就是家裡自己做的、包裝粗糙的盒式磁帶？封面還是一個笑得有點兒尷尬、穿件廉價西服、戴着深度近視眼鏡的中國人——雖然裡面有二十首愛爾蘭民歌。

我是用地攤兒上買來的四喇叭雙卡式錄音機，一盒盒轉錄的磁帶，只有一盤母帶，我就瘋狂地轉錄了一個禮拜。正反面轉錄一次就是一個小時，我整整做了二百盤。瑪莎在她研究所的複印機上，給我一張張地印磁帶封面，還有裡面的曲目介紹，還得下班後"偷偷"在複印機上幫我加班。因為這跟她的遺傳研究的文件毫無關係，典型的"假公濟私"。

這個即將"橫空出世"的磁帶是我們兩人的首次合作，還是"合資企業"。買二百盤盒式磁帶對我來說是絕對的巨款，於是瑪莎投資，但我們都忘了談判"發財"以後怎麼分成。總之，當我的小公寓裡鋪天蓋地都是轉錄好的盒式磁帶時，我們已經感到巨大的成就感。

這些都是被盧逼的。

盧說他們高爾夫俱樂部要有一個大舞會，至少會有幾百人參加，將是推銷我磁帶的大好機會。"我們要做大生意啦，我來賣，在門口擺個桌子，放上你的磁帶，人們一看一個中國歌唱家唱這些最流行的愛爾蘭歌，肯定瘋搶！"盧一邊說一邊得意地眯起眼睛笑。

我也是被盧兩口子請去參加舞會的客人，我是在餐館打完工去的，晚到至少一個小時。那天很冷，還下着小雪，我停了車，在車裡換上我僅有的西服，就匆匆往俱樂部大門跑。一眼看見盧站在大門旁，縮着雙肩，戴着手套的手捂着臉頰，穿着一件黑呢子大衣，頭上是一頂單薄的綠色禮帽，身旁是一個小摺疊桌，上面整整齊齊擺着一堆我的磁帶，旁邊一張白紙上用黑色粗筆寫着"著名歌唱家田浩江演唱的愛爾蘭民歌，一盒十美金"。

盧看見我綻開笑容，馬上把手從臉上移開，臉已凍得發青，鼻孔上還掛着一滴晶亮的水珠。"你先進去，我再等等，應該還會有人買磁帶的！"語調堅決，不由分説，把我推進大門。

聚會很熱鬧，舞廳很暖和，有大約幾百個人，要不是後來盧的夫人把盧連拉帶拽地拖進宴會大廳，真不知道他會在外面站多久。

磁帶一共賣了十二盤。

盧沒能把我帶到愛爾蘭去開音樂會——雖然我們説了十幾年。後來我和瑪莎在 1991 年從丹佛搬到紐約，我的演唱事業變得非常繁忙。除了在紐約大都會歌劇院，還開始在歐洲演出。盧和他的夫人來紐約和美國幾個城市看過我演歌劇。盧其實對歌劇沒興趣，就是想見我和瑪莎。時不時我們還會説到要一起去愛爾蘭，説等我有機會去愛爾蘭首都都柏林歌劇院演出時，捎帶着開場音樂會，但我們一直沒能實現去愛爾蘭開音樂會的計劃，我也沒在都柏林演過歌劇。

後來，盧得了腦癌。

2004 年，盧已經病得很重，所有治療均無效，人很虛弱，臉部腫脹，幾乎不出門。那年我從紐約回到丹佛，開了一個為丹佛大學籌款的音樂會。我和瑪莎不確定盧能否來我的音樂會，但告訴主辦方，我們要在第十一排的走道邊上留兩個位子，説可能會有一個不方便走路的好朋友來，邊上的位子可以方便他們出入。

盧來了我的音樂會，穿得整整齊齊，一身棕色的西服，一條綠色的領帶。

　　我唱的第八首歌是《丹尼男孩》。唱之前，我停頓了幾秒鐘，跟觀眾說下面這首歌是獻給一位在場的先生，因為是他在二十年前教了我這首歌。

　　我在一片寂靜中開始演唱，當我唱到最後一個音的時候，伸出右手，把觀眾的視線導向盧。

　　在全場觀眾的掌聲中，盧吃力地挪動着，一點點地掙扎，想站起來，他用右手擋住想攙扶他的妻子，用左手費勁地撐在座椅的椅背上，在大家的注視中，緩慢而艱難地站了起來。當他終於挺直身體的時候，盧微微地笑了，眼睛眯眯地亮起來，表情像個疲勞的頑童。全場觀眾刹那間都站了起來，很多人鼓着掌掉眼淚。

　　我沒能參加盧的葬禮，因為在歐洲演出。據說他們放了我唱歌的錄音，從我那盤盒式磁帶選的——《丹尼男孩》。

　　2006 年，我在意大利維羅納夏季歌劇節演出《圖蘭朵》，那年是意大利史上最熱的一年，即便我們是在巨大的露天場地演出，還是熱得疲倦不堪。七場演完之後，我和瑪莎想找地方休息幾天，很久沒休假了。正好紐約的朋友雪莉打來電話，聊到我們想找地方休假時，她馬上說來愛爾蘭吧！原來她在愛爾蘭有一個鄉間別墅，此刻她正在那裡度假。瑪莎放下電話幾分鐘就搞好機票，當天上路。我們在愛爾蘭的香農機場下了飛機，雪莉找了一個愛爾蘭朋友開兩個小時車把我們接到她的住處。她的房子是一個精心改建的農舍，非常舒適，坐落在半山上。白牆灰頂，正對起伏的山巒，綠色的原野。遠處是寧靜的海灣，山上有羊群，跟着白雲緩緩地移動。

　　可愛的愛爾蘭，我終於來了。

　　那幾天我總坐在窗前，斜靠着幾個大坐墊，拿本書，面對窗外的風景，久久地坐在那裡，老覺得遠遠地有風笛的聲音。

　　雪莉安排了一個聚會，我和一群年輕的愛爾蘭歌手唱了一晚上的歌，唱了所有我會唱的愛爾蘭歌。歌手們驚訝到了極點，因為我會唱的都是古老的歌曲，現在的年輕人都不見得會。他們敲着小手鼓，拉着提琴，我們不停地唱，唱那些優美動人又有些傷感的愛爾蘭民歌。當我唱起《丹尼男孩》時，年輕歌手們都漸漸停了下來，看着我，我唱到最後一個音的時候，伸出了右手。

　　我想起了盧。

# 露易絲與奈特

　　我被帶進一個大房間，天花板很高，迎面是一個巨大的玻璃窗，窗上是有許多宗教圖案的彩色玻璃，五顏六色的從地到屋頂。我局促地站在那裡，只覺得房間很大很暗，從玻璃窗射進來的陽光卻很刺眼。屋裡空空蕩蕩沒傢具，就一台巨大的三角鋼琴"站"在房間中央。逆光中坐着一個瘦長的女士，坐得很直，上身是白色的套頭衫，頭頂着一層陽光，臉在暗影裡看不清五官，只覺得她眼睛很亮，盯着我不動，有點兒嚇人。

　　女士的左胳膊肘架在鋼琴上，手臂伸向空中，兩根指頭豎着，夾着根煙，煙柱不慌不忙地旋轉而上。彩色的陽光穿過煙霧直射着我，我感到一陣緊張，本來英文就差，準備好的幾句全忘了。

　　"我是露易絲，你要唱甚麼？"

　　女士嗓音低沉，語氣直截了當，像男的，略微沙啞。

　　我來這個教堂是為了考科羅拉多歌劇院的合唱隊。

　　那是我第一次見到露易絲，命運帶我來到她面前，一推，把我交給了她。我當然不會想到，我的歌唱事業在未來的五年會跟她緊密相連。

　　"你要唱甚麼？"

　　我被她那種命令式的語氣和冷酷的表情一時噎住，還沒來得及張口，她又問了一遍。

　　我結結巴巴地説，想唱威爾第歌劇《麥克白》中班柯的詠歎調。

　　"樂譜給我。"

　　女士打斷我還沒説完的話，一伸左手，把煙頭按進煙灰缸，同時對着我把右手一攤。

　　也許我從來沒碰到過這麼有個性的女士，所以對她當時的樣子記得非常清楚。露易絲的舉止很帥氣，帶着一種男性的幹練和力量。她大約四十多歲，短髮緊緊地紮在腦後，白色的套頭衫配一條牛仔褲，加一雙白球鞋，使她瘦長的身形和長腿長手像一個運動員。可能因為房間暗，也許是逆光，她的白衣白鞋白得耀眼。我對與眾不同的女子總會記得很清楚，而女子一像男子就顯得與眾不同。

　　我不記得最後是怎麼把樂譜遞給露易絲，怎麼站的，怎麼唱的，慌亂之中試唱已完成。

　　我最後一個高音還沒唱完，露易絲的雙手已經離開鋼琴鍵。

　　"O——K！"

　　露易絲的"O"拖得很長，一邊説一邊從煙盒裡拽出一支煙，點着火，一抬頭，向上噴出一口煙，仍然坐得很直，眼睛沒離開過我。

　　她是甚麼意思呢？我費勁地猜着。"O——K"的意思是説我唱得好還是不好？還是不好也不壞？

　　這時旁邊的一個門開了，快步走進一位先生，淺藍色的西服，一條紅領帶，禿頂，圍着一圈兒齊脖子長髮，前額又高又寬，戴一個大黑框眼鏡。他看了我一眼，迅速地問露易絲："是他唱的？他是誰？"露易絲用煙指了指我，眼睛閃過一絲笑意，搖了一下頭。我才想起還沒有自我介紹過。

我趕快報了姓名，盡量說得慢些。來美國沒多久我已經知道，我的名字 Haojiang Tian 這幾個字不好念，尤其是 Haojiang，幾乎沒有任何一個美國人念得出來，記得住。我後來的習慣，是永遠告訴不認識的西方人叫我 Tian，Ti—an—Tian。

男士兩步走到我面前，透過大黑眼鏡框打量我，也許他是遠視眼，鏡片像放大鏡，裡面是一雙放大的三角形眼睛，帶着一種威嚴盯着我。他極快地說着話，一個音高，不張嘴，咬着牙說，帶着一種"嘶嘶"的聲音，像機槍掃射。他用命令似的口氣說了一串話，最後指了一下露易絲。

我根本沒聽懂他說了甚麼。那時我剛到美國三個月，還在大學的語言中心艱苦地學英文，只能猜。覺得他是說喜歡我唱的，還似乎說了讓我跟那位女士學習，最後兩個詞是"No charge"，我記住這兩個詞的原因是他說了兩遍。

男士說完，根本沒等我回答，遞給我一張名片，說："給我打電話。"然後跟露易絲點個頭，一轉身，快步走出。

這就是奈特，露易絲的先生，科羅拉多歌劇院的院長。

露易絲和奈特是歌劇界出名的一對歌劇夫婦，兩人缺一不可，合作嚴絲合縫，沒有他們就不會有科羅拉多歌劇院。

露易絲是一個著名的歌劇專家，彈一手好鋼琴，會講流利的意大利語、德語和法語，歌劇劇目嫻熟，任何角色的詠歎調、任何合唱的唱段、任何語言,張口就來。她的職業就是訓練歌唱家,幫助他們練習整齣的歌劇,從演唱到風格,從節奏到音準。她參與訓練過所有歐美的主要歌劇演員,不乏大明星,包括帕瓦羅蒂、多明戈、薩瑟蘭、米爾恩斯、斯科托、弗蕾妮等。

露易絲在紐約大都會歌劇院當過十五年的歌劇指導,英文叫"Coach",意大利文是"Maestro",大師的意思。歌唱家們在學習或者複習一部歌劇時,會找歌劇指導學習,自己安排,自己付費。如果是在歌劇院排練期間,劇院會安排歌唱家跟劇院的歌劇指導練習。如果你找的是一個出色的歌劇指導,還懂聲樂技巧,那是幸運,會對你的歌劇事業有至關重要的影響:可以幫助你提升歌唱水平,關係到你演出的成功,意味着你會有更多的合同。

世界範圍的歌劇指導至少有數千名,大都集中在一些聞名的歌劇城市,如紐約、維也納、柏林、倫敦、巴黎、米蘭等。歐美國家的歌劇指導通常都可以幫助你練習兩三種語言的歌劇和藝術歌曲。在意大利的歌劇指導,主要以訓練意大利文的歌劇劇目為主。從事這個專業的歌劇專家通常是從學習鋼琴開始,對歌劇發生興趣後轉歌劇指導和聲樂伴奏專業。

最近一些年,中國有些年輕的鋼琴專業的學生,開始學習歌劇指導和伴奏的課程,用功些的會爭取到歐洲和美國去學習歌劇指導專業兼為聲樂學生彈伴奏。但這些學生對語言的掌握,對歌劇文化的全面了解,對西方藝術歌曲的修養,還有很長一段路要走。中國年輕的聲樂學生,也越來越認識到學習的過程中需要好的歌劇指導幫助。總體來講,中國極度缺乏真正懂歌劇演唱和聲樂專業的歌劇指導，這對中國聲樂學生的全面修養和歌劇演唱水平的提高有嚴重的影響。也許要經過一兩代人的努力，才會出現一批真正的中國歌劇指導，填補這方面的需求。中國需要自己的露易絲。

奈特是美國著名的歌劇導演，從 1956 到 1985 年曾是紐約大都會歌劇院最主要的導演，在那裡導過十四部新製作歌劇，他同時在美國和歐洲的一些主要歌劇院導戲，一度叱咤西方歌劇界。他導的歌劇曾在許多歌劇院反覆上演，最有代表性的製作會連續上演十幾二十年。譬如在大都會歌劇院的《玫瑰騎士》《漢斯和格利特》《愛的甘醇》和《波吉與貝絲》等，像《玫瑰騎士》，在大都會歌劇院連續演出超過三十年。那些年代的歌劇明星很多都演過奈特導的戲。在 20 世紀 80 年代初期，奈特夫婦離開紐約來到丹佛，成立了科羅拉多歌劇院。丹佛有兩百多年的歷史，是美國中西部開發時的牛仔城，揣着左輪槍養牛馬的地方，跟歌劇沒關係。很多歌劇界的人都對他們來到丹佛另起爐灶大為不解，一定有甚麼原因，讓他們離開紐約，離開大都會歌劇院，一跺腳就來開發美國西部了。

當時美國中西部這幾個州都是歌劇藝術的荒地。有錢人喜歡附庸風雅，一聽說丹佛要成立歌劇院，領軍的夫婦又都是世界歌劇界的知名人物，於是贊助者蜂擁而至。科羅拉多歌劇院的起點很高，1981 年的第一個演出季就驚天動地，首演推出了一流國際水平的意大利名劇《波西米亞人》。很多歌劇明星前來捧場出演主要角色，巨星男高音多明戈慨然加盟，飾演主角魯道夫。

科羅拉多歌劇院每年演三到四部歌劇，總共十幾場演出。

歌劇院沒有全職的合唱隊，合唱隊員都有自己的工作，白天上班，晚上和週末來排演歌劇。合唱隊員的工資微乎其微，每場演出每人的薪酬不會超過五十美元，但想來參加合唱隊的人無數，競爭激烈。這個合唱隊不一般，很多人都是上過音樂學院的專業歌手，聲音都不錯，音樂素質很高，站在那裡每個人都挺有範兒，而且對歌劇演唱有一種癡迷的獻身精神。

一個歌劇院的發展和質量，跟領導者的才能息息相關。奈特是國際知名的導演，專門負責劇目的選擇和製作，還主管籌款。任何一個歌劇院的運作，籌款都是最重要的一個環節，每一個歌劇院的院長都必須具有籌款的能力。劇院的音樂指導是露易絲，除了負責歌劇的音樂排練，還創建了合唱隊。每一個隊員都經過露易絲嚴格挑選，親手調教，合唱隊一出聲完全是專業水平。科羅拉多歌劇院發展迅速，每個演出季的幾個劇目都是名劇，很快成為受歌劇界矚目的劇院。

我就是奔着這個合唱隊來的。

1984 年的春天，我剛在丹佛大學學習了三個多月，甚麼都新鮮，都想試試。反正我是一窮二白赤手空拳來到美國的，無所畏懼。我每天除了在語言中心學習五個小時的英文，還在音樂學院上聲樂課和歌劇表演課，早上 6 點多鐘就開始在學校的食堂打工洗碗。我不知道有沒有時間參加科羅拉多歌劇院合唱隊的排練和演出，也不知道能不能考上，就想試試。我是從學校食堂的廚房洗完碗趕來考試的，鞋還是濕的。

離開那個教堂的時候，我還沒反應過來，自己到底是考沒考上這個合唱隊呢？也沒敢問。我拚命在回憶我是怎麼唱的，一句句地回憶，甚麼地方不好，最後那個高音是不是站穩了，我唱的節奏怎麼樣？音準？奈特那一連串的話說了些甚麼？他最後說的"No charge"這兩個詞是甚麼意思呢？唯一的一個印象是他似乎說了讓我跟露易絲學習。

我哪兒有錢跟露易絲學習啊？她多少錢一堂課呢？至少一百美金？那時對我來說一百美金是天價。我在學校有全額獎學金，就是免學費，但沒有生活費，得靠自己。我在學校註冊上學那天，出了註冊辦公室的門就進了另一個辦公室找工作，找校園裡合法的工作，第二天就開始在學校食堂洗碗。每天四個小時，才掙不到十美元，怎麼付得起露易絲的學費啊！

我兩個多月沒有給奈特打電話，也沒有任何人通知我是否被歌劇院合唱隊錄取，直到我在一個聚會碰到他們。奈特和露易絲是來賓，我被請去唱歌，唱完歌兼端盤子服務客人。

奈特一見到我就從人群中快步走過來，大眼睛從黑鏡框裡瞪出，嚇我一跳。"哎，你躲到哪裡去了？！為甚麼不開始跟露易絲上課？也沒給我打電話？！"啪啪啪的問號，語氣逼人，他顯然不高興。我趕快解釋是因為我沒錢跟露易絲上課，所以沒打電話，連聲說："對不起！"

"No charge！我告訴過你！！"奈特聲音裡帶着火氣，我惶恐地問"No charge"是甚麼意思，奈特的臉一下子逼到我眼前，大黑眼鏡框幾乎撞到我的臉，大聲說："No charge 的意思是：不——收——學——費！！"奈特後面站着微笑的露易絲，雙臂抱在胸前，右手兩指夾着一根煙，豎着，一縷煙霧緩緩向上。

我跟露易絲整整上了五年的課，每週一次，No charge！

請告訴我，在今天的世界，有沒有任何一個老師，給學生上了五年聲樂課，不——收——學——費？

　　跟露易絲上課真是難為她了，我歌唱的狀態、音樂修養和語言的掌握都在低水平，很多時候上課沒聽懂也不敢問，就一再重複錯誤。於是露易絲會用一種可以殺人的目光盯着我，聲音更低更啞，再重複一遍她的要求，同時用手指頭"咚咚咚"地戳着鋼琴鍵。那"殺人目光"深深地刻畫在我的記憶中，以至於我永遠都不會再犯類似的錯誤。一直到今天，我都會時不時想起她教給我的那些知識，會突然領悟到她的要求。

　　露易絲在她的時代非常有名，1965 年成為大都會歌劇院第一個女性助理指揮兼歌劇藝術指導，是真正的大師。她是跟明星級的歌唱家工作的人，不知道為甚麼會那麼耐心和嚴肅地幫助我，所以我每一堂課都認真至極，希望做到她的每一個要求。我不是一個聰明的學生，但願意拚命，最後我總結出的真理是：把你唱不好的地方唱四十遍，每十遍停下來想一想問題所在。不要重複錯誤，不要裝懂，不要自以為是，記住中國的老話"不恥下問"。

　　除了跟露易絲學習整齣的歌劇，我還跟她結結實實地學了六首詠歎調，分別是意大利語、德語、法語和英語的歌劇選段——作為參加考試的曲目。

　　《啊，你巴勒莫》(*O Tu Palermo*) 是威爾第歌劇《西西里的晚禱》裡的男低音詠歎調，很長，很難唱，但可以充分地顯示出歌手的聲音和修養，露易絲把它選為我未來聲樂考試的主打曲目。她一定有某種特異功能，預見到後來的好幾年中，我在試唱考試時的第一首曲目，永遠是《啊，你巴勒莫》。

　　這首詠歎調真是不好唱，很少有男低音選來做試唱曲目，唱不好會很沉悶。開始的宣敍調，第一句是 "O Patria"（啊，祖國），表現一個被驅逐的愛國者，很多年後乘船回到故鄉，在海邊上岸踏上祖國大地時激動的呼喚。

"你必須記住，"露易絲說，"'O Patria'是這首詠歎調的第一句，也是你參加歌劇院試聽唱出的第一句。你必須要給考你的人一個強烈的第一印象，讓他立刻對你產生興趣。不要炫耀，不能膽怯，絕對不能忽視。怎麼張口唱出第一個音，怎麼運用呼吸支持，怎麼站，用甚麼表情，長音要唱多長，都要反覆練習。這第一句你要唱出你全部的修養，你聲音的質量、音量，你的技巧，你的角色感。這第一句極為重要，是奠定你是否能被這個歌劇院錄取的基礎。"露易絲第一次給我這個曲目時，鄭重地跟我說了這些，語重心長。

就這開口的第一句，露易絲帶着我練了至少幾百次。

就是這首詠歎調，給我帶來了很多歌劇院的合同，其中包括紐約大都會歌劇院。

我從來沒有曠過露易絲的課。有一次給人家打掃房子，從梯子上掉下來，腰扭了，第二天還是去上課。腰疼，怎麼也唱不好，吸氣就痛，最後被露易絲看出來了，目光溢出同情，說："回家！休息好再來。"那是五年中唯一的一次，她把我轟出了家門。

1990年，我在紐約贏了"羅莎—龐塞爾國際聲樂比賽"的一個獎，獎金是兩千美元，寫明是支付獲獎者學習的獎金，老師每個月需直接把課時費單據寄到比賽委員會，委員會按時按月，直接把課時費寄給老師。

我欣喜若狂，算了算可以支付露易絲十個月的學費！回到丹佛見到露易絲，高興地告訴她我終於可以付她學費了！

一個月後，跟她上課結束時，露易絲眼神神秘，用夾在指頭上的香煙做了一個很利索的姿勢，示意我跟她走。在她辦公室的桌子上有一個白色的信封，她用煙指了一下，微笑地說："給你的。"我猶豫地拿起信封，打開看到裡面是兩千美元的現金，頓時糊塗了。

"這是你贏的獎金，你的錢，我知道你需要錢。"露易絲笑了，眼睛閃亮，開心地說。

露易絲一定是世界上唯一的一位老師，下課付錢給學生。

1984 年 10 月，我在科羅拉多歌劇院演出的歌劇《曼儂·萊斯科》裡扮演了一個配角，船長。那是我歌劇演唱生涯的第一個歌劇角色。

一個歌劇演員當然要唱得好，但演戲同樣重要。學校裡的表演課坦率地說學不到甚麼，真正的課堂在舞台上，在排練廳裡，最重要的是"泡"在歌劇裡。還有，悟性。

我小時候是一個很羞怯的男孩，用父親一個同事的話說："我記得田小鹿（我的小名）小時候走路都是貼着牆根兒走，沒想到，怎麼成了歌劇演員了？"他說的一點都不錯。

剛參加科羅拉多歌劇院《曼儂·萊斯科》的排練時，我笨手笨腳還緊張，怎麼站，站在哪兒，眼睛看誰，怎麼上下台等都不知道。排第三幕的時候，我這個船長唱了幾句，讓監獄的看守把要流放的女囚點名登船，包括曼儂，主角男高音德格利厄衝過來苦苦哀求，讓我容許他登船和曼儂一起流放。

第一次排練，我周圍都是歌唱演員，每個人都在表演，我完全暈了，不知道自己站在那裡幹甚麼，更別說演戲了。突然，奈特一手拉着男高音主角穿過人群向我衝來。那是在第三幕很戲劇性的時刻，也就幾秒鐘的過程。奈特在為男高音做示範，一個不顧一切要登船的情節。奈特衝過來的時候臉部扭曲，眼睛睜得巨大，眉毛豎在額頭，身子前弓，公牛般地撞上我，我還沒反應過來已經飛了出去，重重地摔在地上。後來奈特跟我講，他看我站在那裡整個一傻瓜，完全沒在戲裡，對自己的角色根本沒感覺，根本沒注意男高音的表情動作和唱腔，就別說做出反應了。奈特決定給我一個教訓，讓我記住怎麼演戲——於是我就飛出去了。教訓要付出代價，代價是我胳膊和腿上的擦傷和瘀血疼了很久，記住的是在排練中別走神，永遠在戲中。

露易絲是在家裡給我上課，我喜歡去他們家，那是一個兩層樓的連體屋，位於丹佛一個很有名的住宅區，幾條街的大小房屋圍着幾條街的商業區，很多有個性的商店和飯店，周圍的房屋價格不低。

他們的家到處都是奈特導過的歌劇海報和歌劇題材的繪畫作品。客廳中間是一個舞台設計的模型，大概一米見方，是奈特在大都會歌劇院導過的歌劇《紐倫堡的名歌手》，按舞台比例縮小的模型。這個模型給我留下了深刻的印象，因為它整個用的是灰藍色：灰藍色的教堂，灰藍色的庭院和街道，街上有幾個灰藍色的吊燈，給我一種夜深人靜的感覺，裡面還有一個戴着三角帽，穿着長大衣的人，肩膀上扛着一隻長矛挑着一盞燈，在一片灰暗的色彩中，只有這盞燈裡有隱約的黃色，像火苗。這個模型給我的舞台感太強了，我去上課休息的時候，總會看幾眼這個模型，從各個角度看，每次都會看出些新的感覺。但絕對沒想到，我未來會在大都會歌劇院演出這個角色，在灰藍色的舞台上。那根長矛又長又重，壓得我走不了路唱不了歌。

他們的家還有一些顯然很有紀念意義的照片，大多是跟歌劇界明星們的合影，有一張是 20 世紀 60 年代美國總統肯尼迪看了歌劇後跟奈特的握手照，就在肯尼迪被暗殺前不久。最多的是大都會歌劇院的演出海報，當然都是奈特導的戲，至少有二三十個，辨認當年參與演出和製作的人名是一件愉快的事兒。

露易絲跟我簡單地介紹過一些他們家牆上的藝術品，還有那些海報和照片，但很少講到他們夫婦在大都會歌劇院的經歷。我總是非常好奇，他們在那個世界最著名的歌劇院有過二十八年輝煌的經歷，奈特在那裡導過那麼多歌劇。露易絲得到過那麼多歌劇明星們的信任。到底發生了甚麼讓他們離開了大都會歌劇院？

有一天上課的時候，露易絲突然停了下來，說：「你知道，我們當年離開紐約的時候怎麼運的這架鋼琴嗎？」她伸出手拿起沒抽完的煙，深深地吸了一口，讓煙霧慢慢地冒出。她用夾着香煙的指頭點了一下鋼琴。那是一台九尺長的斯坦威三角鋼琴，正式的音樂會演奏琴，巨大。

「我們住在曼哈頓的上西城，那天我們搬家，鋼琴要從九層樓上運出去，你知道在紐約怎麼運這麼大的鋼琴嗎？」

我搖搖頭。

「從窗戶，得把整個窗戶拆下來，從樓頂固定一個腳手架，把鋼琴吊出窗戶洞，再一點點地放到地面。」

露易絲看我驚訝的樣子淡淡地笑了一下，眼神停在香煙上。她再開口的時候，聲音輕了下來。

"當時是中午 12 點，搬運工們說要吃午飯，一下子都走了。鋼琴已經吊出窗外，懸在半空，九層樓高的半空中！"

露易絲的眼睛看着上升的煙霧。

"於是我一個人坐在樓門洞外面，抽着煙，看着半空中的鋼琴。那天風不小，鋼琴在半空中緩緩地蕩來蕩去，我第一次感到一種無能為力的無奈。一個小時之後，工人們才回來，若無其事地開始往下放鋼琴。"

那是我們認識這麼久唯一的一次，我看到露易絲的眼睛裡閃過一絲惆悵。她想念紐約嗎？我真想問她。

1988 年，在美國六個城市舉行過 "美聲國際聲樂比賽"，是芝加哥的一個意大利歌劇基金會贊助和主辦的。無論你居住在哪個城市，都可以報名參加六個賽區之中的任何一個城市的比賽，每個賽區的第一名獲獎者，將會得到贊助，去意大利布塞托，跟國際著名的男高音大師卡羅．貝爾岡齊學習一個月，所有的費用將由這個歌劇基金會支付，包括路費、學費和食宿等。丹佛就是一個比賽點，由科羅拉多歌劇院主持。周圍幾個州很多青年歌手都報名參加比賽，我也是其中之一。

"田，"露易絲有一天上課跟我說，"我看到你報名要參加下個月的'美聲國際聲樂比賽'。"

"是的。"我說。

"你可能知道，我是這個聲樂比賽丹佛區的總評委，我認為你最好不要在丹佛參加這個比賽，我絕對不可能把第一名給我的學生，你不會有希望的。"

我怔住了，雖然我沒有信心能贏得第一名，但還是想試試，露易絲既然這樣說，那我只好放棄？

"這樣吧，你報名，去得克薩斯州的聖安東尼奧賽區參加比賽，你要是在那裡贏了比賽，就可以去意大利學習了。"露易絲又說。她是個非常敏捷的人，往往是我還沒來得及提完我的問題，她已經把答案告訴了我。

我去了聖安東尼奧，在一個很大的購物中心參加了決賽，決賽有六個青年歌手，我這個並不年輕的"青年歌手"得到第一名。

我當時做的第一件事，就是衝到公用電話旁，第一個電話打給瑪莎，那時我們正在熱戀。第二個電話打給露易絲。打完電話我樂得連跑帶顛地離開了購物中心，我隨身帶的一切都忘在公用電話旁。

六個第一名的歌唱家，從各自的城市聚集在芝加哥，從那裡飛往意大利。走的前一天晚上，這個意大利美聲基金會舉辦了一個大型的晚宴，大約有兩百多個來賓。所有六個獲獎歌手每人唱一首詠歎調，我唱的是跟露易絲磨了五年多的曲目，《唐卡洛》裡菲利普國王的詠歎調《她從來沒有愛過我》。奈特去了，跟瑪莎坐在一起。

那是我 1983 年去美國留學後第一次去歐洲，去歌劇的故鄉意大利，跟貝爾岡齊大師學習。布塞托在意大利的中部，是偉大的威爾第的誕生地，也是他去世的地方，想到這一切都讓我止不住地激動。

在芝加哥告別的那個晚上，奈特非常激動，大黑鏡框後面的眼睛從來沒有那麼溫情過。他緊緊地抓住我的手跟我告別，說我剛才唱得很好，記住了露易絲所有的要求。我突然覺得他的手心中有甚麼東西硌着我的手心。

"這是給你的一點禮物，你一定會需要的。"奈特在我耳邊說。

我低頭一看，手裡是他塞給我的幾張美元，有一百塊和二十塊的，還有兩張五塊的和一塊的。奈特一定把他兜裡所有的錢都掏給我了。

1990 年，我已經跟露易絲學習了五年。有一天奈特鄭重地遞給我一張紙，說："你應該找個經紀人了，我跟紐約的八個歌劇經紀公司介紹了你，他們都答應了給你一個試聽的機會，當然了，他們都需要推薦自己的歌唱家來我這裡唱歌劇，所以不會駁我的面子。"奈特在大黑眼鏡框裡擠了擠眼睛，"誰願意跟你簽約就看你的運氣了，這是他們的電話號碼，你去跟他們聯繫吧，祝你好運！"

幾天後，我登上了去紐約的飛機。

之後的一個星期，我經過了顛簸震盪的經歷，八個經紀人有七個用各種方式拒絕了我，有些拒絕得很粗魯還帶着明顯的歧視態度。最後的一個，第八位，是一個儀表堂堂很有禮貌的男士，聽我演唱之後沉默了一下說："明天你到我辦公室來一下。"對我來說，這句話似乎是從天堂裡傳出來的。

他叫保羅，後來他告訴我，如果沒有奈特的推薦，他根本不會願意浪費時間，去聽一個從中國來學聲樂的、已經三十五歲還沒有歌唱事業、來自一個牛仔城、在科羅拉多這個閉塞的地方學的聲樂，聽上去就是一個沒戲的歌手。奈特說對了，保羅說答應聽我試唱，就是為了能讓奈特聘請他公司的歌唱家，參加在科羅拉多歌劇院的演出。當保羅開始試着給我安排一些歌劇院試聽的時候，意外地發現這個"中國牛仔"試唱成功率不低。保羅從來沒跟我簽過合同，卻跟我一起工作了八年。

保羅是對的，歌劇界的競爭太大太殘酷，沒有任何人能保證我會有歌唱事業，尤其是來自中國的歌唱家，在西方歌劇界還沒有建立任何信譽。

作為一個剛起步的歌手，我那時已近中年，已經從音樂學院畢業了三年，看不到未來，還在歌唱事業的邊緣艱難掙扎，一邊打工一邊跟露易絲學習，銀行裡的存款只有幾百美元。但我一有點兒錢就飛紐約，去學習，去參加聲樂比賽，看歌劇和去唱給任何願意聽我唱的人，到處尋找事業的突破點。那時一年最多從丹佛飛去紐約十二次，沒錢了趕快回丹佛，一下飛機就去打工。

我的動力非常簡單，當你愛上一個人的時候，會為愛而激發出陌生的力量。我對自己立下一個誓言，要在兩年中成為一個能自食其力的歌劇演員，能和瑪莎在一起，不讓她失望，能養家。為此我逼迫自己付出百分之三百的努力。

努力常常伴隨着失敗。在我感到絕望的時候，幾次跟瑪莎商量放棄歌唱找個甚麼可以賺錢的工作，瑪莎總是笑笑說"再試試吧"。她後來跟我"坦白"過，第一，她發現我除了唱歌沒有任何其他本事和特長；第二，一些歌劇界專業的人告訴她"田應該可以有歌唱事業，他的聲音非常特別"；第三，她相信奈特夫婦，如果我沒戲，他們不會一直那麼認真地教我，幫助我。

1991年3月18日，丹佛雖然仍被大雪覆蓋，但已經可以感覺到春天。我在家裡收到一個大信封，裡面是我的經紀人寄來的紐約大都會歌劇院的合同。

　　合同很複雜，看不太懂，只看出這是一個一整年的合同，演出兩部歌劇，做三部歌劇的替補 B 角，有醫療保險和五個星期帶薪假期，最後看到了酬勞的數字，我掰着指頭數了半天，激動地奔到電話旁邊，給瑪莎的遺傳研究實驗室打電話。

　　"瑪莎！你能回家嗎？"

　　"不行啊，我這裡很忙。"

　　她顯然覺得奇怪。

　　"為甚麼？"她問。

　　"我覺得我們應該今天結婚。"我說。

　　瑪莎幾秒鐘沒出聲。

　　"我十分鐘後回家。"她說。

　　一個小時以後我們去了丹佛的市政局登記結婚，證婚人是我愛爾蘭父親般的好朋友盧和夫人。

　　第二天，我和瑪莎請了奈特夫婦來家裡吃飯，想鄭重表示感謝，因為沒有他們我絕對不可能有歌唱事業，也不會有我人生中最重要的轉折，其實說感謝都顯得做作，怎麼謝啊？

　　"我覺得你應該拒絕大都會歌劇院的合同！"奈特一臉嚴肅地坐下，認真地拿出一張紙和一支筆。露易絲點起了一支煙，靜靜地看着我。

　　我大吃一驚，我應該拒絕大都會歌劇院的合同？！拒絕大都會歌劇院？！我奮鬥了多少年才走到這一步，我的全部希望都在這個合同上，而且這是奈特和露易絲多少年的幫助我才拿到的合同，而且，我能跟瑪莎結婚也完全是因為有了這個合同……全世界有多少青年歌唱家夢寐以求地盼望着這個合同……而現在我要去……拒絕這個合同？！瑪莎也停止了做飯，屋子裡有一種緊張的氣氛。

"你是一個剛起步的歌手，大都會歌劇院就是個大工廠，你的才能完全會被淹沒在那裡，你在那裡每天就在演出些配角和做替補中消耗你的生命，你最後會失去你應該有的歌唱事業。"奈特聲音不大，抿着嘴，"嘶嘶"地快速説着，口氣堅決，不容分辯。

我徹底糊塗了。我能真正地開始我的歌劇事業，能進入最好的歌劇院，不正是他們培養我的目的嗎？我完全不明白，也不知説甚麼。

"你看，"奈特用筆在紙上劃了一道，"你應該留在丹佛，就在科羅拉多歌劇院，做我們的駐院歌唱家。"他一邊説一邊寫。

"大都會給你的是這些配角，這是他們要給你的酬勞數目。"奈特在那條線的另一邊開始邊説邊寫，"這些，是我在未來一年可以給你的角色，都是主要的歌劇角色，這是我可以給你的酬勞。"他寫下些數字，劃掉，又寫上些數字。

瑪莎走過來和我一起看着奈特寫下的數字。無論奈特如何加減，他寫下的酬勞數目還不及大都會合同上的一半。對我和瑪莎來説，問題不是錢，奈特的要求將完全改變我們的未來。

奈特的表情保持着堅決的神態。"你要知道大都會歌劇院的頭兒都是誰，他們很壞，他們只會使用你，把你的價值榨光，然後甩掉你。"他的眼睛緊緊地盯着我，説，"不要去紐約，留在科羅拉多！"

露易絲沒説話，她是一個永遠毫無保留地站在奈特後面的人。歌劇院行政和歌劇製作方面的事兒，露易絲會退後一步任奈特全權處理,從不插嘴。音樂訓練和合唱隊的事情,露易絲會往前邁一步,帶着堅決的權威意志指揮一切。他們是無比和諧的搭檔,連穿衣服的風格都很相似,兩人都喜歡穿淺顏色的套頭棉毛衫,長袖的,都喜歡在做事兒的時候把袖子往上拉一下,顯得非常爽氣。露易絲最喜歡穿牛仔褲,白球鞋,除了抽煙,常常會把兩隻手都揣進褲兜裡,縮起肩膀走路,顯得更高,更利索。此刻,她沒有說一個字,但我從她的眼睛中可以看出她的意思——我應該聽奈特的話。

那是一個萬分尷尬的夜晚,我始終沒有答應奈特留在科羅拉多,感到自己像個罪惡的叛徒,但我怎麼能夠對大都會歌劇院的合同說"No"("不")呢?我當然還沒有想像到,這個對我歌唱人生最重要的合同,直接關係到我未來三十年的歌劇事業。

當奈特最終說出他最不喜歡的那個人名時,我才意識到這個在大都會歌劇院位高權重的人物,或許跟奈特黯然離開那裡有直接的關係,所以,也許這就是奈特想說服我放棄這個合同最主要的原因。我好像一下子明白了這幾年一直在想的問題,如此世界一流的導演和這麼傑出的歌劇指導,怎麼就會願意離開世界一流的歌劇院,來科羅拉多艱苦創業?也回答了我為甚麼他們極少談及大都會歌劇院的緣故。明顯的,他跟這位權威有一種勢不兩立的矛盾。

最後,我當然不可能說服奈特,他也知道我絕對不會拒絕大都會歌劇院,我們的結論是:我會去大都會,在那裡待不下去的時候就回到奈特這裡,回到科羅拉多歌劇院。

我們都能隱約感到,告別的時刻來到了。

　　1991 年 8 月，我和瑪莎從丹佛搬到紐約，9 月我在大都會歌劇院開始了第一次排練。瑪莎在她醫學院的研究所申請了留職一年的要求，我的合同也是一年，我們住在紐約的計劃也就是一年。人生就是沒有閘的列車，只要你上了這列車，你的人生只有前行沒有退路。我們在紐約住一年的計劃變成一住三十年。

　　1998 年露易絲去世，我在歐洲演出時得到的消息，據說她去世前兩天還在給合唱隊排歌劇。

　　露易絲死於肺癌。

　　2003 年，奈特從科羅拉多歌劇院退休，據說他是"被退休"。傳聞說他跟歌劇院理事會不和，被指責在歌劇製作上經常超出預算，花錢太多，於是理事會決定"Buy him out"，意思是付他一筆錢請他離開。還聽說那時奈特已經患上老年癡呆症，記憶正在緩慢地離開他。他在科羅拉多歌劇院導了三十五部歌劇，我有幸參加過演出的大約有十部。

　　後來的消息讓我們倍感安慰，奈特又再婚了，他的新夫人帕姆我們也認識，是一個六十多歲酷愛歌劇的女士。帕姆從科羅拉多歌劇院成立就捐款加出力，是歌劇院一個長期的支持者，也是奈特的崇拜者。崇拜者跟崇拜的人結婚是圓滿的，據說帕姆把奈特照顧得無微不至。

　　2006 年我在意大利維羅納夏季歌劇節演出《圖蘭朵》，帕姆聯繫我們，說她和奈特想去看我的演出，這真讓我們喜出望外！演出完他們夫婦到後台，見到奈特真是太高興了！他的樣子沒怎麼變，快八十歲了，還是大黑框眼鏡套頭衫，顯得興致勃勃，看不出來任何病態。帕姆大聲笑着說："你們相信嗎？

我們在米蘭下了飛機，租了車，奈特一定要開，一路幾個小時都是他開過來的！"我們帶他們在寬闊的舞台上轉了一下，周圍都是正在清理佈景的工作人員。維羅納夏季歌劇節的劇場是在一個古老的角鬥場原址上改建的，露天，巨大，橢圓形，可以坐兩萬五千名觀眾，是世界上最大的露天歌劇藝術節。我才知道原來奈特早在 20 世紀 70 年代就在這裡導過戲，是一個全新製作的威爾第歌劇《遊吟詩人》，男高音主角是明星多明戈。奈特一揮手指了一下觀眾台那一級級高高的台階，說："你們知道我們第一場《遊吟詩人》演出時最瘋狂的場面是甚麼嗎？"奈特的語速明顯的緩慢很多，雖然還是那種發號施令的語氣。"第一場演出開幕之前，多明戈說要給我一個意外，結果在他唱那個著名的詠歎調《看篝火熊熊》時，在最後一個無限延長的高音上，他就一邊唱着高音，一邊一級級地跳上高高的台階，把高音一直拖到觀眾席最高處才停！別忘了有兩萬五千人坐在那裡！觀眾那種瘋狂我根本沒見過！"

奈特一邊説，一邊用眼睛迅速地掃了一下舞台，那種大導演的目光和自信瞬間再現。

廣闊的蒼穹星光燦燦，古老的角鬥場已歸於沉寂，我們在鋪滿石塊的街道上走進午夜。

奈特説想吃冰淇淋，然後拿出一盒煙，抽出一根，點着，深深地吸了一口，兩指豎着夾着煙。

煙柱不慌不忙地旋轉而上。

大都會歌劇院的座位和站票加在一起，可以容納四千位觀眾，是世界上最偉大的歌劇院之一

我在大都會歌劇院的《圖蘭朵》中，演出了四十一場韃靼老國王鐵木爾

跟小澤征爾在日本巡演《波西米亞人》，
我飾演哲學家科林

上圖：第一天跟小澤排練，他在跟我講第一次帶波士頓交響樂團去中國演出的經歷
下圖：在東京演出《波西米亞人》後，跟參演的中國聲樂學生合影

南美洲最重要的歌劇院——阿根廷科隆大劇院

我在科隆大劇院演出《浮士德》中的魔鬼梅菲斯特，也是第一個亞裔歌唱家飾演這個角色

"你要知道這是他們第一次進歌劇院，去跟他們講幾句，他們會記一輩子的。"

我的第一個經紀人是保羅．科泰，我和他工作了八年

玛莎出名的"北京烤鸭"

# 大都會試唱記

在紐約大都會歌劇院的試唱考試，是我歌劇事業最重要的一次考試，直接改變了我的一生。

保羅·科泰是我的第一個經紀人，當他告訴我有兩個試唱，星期三在紐約市歌劇院，星期五在大都會，我真以為自己聽錯了。對任何一個還沒有開始歌唱事業、前途渺茫的"年輕"歌手來說，能有這兩個試唱機會是多麼激動！對我來說，紐約市歌劇院就像地上的聖殿，大都會歌劇院根本就在天上。那時我認識保羅·科泰才一個月。

星期三。

第一次走上市歌劇院的舞台，我被嚇了一跳。舞台太大了，觀眾席是個巨大的扇面形，好幾層，一看就覺得音效不好。我甚麼也顧不上，慌亂中走上台就覺得所有座位上都是人，定下神才發現整個觀眾席是空的，只有一個頭髮灰白的人遠遠地坐在一大片座椅中。

"你想唱甚麼？"灰白頭髮沒抬頭，聲音又遠又弱。

《啊，你巴勒莫》。"我趕快報上最有把握的詠歎調。

"OK。"

這段詠歎調大約有四分鐘長，直到我唱完，灰白頭髮都沒抬過頭，一直在寫甚麼。他又要求我唱了一首《波西米亞人》裡的《舊大衣》詠歎調。這是一首很短但很難唱的曲目，並不適合在考試時唱。我放這首詠歎調是為了湊夠五首試聽曲目，其實就怕考官選這首，因為很難發揮歌唱的技巧，又短，沒唱兩三分鐘已經結束，很難留下好印象。灰白頭髮偏偏選了這首。

我最後一個音剛唱完，伴奏還沒停，就聽到遠方傳來乾澀短促的兩個詞"謝謝，再見"。好像在催我趕緊出去。

我對這次試唱不抱任何希望。灰白頭髮的極度冷淡，再加上這個劇場音響太差，太難唱，聲音非常乾，聽不見任何迴響，聲音唱出去就像撞上一堵牆，乾巴巴的沒有一點共鳴。

星期四。

我的預感是對的，經紀人保羅打來一個電話，說市歌劇院的總經理告訴他我唱得不夠好，聲音音量太小，在劇院裡聽不見，他們不會考慮錄取我。

保羅的話沒說完就被我打斷了，我讓他趕緊取消明天原定的——也就是星期五在大都會歌劇院的試唱，心裡冒上來一陣火燥的焦慮。保羅沉默了一下，問我為甚麼，我說我連市歌劇院都考不上，怎麼能考得上大都會歌劇院，根本不可能！我說話的聲音開始大起來。

保羅又沉默了幾秒鐘，說："我還是覺得你明天去試一下，不試，你永遠也不知道。"我沒回答，不知道說甚麼。

他說的也許是對的——不試就不知道。我不就永遠在試試試試試？從北京鍋爐廠試到中央樂團，從北京試到丹佛，現在試到了大都會的門口，難道就不試了？

能得到去大都會歌劇院考試的機會極難。

考大都會要過兩關，第一關要唱給劇院藝術部門的主管聽，第二關最關鍵，唱給藝術總監大指揮詹姆斯・萊文聽。想進大都會歌劇院，必須要過這兩關。

考試是不定期的，各個經紀公司時刻都在等待，等待介紹旗下的歌手給大都會藝術主管們試聽的機會。藝術主管們是根據劇院每年二十多部歌劇的需要甄選歌唱家。他們也會不定期地試聽一些新歌手，從中發現人才。主管們認為很不錯的青年歌唱家，就會安排試唱給萊文大師聽，大師拍板，主管們就會開始給錄取的新歌手分配角色，簽發合同。

每個經紀人都希望自己的歌手可以簽約在大都會演唱。這個世界上首屈一指的歌劇院，每年的演出季從 9 月開始，到第二年 5 月結束。每週七場歌劇演出，星期六兩場，星期日休息。每年大約有兩百多位世界各國的歌唱家在大都會簽約擔任獨唱演員，從最小的角色到第一主角，從青年歌手到世界巨星。大都會歌劇院聚集着世界範圍最優秀的歌唱家，擁有一流的歌劇製作。每年都會看到台上有首演的新歌手，每年也有不少歌唱家從節目單上消失。歌劇演唱事業競爭太強，淘汰率非常高，但這並不妨礙青年歌手們前仆後繼地奮爭。

首先保羅能給我安排在大都會歌劇院的試唱實在不容易。我根本沒有甚麼演出經歷，已經三十五歲，中國來的，在科羅拉多出牛仔的地方學的唱歌。我從來沒在紐約的聲樂圈子裡唱過音樂會，也沒贏過重要聲樂比賽的名次，我只是無數在紐約街頭茫然徘徊的青年歌手之一。

“不試，你永遠也不知道。”保羅這句話反覆在我腦子裡面轉。就去試試又怎麼樣?! 就算考不上大都會歌劇院，我能損失甚麼呢？生活不會更糟，也不會失去瑪莎。這樣一想，我決定去拚一下。

星期四下午 5 點鐘，我接到一個電話，明天給我伴奏的鋼琴家病了，不能給我彈伴奏。我一下子急了，明天上午 10 點是我在大都會的考試，沒有鋼琴伴奏怎麼辦？！趕快找保羅。

保羅打了一圈兒電話，告訴我找到一個，叫約翰森。我打過電話去，裡面是一個懶洋洋的聲音，又細又尖，像個女孩的嗓音。問我要了考試的五個曲目後，說沒有問題，都很熟。我問他晚上是否能合一次伴奏，他連聲說不用，我實在不放心，就說明天是 10 點鐘的試唱，能在試唱之前合一下伴奏最好。細嗓子懶懶地說好吧，說他家就在林肯中心邊上，讓我 9 點 15 分到他家，合一下伴奏，走路五分鐘就到大都會的後門了。

星期五。

我早上 9 點整就到了約翰森的樓下，9 點 14 分按門鈴沒人接，過幾分鐘再按，還是沒人接。到 9 點 40 分我慌了，不停地按門鈴。終於有一個矮小瘦弱的美國小伙子，急匆匆地從遠處走過來，說他就是約翰森，剛才有事兒外出。我強壓着火說現在怎麼辦？小伙子一邊手忙腳亂地開門，一邊說沒問題，合幾分鐘伴奏就行。我們剛開始合詠歎調《啊，你巴勒莫》，就發現不對了。從前奏開始他就彈出一連串的錯音，讓我開始絕望，居然找不到音高，沒法唱。一看錶已經差十分鐘就到了試唱時間，要遲到了！我有點兒粗暴地打斷了他，說必須馬上走。

約翰森看我生氣了，人一縮，趕快站了起來。我就怕在試唱考試之前着急或者發脾氣，絕對會影響演唱的水平，就使勁忍着不發火。

　　我們是跑着去大都會的，幸虧這個瘦傢伙路熟，知道怎麼從劇場的後門進去，我們連喘帶趕地填好進門需要的表格，再衝到考試的場地，已經 10 點 5 分，晚了五分鐘！

　　幸虧在我前邊考試的一個男中音剛唱完往外走，我喘着粗氣就要進考場，負責簽到的好心女士讓我喝口水，定定神再進去，給了我兩分鐘休息一下，這兩分鐘太重要了。

　　我走進考場，發現是一個小劇場，大約有一百多個座位。觀眾席裡坐着兩位非常有氣質的中年女士，着裝講究，表情友好，穩穩地靠在坐椅上。我現在太需要表情友好的面孔，多少可以讓我的情緒穩定一些。

　　約翰森的鋼琴彈得實在是太可怕了，比我這輩子合作過的鋼琴伴奏最差的還要差！前奏彈得亂七八糟就不說了，在我開始唱詠歎調時，這位"鋼琴家"不停地彈錯和聲，讓我幾乎找不到音準！我一邊唱一邊拚命地想從他的彈奏中找我的音高，找節奏，根本無法顧及甚麼語言、音色、音樂處理。我一邊唱一邊告訴自己——堅持，堅持唱完！絕對不能停下來，否則前功盡棄。唱試唱一半停下來是最大的忌諱，通常會讓考你的人一下子失去興趣和信心，覺得你連一首完整的詠歎調都唱不下來。

　　兩位坐在第十幾排觀眾席的端莊女士顯得很有耐心。她們絕對能感到我的困惑，前面那位皮膚白皙顯得很漂亮的女士有時會微笑一下，視線迅速地轉到鋼琴伴奏那裡看一眼，顯然知道我的伴奏有問題。

　　試唱結束的時候我人都要虛脫了，好像聽到前面那位漂亮女士說了一聲謝謝，我就給她們鞠了一下躬，快步走出考場，心裡是滿腔怒火。瘦小的約翰森一路小跑地追着我，結巴地說着抱歉，我知道說甚麼都沒用，覺得這是我所有試唱最可怕的一次，而且是在大都會歌劇院！我實在氣得不行，給這個瘦子一個大嘴巴的心都有。這種爛鋼琴居然還在到處彈伴奏，真不知道他摧毀過多少可憐的青年歌手。

我還是付了約翰森三十美元的伴奏費，因為他看上去很可憐，知道自己錯了。後來的很多年我偶爾會碰到他，居然還是以彈鋼琴伴奏為生！還聽說他娶了我認識的美國女中音，相信他們絕對不是在試唱考試時一見鍾情。

我幸虧沒給他一個大嘴巴，還得感謝他。第二天上午 10 點，我止心情低落地躺着不想起來，保羅來了一個電話，語調非常興奮：“你知道嗎？！她們喜歡你的聲音，蕾諾說要安排你給萊文大師唱試唱！！”

我一下子跳了起來，“真的嗎？！”我叫了起來。

“我說過，不試，你永遠也不知道！”保羅聽上去比我還高興。

我馬上就給瑪莎打了電話，我總覺得我歌劇事業所有的運氣，都跟瑪莎有直接的關係，所以要讓她第一個知道這個好消息。

蕾諾就是昨天聽我試唱時，坐在前邊的那位漂亮女士。她是大都會藝術部門最重要的主管之一，後來我在大都會歌劇院二十年的演唱，所有演出的角色，她都參與了最後的決定和簽署合同。

給萊文大師做試唱考試，是能簽約大都會最關鍵的一步。作為四十多年大都會歌劇院的藝術總監，萊文掌握着絕對的權力。尤其是他指揮的歌劇，所有的演員都要由他決定，從配角到主要角色。

沒有人知道萊文大師甚麼時候想聽歌手的考試。他可以一下子聽十個歌唱家的試唱，也可以一年半載一個都不聽。所有的青年歌唱家都在等待，極其渴望能有機會唱給大指揮聽，有的甚至等了兩年還沒等到機會。

經紀人們不可能直接問萊文，藝術部門的主管們會突然來個消息："趕快！大師明天想給後年的新製作《女人心》找女高音，明天中午 12 點，在舞台上，他會聽一個小時的考試！帶你們的歌唱家來。"一個小時，最多能聽十個歌唱家，還要把機會分給兩三個經紀公司。然後，經紀人們就趕快到處打電話，找自己旗下的女高音，在紐約或者不在紐約的。只要來得及，歌唱家們一定會馬上從外地飛過來，參加第二天的試唱。

兩週後，蕾諾給保羅打了一個電話，安排我一個月以後接受大指揮試唱考試。

我回到丹佛，跟科羅拉多歌劇院的音樂指導露易絲上了好幾課，把所有五首試唱詠歎調翻來覆去地練過，當我告別瑪莎再次坐美國聯航飛去紐約時，是帶着一種破釜沉舟的決心。

當時已經是 1991 年的 1 月底，已經過了我為瑪莎發狠立誓的最後期限。我的誓言是從 1989 年 1 月 1 日起，全力奮鬥兩年，拚了也要在 1991 年的 1 月 1 日成為一個專業的歌唱家，可以承擔起家庭的責任，可以和瑪莎組成一個家庭。現在時間表已經超越我誓言的最後期限，超了一個月，我已經再無退路，簡直有一種"壯士一去兮不復還"的感覺。

到了紐約還是住在好友鋼琴家的家中，鋼琴家夠意思，把最安靜的房間讓我睡，知道我此行的重要，想讓我休息好。也知道我喜歡吃西紅柿炒雞蛋，三天兩頭就是這道菜。

這次我可知道鋼琴伴奏的重要性了，早早地找到一個在曼哈頓有點兒名氣的歌劇指導比爾・海克斯，一起工作了三次。比爾是個很棒的鋼琴家，說他是歌劇指導，因為他可以指導青年歌唱家們學習整部歌劇，幾種語言都不錯，人也謙和，說起話來輕聲細語（比約翰森的尖聲尖氣好聽），給你訓練整部歌劇的時候，他還可以兼唱別的聲部唱段，幫你練重唱，男高音的角色他唱得最好。唯一的問題，是他的臉色總是不太好，灰裡發黃，讓人覺得他內臟一定有問題，為他擔心。現在三十年過去，比爾還是那樣，輕聲細語，照樣住在老地方，做同樣的工作，也不顯老，臉色還是不好。

跟比爾第三次合伴奏結束的時候，比爾把鋼琴蓋兒一蓋，站起來，面色一收，一本正經地宣佈："我認為你已經準備好了，一定可以考上大都會歌劇院！"

我歌唱生涯中最重要的考試終於來到。

試聽前一天，我給比爾打電話，再次提醒他，我是第二天中午 12 點考試，在大舞台上，請他千萬別遲到。比爾笑了，說"田，放心吧，我在大都會不知給多少人彈過試唱伴奏。明天見，我會提前十分鐘到，好好唱，祝你好運！"

第二天我很早就醒了，一有事兒我肯定睡不好，睡不好嗓子就沒休息好，沒休息好聲音就不會新鮮——這是無數歌唱家們整個事業中永遠擔心的事兒。那個早上我甚麼也顧不上，所有心思都在中午的考試。我是七百五十度的近視眼，摘了眼鏡一片模糊，能走路，但保證不了會撞上甚麼。現在有隨摘隨

扔的隱形眼鏡，不用擔心，每天可隨時更換。我那個時候戴的
是一種可以用很久、每天用生理鹽水沖洗、泡在鹽水裡過夜、
第二天再戴的那種隱形眼鏡，買一副不便宜，可以反覆用一個
月，這次來紐約我只帶了一副。

在準備出門去大都會歌劇院時，我在鋼琴家的廁所戴隱形
眼鏡，戴上了左眼的，手一抖，右眼的鏡片掉在地上，怎麼也
摸不着了。我急得要命，廁所又黑，鋼琴家聽到我在大叫，趕
快過來幫我一起找。我們兩個跪在不大的廁所裡找了好幾分
鐘，還是沒找到。怎麼辦！我終於絕望了，發脾氣也沒用，必
須馬上趕着坐地鐵去考試，沒時間了！只好跳起來穿上外衣，
一隻眼就跑出門。

一隻眼上了地鐵，一隻眼進了大都會，一隻眼站在舞台的
側幕等我的鋼琴伴奏。差十分鐘就是 12 點，我的試聽時間。

12 點 40、41、42、43、44、45！46！47！！48！！！
49！！！！

比爾沒有出現。

舞台上剛剛唱完的是一位女高音，身形龐大。身後跟着一
位消瘦的鋼琴伴奏被女高音擋着，看不見，差點兒錯過。我已
經瘋了，衝過去兩手一把抓住那個可憐鋼琴家的脖領子，用一
種非人的聲音（用"非人"形容是合適的）衝着他的臉低聲地
吼着："我我我沒有鋼琴伴奏！你、你、你能不能給、給我、
我彈伴奏？！"我語不成句地低吼着，一定是滿臉猙獰，看得
出鋼琴家嚇壞了，趕快鬆開抓着他脖領子的手。"好好好、好
啊──那那你你唱甚麼呢？"鋼琴家直哆嗦，結巴着問我。舞
台監督已經在台上報了我的名字："下一位是男低音田浩江。"

然後對着台側一伸手，做出"請上台"的手勢。我用最快的速
度告訴鋼琴家，我先唱甚麼後唱甚麼還有甚麼曲目等等等等，
鋼琴家連說可以可以可以，然後一轉身就跟我走上舞台。舞台
監督站在台口等我們，一臉驚訝，絕對沒想到為甚麼我對鋼琴
家那麼兇。

鋼琴家緊張地在琴凳上坐下，眼神慌張地看着我，伸了一
下右手做個手勢，我突然明白還沒給他譜子，幾首詠歎調的鋼
琴譜還緊緊地夾在我的胳膊裡。我趕緊把譜子遞給他，衝他點
點頭，深吸了一口氣，轉身，走到台中央，用一隻眼向觀眾席
看去。

大都會歌劇院，世界上最偉大的歌劇院，我來這裡看過很
多歌劇了，總站在最後一排看舞台。今天是站在台上，面對觀
眾席，讓我一陣恍惚。

巨大的劇場是暗的，隱隱約約的燈光，點綴在幾千座椅層
疊的陰影之中，周圍的一切都散發着一種莊嚴的神秘感。前方
遙遠的地方，坐着七八個人。

"請告訴我們你要唱甚麼。"遠遠地傳來一個很客氣的
聲音。

以後的事情我只記得：頭是蒙的，"嗡嗡"響，能聽見心
臟"嘭嘭嘭"地亂跳，我回答了，我報了曲目的名字，鋼琴開
始彈奏，我唱了，我停住，又有人問，我又唱，又停住，然後，
有人說謝謝，我就走下舞台，頭還是"嗡嗡"響，心還在亂跳。

舞台上是當天晚上演出的歌劇佈景，我走進歌劇，又走
出去。

後台更暗，我摸索着給了鋼琴伴奏費用，就在抓他脖領子

的地方，訥訥地謝了他。迎面突然出現一個高大的人影，是保羅，一臉的興奮，說我在台上唱的聲音有多好，穿透了整個劇院，聲音又大又好聽，等等。

我一句也聽不進去，也不信他的話，因為我根本回憶不起我唱得好還是不好，驚魂未定。心裡還在想着十分鐘之前所受到的打擊，衝上台時的那種慌張與恐懼，在想就是這個混蛋比爾，把我的試聽，我的希望，全都毀了！

第二天上午還是 10 點，電話鈴響了，是保羅。"怎麼樣睡得？"他輕聲地問，口氣隨意。我說睡得很死，也許昨天受了刺激，很累。

"田，"保羅的聲音一下子壓得很低："聽好了。"

我沒說話。

"蕾諾剛打電話來，說大都會歌劇院要給你一個合同。"

"甚麼？！"我大喊了三個"甚麼"。

"而且要給你整個演出季的合同！一年的！"保羅終於繃不住笑了。

"祝賀你！趕快給瑪莎打電話吧！"保羅也大叫起來。

後來發生的一切都像夢一樣：3 月 18 日，在丹佛的家裡我收到保羅寄來的郵件，裡面是大都會的合同。合同是一整年的，包括五部歌劇、帶薪假期和健康保險。我馬上給瑪莎的實驗室打了電話，說我們應該今天結婚。1991 年 3 月 18 日成了我們的結婚紀念日，我歌唱事業的轉折點。

9 月，我們搬到紐約，一住就是三十年，其中有二十年我都在大都會歌劇院演出。

　　在大都會開始演唱五年後的一天，音樂組通知我要跟一個歌劇指導工作，把我馬上要飾演國王的歌劇《阿依達》過一遍。還說這是個新的歌劇指導，剛開始在大都會工作，讓我們認識一下。當我走進小排練廳時，一眼看見，鋼琴前面坐着的是比爾！

　　我走過去，感到血在慢慢地湧上頭。

　　"比爾，你好，還認識我嗎？"我盡量客氣。

　　"當然！你是田吧？都好嗎？"比爾微笑地說。

　　"你還記得五年前，我考大都會時，你應該給我彈伴奏，但你最後一秒鐘也沒出現，我當時都瘋了！"我說。

　　"甚麼甚麼？不可能！絕對不可能！！我從來都不會做這樣的事兒，你記錯了吧？"比爾急促地說，一臉的驚訝和無辜。

　　"……"我沒說話。

　　比爾突然有一點慌，還四面看了看空無一人的排練廳，有點兒尷尬地說：

　　"不管怎麼說，我們倆很幸運，不是都在大都會工作嗎？"

　　是啊，我們都很幸運，能在最好的歌劇院工作。

　　過去的事兒有的會消失，有的會變成故事，否則我也寫不出這篇《大都會試唱記》。

　　我總記得保羅的話："不試，你永遠也不知道。"

# 保爾

不知為甚麼，我總會想起保爾。

保爾‧波利什卡，生在美國，祖籍波蘭，父輩一百多年前從歐洲移民到美國新大陸，當農民，開農莊。小保爾從小是在農田裡長大的，廣闊天地一定給他留下很多美好的記憶。當他成為一個著名的歌劇演員，有了積蓄，就買了個農場，當他的"農民歌劇演唱家"。

保爾長了個大臉，圓而結實，濃眉，眼睛似乎被臉上堆積的肌肉擠得看不見，深陷在眼眶裡，時不時會閃出農夫跟你砍價兒的目光。

保爾是紐約大都會歌劇院最資深的男低音，比誰在大都會待的時間都長，至少唱了三千場。保爾也在很多歐美的劇院演出，錄製過不少錄像和歌劇唱片。他夠出名，從來不缺合同，也從來沒成為大明星，他不在乎，也許跟他內心的嚮往有關，我總覺得他就想回農莊下地當農民。

保爾長得不一般，非常健壯，一米八幾，身體幾乎是方的。大頭上一頭鬈髮，走起路來腿腳粗壯步履沉重，碾壓式地移動。鬍子裡的嘴老是抿着，好像總咬着牙，而且喜歡把眼神兒藏眼眶裡，使他的樣子帶着一種威脅感。

"來。"保爾對我招招手，說："過來坐坐？"

我們是在大都會的咖啡廳碰到，第一次說話。

"你從哪裡來？"保爾問。

"北京。"我說。

"唱過鐵木爾嗎？"

"沒有，第一次。"我說。

"剛才我聽了你的排練，這個角色很適合你的聲音。"保爾的語調實在："你要對唱這個角色有甚麼問題，可以問我。"

我這人就怕別人跟我說好聽的，於是心裡一熱，對保爾頓生好感。

那是 1995 年的 2 月，我在大都會歌劇院第一次演普契尼的《圖蘭朵》，保爾唱第一組，我是第二組，都是演韃靼老國王鐵木爾，他演十場，我演兩場。

"這樣吧，"保爾點了一下他那獅子般的大腦袋，說："等我們彩排中場休息時，你到台上來找我，有幾個動作，應該對你有幫助。"

我們都是男低音，又演同樣的角色，按說是競爭對手。在大都會歌劇院，歌手們之間的競爭是一種冷殘酷，新的上來，老的就會被替換，你來演這個角色，就意味着有人失去了這個角色。我沒想到保爾這麼坦蕩。

在第一組彩排中場休息時，我趕快走上舞台，保爾已經在等我。

"第三場鐵木爾是被押上場，撐着你胳膊的兩個士兵都很強壯，別跟他們較勁，你得告訴他們讓你自己掙扎，否則你的胳膊得脫臼。"保爾比畫了一下怎麼掙扎。"最重要的是他們要把你扔在地上，那你怎麼摔出去呢？"他的濃眉裡冒出一道調侃的目光。

我還沒來得及回答他，就聽"噼啪嘭"的巨響，保爾的身子已經飛出去了，臉朝下，結結實實地摔在地上，還做了一個掙扎起身，最後還是倒在地上的動作。

我嚇了一大跳，保爾比我大二十來歲，那時已經五十好幾。我真以為保爾摔壞了，趕快上前要扶他，只見他一撐就站了起來，拍拍手上的灰，笑着問我看清楚沒有，他說："你得自己摔出去，別讓衛兵們把你扔出去，他們會傷着你。"保爾眯縫着頑皮狡點的眼睛，又說："你倒下去的時候，記住先用手掌拍在地板上，大力拍出聲音，再用肩膀着地，然後身體着地。你得摔出聲音，做出效果，還不能傷到自己。"

中場休息快結束了，我趕快按着保爾的教導，在台上摔出去一次，摔得很笨，很痛，胳膊肘差點兒扭了，還沒摔出大動靜，保爾在旁邊看着直搖頭。

"我沒時間了，馬上就開幕，你仔細看着！"他一把推開我。

"噼啪嘭！"保爾又飛出去了。

到我第一場演出的那天，我的經紀人保羅·科泰和瑪莎一起坐在觀眾席裡，看我在大都會首演《圖蘭朵》。整場演出保羅看得都很來勁，還挺得意，因為鐵木爾在大都會歌劇院算是重要的角色，我的合同是他爭取來的，直到第三幕我"噼啪嘭"地飛了出去。

瑪莎說保羅當時叫出了聲："喂！那是我的歌唱家，你們要把他摔壞了！！"

"你知道我最喜歡甚麼嗎？"有一次保爾問我。

我以為他要講最喜歡演哪個歌劇角色。

"我最喜歡的事兒，就是演出完趕緊回農莊，我都等不及把這兩隻手插進土裡！"保爾把他一雙有力的大手伸到我的眼前，然後十指張開，往下一插。

"你種甚麼？"我很感興趣地問。

"種甚麼我都喜歡。"保爾就想種地，有癮。有一年他種了西瓜，埋西瓜子的時候跟我們說過結了西瓜請客。好幾個月過去後，保爾說西瓜沒長好，味道也不對，酸的苦的都有，就是不甜，模樣還長得奇形怪狀。

"沒甚麼了不起的，我就坐在西瓜田裡，用拳頭一個個地砸開西瓜，味道可以的咬幾口，味道不對的就往天上一扔！"保爾一臉的無所謂。

"那你這西瓜田怎麼辦呢？"我比他還着急。

"嗨！用拖拉機把地一翻，都成肥料了，明年再種！"

幸虧保爾不是靠收成吃飯。

保爾有農民那種實誠勁兒，不喜歡說好聽的廢話，時不時顯得挺仗義。

俄國大指揮捷傑耶夫第一次在大都會歌劇院指揮的劇目，是穆索爾斯基的《鮑里斯·戈東諾夫》。裡面有很多角色，保爾的角色是皮曼，很重要的角色，我演的是一個農民米秋卡，戲不多，一個頭腦簡單、喜歡喝酒的農夫，那是我第一個俄國歌劇角色。捷傑耶夫來之前，我們已經排了快一個月，他來的第一天就是合樂彩排。

我不能說喜歡我的角色，但我很努力地準備過，排練也順利，助理指揮和導演都説我還不錯。但是捷傑耶夫一來，情況突變。

"你這麼唱不行。"大指揮一揮手，樂隊停了下來，舞台上所有的演員也都停下來，彩排極少會這樣中斷，除非出了大問題。我還沒反應過來，發現捷傑耶夫在對我説話。

"你的聲音太大太美，你是一個農夫，不是主要角色，你不能這樣唱。你得知道你應該用甚麼聲音唱你的角色。"大師一邊對我説，一邊掃視着所有的人。

我實在不知道我錯在哪裡，木在台上不知説甚麼。所有的演員和樂手都轉向我，舞台上和樂池裡到處都是看着我的眼睛。問題是我錯在哪裡？

"明白了？"捷傑耶夫問我。

"明白了。"我只能如此回答，怎麼能當眾反問大指揮呢？

捷傑耶夫一揮手，排練繼續進行。

"我説過了！你不能這樣唱。"大指揮一擺手，排練又停止了。

我覺得渾身的血都湧進頭裡，這次我一個字也沒説，在眾目睽睽之下看着捷傑耶夫，靜靜地站在那裡。

"你是個農夫，醉鬼，你要用最難聽的聲音唱！"

"OK。"我回答。於是我開始用"最難聽的"聲音唱。

幾分鐘後嗓子開始疼痛，心裡一陣陣發苦。

排練結束，我不知道怎麼走回的化裝間，感到難過極了。今天這麼重要的彩排因為我停了兩次，我不停地問自己今天到底怎麼回事兒？為甚麼一個月的排練都順利過去，為甚麼大指揮來的第一次排練只有我的演唱有問題？我實在覺得委屈。

"田！"有人叫我，我抬頭看見保爾坐在化裝區的入口處，顯然在等我。

"我很抱歉今天的事兒，你沒錯，你唱得很好，也很努力，別垂頭喪氣！"保爾站起來走到我面前，說："指揮第一天排練，也許他需要找個方式告訴大家，每個角色必須要找到自己角色的聲音，你就趕上了！"保爾用他的大手抓住我的雙肩，用力地晃了晃，又說："沒甚麼了不起的！每個人都知道不是你的錯！"

大約有三十多個演員和樂手來過我的化裝間，用不同的方式安慰我。

保爾臨走時又來到我的門口，看看我，說："你就跟自己說'去你 × 的'，明天就沒事兒了！"

保爾的招兒真管用。

三天後是《鮑里斯·戈東諾夫》的首演，我提前兩個小時來到劇場，在後台門口碰到大師捷傑耶夫。

"田！"大師走得很快步伐有力，看到我笑着打了個招呼。捷傑耶夫的笑容給人一種不由分說的壓力，不容易承受。我很驚奇他記得我的名字。

"今晚你會很棒！"他迅速地握了一下我的手，快步走向通往他化裝間的電梯。

我今天晚上會很棒？

三天前不愉快的彩排後，捷傑耶夫說要和幾個歌手做一下音樂作業，我也是被叫到的其中之一。去之前，我努力地練了很久，希望把"最難聽的聲音"唱好，達到大師的要求。

音樂作業的排練進行了三個小時，一直到最後一分鐘，捷傑耶夫跟好幾位歌手做了練習，就是沒有叫到我。我坐在那裡一直等到最後，當大師合上總譜說排練結束時，終於我忍不住舉起了手。

"你有甚麼問題嗎？"捷傑耶夫問。

"大師，我的唱段還沒有唱給你聽。"我說。

"你的唱段？唱得很好啊，沒問題！我不用聽了。"大師站了起來。

"你是從哪兒來的？"他一邊說一邊往外走。

"北京。"我說。

"北京？很棒的城市。"捷傑耶夫轉過頭看了我一眼，點點頭，快步走出排練廳。

問題是，我怎麼就突然變成唱得很好，沒問題了？

大師不但記得我的名字，幾年以後，還讓我在中國國家大劇院和俄羅斯馬林斯基歌劇院的聯合製作中，跟他一起在俄國聖彼得堡演出了柴可夫斯基的名劇《葉甫蓋尼·奧涅金》。我的角色是格列敏公爵，在整部歌劇中只出場大約十多分鐘，唱了男低音最著名的詠歎調之一《任何歲月都需要愛》。

跟捷傑耶夫唱這段詠歎調的感覺完全像在跟他對話，當時所有的歌唱家、合唱隊、舞隊在台上都停了下來，進入靜止狀態，只有大師和我面對面，眼睛對眼睛，他的指揮，我的歌聲。在那個時刻，世界似乎在柴可夫斯基無比優美和傷感的音樂中消失了。

那是一個可以忘掉一切的時刻，包括在大都會歌劇院彩排的《鮑里斯·戈東諾夫》，還有我"最難聽的聲音"。

很久以來，我都非常留戀在聖彼得堡的經歷，包括那天演出結束後，捷傑耶夫拉我去歌劇院附近"我的老鄉開的餐館"，吃他老鄉做的羊肉餡包子。

回到紐約後，得知七十多歲的保爾從大都會歌劇院退休，賣了賓州的農場，在弗吉尼亞南部買了一個更大的農場，和大都會歌劇院一個也退休的女導演結婚，兩人搬去新農場。我們有好幾年沒有來往。

有一年我和瑪莎因有事兒，開了八個小時的車去弗州南部，辦完事兒想看看保爾。好不容易找到他，電話那頭聽得出來保爾特別高興。他們住得真遠，我們又開了五個小時車才到他們的農場。中間開過切薩匹克海灣最長的跨海橋，在海上開了大約一個小時的車。

保爾威風還在，只是遲緩很多，碾壓式的走路沒那麼穩了。他們農場真夠大的，眼睛看得到的地方都是農田。種的東西很雜，一塊葡萄園，一塊菜地，一塊玉米地，一塊種了草莓，還有一塊西瓜田。

"西瓜不好種，我明年還想試。"保爾慢慢蹲下，用兩隻手挖出一捧黑色的土壤，攥了一下。西瓜的樣子的確不行，顯得無精打采。

這農莊東西南北看出去無邊無際，不知為甚麼，我覺得每一塊地裡種的東西長得都不夠好。

"你們除了打理農場之外還幹些甚麼？"我們走進他們的大房子時，我忍不住問保爾。"這兒方圓幾十里沒幾家人。"保爾攤開大手，"鄰居都是中央情報局退休的，甚麼都懂，甚麼都幹過，就是沒看過歌劇。"保爾聳聳肩。

　　滿屋牆上掛着保爾演歌劇的劇照，劇照也在看着我們。

　　兩年後，保爾把農場賣了，回到紐約，又開始在大都會歌劇院演出，演兩個他最熟悉的喜劇配角。那時他一定有八十歲了。

　　2017 年，保爾再次告別歌劇舞台，沒有再買農場。

　　想有個農場也是我三十年的夢，希望哪天夢會成真。

　　有一點我知道，種甚麼我也不種西瓜。

# 大師小澤

"請告訴我，這個'漸慢'標記，你想怎麼唱？"小澤大師拿起譜子和筆，認真地看着我。

周圍至少有三十個人，也在看着我。

這是我們在東京第一次跟著名指揮小澤征爾做音樂作業，把普契尼的《波西米亞人》用鋼琴伴奏，從頭到尾唱一遍。每個演員都嚴肅地盯着譜子和指揮，非常認真地演唱着。

我們到達東京已經連着五天戲劇排練，大家都沒有放聲唱，主要排戲，現在是第一次全部放聲唱整部歌劇。

這種放聲的音樂排練很難，像聲樂比賽的決賽，每個人都想發揮出最好的狀態，也很想聽其他人唱得怎麼樣。就算是明星，也希望在第一次音樂排練能唱好。

最重要的，是第一次給小澤大師唱。

除了歌唱家們，排練廳裡坐了三十多人，藝術節的主管團隊、導演組和製作團隊，還有 B 組的日本替補演員們，大家都坐在那裡，聽你。

我們來參加的是日本著名的小澤征爾音樂塾藝術節，每年一度，演出一到兩部歌劇，還有很多音樂會的演出。藝術節在世界範圍內聘請歌唱家、導演與舞台設計，所有的演出由小澤征爾指揮。這個藝術節已有二十多年的歷史，小澤首創，是他對日本歌劇事業發展的推動，對培養日本青年一代音樂人才的重要貢獻。

演員陣容中我只認識男低音保爾‧波利什卡，他是大都會歌劇院最資深的主要演員，老朋友。近年來我們經常在大都會演出同樣的角色，分擔演出場次。演女主角咪咪的是年輕的法國女高音諾拉‧阿姆斯勒姆，剛從大都會歌劇院青年歌唱家訓練項目畢業不久，在歐洲演出比較多。飾演穆賽塔的是國際著名的俄國女高音安娜‧奈瑞貝科，演馬爾切洛的是波蘭男中音馬利烏斯，當時已非常有名，在很多歐美的劇院擔任男中音主角。雖然演主角的南美男高音弱一點，但這個劇組的組合已經夠厲害，有兩個國際當紅的歌唱家撐着，顯得很有朝氣和分量。我的角色是劇中四個巴黎貧窮的青年藝術家之一，哲學家科林。

四個"青年藝術家"中，只有我過了"青年"的年紀，其他三個人都比我小十多歲，動作比我靈活兩倍。五天戲劇排練下來，我是渾身瘀青扭傷，因為四個人要追來追去，跳上跳下，還要打鬧。幸虧我的角色是哲學家，動作遲鈍點兒還說得過去，哲學家嘛。

在這個歌劇的最後一幕，我有一段詠歎調《舊大衣老伙計，聽我說》，很短，才兩分三十二秒，但是非常難唱。這個唱段的音域不高不低，不強也不弱，有普契尼那種拉人的長句子，要唱得非常平靜但要有內在的激情。

科林跟他多少年忠誠的舊大衣告別，要賣掉它給重病的咪咪買藥，告別就是永別，全是內心的情感。這麼短的唱段很難發揮，唱好了感人，唱不好平淡無味。要唱出藏在簡單音符中細微的變化，不容易。在譜子上，普契尼給這首詠歎調標註了很多感情記號：漸強、漸弱、很弱、慢、漸慢、原速，等等。要唱好這段詠歎調，每一個感情記號都要做到，還要把所有的音唱準。這首詠歎調看起來簡單，裡面的學問可不簡單。普契尼寫了十二部偉大的歌劇，給男女高音和男中音都寫了無與倫比的詠歎調，很多成為世界經典。唯獨只給男低音寫了這一首，兩分三十二秒，為甚麼？簡單嗎？

　　我從來不敢小看這首詠歎調，就算在大都會已經演過很多場這個角色。第一次跟小澤做音樂作業，我拚命集中注意力，逼着自己把每一個音和每一個字都要唱好，記下他所有的要求，注意他每一個指揮手勢。

　　"我要知道這個'漸慢'標記的幾個字的歌詞'我對你說再見'，你想怎麼唱？"大師看我沒回答，又問。

　　我一時不知說甚麼，愣了一下。從來沒有一個世界大師級的指揮家問過演員想怎麼唱，歌唱家們都太習慣了跟着指揮的手勢和威嚴，大師怎麼指，我們就怎麼唱。

　　"大師，我會漸慢，然後換氣，再看你的手勢，回到原速。"我趕快回答。

　　"這樣吧，這個地方我們都互相看一下，先漸慢，然後你呼吸，我給你手勢，回到原速。好嗎？"大師一邊說，一邊在譜子上標記。

　　"好的大師，我會跟着你。"我回答。

　　一個世界級的大師跟你商量一句歌詞的"漸慢"方式，沒聽説過，我心裡一陣感動。

　　前五天我們開始排戲的時候，日程上並沒有小澤，只是他的助理指揮在跟我們工作。負責日程的人覺得進入音樂排練後會很忙，大師已經七十多歲，盡量先讓他休息。小澤還是來了兩次，每次都工作了五六個小時。他會拿着譜子和筆，不出聲地站在導演旁邊，記下很多導演的戲劇要求，包括演員的走位，上場下場，甚至我們的動作。

　　小澤征爾演出時不看譜子是出名的，無論多麼複雜的交響樂，多麼長的歌劇，小澤完全背譜指揮，不用譜架，每一個手勢在整場演出中都絕對準確，從始至終。

　　他的助手告訴我們，小澤每天早上 5 點準時起床背譜子，一年三百六十五天，天天如此。

　　我對小澤的總譜印象極為深刻。上面有無數標記，分別有原譜的本色、鉛筆、紅筆和藍筆，四種顏色。音樂方面的標記是紅色，呼吸和重音記號是藍色，意大利原譜的原文上面，是小澤用細鉛筆手抄日文的歌詞翻譯，密密麻麻。很多原有的音樂表情記號，大師為了強調，還會用紅筆再描一遍。

　　小澤在觀看我們戲劇排練的時候，會不停地在他的總譜上增加標記。音樂排練時，他不但會跟歌唱家們討論音樂上的要求，還會徵求助手的意見。只要他認為是合理的，就會在譜子上畫上一個圈，或者一個小方塊。只要是他標記下的，在指揮中就會絕對準確地給出手勢——而且是完全背譜。

　　小澤譜子上的記號，直接影響到我的學習方式，從此我的譜子上開始有越來越多的標記。只要看到一個年輕歌手的譜子是乾乾淨淨的，我就會告訴他，這等於沒做過功課。

那天音樂排練結束後，我終於找到機會跟大師說了一會兒話。

我告訴他我是北京人，1979 年他帶着波士頓交響樂團訪華演出的時候，我在北京。我當時是中央樂團的聲樂學員，他在我們樂團排練的時候，我就站在他的背後。我還告訴小澤，我特別清楚地記得，他在首都體育館指揮波士頓交響樂團和中央樂團一起演出的情景，演到最後觀眾都瘋了。謝幕時，小澤穿着一身白色的演出服，蓬鬆着一頭濃密的黑色長髮，繞着體育館跑了一圈兒，向觀眾致意。整個體育館爆炸似的沸騰，所有觀眾都站起來狂呼。我說我當時就在第一排，從來沒見過這種瘋狂場面。

我越說小澤越激動，眼睛裡有些晶瑩的亮點在閃動。

"你知道嗎？那是我人生中最美好的一天。"小澤動感情了。"那場演出，我許多親人都去了，母親、夫人、孩子們、朋友們。你知道我是生在中國的，父親已過世沒能跟我回去。那是我在中國的第一場演出，我用了譜架，上面放着父親的照片，整個演出我都能感到父親就在那裡……"大師的聲音有些沙啞，說完向遠處看去。

有幾秒鐘我們都沒說話。小澤收回目光轉過臉，看着我，一字一頓地說：

"I love China.（我愛中國）"

"We love you, too!（我們也愛你）"

我回答的時候心裡一陣感動。

真的，在中國所有知道小澤的人，都會有跟我一樣的感覺。

我和小澤都是 9 月 1 日生的,他比我大十九歲。

"我們這些中國出生的人要在一起吃一頓飯!"大師跟瑪莎説過三次。

4 月中旬,櫻花已過綻放期,開始飄落。

我第一次來日本是三年前,在三得利音樂廳演出威爾第的《唐卡洛》。那時櫻花剛開始開花,是另一種美,樹上的每一朵櫻花都像一個小小的雕塑。這次我發現我更喜歡看櫻花飄落,那漫天覆蓋的粉白花瓣,好像是飛舞的生命,活的。

來到東京第一天,我們休息。我和瑪莎在旅館旁邊發現一個小小的寺院,就走了進去,在院落裡轉了一下,然後在一個磨得很平滑的石頭台階坐下,看花。

寺院很靜,沒人,陽光滿樹,樹上的櫻花在溫暖的陽光中,一片片地離開枝杈,隨着微風慢慢地旋轉,落向地面。

我們突然發現在細雨一樣飄落的櫻花瓣中,出現一個瘦高美麗的女子,緩緩地迎面走來跟我們打招呼。她穿了一件白色的襯衣,肩膀上圍着一件橘紅色毛衣,緊身的白褲子上有淺粉色的花紋。她的微笑和隨意的神情,與圍着她旋轉的櫻花雨那麼般配,好像花瓣們飄下就是來找她。那是我們和安娜·奈瑞貝科第一次見面,很快就熟識。一個已經世界聞名的女高音,能像櫻花那樣平易和自然,不容易。

小澤征爾音樂塾合唱隊的歌手們基本都是日本的聲樂學生,小澤每年也會邀請十幾位中國年輕的聲樂學生和器樂學生——主要來自中央音樂學院——來他的藝術節,參加合唱隊和樂隊的演出。

　　這次小澤音樂塾藝術節，是在日本的五個城市巡迴演出《波西米亞人》，每隔兩三天，我們會去不同的城市。先後去了東京、橫濱、濱松、京都和名古屋。兩百來人的演出團隊，所有的行程、旅館、排練等都安排得極其精確和周到，沒出過任何問題。只有一次我們是晚上到達大阪，下了高鐵，被安排分別坐出租車到旅館。我們到了旅館簽到後，發現我的手提箱不見了，想起是忘在出租車的後備廂裡了。接待人員看我和瑪莎非常着急，就安慰我們說沒有問題一定會找到。一個小時後，有人從前台打來電話，說手提箱馬上就會送到我們的房間。

　　日餐好吃，好看，但對年輕學生來說，不禁飽。中央音樂學院來的七八個聲樂學生都是二十來歲，總餓。瑪莎阿姨一路上就在擔心這些年輕人吃不飽，到處買東西給他們吃。這次演出住的是沒有廚房的旅館，否則瑪莎一定是每天東坡肉、北京烤鴨、清蒸魚的給學生們做飯。記得在橫濱的中國城，瑪莎突然發現滿街都在賣大肉包子，熱氣騰騰當街蒸着。瑪莎一路買過去，橫掃所有肉包，後面是一群北京的學生們，還有我，邊走邊往嘴裡塞包子，過節一樣。

　　日本的觀眾是認真的，觀眾席裡總有不少人是拿着歌劇譜子在看演出，有的甚至看的是樂隊總譜。我們在五個不同城市的巡迴演出，有一批觀眾是每場必看，跟着我們旅行。無論在哪個城市演出完，在劇場的出口，都會看見他們等在那裡，鞠躬鼓掌，請我們簽名。

　　令人驚訝的是，有些觀眾拿出我在紐約和舊金山、華盛頓等地演出的節目單讓我簽名。那都是過去很多年的節目單，真不知道他們在哪裡找的。在京都劇院的後台，居然有人拿出大都會歌劇院演出的歌劇盜版 CD 要我簽名，因為我在演員表上，還很驕傲地説，這是從大都會實況轉播的錄音錄製的，做了精美的封面，説在日本幾個城市都能買到。我被嚇了一跳，不知能不能簽名，這絕對是非法 CD，犯罪的事兒。

在日本的每次簽名，我都盡可能端正地寫下“田浩江”三個漢字，我知道這裡每個人都能認識漢字。看到我的簽名，這些日本觀眾都會“啊啊，田桑（田先生）”地發出驚訝的聲音，表情會多了些尊敬。也許很少有人在節目單中注意到我是一個中國人。

在名古屋演出時，我的詠歎調那個“漸慢”沒唱好。前三場演出都非常順利，我和小澤大師已經有了一個默契，唱到“我對你説再見”時，相互注意看一下，然後“漸慢”，跟着他的手勢，吸氣，回到原速。

那天晚上唱到詠歎調那個“漸慢”時，我看到大師睜大眼睛看着我，兩手停在空中，他在等我，我也在等他，樂隊也在等，我們在那一刻都在猶豫。大師和我之間的約定在瞬間中有兩秒鐘的恍惚，跟樂隊在節奏上錯開了一點點，應該是我的錯。

實況演出沒有絕對的完美，接近完美就是成功。那天晚上的演出絕對是成功的，觀眾不停地鼓掌和歡呼，我們在台上一起謝幕至少十次。

小澤大師在中間，他左手邊是安娜，安娜旁邊是我。我們排成一排拉起手，跟着大師走向台前，鞠躬，退後。再走向前台，鞠躬，再退後。

當我們又一次走向前台時，小澤側過臉，探出身，越過安娜，在觀眾熱情的掌聲和吶喊聲中大聲跟我説“抱歉，田！我欠你一個‘Rallentando（漸慢）’！”

給歌手道歉的指揮大師全世界只有一個。

小澤讓我熱淚盈眶。

最後一場演出時，我給大師寫了一個賀卡，告訴他我是多麼珍惜這次演出機會，還寫道：“1979 年我在北京第一次看到您指揮，等了二十五年才有機會跟您演出，希望不用再等二十五年再合作！”

我們和他告別時，後台擠滿了人，我和瑪莎看着人們那麼熱情地圍着大師，有點兒猶豫，不想過去打擾他。沒想到大師遠遠地看到我們，一邊跟周圍的人打招呼説着話，一邊向我們走過來。

“謝謝你的卡片，明天一路順風，我們一定還會在一起工作，不用再等二十五年！”小澤那頭標誌性的蓬鬆長髮已經開始灰白，上面都是汗水，他笑着，一邊説一邊拍了一下我的臉。

我不知道説甚麼好，對一個難忘的經歷，説甚麼都是多餘的。

“我説過我們這些中國出生的人要在一起吃個飯，可惜後來太忙了！”大師帶着遺憾的表情對瑪莎説。

“下次我做飯，給你做北京烤鴨！”瑪莎認真地説。

瑪莎認真的事兒，都能成。

兩年以後在維也納，小澤在那裡指揮《漂泊的荷蘭人》，我和瑪莎去看演出。演出之前我們去了大師的住處。瑪莎做了鍋貼，還有精心準備的一隻“北京烤鴨”。奧地利鴨子，瑪莎的烤法。

兩個中國出生的人圓滿了心願。

又過了兩年，大師來到紐約，再次回到大都會歌劇院指揮，劇目是柴可夫斯基的《黑桃皇后》。他上次受邀大都會是十五年前。

在日本的時候，小澤就說過他經常會感到渾身的關節和肌肉痛，我們就告訴他紐約有一個極棒的正骨醫生，如果他有機會來紐約，可以做一下推拿。小澤最喜歡做推拿，到了紐約就找我們，給他約見醫生的時間。

這位醫生不一般，我們不管她叫醫生，叫她周阿姨。

周阿姨是老北京人，講地道的北京話，說話聲音又亮又脆，隔多遠都能聽到。周阿姨是祖傳三代的正骨醫師，後來嫁到上海，生了五個兒女，一家人都說上海話，唯獨周阿姨一口京片子。再後來周阿姨來紐約了，在皇后區法拉盛的家裡開了一個診所，病人從早到晚不停地進來。周阿姨凌晨會打坐，然後一整天為病人推拿，沒看過她累，說話永遠是亮的，包括她的笑聲，都是北京味兒。

周阿姨個子矮小，卻長了一雙大手，骨節粗大結實，好像她渾身的力量都長到手上。只要她把手放在你身上，沒有人不大聲叫痛的，那手指能像刀一樣切進你的骨頭縫裡。也許因為我是唱歌劇的，聲音比一般人大，每次周阿姨給我推拿，不管她碰我哪裡，我都會痛得高聲慘叫。周阿姨好像特別欣賞我的叫聲，只要聽我叫，她就會用北京腔"哈哈哈"地樂，"叫吧！叫吧！沒人來救你！誰讓你把自己的腰扭成這樣？叫吧！這房子塌不了！"一邊說，一邊在我的骨頭縫裡收拾我。

不過，讓她把你的骨頭放回對的地方，把你的肌肉捋順，把每一根神經擺好，不管你進來的時候是甚麼毛病，走的時候輕鬆得完全是另一個人。

　　周阿姨治好過我腳跟上的骨刺，解決了瑪莎多少年的腰椎問題。我們不停地給她介紹病人，本地的、外地的，中國人、外國人，現在把小澤大師帶來了。

　　周阿姨一句英語不會講，也聽不懂。她根本不用問你問題，大手把你一摸就知道了。周阿姨做了一個手勢，請大師趴在按摩床上，兩隻手很快地在小澤身上按了幾下，就跟我說："他呀，沒甚麼毛病，累的！你就告訴他，別那麼累！"

　　不累，就不可能成為世界大師，成為世界大師後就更累。小澤在最忙的時候，每年演出不會低於一百場。

　　小澤實在了不起，一個小時的推拿，他一聲都沒出過，沒叫過痛！

　　周阿姨越按越納悶，最後說了一句："這個人太厲害了，不得了！他能在我這裡不叫，你就說他身上平常有多痛，心裡能忍多少事吧！"

　　周阿姨給小澤推拿時，我能看到大師很多時候身體在劇烈抖動，還會觸電般的彈起來一下，那都是疼痛，他哼都沒哼一聲。

　　大師是臉朝下趴着的，我看不見他的表情。推拿結束時，大師坐起來，滿臉是汗地說："這個醫生太厲害了，了不得！我差點兒叫出來了。"我說叫出來會沒那麼痛，他笑着搖搖頭。

　　周阿姨聽說小澤是有名的指揮大師，就指指桌上一個登記病人就診時間的小本子，請他簽個字。小澤翻了一下密密麻麻的日程表，頑皮地吐了一下舌頭，找了一個能下筆的地方，用中文工整地寫下：

　　"小澤征爾"

# 米開朗基羅

　　米開朗基羅‧威特利是一個一流的歌劇指揮家，意大利裔阿根廷人，世界範圍的指揮經歷至少有三十五年，包括在紐約大都會歌劇院的二十五年。他精通經典意大利和法國歌劇，對劇中的每一句唱詞，每個音符都能倒背如流，每一個拍子都會揮到點兒上，而且風格純正，能保證一流的演出質量，意大利老傳統的質量。歌劇院聘用這類指揮家絕對放心，叫他們"老學院指揮家"。

　　我很早就知道他，也許是因為他的名字"米開朗基羅"，會讓人自動聯想意大利那位雕刻出《大衛》和畫了《創世記》的大藝術家，這名字好記。因為他是知名的"老學院指揮家"，跟這樣精通傳統的老派指揮家合作，這種機會在今天已經極少，所以我很期待這次跟他一起演出，應該可以學到很多東西。

　　可是我見到米開朗基羅的第一分鐘就產生了反感。

　　那天早上我走到他面前，伸出手很客氣地叫了一聲"大師"，我還沒介紹完自己就感到他的敷衍和傲慢。只見他眼皮一耷拉，眼神一斜，哼哈兩句就轉向別人說話。半個小時以後，我對他的感覺從反感轉成厭惡。

　　那是早上 9 點鐘，在加州聖地亞哥歌劇院會議室的見面會，我們第一天排練威爾第歌劇《阿依達》。

我在聖地亞哥歌劇院演過五部歌劇，隔一兩年去一次。我喜歡這個城市，常年氣溫二十多攝氏度，氣候宜人，民風悠閒。建築的佈局鬆散，沒有擁擠的壓力，淺色調，臨海，眼睛看上去很舒服。連綿不斷的海岸線上有很好的沙灘，周圍的山不高樹也不高，線條起伏。到處散佈的棕櫚樹給人一種懶散的假日感。聖地亞哥很多年在美國評選最適合退休居住的城市中，五次居榜首。這裡的交響樂團在美國排名不高，但聖地亞哥歌劇院從 20 世紀 50 年代開始，在長達五十多年中，都是美國中上等歌劇院裡數得着的。

歌劇院裡的人都非常友善，像個大家庭，尤其是負責接待演員的女士米歇爾，說話帶德國口音，對你那份熱情和照顧，讓你覺得她就是這個大家庭的大姐。劇院每年演出大約四到五部歌劇，每部歌劇平均五場，演出薪酬按國際標準支付，演出製作一流。所以在歌劇院演出的節目單上，經常會看到歐美著名歌劇演員的名字。

我喜歡這個歌劇院溫暖的氛圍，就像這座城市。在長年奔波演出中積攢的壓力，一到這裡就可以得到緩解，好像在激流中掙扎得精疲力竭，忽然漂到一個平靜的港灣。排練和演出都顯得輕鬆，像度假。

這次不對了。

早上 9 點鐘，對習慣晚睡晚起的歌唱家們來說，太早了，尤其是要放聲唱整部歌劇！這意味着你得早上 7 點起來準備，女聲們需要更早起來，梳妝打扮，還要開嗓子。睡懶覺是歌唱家生活中最重要的部分，能不起就不起，都說嗓子是睡出來的，睡得好聲音就新鮮。

今天我絕對沒睡夠，一想到要早起就根本沒睡好，而且 9 點鐘就要跟指揮唱一遍完整的歌劇。《阿依達》是一部大歌劇，每一個聲部都有非常戲劇性的唱段，還有大段的二重唱、三重唱和合唱。早上 9 點唱一遍《阿依達》，坦率地說，這個日程不夠人道。

我甚麼也沒敢吃，為了保持聲音乾淨。9 點準時趕到歌劇院的會議室，跟周圍認識和不認識的人簡單打個招呼，在指揮那裡慪了一口氣，就匆匆走向排練廳，坐下來再熟悉一下譜子。我的心思都在即將到來的排練。

無論在哪個歌劇院，第一天的音樂排練對我們來說都非常重要，尤其是跟陌生指揮的第一次音樂排練。很多人都會坐在那裡聽，包括歌劇院的院長、劇院藝術部門的負責人、導演團隊之類都會在那兒。歌唱家們都希望留下一個最佳的第一印象，這個印象很重要，會關係到你在這個歌劇院未來的合同。

有歌唱家第一次音樂排練就被解除合同的例子，不多，各國歌唱家都有過這種遭遇。主要就是因為糟糕的印象，歌劇院認為你無法勝任這部歌劇的演唱。

第一印象會顯示你的歌唱水平和修養，你是否背下了這部歌劇，是否懂你在唱甚麼，加上你的聲音、音準、節奏是否準確，等等，都會在第一次音樂排練那三個小時中顯露無遺。印象一旦確立很難改變。歌劇界圈子很小，壞消息傳得更快，如果你在美國一次重要的歌劇排練沒唱好，第二天歐洲的歌劇院已經有人在傳。

歌劇《阿依達》是威爾第的名作，世界範圍的歌劇院經常上演的五十部歌劇中總會有《阿依達》。這部歌劇的角色需要六位戲劇性聲音的歌唱家。男女主角的幾段詠歎調和凱旋進行曲都聞名於世，尤其是凱旋進行曲中的小號齊奏，人人皆知。

《阿依達》的舞台佈景通常要呈現出氣勢宏大的場面，很多製作會把古埃及輝煌的殿宇、獅身人面像，以及木乃伊等具有代表性的文化標誌形象展現在舞台上。錢多的做實景，錢少的用投影，近年來，多媒體視覺效果的運用，在舞台上越來越流行。

《阿依達》的演員陣容動不動就兩三百人。世界上不少城市曾在數萬人的體育場演出該劇，演到劇中的凱旋情節時，老虎、獅子、大象和馬匹都會上台。埃及歌劇院還在世界聞名的獅身人面像前，舉行大型《阿依達》露天演出，至少有兩三千人參演。

我在《阿依達》中演的角色，是古埃及的大祭司朗菲斯。該劇開場第一句就是朗菲斯唱的。雖然整場演出裡沒有詠歎調，但有和男高音拉達梅斯的二重唱和很多重要的演唱段落，從頭到尾出現在全劇中，是男低音歌唱家重要的角色之一。這個角色要求演員的聲音具有穿透力，有大音量和莊嚴的音色。當時我已經在十幾個歌劇院唱過朗菲斯，非常熟悉這個角色，所以對這次在聖地亞哥的演出沒有任何心理負擔，一下飛機就覺得是度假來了。

度假變成噩夢。

我從來沒有經歷過如此尷尬的音樂排練——每一句都不對。整部歌劇的一開場就是我唱。指揮從我開口唱出的第一句，就不斷地打斷我的演唱，語氣苛刻，似乎要摧毀我。"你這第一個字的發音不對，R 輔音要能聽見。節奏，節奏！你這個音拖得太長了！你知道你唱的這句的意思嗎？語感不對！"從音準到節奏，從語言到處理，不停地挑刺，好像我的演唱一無是處。他那種帶着明顯敵意和挑剔的語氣，加上那根指揮棒不耐煩地揮來揮去，使我幾乎唱不下去了。這是我多麼熟悉的歌劇和角色，在很多歌劇院演過，至少幾十場的演出。來聖地亞哥之前，我還在紐約跟大都會歌劇院很好的歌劇指導工作過，重新把整部歌劇複習過好幾次。

我越唱越慌，指揮越來越嚴厲，不大的排練廳裡瀰漫着緊張的氣氛，鋼琴伴奏越彈聲音越小，估計被嚇着了。我開場的唱段只有大約兩分鐘，我一遍遍地按照指揮苛刻的要求再唱、停頓，再唱、再停頓。大約有 10 分鐘，所有人都在聽我一個人唱。

喉嚨乾得要裂，聲音開始發毛。我能感到周圍所有的人已經坐立不安。通常在歌劇排練和演出中，指揮有絕對的權威，永遠是對的。所以大家一定認為錯的是我。

我想盡一切辦法讓自己冷靜下來，克制再克制，因為他很多要求幾乎是無理的。怒火在我腦袋和胸腔裡橫衝直撞，我就要失控了，我的演唱絕對不會有這麼多問題！

"OK，現在繼續往下排，第一幕，三重唱。"指揮突然宣佈，語氣變得沒事兒一樣，指揮棒指向男女高音和女中音。

6 月，聖地亞哥天氣極好，不冷不熱，但我滿身是汗。

我坐在那裡，不停地告訴自己別發火，但是百思不得其解，為甚麼？是他的問題還是我的問題？是歧視嗎？我在歌唱事業的發展中，的確遇到過不少次被歧視的經歷，而且這次演出的歌唱家們來自好幾個國家，只有我一個中國人。

當我冷靜一點兒的時候，開始仔細打量指揮，想找出答案。我不想這麼不愉快地度過一個月，這才是第一天！

為甚麼這個指揮要跟我過不去？

我他 × 招他惹他了 ?!

米開朗基羅長得不難看，大約五十多歲，膚色是拉丁人那種典型的小麥色。中等身材，肌肉結實地撐在剪裁精緻的衣服裡。臉長得更結實，臉頰緊繃繃，沒有下垂的跡象。眉毛眼睛鼻子和嘴的分佈有一種堅韌的凹凸感，使得他的神情顯得很果斷，眼神不煩人。花白的頭髮自然地鬈曲，密集，帶着波紋整齊的向後梳去。我很想找出討厭他長相的理由，於是再仔細地琢磨他指揮的方式。

不可否認，米開朗基羅是我喜歡的那種指揮，手勢非常準確，沒花架子，扎扎實實，是有傳統意大利歌劇底氣的老範兒指揮，揮出的每一個拍子都很講究。而且他是一個絕對懂歌唱的指揮家，會跟你一起呼吸，帶着你走，會給你最舒服的氣口和起音。關鍵的時候，他還會給你提詞。在一些激動人心的樂句出現的時候，你會覺得他的眼睛和他的面部充滿着激情，會感染你。

我最煩的指揮是修養三流，指揮二流，架子一流。

滿屋的人只有他一個穿着西服，打着一條紅色的領帶，淺棕色的西服帶些深色的小格子，料子極好。白襯衣燙得筆挺，非常白，是那種柔和發亮顯得有厚度的純棉布，皮鞋像是意大利手工製作的，一看就是上好的皮子加認真的縫製。他整個人顯得很協調，藝術品位不錯，不像是靠玩弄手段出名的人。怪了，我對他的憤怒正在消失。

"一個好指揮。"心裡暗暗地想。

三個多小時的排練終於過去了，不知為甚麼米開朗基羅再也沒有挑過我的刺兒。在我唱的時候，雖然他還是很少與我對視，但臉上最初的那種傲慢和挑剔的神情已經消失，手裡的指揮棒也越來越友善。我顧不上想這是為甚麼，集中精力把我的唱段唱好，尤其是對唱和重唱，盡可能完美和準確地對接。排練廳裡的氣氛轉暖，冰雪消融。

《阿依達》實在是一部偉大的歌劇，充滿着美的力量。當所有人都忘我地投入到音樂中的時候，一切都不重要了，唯一的感覺就是感動。威爾第讓我忘掉了三個小時前的憤怒。

大家唱完最後一個音的時候都如釋重負。第一次的音樂排練效果不錯。歌劇院院長顯得很高興，和大家有說有笑，似乎沒有人還記得排練開始那十分鐘發生過甚麼。

周圍的人快走光了，我還坐在那裡沒動，低着頭翻樂譜。趁着記憶還新鮮，在找幾個自己並不太滿意的段落，總結一下原因，這是我多年的習慣。

一雙鋥亮的皮鞋進入我的視線，抬起頭，米開朗基羅站在面前，臉上是笑容。

"你是一個非常好的歌唱家。"他伸出手。

我趕緊站起來，握住他的手。

"謝謝，很高興能跟您一起演出。"我認真地說，因為指揮的語氣和笑容都很真誠。

不過想起他開始對我的刻薄，還是有點兒氣。

他 × 的。

三個星期後《阿依達》公演了。第一幕結束的時候，米開朗基羅的助手出現在我化裝間的門口，說指揮想見我，讓我去他的化裝間。這很少見，除非上一幕的演出中有甚麼大問題，需要跟演員溝通，指揮一般都要休息。我一下子有點兒緊張，也許第一幕有地方唱錯了？於是我匆匆忙忙趕去他的休息室。

"你今年 12 月的日程是甚麼？"米開朗基羅正在用一條潔白的毛巾擦汗。

"12 月？"我趕快想了想，說"我 12 月第一個星期在華盛頓歌劇院唱一個歌劇"。

"如果你 12 月 8 日以後沒事兒，我想請你去智利唱德沃夏克的《安魂曲》，三場演出。"他對着鏡子整理頭髮，等我回答。

"當然好！可是我沒唱過這個作品，不知道能不能唱好。"我稍有點兒遲疑。

"你一定可以的！"米開朗基羅迅速地看了我一眼，笑着說："祝你第二幕唱得更好。"他坐下，打開《阿依達》的總譜。

回化裝間的路上我為這個意外的邀請特別高興，我還沒有在任何一個南美的歌劇院演出過。人在高興的狀態下會有超常的發揮，《阿依達》後兩幕的演出我唱得很順，聲音非常飽滿，情緒高昂。

1997 年是忙碌的一年，華盛頓歌劇院的歌劇《瓜拉尼人》演出是在 12 月 7 日結束的，8 日我和瑪莎就飛往智利首都聖地亞哥。

離開華盛頓的時候還是冬天，風雨交加，我們都穿着厚大衣，十個小時後到達智利時是夏天。當我們住進酒店的時候是下午 5 點左右，天氣很熱，我們興致勃勃。第一次到南美，感覺周圍的人都顯得很友善，天空中飄蕩着拉丁味道的音樂，節奏歡快，到處都是鮮花。我和瑪莎決定出去走走，找個地方吃晚飯，收拾完行李，穿個襯衣就走出旅館。

我們的旅館就在市中心，總統府邊上。看到總統府的大門，讓我想起那個在軍事政變中自殺的智利總統阿連德，馬克思主義者，還記得他跟大家訣別時的最後一句話："勞動者萬歲！"

我們去了一個集市，逛了兩個小時，到處是拉美風情的小商品，很多印第安人的手工藝術品。我們隨意走進一個飯店吃晚飯，西班牙風味，服務員熱情似火，一切都預兆未來的十天會是愉快的經歷。走回旅館的路上，可以感到夏日晚間舒服的涼意。想想十幾個小時之前，還在冰天冷雨的冬季。睡覺之前，我覺得嗓子裡好像有點兒癢，發乾，身上老有汗。兩個小時後嗓子開始痛，然後就是咳嗽，最後發燒，第二天早上起來嗓子沒聲了，大傷風。

每次我生病，尤其是在排練和演出時間，最擔心和倍感壓力的是瑪莎。我一病就會變得脆弱，覺得無法歌唱，會抱怨，會發脾氣，她要忍耐和承受，還要確定我是真有病還是自己緊張嚇的，幫助我從焦慮和病痛中盡快恢復。最後，也是最重要的，她要想辦法保證我能夠演出。

這回我是真的病了。以後的十天，我一直在跟傷風和咳嗽戰鬥。瑪莎通過歌劇院找到聖地亞哥最好的咽喉醫生，我們至少去了三次。醫生很友善，但對我水腫的聲帶和發炎的喉嚨也沒有特效的手段，說只有吃藥、休息和等待，最好休聲。他給我開了抗生素、消炎藥和止咳藥。幾種藥吃得我直迷糊，效果緩慢。

　　休聲就是不出聲音，休息。我們一共在聖地亞哥十天，除了演出就是排練。怎麼休聲？

　　萬幸的是，這次來唱的是音樂會，德沃夏克的《安魂曲》，聲音負擔比唱歌劇小。

　　德沃夏克的《安魂曲》和他的交響曲《自新大陸》與歌劇《水仙女》同為世界知名的傑作。德沃夏克的作品之所以偉大和感人，是因為他把故鄉捷克民族音樂的靈魂，融進了他的音樂創作中。後來我演歌劇《水仙女》時，這種感覺更強烈。

　　德沃夏克《安魂曲》一共有四位領唱，男高女高女中和我，三位都是美國年輕歌唱家。合唱隊和樂隊來自聖地亞哥歌劇院，演出也是在歌劇院。我們有過五次排練，演出三場，第一場演完以後只休息了一天。我的喉嚨在所有演出結束後都沒徹底康復，一直情緒沉重，總覺得自己沒有唱好。聲音發悶，失去了明亮的音色，而且咳嗽不斷，還發燒，最終變成氣管炎。

　　每一場演出我都是在掙扎，希望不要台上咳出來，不要讓痰卡住喉嚨歌唱時發出破音。

　　必須感謝德沃夏克，他的音樂能讓我在台上演出時，徹底忘掉自己的擔憂和病痛。在這種時刻，唯一能做的就是把自己交給音樂。

　　我盡可能不在瑪莎面前抱怨，她會坐在觀眾席中整晚的緊張。

　　最後一場演出之前，我碰到米開朗基羅，忍不住抱歉地說嗓子一直不好，沒有唱好請他原諒。他停在我面前打斷我的話，說：「田，你唱得非常好，你難道沒有感覺到嗎？好，我就要當阿根廷科隆大劇院的藝術總監了，你想在那裡演個甚麼歌劇嗎？」

科隆大劇院？！那是南美洲最重要的劇院，歷史輝煌，是世界上能排前十位的歌劇院。

我想在那裡演甚麼歌劇？我覺得指揮也就是隨口一說，我也就隨口一答："我想演《浮士德》的梅菲斯特。"

梅菲斯特是比才歌劇《浮士德》中的魔鬼，是一個極為重要的男低音角色，即難唱又難演，還沒有任何一個重要的歌劇院給亞裔的歌唱家演過這個角色。

"好吧。"米開朗基羅簡短地回答，點點頭，轉身走進他的休息室。我也趕快去準備開場演出，沒有把我們的對話當回事兒，想必是指揮的玩笑。

三個月以後，我紐約的經紀人保羅從辦公室給我打了一個電話，說："田，我很想知道這是怎麼發生的？"

"甚麼事兒，怎麼了？"我有點兒糊塗。

"阿根廷科隆歌劇院發來一份合同，請你去演梅菲斯特！"

啊，米開朗基羅大師，你是認真的！

這也是第一次，我給我的經紀人找了一份我的合同，按說我不必付給他百分之百的經紀費。

一年以後，1998 年的 10 月，在我準備去阿根廷開始排練之前，在紐約又見到米開朗基羅，那次他不是來大都會歌劇院指揮，是來開會，住在中央公園西側 63 街的五月花旅館。他來之前就跟我們聯繫，約我和瑪莎跟他聚一下，於是我們就去"五月花"見他。

那是一個下午，陽光很好，"五月花"的前廳不大，但光線充足，使得這個有上百年歷史的老旅館顯得很有生機。我和瑪莎準時到的，等了一會兒，指揮出現，手臂挽着一個年輕的女孩。

"這是我在科隆劇院的秘書艾琳娜。"米開朗基羅講話還是老樣子，簡單乾脆，我們在前廳坐下。"我簡直不明白大都會歌劇院怎麼了，說這是我最後一個演出季！明年不會再給我合同了！"看得出來米開朗基羅極不高興，結實的臉繃得更緊了。我們不知道說甚麼好，這確實是讓人很遺憾的事兒。能看到指揮一邊說一邊摸着秘書的大腿，秘書緊緊地靠着指揮，眼睛沒有離開過他。"我怎麼啦，我有甚麼不好，不就是喜歡女人嗎？！"我不知道話題怎麼突然轉到這裡，更不知道該說甚麼了。我們知道指揮有一個非常賢惠的夫人，也是頭髮花白，穿着很有品位，臉上的表情總是很和藹。指揮這次話多了些，說自己在大都會歌劇院二十五年，不明白怎麼就不再給他合同，而且是突然告訴他，於是憤憤不平。顯然，他剛剛在大都會歌劇院開了一個極不愉快的會。

指揮的手沒有離開過秘書的大腿，很自然地放在那裡輕輕地撫摸着。他那粗壯的手指，在秘書的大腿上顯得很溫柔，指揮的手背上，是秘書的手。

艾琳娜看上去是一個好人，簡單，自然，表情像微醉，眼神有點兒迷茫，直直地看着米開朗基羅。她大概抽不少煙，嗓子是那種沙沙的煙嗓，樣子有點兒野性，裙子很短，領子開得很低，有一種漫不經心的性感，和西服筆挺的指揮坐在一起有些不協調，不夠高級也不惹人煩。我們雖然坐在那兒有點兒尷尬，但這些並沒有影響見到米開朗基羅的愉快，很高興兩個月後就能在阿根廷見，我真是特別期待能跟他一起唱《浮士德》。

　　一個月後的一天，科隆大劇院通過我的經紀人轉來一封郵件，很簡短，只有兩行字："我們極為痛心地宣佈：藝術總監米開朗基羅‧威特利先生因腦溢血，於昨日去世，享年五十七歲。"

　　再過一個月後，我和瑪莎飛往阿根廷，垂直地從紐約往南飛，十個小時後，又是從冬天到夏天。到布宜諾斯艾利斯後，我們在歌劇院找到艾琳娜，請她帶着我們去看米開朗基羅。瑪莎精心地選了一束鮮花。

　　那是一個古老而精美的教堂，我們跟着艾琳娜沿着用長條石板築成的樓梯走進教堂的地下室。這是一個用花崗岩的大石塊堆砌成的地下室，不高的屋頂是拱形的，自然的暗灰色，每一塊大石上都佈滿了鑿痕，顯得肅穆而年代久遠。牆上是兩排墓穴。每個已經安置了棺材的墓穴都有很精美的門，用銅或不鏽鋼製成，半米見方，有些還是鍍金的，鑲嵌着各種花紋圖像和逝者的名字，用精緻的螺絲釘固定在花崗岩上，有一種把歲月永久凝固的感覺。有幾個墓穴還是空的，黑黑的深不可測。

　　我和瑪莎給大師默默地鞠了三個躬，獻上鮮花。我撫摸着米開朗基羅冰涼的名字，從心裡感謝了他。

　　我們離開時，艾琳娜停了下來，轉身跑回去，在大師墓穴閃亮的銅門上吻了下去，她的前額磕碰在甚麼地方，只聽"嘭"的一聲悶響。

　　一個鮮紅色的唇印清晰地印在米開朗基羅的名字上。

　　艾琳娜眼裡有淚，額頭滲出一絲血。

# 阿根廷的《浮士德》

　　還有十天就要去阿根廷的時候，瑪莎和我還不知道去了住哪裡。

　　科隆大劇院的藝術部門給我們介紹了幾個可能的住處，都是帶廚房的酒店公寓，沒有一個接受我們。原因是我們要帶狗女兒妞妞，沒有一個旅館讓帶狗入住，全都是一口回絕。不管瑪莎怎麼想辦法不放電話，把我們的妞妞形容成全世界最有禮貌、最講衛生、最有教養的狗，那些旅館還是說不通，一再重複 "No, no no no, no, no"，令人絕望。

　　瑪莎突然想到莫妮卡。

　　莫妮卡是一位阿根廷女士，我們就見過一面，等於不認識。那是在 1997 年我去智利的聖地亞哥歌劇院，演出音樂會時碰到的。當時她從阿根廷去智利看她妹妹維卡，正好我們跟維卡聚過幾次，妹妹就帶姐姐看了我的演出，演出完一起吃了個飯。當時瑪莎告訴莫妮卡我要在一年後去阿根廷演歌劇《浮士德》，莫妮卡馬上說："那你們到了布宜諾斯艾利斯一定要告訴我！"一臉的熱情。南美人那種熱情是真的。

　　布宜諾斯艾利斯的科隆大劇院是南美最大的歌劇院，在全世界幾百個歌劇院中，排在前十名。許多歐洲的歌劇明星還沒開始在美國演出，都會先去科隆大劇院，演出成功後北上，再開始在美國的歌劇院登台，最終目標是紐約大都會歌劇院，這種"迂迴"發展的方式，在 20 世紀的歐美歌劇界成了一個風氣。阿根廷的人口比例，主要是由意大利和法國裔的移民組成，歌劇是他們祖先帶過去的文化傳統，建國連帶建歌劇院。

科隆大劇院是一個非常傳統和保守的歌劇院，聘請的主演通常都是歐美著名的歌唱家。我是第一個亞裔的男低音接到邀請出演主要角色，破了紀錄。我當時的第一個反應，就是想着怎麼能把妞妞帶到阿根廷，因為那段時間沒有人可以在紐約幫我們帶狗。

瑪莎給莫妮卡打電話的時候，只是想讓她介紹一個可以帶狗住的旅館，希望不要離劇院太遠。因為就見過莫妮卡一面，也從來沒跟她聯繫，瑪莎就特別客氣地在電話裡解釋我們的情況。還沒等瑪莎講完我們的狗多有教養，多有禮貌，就聽莫妮卡非常乾脆地說："OK，就在我們家住吧，決定了，歡迎你們！"語氣熱情，直截了當，根本不是跟你商量。

我們懷着有點兒不安的心情，牽着妞妞，從布宜諾斯艾利斯的國際機場來到莫妮卡家的門前。這是一座在市中心地段的連體樓房，外表沒有甚麼特別，進去一看出乎想像。這座七層樓房每一層大約二百五十平方米。莫妮卡家是一、三、四、五、六、七層，後來把二層也買了下來。每一層都有三個臥室，兩個洗手間，廚房加客廳。整個四層都是給我們住的，三面是窗，非常明亮。室內裝飾的風格簡單精緻，白色調，配着舒適的傢具和睡床。散佈在各處的畫作和藝術品很有品位，但不覺奢侈，整個公寓給人一種平和的溫暖。

妞妞快速地巡視了整個四層，帶着極其滿意的神色跑回來報告，牠偵查過了，未來五個星期，住在這裡的感覺會非常好。我們沒有想到會如此幸運，妞妞更幸運。後來我們知道，這裡的家規是不能養狗，牠是住進這個房子的第一條狗。

接着，更多的新發現來了。一個滿臉善良的中年女士輕輕敲了門走進來，介紹自己叫卡門，是莫妮卡的助手，問瑪莎需要些甚麼，想吃點兒甚麼。瑪莎問她最近的超市在哪裡，想去買些食物。女士讓瑪莎只要告訴她我們需要甚麼就好。

我們沒想到這個家庭至少有六七個全職的僕人，還有司機和專職的廚師，樓下有門房。

我們還知道了只需告訴卡門，我們想吃甚麼，喝甚麼，需要甚麼生活用品。任何需要，很快就會有人去採購，送到我們這一層。還有，只要我們脫下的衣服放在一旁，再回來時，就已經有人幫我們掛好衣服，該洗的拿走，第二天就會洗乾淨送回來，內衣內褲都會被熨得平平整整，放在我們的床頭，雪白的床單被褥永遠是仔細地收拾過。僕人們幾乎不會出現在我們面前，偶爾會看見一個穿着淺藍色襯衣，圍着粉白色小圍裙的女僕，帶着微笑出現一下，客氣地打個招呼，迅速地做點兒事情就消失了。

我們住進了"超五星賓館"，一個非常可愛的家。

這是一個大家庭，男主人路易斯是阿根廷著名的律師，有自己的律師事務所，還兼任着為國家制定與修改法律事務的責任。女主人，我們的莫妮卡，是一個五個孩子的母親，除了忙碌地照顧孩子們，她還是自己家族飲料公司的主要負責人之一。主人的五個孩子從五六歲到十五六歲，四個女孩一個男孩，都很單純，又漂亮又有禮貌，沒幾天就和我們非常親近。我們印象深刻的是：男女主人對任何人，無論是親人、客人、工作人員或者僕人們都像家人一樣，一視同仁、平等對待，這種感覺真好。妞妞成了每一個人的寵物，牠學會了坐電梯上樓下樓，最熟的就是去大廚房，那裡每個人都會塞給牠吃的。莫妮卡五歲的小女兒每天睡覺前一定要來跟妞妞道晚安。

路易斯和莫妮卡從來不跟我們講他們的工作，跟我們聊的都是家常事，整天要聽我們的故事，尤其對我在中國青少年時期的經歷特別感興趣。路易斯是個專業的歌劇迷，說起歌劇無所不知，任何歌劇張口就能唱，無論女高音男高音，甚至我這個低音聲部的詠歎調，全部倒背如流。

莫妮卡整天就想照顧我們，永遠在問我們需要甚麼。有時我覺得莫妮卡像個中國女強人，齊肩短髮，深棕色，眼眶沒那麼深，眼睛細長，說話乾脆利落，動作敏捷，是那種能幹大事又心地善良的人，像那種典型的實幹家，有任何問題瞬間處理，就地解決，絕不廢話。莫妮卡還有一種中國人仗義的個性，絕對可以為朋友兩肋插刀。住久了，我們就知道莫妮卡的祖上是意大利姓斯賓諾拉的貴族侯爵，歷史上聲名顯赫。後來我在意大利熱那亞歌劇院演出時，發現半個城都是斯賓諾拉家族的。這個家族的一支，莫妮卡的祖上，在一百年多年前到了阿根廷，創建了這個國家最出名的飲料公司。莫妮卡很少說到她的家族，我們一直不清楚她在家族的公司到底做甚麼，隱約知道她負責着整個公司的採購業務，可是眼前坐在我們面前的這位女士，就像個悠閒的好朋友，幫你做事兒，陪你聊天。

瑪莎問莫妮卡，布宜諾斯艾利斯有沒有中國城，在海外也叫唐人街。莫妮卡遲疑了一下說不知道，但立刻打電話查問，然後告訴瑪莎說有，接着就說我現在就帶你們去。不容瑪莎推辭，帶着我們下樓，自己開車，三拐兩拐，十幾分鐘就到了。

說是中國城，跟紐約、舊金山、倫敦這些城市的中國城可沒法比。在那些城市裡的中國城是一片街區，縱橫好幾條街，無數店舖。在這裡，中國城就是一條街，有幾家中國飯店，幾個不大的超市，還有一些小商品店，走不多遠就逛完了。

莫妮卡很興奮，說從來沒來過這裡，看甚麼都新鮮。瑪莎在任何城市，只要有中國城或者唐人街，就情緒高漲、興致勃勃，每個店都想進去看，在店裡轉一圈兒就已經交了朋友。我知道瑪莎一定在想買一些中國食品和佐料，做飯給莫妮卡一家吃。

這種度假式生活對我來講，就持續了一天，第三天我們在劇院開始排練。

梅菲斯特是《浮士德》中的魔鬼，每一個男低音都想演這個角色。魔鬼的戲很重，不好演也不好唱，有難度極高的大量唱段，而且是這部歌劇的核心人物，操縱着每一個劇中人，要刻畫出一個外表風度翩翩內心叵測的魔鬼。我知道這是一個巨大的挑戰，絕對不敢掉以輕心。來之前，我在紐約做了充分的準備，先跟瑪莎的妹妹咪咪——聯合國著名的法文口譯——仔細地把《浮士德》的歌詞反覆學習過，用法文、英文和中文逐字逐句地翻譯，矯正發音，念熟。然後再跟大都會歌劇院的法文歌劇指導德尼斯·瑪賽做音樂功課，至少二十次，每次兩個小時。瑪賽是紐約收費最貴的歌劇指導之一，同時在大都會和茱莉亞音樂學院工作，出名的苛刻和嚴格。跟她學習是一個痛苦的過程，因為她會把你所有的唱段仔細地撕開，一句句地撒上鹽，讓你先痛感自己的問題，然後一點點地幫你癒合，改正，直至完美。如果你能承受跟她恐怖的學習過程，在她手下出來的成品，在哪個歌劇院拿出來演出都會是一流的水平。

這部歌劇本來應該是科隆大劇院新任院長、著名指揮家米開朗基羅・威特利擔任指揮，我的合同就是他直接給的。令人非常震驚和難過的是，威特利在《浮士德》開始排練的前兩個多月，腦溢血突發去世。

威特利的秘書艾琳娜，帶我和瑪莎去威特利墓室獻花。我們都知道艾琳娜是威特利曾經的情人，在紐約也見過她，簡單癡情的一個女孩。誰都沒想到大師就這樣早去，才五十七歲。艾琳娜顯得非常孤獨，看得出來還沒從失去威特利的打擊下緩過來。

艾琳娜告訴我們她還是在做秘書工作，但歌劇院現在的管理亂成一團，所有的工作人員和演員已經有兩三個月沒發工資了。聽她形容，這個劇院是有很多問題，二十年中換過十九個院長，可以想像。

我很快就覺得劇院的管理真是混亂，首先是排練日程。在任何西方的歌劇院，每天的排練通常都會在六個小時，增加時長也不會超過八個小時。我們排練《浮士德》的時候，會連續幾天超過十個小時的排練，甚至有時是上午 11 點開始排練，半夜 12 點結束，整整排了十三個小時。我覺得這種大量超時的工作是演員工會的決定，加時排練就有加時費，雖然大家現在沒工資，將來有錢的時候，這些超時費都會補發，所有人都願意加時排練。尤其是合唱隊員，就算排練不忙找個地方閒聊天，也絕沒有怨言，不急着回家。我們這些主要演員卻對這種日程都覺得苦不堪言，因為排練的具體安排和順序混亂，讓我們每天都處於疲勞的狀態。很多時候還沒排一會兒就宣佈休息，或者幾個小時持續地工作。劇院咖啡廳裡的人永遠比台上多，在劇院裡還可以隨意抽煙，到處都是吞雲吐霧的人影。

飾演浮士德的男高音是個老朋友，基思，一個夏威夷人，我們已經在幾個不同的歌劇院合作過，包括大都會歌劇院。基思性格非常溫和，說話慢聲慢氣，從來不着急，人的舉止就像夏威夷音樂，走路永遠帶着一種悠閒的步伐。基思不像一些男高音歌唱家，有驕傲和易變的個性，這也許跟他典型夏威夷人的血統有關。基思是五六個族裔的混血，記得有英國、愛爾蘭、夏威夷土著，甚至中國血統。因為他有六分之一的中國血統，我從認識他的那天，就覺得跟他很親近，我們的友誼保持了至少二十年。基思個子不高，比我大概矮半頭。演梅菲斯特這個魔鬼，歌劇院通常都會找一個又高又瘦、長臂長腿的男低音。我雖然不高，但魔鬼比浮士德高半頭的比例，正好。

擔任瓦倫丁角色的，是加拿大當時非常知名的男中音吉諾·奎利寇。他在很多大的歌劇院，包括紐約大都會，都擔任過主要角色，而且是世家，父親奎利寇是國際知名的男中音，當年比他有名的兒子還有名。吉諾的形象很棒，跟他這個歌劇角色瓦倫丁非常般配，不用化裝都可以，站在那兒就有一種帥勁兒。太帥也是他的問題，當時他的生活狀態很不好，好像受到不同女士巨大的壓力。他最苦惱的其實是他的歌唱狀態不太好，聲音非常不穩定，從排練第一天到最後一場演出，他的歌唱一直處於掙扎的狀態。聲音沒有光彩，不集中，站不住，可以看出他在演唱中，努力地控制着聲音不要破，使得他的歌唱讓人很擔心，總為他捏着一把汗。好在他的角色只是在歌劇的前半部，在後半場不會再出現。

扮演女主角瑪格麗特的女高音是阿根廷人，也是所有獨唱演員中讓人遺憾的一位，雖然她的演唱不像吉諾令人擔心，整個演出都可以順下來，聲音有，技術有，但唱得就是不高級，缺乏光彩和味道，帶不起我的激情。相比之下，我寧願站在那裡為吉諾擔心，至少他還是一個能令人激動的演員。我很怕跟我演對手戲的演員，對情感的感覺是零，再加上歌聲裡空空如也沒有內容，那這種演出的感覺絕對是一種痛苦。瑪格麗特這個角色多麼豐富，從始至終就是連綿起伏充滿悲劇色彩的情感線條，她最美的唱段也讓人為她痛苦，她的歡愉能使你熱淚盈眶，直到最後瑪格麗特以死亡的解脫被拯救。不是我苛刻，唱歌劇，能跟一個真正的歌唱藝術家對戲，是多麼難得，多麼令人嚮往。

取代逝去的威特利的是一個意大利指揮莫烏利諾，在歐洲有些名氣，手上的活兒很不錯，乾淨、準確，知道這部歌劇裡面的意思。二十多年後我在大都會看過他指揮的《塞維利亞的理髮師》，老得很精神，音樂更精煉。指揮人很隨和，在阿根廷沒有給我們這些歌唱家們太多的壓力。也許就是因為人隨和，他的指揮就差那麼一點點摧毀你的力量。

當我們從排練廳轉到舞台上排練時，我才有機會仔細地打量這個著名的大劇院。第一個感覺是——太舊了。我能看到的一切都需要翻修或者維護。歌劇是一個昂貴的演出形式，沒有錢就沒有歌劇需要的輝煌。在這裡，觀眾席的座椅、幕布、地

板、門窗、天花板、牆柱⋯⋯能看到的地方都很陳舊。我是
從紐約過來的,剛在大都會演出完,這個對比太強烈。這邊給
你的感覺是財力短缺的傷感,那邊給你的感覺是資金雄厚的底
氣。這邊是兩三個月發不出工資,那邊一個樂隊隊員的工資可
以支付這邊好幾個樂手的酬勞。

我們的導演是一個好心的阿根廷人,叫羅伯特,大概七十
多歲,經驗豐富,經歷也豐富,是一個典型的傳統導演,我在
西雅圖、巴爾的摩、華盛頓等幾個美國歌劇院跟他合作過,很
熟。羅伯特是一個幽默的人,喜歡開玩笑,但這次從開始排練
的第一天他就一臉憂慮,總跟我抱怨,說不知道最後這部歌劇
能不能上演,甚麼都是亂糟糟的,沒人負責,一半的佈景不是
丟了就是已經損壞,想修復沒有可能。《浮士德》是科隆大劇
院的保留劇目,很多年前的製作。資金短缺使得劇院沒有地方
保存歌劇佈景和道具,到處擺放,等於丟棄,根本沒人在意。

最可怕的是劇場後台。有好幾年劇院裡鬧老鼠,鋪天蓋
地,到處是上躥下跳的鼠影。佈景被咬得殘缺破碎,鼠糞隨處
可見,甚麼老鼠藥老鼠夾,統統沒用。老鼠們在演出進行時也
大搖大擺地在觀眾席出沒,常常會給觀眾帶來一陣驚恐,引起
騷動。劇院最後下了決心,跟"鼠幫"宣戰。

劇院最後的招數是在後台引進群貓,絕對不放貓食,還真
管用,沒過幾個月老鼠絕跡。鼠患消失,接着來的是貓患。群
貓飽暖之後開始大批繁殖,一百多隻大貓小貓身手矯健地佔領
了後台,最可怕的是牠們隨地大小便,整個後台臭氣熏天。尤
其是貓尿,可以熏得你睜不開眼,張不開嘴,更別說唱歌劇了。

我們對臭氣熏天的工作環境提出抗議,院方負責人不停地

聳肩攤手，一臉的無可奈何，最後的結果就是在後台到處噴灑某種化學噴劑。於是貓尿加化學噴劑的味道，伴隨着我們整個排練和演出過程。

我沒有對莫妮卡和路易斯抱怨這些問題，阿根廷人都為科隆大劇院充滿着驕傲，所有歌劇的愛好者可以不停地告訴你一些故事，關於這個世界聞名劇院的輝煌建築，上演過甚麼偉大的歌劇，哪些巨星在這裡演唱時的趣聞，引起的轟動，等等。沒有人願意跟你討論後台貓鼠大戰的問題。

瑪莎也不願意聽我抱怨。她在這裡的每一天都是愉快的，她最喜歡的是去看排練，約幾個朋友，先去喝咖啡，再找個歐洲風格的飯店，坐在街邊，面對科隆大劇院雄偉的建築，吃個午餐。瑪莎到任何地方都會帶一個小本子，上面記着這次旅行每天的日程，還會把新交朋友的聯繫方式列上，每天都會看到她本子上朋友的名單越來越多，增長的速度非常快。她是個太喜歡交往的人，無論膚色、職業、男女老幼，瞬間就成朋友。當然，人們也喜歡她。

布宜諾斯艾利斯的法國和意大利的移民，把首都的建設綜合了巴黎和米蘭的味道。就像我們的主人，整個家裡就是歐洲的感覺。他們樓的第七層是一個露天陽台，種了薄薄的一層草皮，剪得非常平整，整個陽台就是一個花園，永遠有花在盛開，高高低低五彩斑斕。二百五十多平方米的花園陽台上隨便地擺着幾把藤椅和茶几，在鬧市中心難得有這樣一塊美好的僻靜之處，坐在寬闊的天空下能讓你想很遠的事情。

路易斯很喜歡在早上坐在頂樓的花叢邊看報紙，妞妞最高興的就是在他面前"飛來飛去"地奔跑。有時我看到牠一蹲，就在草地上尿上一泡，會特別不好意思，怕牠毀掉人家如此精心維護的草坪。路易斯從來都不讓我"譴責"妞妞，看着他那種帶笑眼神，幾乎讓我忘掉他們家的規矩之一就是不能養狗，也從來沒養過狗。

阿根廷人好客，再準確一點，拉丁族裔的人都好客。莫妮卡家永遠有客人，每天晚上有聚會，客人從幾個到幾十個。他們的六樓就是一個大餐廳加一個大客廳。長長的餐桌可以坐至少二十個人，桌布永遠是白的，杯盤碗碟瞬間就會擺上，各種酒類隨意供應，到處擺放着的燭台隨時可以點燃，派對的菜單永遠像主人一樣熱情洋溢。最迷人的是甜食，"可怕"的好吃。

因為我們的到來，開始的幾天每天都有派對，莫妮卡想把我這個《浮士德》的"魔鬼"介紹給所有的朋友，我們總是主客。隨着排練進入十多個小時一天，我頂不住了，連最喜歡熱鬧的瑪莎也服了，不得不想盡藉口從六樓逃回四樓。

主人家的聚會往往是晚上 10 點多開始，不間歇地喧鬧到凌晨兩三點。夫婦兩人凌晨 3 點多能睡覺就不錯了，早上不到 8 點，莫妮卡已經在照顧五個孩子吃早飯出門上學，然後他們大概上午 10 點多鐘出門上班。每天四五個小時的睡眠，絲毫不影響夫婦兩人的精力，也不影響他們照顧我們的熱忱。

瑪莎幫助我正式地跟莫妮卡請假，説我實在需要休息和睡眠，每天排練太累，睡不好覺就唱不好。於是主人們好像突然意識到歌劇演員有跟他們截然不同的生活習慣，開始減少派對，而且一定是告誡了朋友們，即便來派對也減低了喧鬧的音量。再過幾天，派對消失，他們一定感覺到《浮士德》首演來臨，"魔鬼"需要更多的睡眠。沒有了樓上的熱鬧，讓我反而睡不好了，心裡總覺得內疚。

我們的四層住進了一個客人，一個穿着簡樸的瘦高男子，大概五十多歲，頭髮散亂地支棱着，眉毛鬍子都已花白，臉上橫七豎八有幾道傷痕，整天穿着一件花格子的粗布襯衣，一條牛仔褲，他叫何塞，沒幾天就成了我"兄弟"。

南美人還有一個特點，只要説出來的，就是實話，不拐彎抹角，不習慣騙人，講自己的事直來直去。

何塞是莫妮卡的初戀情人，出身阿根廷開國元勳，典型的"紅四代"。何塞住在南部的深山老林裡，住在家族的鄉村度假屋，從照片上看是很大的房子，在一個高山湖邊。逢年過節，家族的人和朋友們會來休假，熱鬧一番，常年就是他一個人住在那兒打理維護。何塞離了婚，兒子有時會去看他，其他社交就沒了。何塞以做木製手工藝術品為生。度假屋在森林裡，周圍有各種樹木，足夠他就地取材。何塞的手很巧，用木頭可以削刻出各種風格的鏡框、刀把兒、小動物等。他每年來布宜諾斯艾利斯兩次，參加城裡的手工藝品交易會，賣自己做的木頭玩意兒。何塞總穿着一雙舊舊的電工大皮靴，腿又長，走起路來步子很大，腰裡永遠別着一個牛皮刀套，裡面有一把巴掌長的匕首，站在哪兒像一個大鏢客。看樣子，我"兄弟"活得很瀟灑，沒甚麼錢，也不圖榮華富貴。每年來布宜諾斯艾利斯都是住在莫妮卡這裡，跟這一家子相處得非常融洽，路易斯對自己夫人這個當年的初戀一點都不介意，兩個人有説有笑。

何塞臉上的傷疤是一次大車禍留下來的，用他自己的話説，他整個人是"縫起來的"，身上到處都是疤。何塞還告訴我們路易斯也出過嚴重車禍，幾乎喪命，開過十幾次刀，至今右腿都不能彎，永遠痛，永遠腫脹，腿裡面是靠一根長長的鋼條支撐。我們的男主人可從來沒跟我們講過，聽得我們驚訝至極。後來我注意到路易斯的右腿真的不能彎曲，但他走路盡可能地不瘸，我們走多快他也走多快。坐下的時候，他會在不引人注意的時候，用雙手把僵直的腿搬進桌子下面，找個角度擺好，同時還在和我們談笑。

只有一次，我問過他的腿。那是幾年後路易斯和莫妮卡跟我們和一些朋友走了一趟絲綢之路。在新疆的邊城喀什住下時，我們都很累，折騰了一天，走了很多路。路易斯第一次拄了一根可以伸縮的手杖。坐下時，他費力地想把腿擺一個舒服點兒的位置，臉上閃過一道痛苦的神情，也就一兩秒。我忍不住問他腿怎麼樣，他看了看沒有人注意我們，就輕聲說腿有點兒不聽使喚，拉起褲腿給我看了一眼，真把我嚇着了。他的右腿幾乎是深紫色，全是腫的，皮膚下面是一條條交錯的黑色血管，整條腿看上去像假的一樣。路易斯看着我驚恐的表情笑了起來，說："三十年都是這樣，早習慣了。"我問他疼不疼，他又笑了一下，說："永遠疼，那又怎麼樣呢？跟疼痛一起生活吧。"

莫妮卡在兩個渾身傷痛的男人中間顯得很自如，對哪一個都照顧得很好。何塞有個倔脾氣，最不願意在有錢人面前說廢話，如果在莫妮卡家有很多人吃飯的場合，他就喜歡坐在我旁邊聊天，不搭理任何衣冠楚楚的人。莫妮卡有一種本事，會讓全家和客人們非常和睦地相處，包括何塞。她會樓上樓下地奔忙，讓每個人都高興。無論地位高低，貧富差距，在這裡一視同仁。這一點她和瑪莎很像，是一種天然的個性，裝不出來的。

　　《浮士德》的彩排來臨。佈景問題解決的方式，是用一半的佈景，其他用燈光和黑幕遮掩一下。我的造型是光頭，那個時候我還有不少頭髮，也捨不得剃，不像現在是真正的光頭，無所畏懼。我想留着頭髮，為了下一部歌劇，於是造型師給我做了幾個膠皮的頭套。這真是一個有傳統的大歌劇院，服裝和化裝部門有極高的工作經驗和專業質量，我的膠皮頭套又舒服又逼真，套上就是平滑的光頭，還留了非常隱蔽的出氣口，讓汗水和熱氣不影響頭套的效果。還有他們做鞋的部門，一定是一些意大利後裔在那裡工作，手工做出的演出鞋不但合腳，而且有一流的質量和形狀。

　　梅菲斯特這個角色是從頭唱到尾，在台上有很多動作，有時還要跳到桌子上，還要奔跑。他們給我做的鞋不但沒給我帶來任何不便，甚至使我在台上的步伐非常靈活。我離開布宜諾斯艾利斯之前，懇求劇院製鞋的部門給我做了一雙高筒的黑色翻毛皮靴，又輕又跟腳又好看。後來很多年，我穿着這雙靴子在很多地方演過歌劇，演出動作的靈便和順暢，絕對跟這雙"偉大"的靴子有直接的關係。

　　瑪莎帶了至少四十個人來看我的《浮士德》彩排。她總喜歡帶人看我的歌劇彩排，尤其是那些學生或者經濟不富裕的朋友，因為不用他們買票，還可以坐很好的位子。科隆大劇院通常只會給演員幾張彩排票，瑪莎就有這個本事，幾張票帶進去四十個人，其中有十多個是她在中國城認識的新朋友。

　　20 世紀 90 年代末期，中國人在阿根廷還是當地人不熟悉的一群。莫妮卡一家包括他們的朋友圈子，根本不知道有中國城的存在。跟着瑪莎，莫妮卡興致勃勃地認識了那裡所有的中國餐館和那些雜貨超市，他們家廚房裡的中國油鹽醬醋也越來越多。瑪莎不但認識中國店裡的老闆，也認識了那些打工的。從一些中國城的小廣告中，瑪莎就帶回家一個會推拿的，不但給我推，也介紹給我"兄弟"何塞。還有一家是專賣凍餃子的，莫妮卡這邊是一大家子，瑪莎一訂就是兩百個。送餃子上門的是一個北方小伙子，瑪莎忙着煮飯，張口就問小伙子能不能幫助把餃子煮了，於是送餃子的還兼管煮餃子，幹得還很高興。

現在，無論是開餐館的還是雜貨店的、賣餃子的還是推拿的，瑪莎把他們都帶到科隆大劇院，來看他們生平第一部歌劇，第一次踏上這座壯觀建築的大理石台階。

我還在化裝，外面傳來樂池裡樂手們練習的聲音，可以聽到隔壁女高音正在開嗓子。瑪莎帶着一陣風走進來，猶豫了兩秒鐘，問我可不可以化完裝以後，到劇場前廳去跟那些中國朋友見個面，説幾句話。我在演出前特別不願意跟任何人打交道，就想專心地準備上台。尤其是這部歌劇，一開場梅菲斯特就上場，要讓浮士德出賣他的靈魂，然後"魔鬼"和浮士德就有一段很重要的對唱。現在離開幕不到二十分鐘，難道瑪莎看了我無數的排練和演出，不知道我的習慣嗎？我實在不想出去。

"你就出去跟他們説幾句話，他們會非常高興。"瑪莎決定説服我，"你要知道這是他們第一次進歌劇院，去跟他們講幾句，他們會記一輩子的。"瑪莎最後這句話讓我心裡一熱。

當我們匆匆走到歌劇院建築精美的前廳時，就看到十來個中國人有點兒拘束地站在那裡，互相緊靠着，年輕一點的一位女士還抓着旁邊人的袖子，每個人都穿上了他們最好的衣服，打扮過一番。他們是那麼高興，驚訝地看着我化了誇張效果的光頭戲裝，一身深紅色的服裝，寬大的袖口，緊身褲加黑色的高筒靴，十足的"魔鬼"樣。我趕快跟他們講了一下劇情，我的角色，還告訴他們幾個主要的情節讓他們注意。看着他們那種專注和感謝的表情，我心裡想瑪莎是對的，能帶他們來這裡，我也會記一輩子。

首演。

莫妮卡全家都去了，每個人都高興地從白天就開始打扮和準備，做頭髮，整理衣服，化妝。在阿根廷看科隆大劇院的歌劇首演是件大事，女士們一定是落地長裙，男士們都穿晚禮服。妞妞一定覺得奇怪，東張西望地看着所有人都匆匆忙忙地走來走去，上樓下樓。何塞坐在那裡看着我們說他不去歌劇院，我們都很奇怪，最後只有莫妮卡知道為甚麼，默默地沒說話，迅速地出去了一會兒，回來時塞給何塞一身嶄新的晚禮服。

我提前兩個多小時到劇院化裝，戴頭套，穿服裝。當我看到鏡子中的我正在變成"魔鬼"時，心裡出奇地冷靜。盯着鏡子，看着自己慢慢消失，"魔鬼"的表情和邪惡在一點點地融進我的身心。我太喜歡忘掉自己的那種感覺了，盡可能地在上台之前就開始進入角色。

前奏起，大幕開，老態龍鍾的浮士德正在哀歎自己青春不在。我已準備好上場。

我和基思開場的二重唱正常發揮，音樂越來越激烈，浮士德出賣了靈魂再次回到英俊的青春，我則得意揚揚地完全控制了浮士德的慾望。二重唱在高潮結束，音樂停止的同時，我們從舞台衝進邊幕。

劇場裡一片沉寂，沒有掌聲。

基思和我在邊幕裡都愣住了。這簡直不可能，在任何歌劇院，這段二重唱都很有效果，觀眾一定會鼓掌——哪怕是禮貌性的。

"好吧，我們能做甚麼呢？祝今晚快樂。"夏威夷六分之一血統的"中國同胞"對我做了一個無可奈何的手勢，表情平和地柔聲說道，轉身去準備下一幕的演出。

第二幕有一段瓦倫丁的詠歎調，可以說是最著名的男中音詠歎調之一。是哥哥瓦倫丁要去從軍，告別妹妹瑪格麗特時唱的，優美、傷感、激情。雖然吉諾的歌唱狀態不夠好，但首演那個晚上他唱得真不錯，絕對是全力以赴了。

觀眾席裡仍然沒有掌聲。

我們都站在台上沒動，習慣性地在等觀眾鼓掌，好不容易才聽到稀稀拉拉不多的掌聲。等待也就幾秒鐘，感覺像是好幾年。我想吉諾一定不好受，這段詠歎調觀眾不鼓掌等於給這個歌唱家判了死刑。

整個晚上幾乎就沒怎麼聽到過掌聲，有時聽到一些，也是悶悶的沒有多大動靜。在演出結束時我們出去謝幕，開始聽到掌聲和喝彩，還是不夠熱烈。我出去謝幕時，倒有不少人大聲喝彩，裡面很多年輕的聲音，我想一定是莫妮卡的五個孩子。

後台一片歡騰，瑪莎和莫妮卡一家及他們的朋友，還有不少是我們許多遠道而來的朋友，都擁在那裡祝賀我。那個時候歌劇院後台是可以吸煙的，"兄弟"何塞遞給我一根煙，我深深地吸了一口，總覺得高興不起來，還在想整晚的觀眾都很冷，不知為甚麼。

　　直到第二天我才知道，昨晚的《浮士德》，是科隆大劇院今年演出季的最後一部歌劇，是極為重要的首演，全城上流社會人士都在那裡，盛裝出席。女士們都戴着黑色的長手套，男士們一律白色手套，整個晚上不摘。

　　戴着手套鼓掌，當然無聲。

　　幾個主要的報紙都有樂評，都登的是我揮舞着紅斗篷的劇照。最主要的樂評說整個劇組的演員中最好的是"魔鬼"梅菲斯特，然後說不知道為甚麼要邀請一個亞裔的歌唱家演出這個角色。

　　為甚麼不能請一個亞裔歌唱家演出這個角色呢？

　　《浮士德》最後一場演出之前，莫妮卡告訴瑪莎，他們決定給我們一個盛大的告別派對，讓我們請誰都可以，交換條件是我們要隨便他們怎麼折騰。

　　演出結束後至少有七八十人來到莫妮卡的家，我們的幾個中國朋友也來了。美食堆滿大餐桌，每個人都高舉酒杯，瑪莎還做了幾隻烤鴨，整個六樓站滿了人，氣氛沸騰。飯還沒吃完就有人開始彈琴，大家馬上開始唱歌。阿根廷歌、歌劇唱段、一個人唱完大家齊唱。唱得正熱鬧，突然聽到手風琴的聲音，電梯一開，門房的老兄拉着一架手風琴和三四個朋友唱着一首節奏歡快的阿根廷歌曲走出電梯，馬上，路易斯、莫妮卡和他們的朋友們全體加入歡歌。

　　唱完歌，莫妮卡揮着手讓所有人都安靜下來，說我少年的時候就會拉手風琴，今天他們就讓門房老兄借了一個手風琴，明天我和瑪莎就離開了，他們決定不讓我睡覺，讓我把所有年輕時唱過的歌都唱一遍，頓時所有人都大聲叫好。

一定是瑪莎給莫妮卡講了我年輕時在北京的經歷。這可是個意外，我背上手風琴，人們很快靜了下來，都看着我，等待。

我太久沒拉過手風琴了。是啊，我還不到十六歲進北京鍋爐廠的時候就開始拉手風琴。在那遙遠的 20 世紀 70 年代，在工廠的六年半，手風琴給了我多少樂趣和安慰，一路伴隨着我們的青春和最真實的情感。

我已經記不起那天晚上唱了多少歌，從老的蘇聯歌曲唱到革命歌曲，甚麼《紅梅花兒開》《三套車》，到《革命人永遠是年輕》。瑪莎和在場的中國城朋友還情不自禁地跟我合唱起《洪湖水浪打浪》《一條大河波浪寬》。《我的太陽》是每一個人都會唱的歌。還有一首，是我們年輕時唱的阿根廷歌曲，叫《多幸福》，我剛一開口，所有的阿根廷朋友馬上跟我合唱，我用中文，他們用西班牙文，一遍又一遍，唱得停不下來。

派對一直持續到早上 5 點。

莫妮卡和何塞送我們和妞妞到機場，堅持要等我們上飛機才離開。兩個人靠在一起點起了香煙，在淡淡的煙霧中像一對年少的戀人。

你也許知道這首歌：

《阿根廷，別為我哭泣》。

# 《聽媽媽講那過去的事情》

在歌劇院，別管是多大的明星，上台之前都會緊張。怎麼擺脫緊張的壓力？每個人有每個人的招兒。

有些人是靠吃藥。

一位美國男高音，挺有名的，平時總有點兒傲慢，台上很帥，台下古怪。他演出前的習慣，是在化裝間的鏡子前面擺上長長一溜兒藥瓶，高高矮矮，粗粗細細，有藥片，有藥水。我們演出前都有習慣找到同台的歌唱家，互相說一句"祝演出成功"。但我就怕在上場前去他房間，因為他一邊跟你說話一邊吃藥。說一句，往嘴裡塞個藥片，再說一句，一仰脖子"咕嘟咕嘟"地灌兩口甚麼藥水，接着可能在你面前，邊說話邊拿起個帶玻璃管的藥瓶，往鼻子裡"呲呲"地噴霧氣。

有個明星女高音，習慣是開場前在後台走來走去，手裡攥着兩三個小藥瓶，見誰跟誰說她的喉嚨不舒服，也是邊說邊吃藥。

還有的人就特別了。

一個也是明星的女高音，唱完自己的唱段，走出舞台進到邊幕裡就開始哭，她的助手要給她遞紙巾，幫她整理臉上的妝，不停地低聲安慰她，說她剛才在台上唱得怎麼怎麼好。台上的演出仍在緊張地進行。我能聽到明星女高音跟助手不停地說："不行，不行，我不能唱了，我太緊張了！"到該上場的時候，一轉身，止哭，昂頭挺胸地大步走出，明星架子一拉，往舞台上一站。唱完，走出舞台，再哭。

帕瓦羅蒂的習慣，是上場前要在後台找到一顆舊釘子，必須是彎的，找不到不行。很多帕瓦羅蒂的崇拜者知道大師這個習慣，從世界各地寄給他各種各樣的釘子作為禮物，純金的都有，但帕瓦羅蒂要的就是在舞台上釘佈景用過的舊釘子，彎的。給他做服裝的都知道，要在他演出服裡面甚麼地方，縫一個小口袋，專放釘子。

多明戈在化裝間穿演出鞋的時候，一定要先穿左腳再穿右腳，穿錯了會臉色一變，馬上脫了重新穿。上台之前，多明戈會在側幕祈禱，快速地畫幾個十字，最後吻一下自己的手背，一抬頭，上台。

祈禱是很多演員上台之前必做的，有的女演員會不管演出服是否方便，都要單膝在台側跪下，低着頭祈禱一會兒。有一個黑人男中音，快上台時，一定要找一個別人看不到的角落去祈禱，被人看見還不行，換個地方藏起來重新禱告。

還有的演員上台之前脾氣暴躁，跟誰都沉着臉，說話像要吵架，演出後完全是另一個人，會和善得讓人一驚。

再有的就怪了，上台前上台後都恐懼。

麥克是一個不到三十就成名的男中音，聲音好聽，又方便，張嘴就有。別人覺得很難的聲樂技巧，他可以玩兒一樣地唱出來。在美歐著名的歌劇院已經演了好幾個重要的角色，人好，隨和，形象也好。誰都說麥克將來會是大明星，都沒想

到，麥克幾年以後三十多歲就不唱了，給甚麼角色，多少演出
費都不唱，説當老師就當了老師，教聲樂。麥克不承認，他是
讓舞台嚇的，無法克制對舞台的恐懼。我相信麥克想了很多辦
法對付他的舞台恐懼症，他的太太瑪琳達是歌劇院合唱隊的女
高音，每次麥克演出要上台之前，瑪琳達都會在他的化裝間待
一會兒，給麥克説幾句鼓勵的話。麥克也不關化裝間的門，我
過來過去總看見麥克坐在瑪琳達前面像個嚇壞了的孩子。

　　麥克上台之前的緊張發展到無法控制。一次我們兩人同台
演出，那天我喉嚨疼，人一直焦慮，怕唱不好。在後台我們兩
人走了個面對面。

　　"麥克，我今天不舒服。"我説。

　　"田，我今天也不舒服。"麥克緊接着説。

　　"我喉嚨痛。"我皺着眉。

　　"我也喉嚨痛。"麥克馬上皺眉。

　　"我是左邊喉嚨痛。"我捂着喉嚨左邊説。

　　"我也是左邊！"麥克立刻捂住喉嚨左側。

　　"我今天真是很緊張。"我希望麥克能給我點兒鼓勵。

　　"我也是，今天緊張得不行了！"麥克睜大了眼睛，瞳孔
裡都是恐懼。

　　麥克改行以後有很多人跟他學聲樂，我去聽過幾次課，看
他教課那麼快樂，我也快樂。不知他教不教學生怎麼克服舞台
恐懼症。

　　我是一種類型的演員，在台下怎麼都不對，一上台就好，
人馬上活起來，壓力完全消失。瑪莎説我屬於"舞台動物"
（stage animal）。演出當天，如果是要唱一個非常重的歌劇，瑪

莎會盡量躲着我，因為從早上起來我就開始神經質，人就會變得很不耐煩，非常焦躁。特別是在化裝間等待上場的時候，誰都不想理。我讓自己能夠放鬆的方式，就是在鋼琴前坐下，彈幾首小時候的歌兒，只要彈幾分鐘，整個人就會慢慢地鬆下來。

我會彈一彈《金瓶似的小山》《歌唱二小放牛郎》《讓我們蕩起雙槳》。

我最喜歡彈的一首，跟着我去過很多歌劇院的化裝間：

《聽媽媽講那過去的事情》。

# 保羅・科泰

　　我坐在美聯航的飛機上，從丹佛飛紐約，手裡捏着的一張信紙，已經看了很多遍，上面是幾行非常潦草的英文字，紙已經皺皺巴巴。我在讓自己看懂每一個字，並確認這些字的發音，在飛機的轟鳴聲中盡可能地背誦紙上的內容，還有，這張紙對我太重要了。

　　那是 1990 年的 10 月初，從年初開始，我從丹佛飛紐約的第十二趟。

　　紙上有八個地址，八個電話號碼，八個名字，都是紐約有名的歌劇經紀公司和經紀人。我是去面試，希望能被其中一個公司錄取，任何一個都行，能真正地開始我的歌唱事業。

　　任何一個歌唱家想要發展事業，一定要有一個經紀公司給你找演出合同。想找一個經紀公司？太難了。

　　紐約有大小幾十個演出經紀公司，小的只有幾個歌唱家，大的會有一兩百。每天想簽約經紀公司的青年歌手成千上萬，競爭極為殘酷。尤其是同聲部的，有你沒我，有我沒他，這就是現實。沒有經紀人就等於沒合同。

　　我兩年前剛從丹佛大學音樂學院畢業。畢業前，我是學校"最優秀"的 bass（男低音）。學校有一大把女高音，一幫唱不高的男高音，男中音最多，bass 聲部只有我一個。於是在歌劇課和學校的歌劇排練時，我最忙，要在學校不同的音樂會和歌劇演出中唱那些最低的音，每天在排練廳和劇場之間來回奔波。物以稀為貴，我成了學校的寵兒。雖然我其他課程的成績很一般，但是聲樂課和歌劇表演課總會得到"A"，甚至"A⁺"。聲樂系的老師們已經形成了一種默契，對我高抬貴手，倍加優待，每年我都會得到全額獎學金——免學費。我其實是個很努力的學生，關鍵是英文太差，音樂基礎課在國內學習時沒怎麼上過，所以研究生的理論課對我來說最難。

我們系主任沃斯特爾博士，也是我的聲樂教授，教一門課叫"聲樂教學法"，複雜得令人恐懼。這堂課要學習大量的解剖生理學，熟記喉嚨的結構，骨頭、肌肉和神經的關係，口腔、喉腔、頭腔、鼻腔等在發聲時的動作與共鳴的關係，等等。首先，我永遠記不住那些英文的專業名詞，還有很多是拉丁文的，更可怕！因為那些字母的組合似乎沒有規律，念了幾十遍，一轉頭，忘了。

我是全班學生中唯一的一個，考試沒有時長限制，隨便我在那裡坐多久，而且可以翻閱字典。同班考生們一個個地考完走出教室，最後教授也夾起公文包消失，就剩下我，在那裡苦苦地翻着字典試圖看懂問題，再想辦法回答，一坐就是兩三個小時。

瑪莎那時是科羅拉多大學醫學院年輕的副教授，做人類遺傳學的研究，按說應該英文又棒還懂醫學的理論。她閒的時候還來我們音樂學校上鋼琴課。有一次我一個人坐在教室裡，正痛苦地試圖回答聲樂教學法期末大考的考題，正好瑪莎經過，我趕快求她進來幫我回答考題。瑪莎皺着眉頭看了半天考卷，說她也看不懂考題，幫不了我！

我三年的研究生學習，有過六次聲樂教學法課的考試，沒一次真正及格，教授們每次都很仁慈地給我一個"C"，讓我過關。坦率地說，我總覺得這是一門醫學課，最適合讓醫學院喜歡唱歌的學生選修，對聲樂學生，像我這樣的，這門課是酷刑。

畢業了走出校門，我發現校外完全是另一個世界。沒有人拿着歌劇合同站在那兒等"最優秀"的聲樂學生，沒有人圍在學校門口，鼓着掌迎接你去演出。生活好像突然失去方向，想做歌唱家無處可做，那種感覺很失落和無助。

當時我除了在科羅拉多歌劇院每個演出季有一兩個配角合同，三四場演出，仍需持續打工賺錢維持生活開銷。記得有一次穿着晚禮服在一個豪華晚宴上受邀歌唱，站在那裡像個真的歌唱家，唱完，掌聲熱烈。第二天一清早就趕快爬起來，穿上工作服去給新蓋的房子掃地擦窗，累了躺在地上，我在想前一天晚上的演唱是真的嗎？我不在乎打工，願意自食其力，但我需要看到前途，看到歌唱的希望。

1989 到 1990 年，我從丹佛飛到紐約二十多次，所有打工賺到的錢都買了機票，而且每次都是坐美聯航。丹佛是美聯航的大本營，飛多了會積攢一些飛行里程數，像一種獎勵，里程達到一定的數額會有一次免費飛行。為了這一次免費飛行，你要付出很多次的付費飛行，總之，我成了美聯航的"囚犯"。

那時我很喜歡坐飛機，飛機一離地人就興奮，起飛的那一刻，我會非常着迷地看着舷窗外的景致迅速地滑向後方，煩惱會瞬間消失。飛機拉升的感覺更讓我激動，一兩分鐘之後，飛機彷彿會突然靜止在無比寬闊的天空，能讓我的思路頓時無拘無束地任意飛翔。

此時此刻，窗外的景致是落基山脈。山脈是"強壯"的，像男性伸出去一條條堅實的臂膀，把紋路粗獷的肌肉和密集繃起的血脈鋪滿崇山峻嶺。10 月，白樺樹葉已經開始變黃，遠遠地看上去，一片一片的金黃散佈在壯麗的群山中，讓人一陣陣地感動。聯想到這次去紐約的感覺，不但跟以往不一樣，而且充滿着期待。

我沒有別的選擇，這次必須要找到一個經紀人，理由非常簡單，這一切都是為了瑪莎，都是為了我們能否有一個可以在一起生活的未來，我絕對不能讓她失望。那時我們剛開始熱戀，都經歷了失敗的婚姻，都格外地珍惜彼此。我強烈地感到她希望我們能組成一個家庭。她從來沒有給過我壓力，但給過我暗示，她不在乎我有沒有錢，她在乎的是一個幸福的新家庭。我們都在默默地等待，心照不宣，等待我來美國八年努力的結果，等待我到底能不能成為一個專業的歌唱家。我那時整天在焦慮，深知不能做一個銀行裡永遠只有幾百塊美金的"歌唱家"，我是那麼渴望能給她真正的幸福和保障，也知道她的渴望可能比我還要強烈。

於是，在 1989 年的第一天，我發了一個嚴厲的誓言，要盡一切努力，在兩年中成為一個能夠以歌唱為生的歌唱家，做一個可以用我的事業向瑪莎求婚的男人。我告訴自己要不惜任何代價地努力，要比西方歌唱家唱得還好，那才有成功的可能。我發誓要在兩年中實現我的誓言，告誡自己：去拚吧！豁出去！盡一切可能去奮爭！如果我盡力了而沒有成功，我會在 1990 年 12 月 31 日那一天停止歌唱，隨便上天想讓我做甚麼，永不歌唱。

誓言是 1989 年新年到來的那一刻立下的，對着丹佛市新年午夜的焰火，閉着眼睛，咬着牙，在內心深處發的誓。我沒有告訴瑪莎。

現在是 1990 年的 10 月，我的誓言馬上就到最後期限，我仍然沒有任何事業的突破，銀行裡還是只有幾百塊錢。這次紐約行對我來講就是最後的掙扎，必須孤注一擲，"這是最後的鬥爭"。

我那天在飛機上的感覺很複雜，除了在振奮自己之外還有一層悲壯，因為清楚地感到最後期限已在緊逼，我只有不到兩個月了。

在美國，任何想得到演出合同的青年歌手，必須在紐約才能找到真正的機會。那裡有最好的歌劇院、最好的交響樂團、最好的博物館、最好的音樂劇和話劇，還有最好的圖書館。全世界的歌劇院和交響樂團的負責人、指揮家和導演們，還有歐洲的經紀公司，每年都會來到紐約，為自己的歌劇院和音樂會選擇最佳的演員。

最重要的是，所有在歌劇界有影響力的經紀公司都在紐約。當然，在米蘭、柏林、倫敦、巴黎等這些歌劇重鎮，都有經紀公司，但規模和數量根本無法與紐約相比，而紐約重要的經紀公司也在歐洲和南美代理歌唱家，影響力遍及全球。這些經紀公司也會不定期地試聽一些年輕的歌手。

每年的秋季到第二年的春季，是試唱最多的季節。甄選演員的人到了紐約，可以觀看最好的歌劇製作，聽最好的音樂

會，還可以和世界各地來的同行見面聚會，商談和交換歌劇與
音樂會的策劃和製作。紐約的劇院也會開始聽歌唱家的試唱。
圍繞着林肯中心的幾個最出名的餐館，在那幾個月中，經常聚
集着來自各國歌劇界和音樂界的重量級人物。

必須說明，試唱考試，是青年歌唱家們事業剛起步時的必
經之路，成熟的歌唱家和明星們，當然是由經紀公司直接跟歌
劇院簽約。對於明星們，歌劇院會上門去找經紀公司談合同，
或者直接問明星想唱甚麼。當然，多大的明星在事業之初都有
過試唱的經歷。

從 1989 到 1990 年，我飛去紐約至少二十多次。會去看
歌劇、聽音樂會和看展覽，我盡一切可能多看多聽，但要根據
自己有多少錢決定看多少演出。我最主要的目的還是學習，想
盡辦法找好的老師上課，要保證有錢能交學費。還有就是找機
會參加聲樂比賽和任何形式的演出，讓更多歌劇圈子的人知道
自己。夢想哪一天，有人站在我面前，遞上一張名片，說"我
是 ××× 經紀公司的，想跟你談談簽約的事"。

一切都太難了，對我們第一代在西方闖蕩的中國歌手來
說，更難。歌劇界畢竟是白人的世界，是屬於白人的文化和歷
史的表演藝術。

記得有一次我在一個紐約的國際聲樂比賽中得了一個獎，
在比賽後的慶典中，一個着裝華麗顯得很高傲的女士走到我
面前，昂着頭說："我很驚奇中國還有你這樣的嗓音，我以為
都是你們京劇那種咿咿呀呀的嗓子！"說完還捏着嗓子學了一
下京劇的唱腔，轉身離去。我愣了一下，突然不由自主地追上
去，攔住女士告訴她："我們中國有很多很好的歌唱家，我絕

對不算最好的。"當時我們在西方有點兒像工兵,每天在歌劇文化的雷區裡摸索前行。

因為不知道希望在何方,我那時走在紐約的大街上總有一種空空蕩蕩的感覺,似乎這裡的五光十色跟我無關。也問過自己無數遍:"我還要堅持下去嗎?"

很多時候,我站在林肯中心的廣場,看看左邊紐約市歌劇院的大門,看看正前方大都會歌劇院的大門,渴望和絕望的感覺交替湧現,不知道怎麼能走進去。

這次不同!這一次我有希望了!!我有一張紙,上面有八個紐約歌劇經紀公司的聯繫方式,八個希望!我等了八年才等到這些希望,總有一個會成功!一定有一個經紀人會接受我!

坐在飛機上的三個多小時裡,我一直處於一種亢奮的狀態,坐立不安,嘴裡嘀咕不止,惹得旁邊的人幾次側目。我不管!我有一張重要的紙!我得背熟紙上的地址、電話和人名,這是一張全世界最幸運的紙!每一個字都是希——望!!

這張紙是奈特給我的,奈特是科羅拉多歌劇院的院長,歌劇界最出名的導演之一。跟他的緣分,是我在丹佛考這個歌劇院的合唱隊時,認識了奈特的夫人露易絲,科羅拉多歌劇院的音樂指導。他們知道我是一個交不起學費的學生,分文不取地培養了我五年。幾天前在丹佛,奈特約我見面,拿出了這張紙,鄭重地跟我和瑪莎講,覺得我的演唱水平已經成熟,可以唱給紐約的經紀公司聽,於是給我寫下這八個地址和人名。奈特告訴我去紐約以後馬上跟這些經紀人聯繫,唱給他們聽。並說這八位經紀人跟他都很熟,他們分別答應了奈特,會給我安排試唱。"他們一定會聽你,你必須要好好唱!"奈特的眼神在大黑眼鏡框裡顯得極度自信，説完還跟我擠了一下眼睛。

到達紐約的第二天，上午我就開始打電話。在電話機前坐下的時候，我等了一下，做了幾個深呼吸，讓自己冷靜下來。那八個名字我早已念熟，攤開那張皺巴巴的紙，最後看了一遍，拿起電話。

當電話鈴聲響起來時，我能感到心臟"撲通"一下，一陣亂跳，因為我是打電話給完全陌生的世界，而那個世界主宰着我的生殺大權。

打完五個電話以後，我垮了，完全喪失了繼續撥電話的勇氣，情緒極為低落，人都有些虛脫。因為五個經紀人在電話中的語氣一樣冷漠，內容一樣簡單：

"很抱歉，我們公司目前沒有招收新演員的計劃，不能給你安排試唱。"

"請原諒，我的公司現在滿員，將來有招收新歌唱家計劃時，會再聯繫你。"

"好，了解了你的情況，我現在很忙，請留下你的電話號碼，將來有需要時會給你電話。"

有的經紀人還沒聽完我的自我介紹，就打斷了我。

"這些經紀人都答應我會聽你，因為他們都需要我雇用他們的歌手，有求於我，所以不要擔心，他們一定會聽你，一定會考慮雇用你，祝你好運！"奈特把那張紙遞給我時，語氣非常肯定地説。

終於，第六個經紀人約了我，在曼哈頓上西城的一個教堂唱給他聽。也許是因為天氣變冷，他圍着一個彩色的圍脖，戴了一頂禮帽，圍脖圍到鼻子，帽檐壓到眉毛，長甚麼樣子都看不清。只見他走來走去地聽了半首詠歎調，就讓我停下來，說："好，可以了，我對你的演唱水平有了很清楚的印象，你回丹佛時請代問候奈特，我會跟他聯繫，祝你一路順風。"說完轉身離去。我站在那裡愣了一會兒，他甚麼意思呢？要我還是不要我？

第七位經紀人倒是客氣，說話聲音低沉又柔和，人長得圓圓滾滾，歲數不大，表情也算誠懇，認真地坐了下來，聽我唱了整首的詠歎調。然後說："這樣，我給你一個建議吧。你應該去歐洲，去德國，唱給一些比較小的歌劇院聽，爭取做一個駐院歌唱家，跟他們簽整年的合同，積累些角色，兩三年後再爭取到大的歌劇院試唱。"

問題是，我到德國哪裡去考這些小歌劇院呢？誰會介紹我？這位圓圓的和藹先生顯然並沒有幫助我的意思，說完這幾句話，就柔和地跟我說再見，示意我可以走了。可以看到下一個要給他唱試唱的歌手已經站在那裡。

我疲倦地走在大街上，走進中央公園，在一個長椅上坐下，人很累。我低着頭坐了好一會兒，才發現離我不遠的地方坐着一個流浪漢，一身很髒的衣服，在翻弄身邊的一堆甚麼破爛東西，地上放着一杯咖啡，一份報紙。我突然想到我不也是個流浪漢嗎？

沒有好朋友給我吃住的地方，我絕對擔負不起在紐約的食宿費用。有好幾個美國歌唱家都說到過同樣的經歷，還沒有得到任何合同和收入時，在中央公園的長椅上過夜的情景。一位後來極為著名的美國女中音，在她歌唱事業還沒有任何希望，也沒有錢的時候，就曾在中央公園露宿。後來她在大都會歌劇院排練有空閒時，會提上一口袋食物，走到中央公園送給無家可歸的人們。

我開始想到放棄，結束這種折磨人的流浪，回丹佛吧，我頂不住了。瑪莎會怪我嗎？

還有不到兩個月就是我的誓言結束日，我開始想我不唱歌可以做甚麼，除了歌唱我還有甚麼本事嗎？數理化我不懂，想創業也沒有知識和資金。又想到我發過狠誓，想到瑪莎，想到她那雙充滿期待的眼睛，想到她一定在等我的好消息……

我告訴過自己，在兩年中必須付出百分之三百的努力，因為我意識到我面對的競爭者中，還有無數渴望成功的西方歌唱家，跟他們競爭，我有多少勝算？他們就出生在歌劇文化扎根的國家裡，就成長在自己的文化中。他們的西方面孔站在那裡已經是歌劇角色，我卻需要"西化"，從語言、歌唱、表演、表情等全面"西化"，否則一定敗給我的西方競爭者。

我付出了百分之三百的努力嗎？我問自己。除了在八年中的拚命學習、打工，還有在兩年中不停地飛到紐約，不停地找老師上聲樂課、跟歌劇指導學習，買站票看了很多很多場歌劇，也想辦法參加了很多試唱尋找演出機會，參加聲樂比賽，擠在朋友的家裡借宿，蹭飯，沒錢了就馬上飛回丹佛去打工，有點兒錢再一頭扎回紐約。這些算是百分之三百的努力嗎？

我不抱任何希望地撥通了第八個電話，這是這張紙上最後一個電話號碼。我已經不緊張了，因為沒抱希望，而且訂好了飛機票，準備回丹佛，瑪莎不會怪我。

接電話的是一位男士，嗓音像一個低男中音，說話聲音很深，很客氣，爽快地跟我約了一個試聽的時間，就在第二天，在上西城五十多街的一個小排練廳。

第八位經紀人走了進來。這是一個很高大的人,至少一米八五以上,肩膀寬闊,大約四十多歲,顯得很幹練,一進來就很認真地看了看我,眼神裡不是敷衍。

我很怕給高大的人唱試唱,他們會讓你覺得自己矮小,尤其是那些自以為是略帶傲慢的大個子,坐在那裡一歪,腿一架,讓你唱得很不舒服,會失去信心,很難正常地發揮水平,試唱的結果往往是失敗。

他叫保羅・科泰,是屬於很經看,能記得住的那種人。保羅英俊挺拔,眼神鋒利但有善意,兩道濃眉皺得很緊,表情認真,頭髮一絲不亂。他穿一身漂亮的灰色西服,領帶打得很精緻。保羅一進來就很快拉了一把椅子坐下,似乎想減少自己的高大可能給人的壓力。試聽的房間不大,我們距離很近,可以聞到他帶進來的香水味道。

他在我報給他的曲目中挑了威爾第歌劇《西西里的晚禱》中的詠歎調《啊,你巴勒莫》。這是我跟露易絲學習的五年中練了不知多少遍的曲目,尤其是開口第一句的長音。露易絲曾嚴肅地告訴我這第一句的重要性,必須嚴格地練習,要讓聽我唱試唱的人,對我的嗓音和歌唱狀態馬上產生興趣。

露易絲是對的。

當我一開口唱那個長音時,就看到這位經紀人的眼睛亮了一下,注意力好像更集中,眉頭皺得更緊。唱完第一首詠歎調後,他又挑了亨德爾清唱劇《伊萊加》中的一首英文詠歎調《看那火焰熊熊》。那是一首男低音們在試唱中絕對不會選的曲目,因為它是一首有很多十六分音符快速音階的詠歎調,要求歌手要有靈活的歌唱技巧，能夠清楚地唱出那些快速的音階，保持音準，還要有連貫的線條，唱不好會暴露自己歌唱技巧的弱點兒。一般男低音的聲音會比較重，靈活不起來，我卻有這個能力，而且我的聲音在唱這首詠歎調時還可以保持上下很通的音色。

露易絲選了這首詠歎調作為我六首試唱曲目之一，有她的道理。她認為如果用亨德爾做試聽的第二首曲目，會有一個意外的效果，會讓聽你的人馬上感到你的聲音具有與眾不同的特質——你可以勝任更廣泛的歌劇角色，尤其是早期的意大利歌劇，如格魯克和蒙特威爾第的作品，或者美聲歌劇如羅西尼、貝里尼等人的劇作。在歌劇的試唱中，如果你唱完第一首曲目，被要求再唱一首，說明聽你的人對你有一定興趣，否則絕大多數的試唱考試就聽一首，如果聽半首就打斷你，那是絕對沒戲的象徵。

先唱威爾第，再唱亨德爾，這個組合在後來幾年的試唱中，是我經常獲勝的秘密。有時聽我的人選了別的第二首曲目，我也會大着膽子問："如果你不介意，我唱一首亨德爾的詠歎調給你好嗎？"通常的回答是："好，請唱。"

"你甚麼時間離開紐約？"我剛唱完科泰先生就問我，我正想說第二天走，還沒來得及說，"你明天上午可以來一下我的辦公室嗎？"他又說。

啊！！

對我來說這簡直是世界上最美好的話語！我高興得直顫抖，拚命壓制自己的狂喜，忘了是怎麼回答的，也忘了怎麼接過他遞過來的名片，這最後一個聽我試唱的經紀人，成了我第一個希望！

"可以來一下我的辦公室嗎？"也是我等了八年的一句話。

我查過，他的經紀公司只有十幾個歌唱家，在紐約的歌唱經紀公司中，是最小的之一。但他旗下的歌唱家，很多都在紐約大都會歌劇院和美國其他一些重要的歌劇院演唱。由此推論，他的公司雖然不大，但信譽很好，因為歌唱家們都有活兒幹。

我"飛"到大街上，找到一個公共電話亭，高興至極地給在丹佛的瑪莎打電話，告訴她明天有個經紀人要見我！聽得出來，她比我還要高興，我們太需要好消息！我在美國的奮鬥已經八年，必須要有一個突破！一個歌劇經紀人讓你去他的辦公室，對任何一個青年歌手，這是多麼重要的一個邀請，可能是一生中最重要的邀請！最重要的突破！

瑪莎真的從來沒有給過我壓力，她對我似乎一直有一種信心，覺得我一定會有一個歌唱事業。後來她說，她對我的信心有幾個原因，主要來自歌劇專家們對我嗓音的認可，覺得這個中國歌手有成功的潛力，最主要的信心來自奈特夫婦。世界公認的一流歌劇導演和一流的歌劇指導，都告訴瑪莎我會有希望，這使她堅定了自己的看法。還有就是，她覺得這個"沒有邏輯思維能力"的人除了唱歌之外甚麼都不會，甚麼本事都沒有，歌唱是我唯一的出路。

瑪莎是一個科學家，也許科學家總是對的。不過我敢肯定，她沒有想到的是：六年後，因為我歌劇演唱事業發展得很快，尤其是在歐洲的合同越來越多，她就決定放棄她人類遺傳學研究的事業，全力幫助我。跟我一起旅行，幫我制定事業計

劃，一起做項目，還要處理我們生活中所有的大小問題。誰說
"一個成功的男人後面一定有一個偉大的女性"？我説"一個想
要成功的男人前面，必須要有一個偉大的女性"。

　　可以説我的歌唱事業"摧毀"了她的科學事業，為此，我
對她總有一種歉意。

　　我在大街上的電話亭給瑪莎打電話的時候，當然不知道六
年後會發生甚麼，就是高興能給瑪莎一個好消息。電話打了很
久，用了很多硬幣。記得那天很冷，而且那條街道不寬，有很
強的穿堂風，掛上電話我完全凍瘋了，不過心裡是熱的。

　　保羅的辦公室就是他家，在曼哈頓中城 43 街，6 和 7 大
道中間。那是一條非常安靜的街道，有很高的樹。我喜歡那一
帶的樓，不高，不過十來層，是"二戰"以後認真蓋起來的。
紅色的磚樓，很好看的大門，受英國建築風格的影響。他家最
主要的就是唱片、盒式磁帶、音響設備、書籍和歌劇的海報。
房間裡的一切都整整齊齊，乾淨得讓我不知道往哪兒站。滿書
架的書、CD 和磁帶，高矮整齊地排列着，像檢閱中的士兵方
陣，一絲不苟地站在那裡。他牆上的歌劇演出海報和照片也隨
着鏡框大小和顏色，非常舒服地掛在最合適的地方，一看就是
精心丈量過，設計過，跟窗簾非常搭配地融合在一起。他的辦
公桌更有條理，沒有一樣東西是亂放的，紙筆都放成直線，擺
的幾張照片也讓人感到一種吸引力，那是三個可愛的男孩子的
照片，都綻放着純真的笑容。整個房間沒有一絲灰塵。

　　保羅在家裡的穿着很隨意，西服上衣裡面是潔白的襯衣，
沒打領帶，穿着一條淡藍色的牛仔褲，使這個冷峻而高大的美
男子看上去多了些親近感。我注意到他眉心中有兩條豎着的皺

紋，讓他看上去好像總皺着眉頭，笑的時候眉心皺得更緊，不過是一種很專心的笑容，濃眉裡的眼睛閃着看書人特有的那種眼神，清澈。

他鬆弛地坐在辦公桌後面，看到我顯得拘束，笑了起來："放鬆放鬆！OK，我們先試着工作起來，我會給你安排一些試唱，看看反應。我們沒必要簽甚麼合同，沒有歌劇院雇用你，跟我簽甚麼合同都沒有意義。"保羅用低低的音色很直率地說。我當然只會"OK，OK"地答應，能有一個經紀人願意跟我工作，甚麼條件我都會答應！

保羅對我最具體的要求，是從丹佛搬到紐約。

"各地的歌劇院來挑演員，很多時候是提前兩三天才通知經紀人。你們都要隨時準備去參加試唱，所以你要住在紐約或者附近甚麼地方，隨時準備，科羅拉多太遠了！"保羅說。

我當然一口答應，但腦子裡一片混亂。雜亂地想着自己怎麼能負擔紐約昂貴的生活開支，想到可能要離開瑪莎很遠，想着自己的生活方式將發生甚麼變化，激動中夾雜着茫然和顧慮，不知道等待自己的是甚麼。但我決定拚下去。

半個多月以後，我從丹佛回到紐約，想先暫時住一段時間看看，還是借住在好朋友、鋼琴家韋福根的家，在紐約皇后區一個很不錯的區域，叫瑞戈公園。最幸運的是，朋友從來沒有讓我付租金，也許他知道我也沒錢付。

保羅動作很快，不停地給我安排歌劇院的試唱。我經常做的是從韋福根家趕去地鐵站，大約半個小時就到曼哈頓上西城的林肯表演藝術中心。幾乎所有的試唱，無論是歐洲歌劇院來的，還是北美各地的歌劇院，都會在這一帶找個大琴房或者排練廳，也會租用小型的劇場，然後通知各個經紀公司帶自己的歌唱家來試唱考試。

歌劇經紀人帶哪些歌唱家參加試聽，是一門學問。譬如當時保羅手下有五個男低音歌手，劇目都差不多，那帶誰去參加試唱呢？另外，來聽試唱的某歌劇院院長，可能會喜歡甚麼樣的嗓音，甚麼樣的形象，經紀人必須有所了解，要能有一種直覺，帶哪個歌手去拿到合同的機會更大。這真是一門學問，關係到這個經紀人與這個歌劇院的信譽和長期的合作關係，也關係到歌唱家和經紀人的收入。

沒有後門，沒有賄賂。偶爾聽說過某指揮家要收錢才給歌唱家工作的傳聞，還有說意大利的經紀人像黑手黨，也許是。但我跟這位據說很黑的"某指揮家"在日本、歐洲和中國合作過四部歌劇，合同都是正規地拿到，從來沒有被他為難過。"黑手黨"？也許，不過我沒有跟"黑手黨"合作過的經歷。

所有這些歌劇界的事情，我都是後來才逐漸知道，剛開始跟保羅工作的時候，只知道有機會參加試唱已經太幸運了！走到這一步，顯示出露易絲和奈特對我五年嚴苛的訓練有多麼重要，而且到了收穫的時候。

跟保羅開始工作的第一個月，他給我安排了七八個歌劇院在紐約的試唱，還有紐約市的幾個音樂團體選拔演員的考試。其中有五個歌劇院聽過我之後，幾天內就聯繫保羅，給了我演出的邀請。這些歌劇院都不大，包括美國的德拉瓦州歌劇院、在佛羅里達州的薩拉索達歌劇院等，在美國屬於中小型的劇院。

我得到的歌劇邀請都是主要的男低音角色，有《西蒙·博卡涅拉》中的費耶斯科，《弄臣》中的斯帕拉夫奇利，等等。按我的年紀，三十五歲，應該可以嘗試演唱比較戲劇性的角色。但我實際的演唱水平和舞台經驗，跟這些角色還有很大的差距。

記得給薩拉索達歌劇院做試唱結束後，我在大門外碰到剛聽過我試唱的這位院長，他跟我揮了一下手說："明年見！"他看我完全沒聽懂他的意思，就補了一句："我剛才告訴保羅，我會邀請你演出《西蒙・博卡涅拉》。"這可是一部大歌劇！我知道裡面有不止一個男低音角色，就怯生生地問是唱哪個角色，院長說："當然是費耶斯科！"說完攔下一輛出租車走了。

哇哇哇！費耶斯科！這可是低聲部最重要的威爾第角色之一，我居然得到演唱這個角色的邀請，我的第一個大角色！我高興得連跑帶跳。"先生，我看你滿臉喜慶，要不要我給你算算命？"我回頭一看是一個坐在街邊的吉卜賽女人，面前是一張小桌子，桌子上有一副撲克牌。我謝過她，繼續連跑帶跳地離開。我才不要算命，我的命夠好的啦！

通常來講，在西方歌劇界，年輕的歌唱家們在事業起步的時候，試唱的成功率能在百分之三十左右已經非常高。保羅沒想到我參加試唱的成功率會在百分之七十以上，對我完全另眼看待。我那時不知道這都意味着甚麼，只是擔心如果給我的角色太重，太難唱，唱不好怎麼辦？！合同未到已開始發愁。當然，我不能跟保羅講我的擔心，能在一個多月裡得到五個歌劇院的演出邀請，對任何一個年輕的歌唱家都是不可置信的。保羅對我的興趣越來越大，整天想着給我安排更多的試唱。

在世界範圍都一樣，經紀人從歌手的歌劇合同中收取百分之十的傭金，音樂會演出的合同收取百分之十五。大的經紀公司，不會收取歌唱家甚麼郵件費、試唱場地費、電話費等，一些小經紀公司會收取任何為你工作發生的費用，甚至他們辦公室的開銷也讓歌唱家們分擔。

經紀人一定會盡可能為你爭取最高的演出費，他的收入也會增多。在歌劇界都有一個大概的演出費範圍，根據你的演出經歷和知名度，還有歌劇院本身的預算，演出費多少都有一個既定的數額，但仍可以談價。不過無論是大都會歌劇院還是其他的劇院，我敢肯定劇院方不會有甚麼"灰色收入"和"陰陽合同"之類的商量餘地。

保羅在歌劇界有很好的口碑，他最主要的聲譽，是他對嗓音有一種非常特別的"特異功能"，似乎能預知誰的聲音有甚麼樣的發展潛力，誰會成為重要的歌唱家。他對他認準的青年歌手，會極為認真地推動他們的歌唱事業，有好幾個最後都成為西方歌劇界非常著名的歌唱家，像女高音黛博拉‧沃伊特和男高音邁克爾‧西爾維斯特。

"當奈特打電話向我推薦你的時候，實際上我根本不相信你會有甚麼歌唱前途。"後來保羅跟我講，"我想一個從北京來學聲樂的，已經三十五歲，除了在科羅拉多歌劇院演過幾個配角，沒有任何重要的歌劇演唱經歷的歌手，怎麼可能有前途？"保羅還開了一個玩笑："丹佛？出牛仔的地方，不會出歌唱家！"也許保羅是對的，科羅拉多州真沒出過有名氣的歌劇演員，直到 20 世紀 90 年代開始，科州的幾個音樂學院有過四五個青年歌手，成為專業的歌劇演員，進入重要的歌劇院演出，其中有三位是中國人。

保羅直爽地告訴我："我當然要答應奈特在紐約給你安排試聽，我需要跟他做生意啊，我要讓我的歌手們能拿到科羅拉多歌劇院的演出合同！"我第一次認識到歌劇也是一種生意，多少有點兒傷感。

開始跟保羅工作一個月後，他打來一個電話，説一週後給我安排了兩個試唱。保羅的語氣好像隨意，但我能感到他其實非常興奮。星期三我要在紐約市歌劇院做試唱，星期五在大都會歌劇院。

掛了電話我就開始懷疑自己的耳朵，覺得我一定聽錯了。

紐約市歌劇院和大都會歌劇院都在紐約林肯表演藝術中心，是緊鄰。紐約市歌劇院建院大約在 20 世紀 40 年代，大都會歌劇院則已超過百年。1966 年市歌劇院與大都會歌劇院同年搬到新建的林肯中心。市歌劇院能在世界最著名的歌劇院旁邊生存六十年，真難為他們了。跟大都會歌劇院爭奪演員和觀眾，容易嗎？紐約市歌劇院之所以能夠存活的原因是：經常推出全新製作的經典歌劇，每年還會首演原創歌劇。經典劇目的製作盡可能創新，年輕化，大膽地起用年輕的導演和舞台設計。每年至少演出十幾部歌劇，而且整個演員陣容都很年輕，平均比隔壁大都會歌劇院的歌唱家們年輕好幾歲。很多年裡紐約市歌劇院經營得非常有生氣，院長叫魯代奧，是個很有名的指揮家。很多歌唱家都是在紐約市歌劇院開始其演唱事業的，包括世界著名女高音歌唱家比佛利‧希爾斯、男低音山姆‧雷米，甚至巨星多明戈。從市歌劇院的大門到大都會歌劇院的大門，不到一百米。但對任何一個青年歌手，這一百米的距離，其實是艱難無比的"萬里長征"。

考進紐約市歌劇院，很難。考進大都會歌劇院，難上加難。

每一個歌劇經紀人，每時每刻都會希望自己的歌唱家，能夠在這兩個歌劇院演出，雖然市歌劇院演員的演出費，可能比大都會的演員少一半。畢竟兩個歌劇院的大門遙遙相望，幸運的歌手在市歌劇院出名以後，會有進入大都會歌劇院的可能。大都會歌劇院負責選演員的人，有時會悄悄到市歌劇院看演出，把看上眼的歌手"挖走"。反之，從大都會歌劇院"屈尊"到市歌劇院演出的歌唱家極少，通常會被認為是降級，或者是一種要被大都會歌劇院解聘的暗示。

此時此刻對我來說，顧不上那麼多，能進到這兩個歌劇院的任何一個，都會讓我高興得發瘋。

星期三在紐約市歌劇院唱試唱，星期五在大都會歌劇院試唱，我歌唱生涯中最重要的兩個試唱就要到來！我不知道自己是否做好了準備，但清楚地感到這次機會非同尋常，我必須全力以赴！

有時我會回想起經歷過的幾次最重要的試唱考試，都是徹底改變我人生的轉折點，很多細節永遠不會忘。我把這些經歷寫在了前文裡。在這裡再多講一點關於保羅‧科泰的故事。

保羅是同性戀，他從不掩飾這一點。保羅是一種"帥男"型的同性戀，我們有好幾個這種類型的同性戀朋友。在歌劇界，同性戀很多，沒甚麼奇怪的。只有一次，保羅情緒有點兒惆悵，跟我說他所有最好的同性戀朋友都去世了，不知為甚麼他還在這裡。

我跟保羅工作了八年。從第一年開始，我的演出日程就是滿的，每年至少有八到十部歌劇的合同，好幾十場的演出。除了在大都會歌劇院的合同，還在美國和加拿大的主要歌劇院演出。往往是在一個歌劇院演完最後一場，就馬上飛到另一個城市，第二天就在那裡的歌劇院開始排練。跟保羅工作時，我也有過在法國尼斯、德國波恩、智利和阿根廷歌劇院的演出。這些合同幾乎都是歌劇院的院長直接找的我，我就把這些演出邀請都轉給保羅，照樣支付他百分之十的傭金。

保羅喜歡聊天，我們可以在電話上聊一個小時，最後五分鐘才談一下歌劇院的邀請和合同。如此繁忙的演出日程，壓力當然大，壓力太大的時候，我會變得很神經質，會不停地吃安眠藥，會發脾氣，會憂鬱。我的歌劇角色越來越重，難度越來越高。我常常會因為一個沒有唱好的音或者唱錯了節奏而焦慮，而且對聲音的質量極其敏感，無數次地對瑪莎抱怨我唱的哪個音不乾淨，哪個音不準，瑪莎根本沒聽出來，認為是我緊張的錯覺，很多次都快被我折騰得崩潰。她總是堅持一個信念——絕不給我增加心理壓力，想盡一切辦法為我紓解憂慮。

幸虧瑪莎是個科學家，比我理智一百倍，她總是幫我分析問題，而不是跟我一起"唉聲歎氣"。她往往會告訴我是多麼幸運，得到這麼多合同，改變了多少人對中國歌唱家的看法。所有的壓力和困苦都是必然的，要為這些壓力高興，有多少年輕的歌唱家求都求不來這樣的壓力。最後，瑪莎的總結是：我從來不知道學習的方法是甚麼，也沒有養成過學習的習慣，所以背不下來譜子，唱不好新的歌劇。有一次瑪莎遞給我一個小本子，給我畫出很多小方格，讓我把需要做的音樂功課和解決聲樂技巧問題的方法，分開寫進一個個的格子中，包括日程，有了計劃就等於有了解決問題的方法，解決問題的方法就是一個個地去解決。

有些心理上的壓力畫格子也解決不了。我對在大都會歌劇院的演出、排練和合同都非常在意，知道自己是經過了"兩萬五千里"才走到這一步，我絕對不能失去在大都會的合同，所以在那裡我對在大都會演唱的每一個音，做的每一個演出動作，劇院的反應，等等，都敏感到了極點。

沒辦法的時候，我就找保羅述說苦衷。我會告訴他這個歌劇我來不及學，那個歌劇我絕對唱不好。保羅總是很有耐心地聽我吐完苦水，最後就說："來來，讓我告訴你些好消息，你會感覺好一點！"然後他就用五分鐘跟我說哪裡的歌劇院又給了我一個甚麼邀請，甚麼檔期，一場多少演出費，等等。有時"好消息"也無法讓我高興起來。瑪莎記得最清楚，很多次都是我剛拿到一個合同，唱沒唱過的角色，譬如威爾第的哪部大歌劇裡的男低音主角。我會買一本譜子，幾張 DVD，回到家裡對着譜子看一遍錄像。還沒看完我就覺得自己根本唱不下來，太難唱了，臉上會湧上一層冷汗，心跳劇烈。如果瑪莎那時走進房間，會馬上退出去，說不想看到我那滿臉的絕望。

保羅給我起了一個綽號，叫"抱怨先生"，他和瑪莎的對話中我的名字已經消失，只聽他們說"抱怨先生"怎麼了，"抱怨先生"今天唱得怎麼樣之類的。

每次"抱怨先生"抱怨大發作之後，都會神清氣爽，情緒會馬上樂觀起來，也一次又一次地拿下那些"可怕得要命"的歌劇角色，唱得還很不錯。瑪莎和保羅已經學會了怎麼對付我的抱怨，還不時互相交換心得，怎麼把我的悲觀抱怨轉變成樂觀的心態。最主要的是他們不要受我的情緒影響，讓我自動轉變心態。

有一次我犯"抱怨"病，是接到在意大利熱那亞演出威爾第歌劇《耶路撒冷》的邀請，劇中男低音的主要角色是羅傑，一個難唱至極的角色，我當然"恐怖"地向瑪莎表示我絕對演不了這個角色，我會被這個角色"殺掉"。沒人會注意到這個角色有多難，也沒人會同情我的壓力，而我會被這個大角色"殺掉"。瑪莎看着我，等我抱怨完畢，表情輕鬆地講："好啊，那就取消這個歌劇合同，不去意大利了，別唱了！少一個合同沒關係，正好休息！"

這不像瑪莎，她從來都是鼓勵我絕對不要放棄，尤其是特別重要的角色，對很多歌劇演員來説，能在這輩子演唱這個角色，是多大的榮譽，是多麼難得的機會！她居然説"那就取消這個合同"？！還表情輕鬆地轉身就走了！我真的要放棄這個合同嗎？她居然讓我放棄？！我又聽了一遍錄音，聽完忽然覺得自己應該能唱這個角色，好像沒有那麼難吧？

瑪莎的激將法完勝，我不但演出了這部歌劇，還得到了一個不能再好的歌劇評論。劇評被保羅興高采烈地拿走，轉發給一些歌劇院，憑這樣的評論，保羅往往會很快為我拿到一些新的歌劇合同。

保羅真是一個好經紀人，但他有他的局限性。他把一個年輕的歌唱家推到一定的高度時往往就推不動了。我的合同很多，但絕大部分的演出都是在美國，他在歐洲幾乎沒有給我找到過合同。我在歐洲得到過的幾個合同，幾乎都是歌劇院跟我直接聯繫，我轉給保羅，從某種意義上講，等於是我在給他找工作。這並不影響我對保羅的好感和感激，沒有他，就沒有我的歌劇事業，我們的合作持續到了 1998 年。

歌劇界有一個自然的定律，美國的歌唱家要想在美國的一流歌劇院演出重要的角色，你就要先爭取在歐洲的主要歌劇院演出主要的角色，美國的歌劇院就會考慮給你重要的合同。同樣，美國的歌唱家要想在歐洲發展，就需要在美國幾個大的劇院演出重要的角色，歐洲的歌劇院就會有聘用你的可能。

1998 年，我發現我在大都會歌劇院的合同有了一些微小的變化，重要的角色在減少，我感到他們對我有些"疲倦"。雖然我還與美國一些重要的歌劇院有很好的合同，但我知道他們都在注意我在大都會演出的狀況。在大都會的狀況好與不好，直接會影響到我在其他歌劇院的合同。

我感到必須要去歐洲了，必須要爭取在歐洲重要的歌劇院演出幾個大的角色。保羅也感到了我的緊迫感，一口答應在歐洲給我安排試聽。

那時我在美洲歌劇院的合作已不需要試聽，但歐洲對我來說，還是"新大陸"，他們也許聽說過我，但並不熟悉，所以，我需要去歐洲，給這些歌劇院做試唱。

1998 年的秋天，我有一個月空檔，瑪莎跟保羅商量了一條路線，從紐約到意大利、法國、北歐幾個國家轉一圈，每個主要城市停留幾天。保羅說會在每個城市的歌劇院為我安排試聽。和瑪莎出發的時候，我信心十足，憑這八年在歌劇舞台上的經歷，我應該有機會得到很好的合同。我不在乎去試唱，認為自己的歌唱狀態很好，歌唱技巧也日趨完善，試唱曲目的演唱應該比幾年以前好很多。

我們一路上都在等保羅的信息，在每個城市停留的時候都會跟保羅保持密切的聯繫，每天都在等待試唱的安排。

　　一個月過去，保羅沒有安排成功在任何歌劇院的試唱。他雖然在長途電話裡反覆抱歉，但我們非常沮喪，這一個月的旅行以"無試唱"終結。很簡單，這證明保羅在歐洲的歌劇院幾乎沒有任何關係和影響。

　　我們痛苦地意識到，也許是到了更換經紀人的時候。這是一個非常艱難的決定，就像離婚，離了痛苦，不離，也痛苦。

　　1998 年我已經四十四歲，對任何一個歌唱家來說，這是一個非常關鍵的年齡段，也是演出生涯多變的階段。歌劇演唱事業不上則下，"後浪催前浪"。

　　我必須換一個經紀人，必須。我需要有一個在歐洲和美國重要的歌劇院都有廣泛關係的、強有力的經紀人。我的目光落到在紐約極為著名的哥倫比亞經紀公司，落在布魯斯和艾倫身上。

　　布魯斯·冉姆斯基和艾倫·格林與我年紀相仿，中等個子，精明強幹，兩人都反應敏銳，語速極快，跟你說話時直盯着你的眼睛，往往會給對方一種巨大的壓力，是美歐歌劇界極為著名的經紀人。他們隸屬哥倫比亞公司，有着自己的分公司，簽約的歌唱家大約有一百多人，其中不乏當紅的歌劇明星，尤其是男高音。由於他們太強勢，歌劇界給他們起了個綽號叫"魔鬼雙胞胎"。

　　布魯斯和艾倫跟世界範圍的歌劇院談起生意來總是咄咄逼人，他們不是跟你談一個歌唱家的合同，你要是需要他們旗下這位男高音明星來撐這部歌劇，他們馬上會逼上一個條件——其他角色也必須用他們公司的歌手。"魔鬼"們談起演出費來尤其兇狠，分毫不讓，一律高價。兩位都是猶太人，都對歌劇有極為全面的知識，對劇目、唱段、語言都爛熟，也可以說是酷愛。兩個人對聲樂技巧都有他們固執的見解，跟簽約的歌唱家們經常會毫不客氣地提出他們的意見，要求歌手必須在歌唱技巧上做出改進。

不知為甚麼，布魯斯不是我的經紀人，卻對我一向很客氣。我經常在大都會歌劇院的後台碰到他，不少次演出完他會走進我的化裝間，探個頭，簡單地說一句"祝賀，今天唱得很好"，人還沒進來就已經出去了。

在大都會歌劇院每天晚上的演出，無論是甚麼歌劇，都會有"魔鬼雙胞胎"的歌唱家在台上。只要布魯斯和艾倫沒在旅行中，他們幾乎每晚都在大都會歌劇院看他們簽約歌唱家的演出。當我決定離開保羅的時候，我第一個想到的經紀人就是布魯斯。

保羅實在是個好人，是他一手幫我建立起歌劇事業。每次告訴我一個很好的新合同時，他那種高興的眼神和語氣都是那麼真誠。聽我這個"抱怨先生"的牢騷時總是那麼有耐心，從不打斷我，偶爾用好聽的男低音插一句："沒你想的那麼可怕。""我和瑪莎都不這麼認為。""你再聽一遍 CD 再決定唱不唱這個角色好嗎？""你唱得比你想像的好。"

有一個美國重要的歌劇院，曾經有一個非常精幹又霸道的院長，所有的經紀公司都怕他又要求着他，包括保羅。院長在這個歌劇院工作了至少二十年，經營得非常好，在歌劇界無人不知，所有的歌唱家都想跟他保持好的關係，都以在這個歌劇院演出過為榮。有一年，這位院長退休，幾個月以後聖誕節來了，保羅打了個電話問候他節日愉快。院長在電話那邊說："保羅，你知道嗎？在歌劇圈子裡，你是唯一的一個在聖誕節給我打電話的人。"

保羅告訴過我，他有三個侄子，都還小，但他答應會承擔將來他們上大學時的學費。所以他跟我開過玩笑："我可要好好為你們工作，你們是我侄子們未來的學費啊！"說完皺着濃眉笑了起來。

我做出離開保羅的決定，還是因為我發現保羅最好的幾個歌唱家最後都選擇了離開他。有一位著名美國男高音的經歷跟我極為相似，很誠懇地跟我說他也是保羅發掘的，並在十多年中給他找了很多合同，最後碰到跟我一樣的問題，走到瓶頸，無法發展了，因為保羅在歐洲重要的歌劇院沒有關係，簽不到合同。不過，他離開保羅後一直保持來往，依舊是朋友。我忽然覺得輕鬆了些，如果我離開保羅，還可以和他做朋友，那該多好！

我和瑪莎商量了好久，不知道該怎麼跟保羅開口，陷入了非常痛苦的狀態。我們從歐洲"無試唱"旅行回來後，保羅也很少見我們，能感覺到他一直有極度的內疚，躲着我們。那怎麼辦呢？

我突然想到是不是應該先跟布魯斯談談？如果離開保羅，布魯斯對我沒興趣，那不就尷尬了？於是我撥通了布魯斯的電話。

"布魯斯，我是田，你要是有時間，我們一起吃個午飯好嗎？"

"謝謝，我想你還是先到我的辦公室談談怎麼合作，以後吃飯的時間有的是。"這個布魯斯，一下子就聽出我的意思！乾乾脆脆幾句話就掛了電話。

我跟保羅約了吃個午飯，選了一個在曼哈頓中城的四川菜館，叫"大四川"。我知道保羅喜歡吃四川風味的中國菜，特地叫了幾個水煮魚、夫妻肺片之類的辣菜，這頓飯吃了四個小時。

我們甚麼都聊了，聊到他第一次聽我唱試聽時，說我緊張得一隻手一直插在褲兜裡。還聊到我在阿根廷科隆大劇院首演歌劇《浮士德》的第二天，我們一起去逛了當地最美的墓地，到處都是精工雕刻的墓碑，簡直就是一個大型的藝術展覽館。我跟保羅還聊到在歐洲這次旅行一個月狼狽的感覺，我說當時甚至想要找一個歐洲的經紀人。保羅當然明白我的暗示，還跟我說："你要是真想換經紀人，除了布魯斯和艾倫，其他都不值得。"還說他一定會特別努力地為我找歐洲的合同。我們聊到瑪莎，保羅告訴我他覺得很對不起瑪莎，因為是他們一起做的我們歐洲試唱旅行的計劃，瑪莎一定很失望……四個小時，我們甚麼都聊到了，甚至聊到保羅的三個侄子都長大了，他已經差不多攢夠了他們上大學的費用。

直到最後一分鐘，我還是沒有勇氣說出我已經決定離開他。

回到家裡我筋疲力盡，倒在沙發上不想說話。瑪莎急切地問我是不是都談開說清楚了，我搖搖頭說實在開不了口，只好求瑪莎給保羅打個電話。

瑪莎撥通了保羅的電話，並把電話的擴音打開讓我一起聽。保羅告訴瑪莎中午的菜很好吃，也知道了我對他的意見。瑪莎告訴保羅，說我已經決定換一個經紀人，我實在不知道該怎麼説，希望保羅能理解。

"啊！他×的！去他×的！！"保羅高聲大叫起來，重重地摔了電話。

我和瑪莎都呆住了，很長時間我們都不知道説甚麼，極度不安，沒想到從來都是和顏悦色的保羅會發這麼大的脾氣。

煩躁中，我跟瑪莎建議我們帶上狗開車到紐約北部的山上轉轉，換換情緒，瑪莎馬上同意。我們簡單地收拾了一下，開車就上了87號公路，一直向北方開去。高速公路邊上的樹葉都已開始變色，滿目秋意，紐約北部的卡茨科歐連綿不斷的山巒緩緩地出現在前方。我們一邊開車一邊閒談，情緒在平復中。

一個多小時後，我們離開高速公路，想加油，跟着一輛車拐進一個加油站。我們停在這輛車的後面，排隊等候加油。我打開車門出去想買一瓶水，前邊的車門也打開了，出來一個高大的男子，他一回頭，我們都愣住了，是保羅。

只聽保羅對着天大喊一聲："見他×的鬼了！"一反身迅速地坐進車裡，重重地關上車門，發動了車，猛地往右一打方向盤，車子飛快地離開加油站，消失在高速公路上的車流中。

那是我和瑪莎最後一次見到保羅，雖然我們總會聽到一些他的消息。非常奇怪，很多年他都一直住在老地方，一直做他的經紀人，旗下一直都有十幾個歌唱家，也去大都會看歌劇。有大約十年，我居然沒有再見過他。

三年後，瑪莎做了一次大手術，保羅寄來了一張非常精緻的卡片，祝瑪莎早日康復。

很多年，我時不時會想到保羅，還會想起他的侄子們，他們應該都上大學了。

在意大利曾經的角鬥場演出《圖蘭朵》，
在我面前跪下的是阿根廷著名的男高音何塞・庫拉，飾演卡拉夫

維羅納的舞台可能比正規的歌劇院舞台大四倍,演員陣容龐大,合唱隊加群
眾演員至少上千人

在維羅納歌劇節《圖蘭朵》開演之前，右起第一人是俄國導演尤拉

永遠都沒有變過的佛羅倫薩多好看啊

跟瑪莎和妞妞在佛羅倫薩，遠方是上千年的老橋

瑪莎的德國女兒諾拉和她的先生意大利侯爵斯賓諾拉

1981 年在中央樂團跟貝基大師上課，沒想到有一天會在他的故鄉佛羅倫薩演唱

在馬耳他下了飛機上輪渡，在小島戈佐下船，沒想到是來一個島上唱歌劇

在德國波恩演出莫扎特的《唐璜》，我的角色是石面人

# 角鬥場的《圖蘭朵》

　　維羅納是意大利的一個城市，城市不大，名聲不小，據説羅密歐與朱麗葉著名的愛情悲劇就發生在這裡。雖然"據説"是不是發生在維羅納有爭論，也擋不住每年有好幾百萬世界各地的遊客慕名而來。維羅納人根據"據説"，在朱麗葉的故居蓋出一個陽台，因為在莎士比亞的偉大戲劇《羅密歐與朱麗葉》中，有朱麗葉在陽台上傾聽羅密歐深情示愛的情節。陽台周圍的牆被多情的遊客們用各種語言、各種筆跡寫滿了愛的誓言。陽台下朱麗葉銅像的右胸，也被無數的人摸得鋥亮，據説會為愛情帶來好運。

　　維羅納出名還有一個重要的原因，是這個城市每年夏季舉辦世界規模最大的露天歌劇節。演出場地是有千百年歷史的古老的競技場，曾經是角鬥士們相互拚殺和人獸大戰的地方。這是一個完全用大石塊堆砌而成的橢圓形露天建築，巨大，能坐兩萬五千人。座席至少有十層樓高，上面有幾十個高大的拱門，夜晚燈光打上去極為壯觀，每一個拱門都能讓你感受到厚重的歷史。在維羅納城裡，不管你在東南西北任何方位，都可以看到這個偉大的建築，全城的人都以維羅納歌劇節為傲。出租車司機對正在演出的劇目絕對了如指掌，你一上車，他就會嘮嘮叨叨地告訴你這幾天在演甚麼歌劇，誰指揮誰演唱，有甚麼花邊新聞。

在這個大角鬥場，歌劇演出的歷史已有上百年。維羅納以夏季歌劇節為驕傲，每年至少演出四五部歌劇，經常上演的有《蝴蝶夫人》《阿依達》《托斯卡》《圖蘭朵》等，一個夏天總共有幾十場演出。所有歌劇的製作場面宏大，舞台的面積和觀眾的容量，都是世界之最。維羅納露天歌劇節每個夏天的演出季，至少會吸引六七十萬各國的觀眾，也吸引着世界範圍的歌劇演唱家包括巨星們。能到這裡參加這個歌劇節是一種榮譽。我一直就渴望能在這裡演出。

2003 年的 6 月，我得到了在維羅納演出的邀請，演出普契尼的歌劇《圖蘭朵》，全新的製作，一共六場演出。代價是，我必須放棄在紐約大都會的《圖蘭朵》，總計十一場的演出，損失不小。但能在維羅納歌劇節首演的吸引力實在強烈，我決定放棄大都會的合同，也許人生只有一次維羅納呢？

那年夏天是意大利幾十年來最熱的一個夏天。我和瑪莎到維羅納的時候，發現全城滾燙，白天城裡幾乎看不見人，所有人都躲進任何有冷氣的地方。我們在舞台上的排練是晚上 9 點以後才開始，巨大的露天舞台被太陽燒烤了一天以後，地面燙得沒法下腳。那是一種奇怪的熱，皮膚已經熱得快燒起來了，但是沒汗，好像汗水還沒有到達皮膚表面，就被蒸發了。我們只能等太陽下山以後才開始走台，太陽好像總不想走，晚上八九點鐘還掛在天上，大家只好在台上戴着墨鏡排些獨唱重唱的場景，等着天能黑下來，最好有點風，才開始排一些大場面。

維羅納的舞台可能比正規的歌劇院舞台大四倍，演員陣容龐大，合唱隊加群眾演員至少上千人，所有人全部在台上時就像一個巨大的蜂巢，滿台的"嗡嗡——嗡嗡——嗡嗡"。意大利人說話的位置都在臉上，聲音集中明亮，還特別喜歡說話。尤其是合唱隊員，都經過專業發聲訓練，說起話來聲音明亮又有激情，是全世界最吵的合唱隊。加上樂隊也大，是正規樂隊編制的一倍，再加上舞蹈隊、舞美團隊、舞監團隊、啞劇演員，所有人都參加合排的時候，台上少說也有兩千人走來走去。"嗡嗡——嗡嗡——嗡嗡"。

導演是一個俄國人，不會意大利語，也不會英文，每天用俄文排練，他讓我們叫他尤拉。尤拉大概是我這個年紀，是蘇聯時期戲劇學院訓練出來的，站在那裡老是一副雄起起的樣子。尤拉非常結實，濃眉大眼，說話嗓音嘶啞，有一種不由分說的霸氣。他根本不管大家用甚麼語言溝通，上來就一串俄文。翻譯是一個臉上皺紋很多、動作卻很年輕的俄國女士，經常急得滿臉通紅，因為尤拉說話粗聲大氣，不停頓，不喘氣，她不知道甚麼時候能插進來翻譯。我們總是帶着一腦袋的問號在排練，弄不明白導演最想要甚麼。問號是各種語言的，我們演員中有美國人、韓國人、俄國人、意大利人、阿根廷人，還有我這個中國人。也許是天熱，尤拉總是一身汗，滿頭滿臉的花白毛髮亂糟糟，也不梳理，全部精力在排練和舞台佈景上，每天像坦克一樣衝進來衝出去。

尤拉總讓我聯想起蘇聯戰爭電影裡，一手舉槍，一手握拳，帶着戰士們喊着"烏拉"衝鋒的政委。

我們的俄國翻譯很棒，可以熟練地說好幾國語言，俄語、英語、意大利語隨意切換，還會講些西班牙語。幸虧有她，我們可以感覺到"政委"真正想要的東西。第二天排練時，我已經和女翻譯熟了，她曾在蘇聯時期的外交部工作，擔任過首長們的口語翻譯。她說跟我在一起工作有一種親切的感覺，我問她為甚麼，她說在這些演員中，大概只有我能準確地理解導演。

《圖蘭朵》這部歌劇我太熟了，在美國和歐洲的歌劇院演過至少十幾個不同版本的製作，兩百多場的演出。每次跟新的導演合作，我總是特別感興趣會有甚麼新的啟發。

我的角色是鐵木爾，一個雙目失明、顛沛流離的韃靼老國王，喪失了家園和一切，在一個中國女奴的幫助下，歷經磨難來到北京城，找尋失散的兒子卡拉夫王子。中國女奴叫柳兒，在劇中從開始就照顧我、領着我，心中暗藏着對卡拉夫王子的愛。一直到第三幕柳兒和我即使遭受嚴刑拷打，也拒絕說出卡拉夫的名字，柳兒最後在冰冷的圖蘭朵公主和卡拉夫面前悲憤自盡。演柳兒的是一個意大利年輕的女高音米凱拉，我們以前就認識，在大都會一起唱過《阿依達》。

我們在一個悶熱無比的小排練廳排戲，沒有冷氣，四周有幾台電風扇。第一幕一開場，柳兒和鐵木爾在北京城遇到失散的卡拉夫，導演尤拉希望我做出戲劇性的動作。他的示範非常誇張，面部表情和手勢都很大："李爾王！李爾王！你要想像你就是莎士比亞戲劇裡的李爾王，那種悲憤的表情和手勢！眼睛睜大！"

第三幕，鐵木爾和柳兒被衛兵押上場，冷酷的圖蘭朵命令拷打我們，逼着我們說出卡拉夫的名字。渾身汗跡的導演尤拉用嘶啞的嗓音先跟我們講了一下走台的順序，然後又叫來押送我和柳兒上場的四個演衛兵的意大利小伙子，開始排戲。

鋼琴聲起，我和柳兒被衛兵們押着上場，圖蘭朵正要命令拷打我們，只聽尤拉對我和柳兒大喊："不行不行！你們這樣演絕對不行！一點勁頭兒都沒有，你們是被押去捱打招供，你們絕不屈服，能這麼演嗎？不行不行不行！"我和柳兒困惑地互相看看，不知導演要我們怎麼演。

只見滿頭花白掛滿汗珠的尤拉跑過來說："你們要像共產黨員一樣，共產黨員！被押着走向刑場！你們掙扎，英勇不屈！像一個真正的共產黨員！"他停了一下，把大拳頭往上一舉，用嘶啞的嗓音低聲說了一句："英勇就義，明白了？！"翻譯翻得聲情並茂，柳兒聽得一頭霧水，演衛兵的意大利小伙子們一臉的莫名其妙。一屋子人只有我懂尤拉，馬上想起了洪常青。

於是我跟柳兒低聲講了幾句，讓她模仿我。我們再試一次的時候，我告訴兩個抓着我胳膊的衛兵使點兒勁，因為我會做出掙扎的動作。鋼琴聲起，開始排戲。到我們出場的時候，我是昂首挺胸，一臉的大義凜然，想着大松樹下的洪常青，一掙扎就衝了出去。

從李爾王到洪常青，自然過渡。

最高興的是尤拉，過來就擁抱我。

第二天是在舞台上合排，從頭排第一幕，我們一直等到天黑才開始。台上無數的燈光都亮了起來，把剛開始降低的溫度又提升上去。台上到處是人，蚊子像雨一樣在飛舞。我用目光丈量着舞台，思考着我出場的時候，怎麼才能穿出合唱隊，讓觀眾能夠看見。我在選擇最佳演唱的幾個點。

維羅納的舞台是水泥做的，堅硬無比，由於舞台太大，走路的戲在這裡要跑着演，跑慢了到不了既定位置，跑快了氣喘吁吁沒法歌唱，這需要你精確地計算步伐。由於我是一個經常被衛兵們按倒在地的滄桑老國王，我發現我的膝蓋在這個水泥舞台上很快就磕破了。於是趕快跟舞台助理 A 講我必須要有一副護膝，助理說"沒問題，明天可以給你"。

第一幕快到結束的時候，有一個場景是圖蘭朵公主出現在皇宮城牆上，做一個手勢，讓衛兵們帶沒有猜出謎語的波斯王子去刑場砍頭。所有人在求情，圖蘭朵公主不為所動。

尤拉在舞台上搭出一個巨大的中國城門，安排圖蘭朵公主出現在城門上，下面散佈着一千多演員，甚麼姿勢的都有，亂唱的也有，第一次排練，散漫的意大利演員們一片亂哄哄。

"停！停！停住！！"巨大的擴音器傳出尤拉俄文的吼聲，"停！停！停住！！"女翻譯吼起意大利文，想讓大家能安靜下來。尤拉嘶啞的沙喉嚨裡傳出一長串的俄文，不停頓，也不喘氣。我突然聽到他說了一句："毛澤東！"

翻譯的一長串意大利文中，也說出一句："毛澤東！"

導演的意思是讓大家想像在天安門見到毛澤東的感覺。可是你問這些二三十歲的意大利青年人，他們能知道多少過去幾十年世界上發生過的事呢？他們了解中國嗎？

過了兩天還是沒人給我送護膝，膝蓋已經痛得不敢往地上跪。我就換個人，跟舞監助理 B 說我實在需要護膝，那個小伙子趕緊說沒問題，明天一定給我。

每天排練完都是深夜，我和瑪莎會在回旅館的路上找一個冰淇淋店坐坐。一整天讓人頭昏腦漲的酷熱，在冰淇淋裡可以得到暫時的緩解，再加上意大利的冰淇淋實在是世界一流。

我總是點那種沒加牛奶沒有糖的"瘦"冰淇淋。也怪了，除了在意大利，任何國家都沒有這種冰淇淋，意大利文是"Senza latte, senza zucchero"（無奶，無糖）。

我們的旅館不錯，古色古香，房間裡還有廚房讓瑪莎發揮廚藝。可以想像，我們開過好幾次派對了，瑪莎做菜，請一堆演員來吃。意大利的菜市賣的青菜和肉都特別新鮮，而且大多是自然生長，有機蔬菜，菜有菜味兒肉有肉味兒，瑪莎做飯的情緒大增。我們有很多朋友從不同的城市和國家來，也交了不少新朋友。瑪莎在大街上認識了一對美國老夫婦，男士是費城大學的遺傳學教授，瑪莎的同行，還有不少互相都認識的科學家朋友，所以很談得來。瑪莎和這位老教授的友誼持續了很多年，一直到他去世。瑪莎到費城去參加了老先生的葬禮，回來說那裡一個人都不認識，也許他的家人在猜瑪莎是不是教授曾經的秘密女友。

由於酷暑，所有人的房間整天開着冷氣，否則根本受不了。那年夏天據說意大利熱死了七百多人。可以想像旅館的電費也驚人地貴，老闆實在吃不消了。於是他會在半夜 12 點以後偷偷地關上冷氣，以為大家睡着不用冷氣了。可是在老闆拉下冷氣機的電閘後，用不了一分鐘我就熱醒，汗水馬上就從胸部冒出來，根本無法入睡了。樓裡會傳來高聲的抗議，不少人會半裸着出現在走廊，每個人都在找電閘，開動那該死的冷氣機。

第五天舞台聯排，仍然沒有人給我護膝，我的膝蓋已經腫起來，我簡直憤怒了！揪住舞監助理 C 就大喊："我——需——要——護膝！問過你們兩個人了，我的膝蓋要碎了！！"舞監助理 C 驚恐地趕緊道歉，連連説一定一定，明天一定會給我。第二天還是沒人給我護膝。

兩天以後是我們的彩排，可以開始用化裝間了，我走進我的化裝間，一眼看到化裝台上面整齊地擺着三雙護膝。

維羅納的露天劇院有個規定，只要下雨，所有樂手和演員都可以去避雨，第二幕之前如果雨停了，所有人必須回來繼續演出，如果第二幕開始雨還沒停，演出就取消，演員會有酬勞，演出票不退款。我們排練的時候下過一兩次小雨，哪怕天上就掉下來一滴雨，樂手們也會立刻夾着樂器站起來，頭也不回地走進劇院的咖啡廳，合唱隊的人也會一哄而散，去咖啡廳或甚麼地方躲雨。

這座有兩萬五千個座位的劇場，完全不用麥克風，演出絕對真唱。

每個歌唱家都希望自己的聲音能在這個巨大的劇場傳送出去。這是一個橢圓形的露天場地，音響效果出奇好。只要你不緊張，不被這個大場地嚇住，別"撐"你的聲音，別亂使勁，每一個觀眾都會聽到你的聲音。

這次維羅納歌劇節的《圖蘭朵》有兩組演員、兩個圖蘭朵、兩個卡拉夫、兩個柳兒，我的角色鐵木爾只有我，跟兩組主演分別演出。A 組的卡拉夫是著名的阿根廷男高音何塞·庫拉，庫拉聲音很棒，很大非常"傳"，戲也很好，人也不錯，排起戲來非常認真。我的角色是他飽經風霜雙目失明的老父，排戲時，庫拉會非常動感情地在台上拉着我，前後照顧我，對於一個明星來説不容易。庫拉是一個表演型的演員，在演出中全力以赴，會產生激動觀眾的效果。《今夜無人入睡》是男高音在

《圖蘭朵》中最著名的詠歎調，高音唱到 B，而且普契尼把這段詠歎調寫得充滿激情，非常戲劇性，唱好不容易。庫拉在整個演出中能聰明地節約聲音，把全部力量最後放進"今夜無人入睡"裡爆發，高音唱得又響又長。

兩萬五千人的鼓掌喝彩聲絕對是滾雷般的震撼。庫拉的《今夜無人入睡》最後一個音還沒唱完，觀眾們已開始大聲地叫好，不減弱不停頓加上跺腳，直到他把《今夜無人入睡》從頭到尾再唱一遍！我在不同的劇院演過的兩百多場《圖蘭朵》中，第一次有男高音重複演唱這首詠歎調。

B 組的卡拉夫是一個年輕的英國男高音 Z，大概三十多歲，在維羅納的演出是他在意大利的首演。Z 只演一場，只參加過兩次在小排練廳的走台，沒上過大舞台，沒合過樂隊，直接上台演出。Z 大概有一米九，身材一流，形象一流，排起戲來也不錯，但從來沒有在排練中放過聲，所以我們都不知道他的歌唱狀態如何。Z 有點傲，沒跟我講過幾句話，我也沒興趣跟一個冰冷的人講話。偶爾我會聽到他在旅館的房間裡練唱，聲音還不錯，是那種中規中矩的唱法。能簽到合同來維羅納歌劇節演出，應該還不錯，至少是一個新秀。

跟庫拉一起的演出進行得很順利，每場演出他都會被狂熱的觀眾要求連唱兩遍《今夜無人入睡》。最後一場演出換成了英國男高音。

我非常喜歡維羅納的化裝間，這不是一般的化裝間，像是從巨石上鑿出來的山洞，到處是鑿痕，牆壁凹凸不平，灰黑色，周圍都是堅硬的花崗岩。窗戶很小，上面有鐵欄杆，石牆上鑲着幾個大鐵釘，上面掛着拇指粗的鐵環。後來化裝師告訴我，這些花崗岩鑿出的化裝間，幾百年前可能是角鬥士們上場之前做準備的地方，也許是關猛獸的小屋。

最後一場演出。

我已經化好裝，坐在那裡再仔細看一下這個石頭屋子，摸摸冰冷的花崗岩，想像一下這些大鐵環之前到底拴過甚麼人或者猛獸，幾百年間這裡發生過甚麼？明天我就要離開這裡，已經開始留戀這個神奇的石頭屋。

忽然聽見有人敲門，敲得很輕。"請進！"我大聲說，進來的是英國男高音 Z。

Z 先轉身把門小心地帶上，回過身來的表情嚇了我一跳，這完全不是我認識的驕傲男高音了。Z 已經化了的妝遮不住他蒼白的臉色，眼睛裡神情慌亂。

"這個劇場好唱嗎？"Z 的聲音顯得很緊張。

"還不錯，音響效果很好。"我想幫幫他。

"剛才我到舞台上站了一下，真是太大了，我在台上試了一下音響，根本聽不到自己的聲音，你是怎麼唱的？"

我知道 Z 已經開始喪失信心。

對一個馬上要上場演出又極度緊張的歌唱家，你說甚麼都沒用，最後只有自己救自己，想辦法穩定自己的情緒，找回勇氣，保持正常的歌唱狀態，否則演出一定失敗。

我站起來走到他面前，拍了一下他的肩膀，說："你沒問題！肯定能唱好！在這個舞台上唱，你可能覺得自己聲音小，但觀眾席上可以聽得非常清楚，別擔心！"

我又告訴他："我聽過你在旅館的練唱，聲音非常好，不會有任何問題！記住，在台上不要'撐'大你的聲音，正常發揮就好。"

我能感到 Z 就想聽到這些，唱歌劇的，心理狀態太重要了，有時一句話就能直接影響你的歌唱狀態。

"謝謝！謝謝！" Z 抓着我的手說，他雙手冰涼。

"你知道嗎？今天我父母從倫敦飛過來了，我未婚妻也來了，還有我的經紀人，這是我第一次在意大利演出，我必須唱好！" Z 的聲音已經多了一些自信。

說實話，整場演出 Z 唱得不錯，正常發揮，後半場唱得比前半場還好，《今夜無人入睡》唱得也不錯，也有不少人為他喝彩。但是，他的聲音不夠大。

謝幕。

在維羅納舞台上謝幕是個力氣活兒，你得跑，從台後到台前有好幾十米，你還得快點兒跑，才能趕到台前給觀眾鞠躬致意。女歌唱家們更辛苦，穿着長戲服的就得拽着裙子跑，掙扎地奔到台前謝幕。

我的單獨謝幕之後就是柳兒。柳兒這個角色永遠受觀眾歡迎，不但有兩首極其優美的詠歎調，而且為了對卡拉夫的愛不惜自刎身亡的情節會讓人深深地感動，所以柳兒的謝幕往往會得到最熱烈的掌聲。柳兒向四面大聲喝彩的觀眾鞠躬謝幕後，過來站在我旁邊，我擁抱了她一下，為她高興。這時，男高音 Z 從台後往台前跑去，畢竟年輕，步履矯健，一臉的興奮。

突然，一陣巨大的"BOOOO!!!"排山倒海般迎面撲來。"BOOOO"的意思全世界都一樣，不喜歡你的演唱，哄你。

Z 像被釘在台上一樣，突然站住不動了，眼睛茫然地環顧着四周，觀眾喝倒彩的聲音越來越大，很多觀眾還跺起了腳，震耳欲聾。兩萬五千人齊聲喝倒彩的場面我從來沒經歷過，那種聲音簡直恐怖無情，我站在那裡心裡非常難過，不知道能為可憐的 Z 做點兒甚麼。

大約有一分鐘，Z 一動不動，觀眾的吼聲也一點不減弱，我和其他演員互相看了一下，像約好了一樣，一起跑上前跟 Z 站成一排，拉起手，開始向四面的觀眾們連連鞠躬，瞬間觀眾的 "BOOOO" 改變成巨大的喝彩聲。

當我們謝完幕往後台走的時候，我過去抓住 Z 的手使勁握了一下，跟他大聲地説了一句："Bravo!"（很棒！）Z 苦笑了一下，甚麼也沒説，推開他化裝間的門，高大的身影消失在門後。

午夜，我和瑪莎迎着悶熱的晚風走出劇場。明天就要告別維羅納，我們很想到哪兒去度幾天假，沒想好去哪裡。街上已經沒甚麼人，石板路反射着路燈的光，偶爾看見人影的晃動。射向角鬥場拱門的燈光已經熄滅，一切融入夜色，那海嘯般的喝彩和起哄早已化為沉寂。Z 呢？

整個維羅納若無其事地進入夢鄉。

我們在找冰淇淋。

Senza latte, senza zucchero.（無奶，無糖。）

# 散記佛羅倫薩

　　我想寫一些在佛羅倫薩的經歷，因為去過很多次，還在佛羅倫薩歌劇院唱過兩部歌劇，最長住過一兩個月。記憶太雜，經歷的事情很多，不知如何下筆，開了幾次頭都沒寫下去。

　　"我想寫佛羅倫薩，怎麼也寫不出來，怎麼辦？"

　　我問瑪莎。

　　"這有甚麼難的？從你唱《塞維利亞的理髮師》寫起。"瑪莎一邊忙着手裡的事兒，一邊迅速地回答，表情輕鬆。

　　嗯，主意不錯。我想。

　　"我喜歡佛羅倫薩，太美了，永遠都沒變過！幾百年前甚麼樣，現在還甚麼樣。"瑪莎又補了兩句，還在忙她手裡的事兒。

　　我已經習慣了，甚麼事搞不定就去問瑪莎，每一次，她都能乾脆利落幾句話就幫我做一個決定。

　　我突然有了動筆的感覺。

　　是啊，永遠都沒有變過的佛羅倫薩多好看啊！

　　幾百年前佛羅倫薩的城市規劃不知是誰管的，那些工匠都是誰？太偉大了。他們怎麼就能想到這些住宅、教堂、廣場、街道、上水下水道等等，都要傳承到今天，都能永久地保持文化和藝術價值？

　　我喜歡這滿城的牆，牆上那種舒服的自然色；喜歡街道那彎彎曲曲的線條，從馬車時代到今天，沒變過的寬窄和一樣發亮的石板地面。我還喜歡那些優美的街燈、結構精緻的門窗、一年四季的鮮花。教堂的晚鐘，一定還是幾百年沒變過的音色。瑪莎就喜歡在小街小巷逛，因為那裡面的生活真實，有可愛的小店，每拐一個彎兒都會有新發現。

　　我們也喜歡去郊外，上山，從郊外的山丘上看這座城市，看那些房頂上紅色的瓦，陽光一照，紅得生氣勃勃，讓人感動。這就是意大利人，相信他們對美那種天生的直覺吧，這種直覺多少年都沒有變。

　　我永遠認為高樓大廈是摧毀一個古老城市的罪魁禍首，幸虧，美麗的佛羅倫薩堅強不屈地保護了自己，沒有給一座高樓生存的空間。

　　據說這個城市有一千多座博物館，其實，整個佛羅倫薩就是博物館。

　　還有，這裡是歌劇的故鄉，幾百年沒變的還有歌劇。

　　好，先從《塞維利亞的理髮師》寫。

## 《塞維利亞的理髮師》

　　我 2002 年第一次來這裡演出歌劇。來之前有人警告過我，說佛羅倫薩歌劇院出名的排外，別說亞裔和黑人，就算是美國的歌唱家在這裡日子也不好過。意大利人特別不喜歡那種"美國嗓音"，覺得那種嗓音是散的，不集中，缺乏明亮和濃厚的光彩，不好聽。不管多有名的美國歌唱家，在意大利也有被喝倒彩的可能。佛羅倫薩是意大利語言和歌劇的發源地，這是他們排外的根源，歌劇是屬於佛羅倫薩的。

我不信邪。來這裡之前，我已經在意大利熱那亞演過威爾第的《耶路撒冷》和《唐卡洛》，得到當地報紙很高的評價，最挑剔的歌劇院合唱隊也會有人走過來，跟我說他們喜歡我的演唱。來佛羅倫薩之前，我還在紐約做了非常充分的準備，認真地學習了這部歌劇，背得爛熟。再加上，我從來沒有在任何歌劇院讓人失望，所以剛到佛羅倫薩時信心十足。

排練第一天的經歷讓我火冒三丈。整個劇組都是意大利人，只有我一個亞裔。那幾個傲慢的歌劇指導，都是佛羅倫薩人，不停地挑我的錯，從咬字到風格，再到我的演唱和表演，似乎全不對。我簡直唱不下去了。我知道羅西尼的《塞維利亞的理髮師》不好唱，是純意大利美聲歌劇時期的代表作，我不相信自己唱得那麼差，沒想到他們對我如此苛刻。我拚命地忍着自己的憤怒，覺得問題不在我的演唱，是種族和文化的歧視。在場的意大利歌唱家都不說話，看着那幾個歌劇指導不停地打斷我的演唱，用對待學生一樣的口氣挑我的毛病。

走出排練廳，一個看劇場的老頭，一定是聽了剛才的排練，湊上來跟我哇啦哇啦地講了半天，連瞪眼帶比畫還唱了幾句。我的意大利文不行，也能聽出來老先生是給我上聲樂課呢，講唱羅西尼歌劇的發音，兼帶做示範。

回到住處，我在瑪沙面前大發脾氣，說明天就回紐約，我到這裡不是來受氣的，他們絕對是對亞裔歌唱家有種族歧視！

等我發完脾氣，瑪沙看着我，語氣平和地說："要是在另一個劇院，我馬上就查飛機票，我們回紐約。但佛羅倫薩是你特別想來演唱的劇院，你也知道這是一個多麼重要的意大利歌劇院。你不能離開，你要是離開，將來一定會後悔。"她看我在聽，又說："你說他們有種族歧視，說你唱得不好，那就證明給他們看，下功夫練，讓他們知道你能唱好，改變他們對你的看法！"

很多年我都記得瑪莎這些話，還記得她那種冷靜又堅決的表情。

她就是這樣，在關鍵的時刻能改變我，有時是勸，有時就替我決定。此時此刻的決定就是——留下。

從第二天排練開始，我就專找那些說我演唱有問題的歌劇指導，挨個兒跟他們說，你不是覺得我的演唱有問題嗎，那排練結束後就請你加個班跟我工作，我們來改正問題。歌劇院有這個規定，歌劇指導們有責任跟歌唱家們工作。每天，我會要求在排練之外，跟不同的歌劇指導加班兩三個小時，一字一句地改正。回到住處，我還會在房間裡奔跑跳躍，椅子和床都成了道具，用來練動作。這些歌劇指導後來看到我都怕了，躲我，覺得我太認真，不放過任何演唱的細節。兩個星期後，我的演唱和表演發生的變化，連自己都覺得意外，居然還有這麼多空間可以改進，主要是多了那種佛羅倫薩的傳統味道。劇院看門的老先生也開始跟我拍肩握手表示認可。

第一次鋼琴伴奏全劇聯排的時候，佛羅倫薩歌劇院的院長M來了，帶着一種冷冷的神態，搬了把椅子，"啪"地放在指揮的右側，掉過來椅背向前，兩隻手在椅子背上一盤，眼睛就盯着我。

我的角色是巴西里奧，一個音樂教師，在《塞維利亞的理髮師》裡是一個很有個性的角色，喜劇性人物。巴西里奧有一段很著名的詠歎調《謠言如風》，意思是編造謠言就可以摧毀一個人，要連唱帶演。

我是在意大利第一個演這個角色的亞裔歌唱家。在意大利和歐美歌劇院的慣例，是專門聘請意大利男低音來主演這個角色，就是因為那種羅西尼歌劇的風格。

有一天排練結束，一個對我挺友好、以演唱羅西尼歌劇出名的歌唱家布魯諾，遞給我一本當月的意大利歌劇雜誌，說現在至少有兩千多韓國的歌手在意大利學習歌唱，讓我看看有沒有任何一個韓國歌手名字在演員名單上。雜誌上有二十多個意大利歌劇院的演出日程和演員陣容，除了看到我的名字，沒有任何亞裔歌唱家參與演出。

如果一個意大利歌唱家在北京，在北京京劇院，想成為京劇的名角，可能嗎？不可能——我想。不過，這反而激起了我一定要在佛羅倫薩唱好這個角色的決心。

院長的冷神態點燃了我的一種對抗情緒，情緒轉化成動力。那天我的演唱和表演很順，兩個星期學到的東西都用上了。演唱的時候我沒放過院長，盯着他的眼睛，給他唱給他演。整部歌劇還沒結束，院長站了起來，把椅子一推，又看了我一眼，眼裡那種冷冷的神情變成微笑，點了一下頭，走出排練廳。

我在乎的，不是 M 院長，我要的是證明自己可以勝任最傳統的意大利歌劇角色，我要的是讓瑪莎每天早上背着小書包，高興地去學習意大利文時，不會為我的演唱擔憂。

　　《塞維利亞的理髮師》首演的時候，我的經紀人布魯斯從紐約飛來看演出，我們剛剛一起工作了兩年。

　　布魯斯是紐約人，他的合伙人叫艾倫，兩個人都非常精明能幹，推銷起旗下的歌唱家咄咄逼人，極為強勢。歌劇界都很怵這兩位，給他們起了個綽號叫"魔鬼雙胞胎"。他們的經紀公司很強大，有一百多位歐美的歌唱家，不少當紅的明星也在名單上，以幾個非常著名的男高音為主。世界範圍的歌劇院都有求於"魔鬼雙胞胎"，因為需要這些明星。想得到明星，歌劇院也必須雇用布魯斯他們公司其他的歌手。

　　我不是明星，但一開始跟布魯斯工作，合同就一個個地壓上來。他不是一個跟你閒聊天的人，可能會一個月不跟你聯繫，給他發信息也不回覆，讓你感到絕望。但他一回覆可能就是一連串的合同。有一次他察覺到我對聯繫不上他很不安，就說："我把跟你閒聊的時間都用在給你找合同上了，這就是我的工作方法。"是布魯斯使我的演唱事業真正地進入了國際範圍。這一年我要在大都會歌劇院唱四部歌劇，在歐洲有四個合同。有幾部歌劇是新的，沒唱過，使我在演出一部歌劇的同時還要學習另一部歌劇。這令人激動，壓力也巨大。想得到就必須付出，永遠是正比。

　　布魯斯是帶着另一個意大利的經紀人來看演出的。在歌劇中有一段大五重唱，我有一句領唱"各位晚安"，是從高音 E 拉一個強力的長音開始。我唱這一句的時候，所有其他角色都會停下來，樂隊也會停下，就聽我那個長音，然後所有人才加入進來演唱。

　　演出中，當我那句"各位晚安"在高音 E 拉長音的時候，布魯斯旁邊的意大利經紀人跳了起來:"這種聲音才叫歌唱!"興奮至極。

"你那個高音實在太棒了!灌滿了整個劇場!"布魯斯在劇場休息時,跑到後台跟我說。

演出結束後,布魯斯高興地到處找瑪莎,就為了告訴她,這個著名的意大利經紀人能這樣形容一個歌唱家,是極高的評價,說明意大利對我演唱的接受度。

兩天後布魯斯從維也納給瑪莎打了個電話,說佛羅倫薩歌劇院的院長 M 給他打了電話,給了我第二年演出威爾第《弄臣》的合同。

瑪莎是對的,如果第一天排練後我就回紐約的話,會後悔的。


## 卡米內廣場

我們在佛羅倫薩住的地方是瑪莎找到的。歌劇院介紹的地方都不行,最後瑪莎找到了當地的一個專門從事房屋租賃的經紀人,在紐約跟她在電腦上來回接洽,最終決定了一個公寓。

佛羅倫薩城裡有一條美麗的河流叫阿爾諾河,河的一邊是市中心,包括歌劇院和一大片商業區與無數博物館,是主要的遊客區,每年要承接上千萬的遊客。河另一邊是住宅區,很少有遊客,相對安靜很多。我們要在佛羅倫薩住六個星期,瑪莎選擇住在安靜的一邊,雖然去歌劇院要走半個多小時,還要穿過阿爾諾河上的老橋。

　　我們從紐約剛到這裡時，住進了一個兩層小樓，裡面裝潢得很好，傢具和廚具都齊全。但我們在那裡只住了一個晚上，整個公寓冰冷刺骨，凍得我們坐立不安。

　　那是一個年代久遠的建築，牆有一米厚，像是古代守城的堡壘改建。每一層都有很高的屋頂，所以從一樓爬到二樓有二十多個高台階。妞妞、瑪莎和我幾次站在二樓望着黑洞洞深不見底的一樓就猶豫，不知是否要下去。同樣，在一樓一仰起脖子往上看，就不想上去——太高了！最大的問題是冷，房間到處都冷，地板涼得連狗妞妞走路都不想下腳。當時是寒冬臘月，經紀人不知道需要開三四天暖氣，整個屋子才能熱起來，因為沒人住，整個房子就是冰窖。我們穿着所有的衣服披着毛毯還冷，哆嗦着求經紀人給我們換一個公寓。

　　我們換到米卡內小廣場邊上的這個公寓，非常好，進去就暖和，沙發桌椅甚麼都很簡單，但很舒服實用，像個家。還有一個可愛的小院子，正好妞妞可以自己出入辦牠的"公事"。

　　瑪莎住任何地方都先看廚房。這個廚房不大，可非常好用，有一個很特別的水池，是銅質的，有水滴就會有印子，需要經常擦洗，擦洗不費勁，而且水池乾淨以後會發出暖暖的銅色，金黃的，滿廚房都會亮起來。瑪莎還喜歡這裡的餐具，是那種厚厚的瓷盤子，大小都有好幾套，盤子上有手工繪製的圖案，藍底的花紋，白色的花，放在面前有一股田園氣息。所有的茶杯也是同一種色調，能感到這裡的主人有一種熱愛自然的心態。我們住了一段時間後，跟經紀人熟了，才知道她和母親都是做房屋租賃的，美國人，因為我們換房的要求很突然，一時找不到合適的房屋，就把她們的公寓給了我們，自己搬了出去。

佛羅倫薩出名的不只是旅遊業。因為處處古跡，給人感覺這裡的意大利人是靠維護古跡為生，吃古董飯。很多人並不知道佛羅倫薩還是意大利科學和教育的中心，有幾十個學院。不注意不會知道，這裡到處是手工藝品的作坊。

每天從卡米內廣場來回歌劇院，我都會走過一溜兒小作坊，至少十幾個。説小真小，一個個也就二三十平方米，每個作坊裡面都會有幾個忙碌的身影。有做桌椅的、做樂器的，還有製陶、畫瓷器、做鏡框、做珠寶的。不怕你看，看見你在外面站久了還會請你進屋。我就喜歡一個作坊一個作坊地看過去。不時會看見東方人的身影，像是日本的年輕人，在那兒學手藝。

我們這個小廣場有個教堂，一看就是專為這個街區當地人建的，很少見到遊客。雖然這個教堂許多地方需要修繕，有點舊，但也會感到是用心維護的。路過這個教堂我會進去坐一下，喜歡那種沒人打擾的寧靜，也喜歡那種看到街坊鄰居的感覺。

瑪莎在歌劇排練期間很少跟我去劇院，她很忙，每天忙着去語言學校上意大利文課，交了一堆朋友。沒過幾天，不但有了乾女兒，還有了"男朋友"。

## "留學" 佛羅倫薩

我和瑪莎都在學意大利文，同一個老師。不同的是，因為我每天排練時間不固定，老師上門給我單獨上課。瑪莎每天背個小書包，9 點準時出門，去老師任教的語言學校上課，風雨無阻。

瑪莎會先到卡米內廣場邊上的一個小咖啡店，站在那兒喝一小杯意大利濃咖啡，要一個牛角包，放下兩歐元，跟老闆說聲"再見"（Ciao）就去學校。太熟了，很多時候會忘了放錢，吃完就走，老闆也樂呵呵地："再見！"錢不錢的不在乎。

語言學校裡的學生哪兒來的都有，各種膚色，不同國家，從十幾歲到七十幾歲。

## 大同學

一對中國老夫婦來自舊金山，安德魯和海倫，那時都七十多歲了，每天規規矩矩地來語言學校上課，認真記筆記，盡可能地張口用意大利語對話。我們一見如故，一認識就到今天。

安德魯的父親是孫中山的革命戰友，是民國時期負責鐵路運輸的高官，母親是民國時期上海的名媛。海倫的父親也是國民黨元老。

安德魯是退休的整容醫生，我無法想像他是否會給自己整容，因為他臉部皮膚平滑得令人不可置信，顯得非常年輕。海倫是退休的舊金山大學管理人員，曾是台灣大學出名的校花。兩人都酷愛歐洲，每年一半的時間就在歐洲轉。安德魯一身的民國範兒，張嘴就是京劇，眉目之間都是戲，舉手投足有身段，說小時候家裡經常有戲班子表演。兩人沒結婚，但感情好得很，在一起很多年了。有一次在聚會中，海倫看着遠遠正在跟人熱聊的安德魯，跟我說："他呀，風流着呢！"臉上表情複雜，有妒忌，主要是愛。

我 2016 年在舊金山歌劇院唱歌劇時跟二老重逢，和瑪莎一起去他們家玩兒，一進門迎面看到掛着一幅詩。安德魯說是父親跟孫中山鬧革命時作的詩："佳思忽來，書能下酒，俠情一往，雲可贈人。"還說是父親請一位當時極為有名的和尚抄錄，最後一句原為"頭可贈人"，和尚說有殺氣，給改成"雲可贈人"。

老夫婦在意大利托斯卡納山上買下一個小公寓，每年都來，給我們發了無數照片，慫恿我們也去買，做他們的鄰居。

## 小同學

瑪莎的同學中還有一個德國女孩，叫諾拉，也就二十歲。小錛兒頭，金髮，藍眼睛，身材姣好，典型的美少女。她不知道自己想幹甚麼，就從德國跑到意大利學語言。不知道她在意大利是怎麼生存的，居然沒被滿街多情的意大利小伙子們吃掉。諾拉就喜歡瑪莎，每天黏着她跟前跟後，沒幾天就開始叫瑪莎"中國媽媽"，成了她的乾女兒。

乾女兒非常能幹，做事果斷還有德國條理，後來在最有名的意大利時裝雜誌負責推廣，再後來遇到個意大利情人，就來徵求"中國媽媽"的意見，說想嫁給他。瑪莎對意大利男孩的感覺是每個都"花"，不可靠，就告訴諾拉別急，再交交看。不久諾拉回信，說已經"嫁了"，讓我們一定要去參加她的婚禮。

我那個時候正在比利時的列日演出歌劇《唐卡洛》。瑪莎買好飛機票，準備在我兩場演出之間飛到意大利參加諾拉的婚禮，但是我在第一場演出時在劇場摔傷，她只得取消旅行照顧我。

最巧不過的是，諾拉的先生安德雷亞，是意大利貴族斯賓諾拉侯爵的後代，跟我們的阿根廷好朋友莫妮卡同出一個家族，在距米蘭一個小時車程的鄉下，有家族的葡萄園。父母年事已高，三兄弟只有安德雷亞願意承擔起重任，接過家族的造酒生意。這個小伙子人好得出奇，喜歡笑，還不到四十歲，長得精幹，喜歡踢足球，不講究外表，眼睛裡都是誠實。我實在懷疑他能不能做買賣。幾年前我們去他們的酒莊小住，晚上試喝他做的白葡萄酒，真是不錯，得到過當地出產的白葡萄酒評比第一名。

安德雷亞給我講了一大通做酒的程序，成本和銷售，我這個不會算數的人都能給他算出，忙了一年只能做到收支平衡。我替他捏一把汗，盈利從哪裡來呢？諾拉已經生了三個可愛至極的男孩，這是一大家子了。我問他公司有多少人，安德雷亞說收穫季節得雇十幾個人，摘葡萄加釀酒。平時呢？我問，他指指自己，說就他一個人！但安德雷亞對前途充滿信心，幹勁十足，不但計劃着擴大葡萄園，在收穫葡萄時還要每天跟工人們一起搶收幹活兒，據說要從凌晨幹到深夜。我當時就想能幫他甚麼？跟他說了秋天忙起來，我有時間就過來幫他們幹活。不過認識了這個善良年輕的斯賓諾拉侯爵，"中國媽媽"瑪莎對諾拉的婚姻終於放下心來。

## 同學情

在語言學校裡，有幾個日本來的年輕小同學，可能都不到二十歲。屬於那種還沒想過將來幹甚麼，也不在乎前途，反正年輕，崇拜意大利文化，就在日本辭了工作，泡在意大利，學了語言再說。一個在日本開過貨車的小伙子，來意大利改學廚師。精瘦，個兒不高，留了個長髮，單眼皮，一笑滿嘴牙，這位日本小同學絕對喜歡上了瑪莎。我不太清楚他是把瑪莎當成母親，還是姐姐，還是甚麼，反正我有了第一個"情敵"。

2月9日是瑪莎的生日。我們請了所有語言學校的學生和老師來吃飯。瑪莎做了兩隻烤鴨，包了幾十個餃子，從農家集市買了最新鮮的肉和蔬菜，做了一桌足夠同學們"喔喔喔"驚呼一片的飯菜。

日本同學們帶來了鮮花，乾女兒買了蛋糕，貨車司機興奮異常，忙前忙後地給瑪莎幫忙。這傢伙特別開心時，彷彿完全忘記瑪莎家還有個男主人。臨走留下一張生日賀卡，查出所有熱情的意大利詞，不管語法對不對，工整地寫下，雙手獻給瑪莎。

無論貨車司機寫下了甚麼，這是一封"赤裸裸"的情書，足以讓我警惕。

## 老師

我是唱歌的，耳朵敏感，還學了用不同語言唱歌劇，所以對發音有一種迅速的反應能力。瑪莎是做科學的，對任何新事物都有要理解透徹的習慣，用邏輯思考。我學意大利語靠聽，像我們家的鸚鵡盧克一樣，學舌，不停重複，然後就能胡説了。瑪莎是從語法認真學起，對整個句子的結構一定要弄明白，寫下來，記住，再學發音説話。

我來到意大利，沒幾天就可以結巴地用意大利語對話，敢講，一離開意大利就開始忘。瑪莎的意大利語的發音也許沒我好，但説出來一句是一句，永遠用的是正確的語法。我們是同一個老師，學法完全不同。我在家學，她去學校，老師來了跟我就是對話，教瑪莎就一本正經學語法。

老師叫佛蘭切斯卡，佛羅倫薩人，意大利語字正腔圓，就像我們北京人講普通話，聽着就正。

老師很年輕，三十歲出頭。臉長得像四十多歲，往下垮，估計跟抽煙有關係，臉色總是有點灰暗。佛蘭切斯卡的頭髮經常是直直的，短髮，隨意兩邊一分。不覺得她化妝，衣服領子經常扣得很緊，樣式保守，沒穿過甚麼新衣服，也看不出有甚麼愛好，工作起來極其認真。佛蘭切斯卡個子挺高，經常要在學生面前彎着腰弓着背，指着書本上甚麼地方。她是那種規矩謹慎，不富裕也不窮，安靜過日子的意大利人。

佛蘭切斯卡是個好老師，好老師就會關心學生，關心我們學習的進度。她總覺得我不講究語法是個遺憾，但經常被我的"胡説八道"逗得哈哈大笑，最後接受了我是個另類學生的現實，想盡辦法幫助我的口語。估計她的學生中只會説，不會讀寫的就我一個。

我們一年後回到佛羅倫薩來唱歌劇《弄臣》，又開始跟佛蘭切斯卡學習，突然發現她整個是另一個人了。又開朗，又多話，頭髮飛着，領子扣敞着，臉色紅潤，說話聲音大了一倍，還特別喜歡笑。佛蘭切斯卡變成一個女性十足的老師，渾身散發着一種怒放的熱情，像盛開的花朵。一問，交了男朋友。


## 吉諾·貝基

　　吉諾·貝基是佛羅倫薩人，他是意大利最著名的男中音之一。從 20 世紀的 30 年代開始，貝基大師在意大利和歐洲歌劇界就是閃閃發光的人物。他不但跟當時所有的歌劇明星一起主演歌劇，還跟像瑪利亞·卡拉斯這樣的巨星拍過歌劇電影。佛羅倫薩歌劇院是他起家的地方，以他為榮。我很幸運，1981年的 7 月，在北京成為他的學生。

　　貝基是中國政府邀請的第一位意大利歌劇大師，來中國開大師課，那時他已經七十多歲。到達後的第一天是在中央樂團公開考試，甄選學生。我那時根本不會唱歌劇詠歎調，歌劇是怎麼回事都不知道，也沒看過，只是一個普通的合唱隊員，可就想跟他學習。考試是在中央樂團排練廳，幾百人坐在那兒旁聽，場面可怕。我唱了一首舒伯特的藝術歌曲《魔王》，居然被貝基選中做他的九個學生之一，那是我真正接觸歌劇的開始。

　　大師給我的第一份作業是詠歎調《她從來沒有愛過我》，威爾第歌劇《唐卡洛》裡菲利普國王的唱段，是男低音最難的唱段之一，專業的歌唱家都不容易唱好。貝基說他在北京只有兩個月，來不及幫我從最簡單的作品上課，就從最難的開始。

我六天都沒睡好覺，每分鐘都在想辦法學這首曲目，沒有人可以真正地幫我學習，這是一首整整有十二頁譜子的詠歎調。六天以後，我當着五百多全國各地來旁聽的人，結巴又痛苦地為貝基演唱了《她從來沒有愛過我》，唱完緊張得人也快垮了。大師盯着我說："你唱得難聽極了，語言也亂七八糟，風格更不對，但我願意幫你。"大師降低了嗓音，繼續說："誰知道，也許你將來會唱這個角色呢？"

大師說着了，二十年後的 2001 年，在意大利的熱那亞歌劇院，我第一次演唱了《唐卡洛》中的菲利普國王。當時我特別想找到貝基大師，請他來看我的首演，算算那時他是九十多歲，也許還健在？得到的消息說大師已經在兩年多以前去世了。

記得貝基在北京跟我們閒聊時，說他在佛羅倫薩的房子有十八個窗戶，他很喜歡自己擦那些玻璃窗，覺得非常享受。

剛到佛羅倫薩時，有時我會在巷子裡張望，抬頭看看哪個房子有十八扇窗戶，也許就是貝基大師的家呢？

我和瑪莎在佛羅倫薩逛小巷時，會看到意想不到的建築，會出現一些可愛的小店。很多小店的主人就住在樓上，店面不大但會有非常特別的商品，可以感受到主人的性格和品位。店主看到你喜歡他們的商品會高興得要命，跟你聊起來沒完，價格再說，減價賣給你還會覺得不好意思。

有一天我們走在一條窄窄的巷子裡，下過雨，石板路面光滑閃亮。一拐彎兒，我突然看到一個店舖不大的櫥窗裡擺着一張吉諾·貝基的照片，旁邊是些舊唱片，一個櫃子式的老唱機，還有一架手風琴。

　　我一陣激動，和瑪莎走進小店。小店專賣舊唱片，還有一些老樂器，黑黑的店舖顯得是個老舖子，不大，也就十幾平方米。我們進來時店裡沒人，等了一會兒，一個戴着眼鏡的中年男子出現，一看臉就不像個做生意的。我馬上就問他怎麼會擺着貝基大師的照片，並告訴他二十多年前我在北京跟大師上過十三節聲樂課，他是我的歌劇啟蒙老師。中年人高興得不行，說他是貝基多少年的崇拜者，櫥窗裡大師的照片是不賣的，還有貝基的留聲機，就為了紀念他，提醒人們永遠記住，貝基大師是佛羅倫薩人。

　　驚喜的是，店主說跟貝基大師夫人和一家都非常熟，可以幫助我們聯繫他的家人，我們當然願意。當年貝基大師訪問中國的時候，他的夫人一直陪伴着他，我們三個人在長城上還有一張合影。

　　過了兩天回信來了，大師的夫人已經九十多歲，身體不舒服，不能出門，不過大師的女兒願意跟我們聚聚，就選在那個小店見面。

　　聚會很溫馨，店主還擺上幾個酒杯，開了一瓶香檳。大師的女兒也六十多歲了，帶了一本相冊，是她父母在中國時的記憶，翻了幾頁後，我一眼看到我和大師與夫人在長城上的照片，整整二十年了。

　　吉諾·貝基大師的訪華，精彩的大師課，讓當時國內聲樂界關於甚麼是意大利美聲唱法的爭執，暫時平息了一段時間。也許，無論美聲、民族、流行、現代與古典，美好的聲音和感人的歌唱，應該是最重要的追求。

## 斯賓諾拉

我在佛羅倫薩演唱《塞維利亞的理髮師》的第二場，又出現一位斯賓諾拉侯爵！

這個意大利著名的大家族到底有多少後代，估計沒有人可以統計出來。我們在阿根廷的好朋友莫妮卡那邊至少有幾十個斯賓諾拉。瑪莎的乾女兒諾拉嫁給斯賓諾拉，那一條線也會有幾十人。現在，莫妮卡又給我們介紹了一位住在意大利都靈的斯賓諾拉，叫羅德里克‧斯賓諾拉，不知道這一支又會有多少人。

羅德里克四十多歲，個子不高，精力充沛，看樣子喜歡運動，動作敏捷迅速。他說話聲音不大，但熱情洋溢，語速極快，有主見，不廢話，很有條理，是一個可以做決定的人。羅德里克關心朋友，會認真地聽你講話，認真地幫助你。他是一些世界性的基金會和組織的理事，因為他講得漫不經心，我們並不清楚他具體負責甚麼，好像其中一個國際組織專門救助流浪狗。他對我們的熱情可以看出他很喜歡交朋友。據莫妮卡講，羅德里克在阿根廷的布宜諾斯艾利斯住過，他家的派對永遠是城裡最有意思、最吸引人的社交場所。羅德里克對歌劇不只是熟悉，而且是熱愛。聽莫妮卡說我正在演出《塞維利亞的理髮師》，第二天就出現在佛羅倫薩歌劇院。一場歌劇看完，開朗的斯賓諾拉侯爵跟瑪莎已經無話不談。

羅德里克人還未到，先快遞給我們一個禮物。我們還沒收到過這樣的禮物，是包得漂亮極了的一大盤一流的蔬菜，擺得很精緻，有番茄、菜花、紅蘿蔔、芹菜、黃瓜等，打開就可以生吃。

　　這位斯賓諾拉開了一輛很普通的大眾牌旅行轎車，開了三個多小時，從都靈過來。車裡臥着一條黑色的拉布拉多犬。狗顯得蒼老，臉已花白，跟妞妞見面也就搖搖尾巴表示問候，無力跑動玩耍。羅德里克説這是他收留的一條流浪犬。

　　演出第二天，羅德里克開車帶我們到佛羅倫薩郊外的托斯卡納丘陵去散步。我來到這裡後，一直就專注在《塞維利亞的理髮師》的排練和演出中，還沒上過山。即便是冬季，也覺得這裡真美，尤其是遠望佛羅倫薩，一片紅色屋頂上聳立出的大教堂，還有周圍漫山遍野起伏的葡萄園和橄欖樹。在瀰漫的霧氣中，隱隱地能看見遠近山巒上的城堡和農莊，童話般地時隱時現。一下子明白了為甚麼托斯卡納山谷是那麼迷人。

　　羅德里克約我們去都靈他家度個假，邀請的口氣是不容拒絕的。我們説有狗不方便，"絕對沒問題！"他迅速地回答。我們剛説租車開過去，"我會有個司機開車來接你們，下一場演完你們先休息好，第二天下午3點，司機準時到，晚上跟我父母一起吃飯。"他馬上告訴我們，一切就這樣定了。

　　第三場《塞維利亞的理髮師》演完以後，第二天準時3點，一個司機出現了，也開着一輛大眾車，接上我們和妞妞，三個多小時後到了都靈。

　　我們到達都靈市的郊區時，天已經開始黑了，還能看清楚我們到了一個龐大如城堡的建築物前，穿過一個城門般的入口，進到一個寬闊的院子。第二天天亮以後我們發現，這是一個大莊園。

　　羅德里克一家都很低調，他自己的住處正在裝修，他説是他的"公寓"，我們進去轉了一圈，被鎮住。"公寓"至少有幾千平方米，還有自己的音樂廳和小教堂，都在裝修中，很多老門窗都堆積在各處，等待修復，令人好奇他將如何讓這幾百年遺留下來的古跡再次重生。我們住在他母親這邊的一個臥室，發覺這就是一座城堡。據說為了防患戰爭，讓這座建築可以抵禦任何種類的進攻，窗戶都是一兩尺大，開在至少一米厚的石頭城牆上，說是射箭用。

羅德里克的母親和我們吃了一頓晚飯，和顏悅色地講了很多歌劇。後來我們知道他們家是都靈歌劇院主要的贊助者之一。他們的飯廳牆上有許多畫作，我和瑪莎都喜歡幾張小小的畫，每一幅上面都是一棵樹，很細的黑筆畫出每一根枝杈，密密麻麻，樹的形狀顯得非常有個性，沒有樹葉，極細的筆觸，每一筆都準確到極點。整個畫面顯得非常的安靜。

2016 年，我跟國家大劇院去都靈演出《駱駝祥子》，羅德里克特別遺憾他不在意大利，去了歐洲一個國家參加環保大會。可惜了。我和瑪莎特別想去看看他的"公寓"裝修得怎麼樣了，那些老門窗還有他的音樂廳。我的專業毛病是：進一個音樂廳就會試試那的音響，然後就想在那裡開音樂會。


## 公爵與侯爵

我們後來回到佛羅倫薩演出歌劇《弄臣》的時候，兩場演出之中有三四天的休息，羅德里克知道以後馬上建議我們跟他一家去威尼斯度個假，住兩三天。我們都沒去過威尼斯，當然答應。沒想到跟着斯賓諾拉侯爵去威尼斯，是住在一個公爵家裡。

　　意大利公爵其實就是國王的意思。在意大利共和國成立之前，這個國家是由不同的大公國組成的，我們去的這個家族，就是過去某大公國的公爵。

　　去過威尼斯的人都知道，那些河道和海灣的邊上都是四五層樓高的連體建築。在外面看不見，這些建築的後面是一個個巨大的庭院，很多就是過去的宮殿。我們就在公爵的宮殿之一住了三個晚上。公爵府的建築高大但很舊，裡面的大廳、走廊和臥室都是幾百年前建築的風格，不少地方牆皮剝落，露出黑色的磚石，需要重修，但輝煌的痕跡到處可見。大理石的門廊和牆柱仍舊威嚴，牆上的巨幅油畫都鑲着雕刻精美的框架，即便年代久遠，畫框需要修復，油畫大都色彩變深，還依然給人一種貴族世代莊嚴的歷史感。周圍走動着的僕人都穿着黑色禮服，可以看出禮服並不新卻熨得筆挺，每人都戴着潔白的手套。睡房裡床上的被單和枕頭雪白得耀眼。

　　晚上，我們被一艘遊船接到海灣對面的一座臨水的樓房裡去吃晚飯。船上坐着威尼斯歌劇院的院長，年輕的公爵和侯爵們，還有他們的夫人。遊船行進的時候，有一位男士側過頭來，說聽說我是歌劇演員，我說是的，他又注意地看了我一眼，問我真的是中國人嗎？我說當然，我就是中國人。"純中國人？"他又問。"純的。"我回答。

　　意大利的貴族們很好奇他們的歌劇與中國的關係。

　　遊船直接開進一座建築，下船就是另一個公爵家的飯廳。窗外是美麗的威尼斯夜景，燈火和海水一起起伏，波紋上是一望無邊的彩色星點。晚飯一道道上來，餐具和杯盤上都有家族標誌。送菜上桌的白手套僕人們，動作流暢地穿梭在每一位客人、酒杯、蠟燭與鮮花中間。

年輕的公爵和侯爵們每個人都保養得很好，皮膚曬得黝黑，動作彬彬有禮，穿着裁剪合體的西服。他們都在美國或歐洲的名校畢業，博學廣聞，經歷又豐富，話題廣泛，唯獨對中國幾乎一無所知，所以對我們的經歷和中國的事情都聽得非常專注。他們中唯一去過中國的就是羅德里克。瑪莎講香港，我講北京。當然，我對意大利歷史的了解基本來自意大利歌劇和小說，那已經比他們對中國的了解多很多。每逢類似的時刻，我就在想甚麼是最好的方式去了解對方呢？也許就是歌劇。

我在意大利已經演出過兩部中國歌劇，《駱駝祥子》和《馬可‧波羅》。每一場演出都是滿座，能感覺到意大利的觀眾看中國歌劇時，認真地看進去了。

普契尼歌劇《圖蘭朵》裡面有中國的傳說，還有中國民謠《茉莉花》的旋律，也許是意大利人對中國的第一印象。

貴族們總喜歡聽歌劇院的故事，威尼斯歌劇院院長跟坐在他旁邊的瑪莎和大家說到某一年威尼斯發大水，水位線漲高了幾米，淹到歌劇院座椅的高度，演出照常進行。所有觀眾的兩條腿都泡在水裡看戲。那個水位的標誌，至今還刻畫在歌劇院的牆上。

這座大公爵府在第二次世界大戰的時候，曾經被德國納粹軍隊佔據，作為他們在意大利的司令部。德國戰敗投降後撤出時，一個軍官臨行前舉槍對一個人形雕像連開兩槍，主人指着雕像臉上兩個清晰的彈孔給我們講故事。這個建築裡一共有兩座巨大的雕像，每一座都有兩層樓高，應該是意大利最著名的雕塑家貝尼尼的作品。當年是花了兩個月從意大利南方運到威尼斯，把這座樓的樓層都拆了才安置進來的。雕像用整塊白色大理石雕成，一男一女。

我們從威尼斯的貴族生活回歸到佛羅倫薩的"平民"時，我一下子覺得輕鬆很多。"物以類聚，人以群分"，我還是在歌劇裡扮演公爵和侯爵就好了。

## "各位晚安"

《塞維利亞的理髮師》演出結束後的第二天早上，我和瑪莎帶着妞妞沿着阿爾諾河散步。走進街邊的一個小店，瑪莎一眼看到她最喜歡的意大利手工棉製品，那些精緻的圍裙、小毛巾、桌布和餐巾之類，都是用最好的意大利棉布做的，馬上想到可以買幾件帶回紐約送朋友。

店主先生看上去就是好脾氣，個子矮胖，圓滾滾，六十多歲，頭上沒剩幾根頭髮，臉頰鼻頭紅通通。他脖子上掛着一根布尺，肩膀上搭着一條毛巾，挽着袖子，快樂地搬出各種手工棉製品讓瑪莎挑。店舖朝南，不大的屋子裡滿滿的陽光。

靠門的光亮中坐了五六個意大利老媽媽，一看就是街坊，穿着樸素整潔，進來坐坐，閒聊着。她們很感興趣地看瑪莎在買甚麼，會忍不住插話幫老先生介紹商品。當她們知道我是歌劇演員時，馬上都"啊啊"地發出驚奇的聲音，瑪莎又告訴她們昨天晚上我剛在歌劇院演完《塞維利亞的理髮師》，驚奇變成驚叫，老媽媽們馬上集體要求我唱幾句，"請唱歌，請唱歌吧！"

　　當我一張口唱出巴西里奧那著名的高音 E "各位晚安" 時，全屋的老媽媽們馬上異口同聲地跟我一起歌唱，唱得興高采烈，屋子裡的陽光都晃了起來。每個人都知道歌詞的每一個字，每個人的發聲都是佛羅倫薩的味道——美聲唱法。

　　採購完畢，告別了美聲老媽媽們，我們回到阿爾諾河邊，繼續閒逛，向老橋方向走去。


## 老橋依舊

　　"轟——轟——轟——" 身後遠遠地傳來重型摩托車的聲音，越來越近。河邊的人行道不寬，我有意識地擋在瑪莎旁邊，讓摩托車開過去。

　　重型摩托越過我們後，摩托手一偏頭看見我們，踩下剎車停住，慢慢地倒了回來。

　　摩托車手穿一身黑色的皮衣，戴一個黑色的頭盔，頭盔上有一個黑色玻璃面罩，把他整個臉全都罩住，看上去是一個強壯的傢伙。我拉着瑪莎站住，盯着摩托車手，只見他把摩托車慢慢地退到我旁邊，在機車低沉的轟鳴中，"啪" 地把黑面罩往上一推，眼睛在濃眉的縫隙中盯着我們。這是一個滿臉胡荏子的意大利糙漢，有點像個黑道人物。

　　我的腦子迅速地轉着，在想這個傢伙是要找茬挑釁還是要攔路搶劫？我心一橫，要打架就打架吧！

　　"你就是昨天晚上在歌劇裡唱巴西里奧那個歌手嗎？" 糙漢的聲音也糙。"轟——轟——轟" 摩托車低沉地吼着。

"是，怎麼着？"我不想示弱，聲音並不友好。

糙漢頓了一下，眯縫起眼睛看着我。

"唱得太好啦！！"糙漢糙聲地說，然後把黑面罩往下一拉，擰了幾下車把，重型摩托車"轟——"地震耳一吼，脫韁似的向前衝去，很快就消失在遠方。

我們繼續往前走，遠方就是老橋。老橋比歌劇還老，有將近上千年的歷史，沒變過。

這就是佛羅倫薩。

# 美聲老味道

在意大利的佛羅倫薩歌劇院演出《塞維利亞的理髮師》時，我認識了一個中國小伙子C。C個子不高，肩膀頭和小腿肚子的肌肉都鼓鼓囊囊的，很結實，在佛羅倫薩自費學唱歌，是個本錢不錯的男中音。他不是一般地癡迷歌唱，是酷愛。C是哈爾濱人，去俄羅斯上了幾年學，講一口流利的俄文。後來移民到加拿大，在多倫多上音樂學院學聲樂，又能講一口流利的英文，兼做些中英意翻譯之類的工作。後來娶了一個加拿大姑娘，是學唱歌的同學。因為他就想唱歌劇，折騰了一大圈兒，放下一切，跑到佛羅倫薩學唱歌，然後就出現在我的化裝間，認識了我。

小伙子住在佛羅倫薩城外的山上，不知怎麼住到一個意大利大學農業教授的家裡。老房子老窗加老門，整個房子夠大，自己住一頭，像個獨門獨院兒。周圍是橄欖樹，還能看見遠近的葡萄園，環境很美。教授有一輛很舊的小車，成了C的交通工具，經常拉着我滿城飛，熟門熟路，多窄的小街小巷都能不帶減速地出入自如。小伙子雖然沒甚麼錢，但活得富裕。

C的聲音真的不錯，濃濃的音色，音量不小，歌唱語感也好。但他的聲音總有點僵，喉嚨那裡使的勁兒不對，讓他的歌唱顯得吃力，影響到高音，男中音沒有好的高音不行。已經學了很多年唱歌，缺一個突破，自己也苦惱。他三十幾歲，不小了，而且已經成家，太太讀了唱歌的學位，覺得兩個人都在歌唱上掙扎不行，又開始讀一個地質學的學位，想着將來找工作能繼續支持中國先生的歌唱事業。C是個樂觀的小伙子，但也着急，急一陣子又回到樂觀。看見漂亮女孩子更樂觀，眯着眼睛放光，是個多情的種。嘴形長得不錯，説話時向前撅出，估計是個接吻老手。

C總想唱給我聽，給他些建議。我有時在歌劇院排練之後找個琴房，跟他工作一下。我還挺喜歡跟他工作的，一個是發現這個小伙子修養不錯，是看書的人，而且用腦子。還有就是我發現他的歌唱中有一種非常特別的味道，很吸引我，是一種好聽的、用文字無法形容的聲音，不俗。最讓我注意的，是他的歌唱中能有那種咬字很連貫的句子，能拉住人的感覺，這不容易。我以為這是因為他能講流利的意大利語，後來發現跟他的意大利聲樂老師有關。通過C，我認識了他的老師法蘭克‧帕里亞奇。

法蘭克是佛羅倫薩人，原來是個男中音，後來改唱男高音，比我大十歲左右。他在佛羅倫薩歌劇院唱過幾個男高音角色，不多，後來就開始在家裡教唱歌。跟他學習的幾乎都是亞洲人，全是二十來歲，日本女孩為主，很多是還沒有甚麼聲音的初學者，都帶着一種對意大利的朝聖心理，不遠萬里來到佛羅倫薩學唱歌。因為這裡是意大利歌劇的故鄉，一説是在佛羅倫薩學唱歌劇，那會令人非常羨慕。

我去聽過幾次C的聲樂課，後來就開始跟法蘭克上課，成了 C 的"師哥"。

我那時就想學一些最傳統的意大利發聲方法，那種我們叫"意大利老私塾"的歌唱技巧。按說我已經唱了很多年的歌劇，在紐約大都會和歐洲不少劇院唱過很多角色，是個成熟的歌劇演員。很多歌手合同多了，都不會再找聲樂老師上課。首先是沒時間，還有就是覺得自己的聲樂技巧已經成熟，不再需要老師。我認為歌唱技巧必須要隨着年齡的增長、生理的變化、曲目的變化，而持續地改進。

我在紐約大都會歌劇院演唱的二十年中，一直都有聲樂老師，只要在紐約，我就會堅持上聲樂課。老師的耳朵對歌唱家很重要，能聽出你的問題，幫你解決。我在大都會演出時，老師會去聽，第二天就跟我討論演唱中的問題。

當我對意大利美聲的老唱法越來越關注的時候，法蘭克出現了，他那雙佛羅倫薩的耳朵正是我需要的。

跟法蘭克上課，我特別感興趣的，是他教的那種非常自然，線條平穩，又明亮又集中的聲音。喉嚨是完全打開，沒有擠壓，聲音永遠坐在呼吸上。

這，就是我要找的意大利美聲唱法的"老味兒"。

說美聲唱法的"老味兒"，除了發聲的技巧，非常重要的還有怎麼咬字，怎麼分句，怎麼把字與字、音與音唱得連貫。Legato（連貫），是美聲唱法靈魂性的成分之一。還有，怎麼運用滑音，一個樂句怎麼起音怎麼結尾，在甚麼音上給一點甚麼樣的語氣，所有這些都可以說是美聲唱法的學問。有書嗎？有，但是靠看書學習最傳統的美聲"老味道"？沒戲！

有一個招數可以分享：感受最傳統的意大利美聲，可以聽六七十年前的老唱片，意大利歌劇大師們的演出實況，錄音和錄像。仔細聽，一句一句地聽，如果可以模仿一二，有點像，有點感覺，就好。順着學下去，會有收穫。這些錄音也是老師。

如果遇到一個好的老師，學費收得合理，那就要多上課，黏着老師學。不需要為老師端茶倒水打掃庭院，但需要時刻地揣摩。秘訣不只在發聲，還在語言中，在觀察中，在感覺中發現老味道。這種味道也跟老電影、老文學、老畫、老雕塑等息息相關。佛羅倫薩就是老味道。

我是法蘭克的學生中唯一的一個專業歌劇演員，又在佛羅倫薩歌劇院中擔任主要演員，對法蘭克來說，這讓他感覺很驕傲，給我上課時特別認真，還總延長上課的時間。有時我都不好意思，因為下一個上課的學生已經進來很久，尤其是那些客氣到了躲躲閃閃的日本女孩，在那裡站也不是坐也不是地等着。

法蘭克教課時用的語言非常簡單，沒有任何大道理，不用任何複雜的名詞。他最常用的一個詞就是"自然"（Naturale）。

他經常使用的動作，是一聽你發聲的呼吸有問題，就拽過你的手，放在他的大肚子上，大聲地示範演唱，讓你感覺他是怎麼呼吸的。也許是由於他的肚子不但很大而且結實，他的吸氣方式並不能明顯地從觸摸上感覺，但可以從聲音上聽出。他呼吸方式給我最實際的啟發，就是"自然"。歌唱時的吸氣其實很重要，不能多也不能少，吸到就夠了，自然地吸氣就不會堵在胸部，不會擠到喉部，也不會撐到肚子。坐在呼吸上的聲音應該就是平穩的，不會搖，不會抖，自然地流動。

跟法蘭克上課，我最要聽的是他的示範，盡可能地努力模仿，那是真正的意大利美聲傳統的聲音，聲音裡有一種金屬般的泛音，穿在又濃又圓的音色裡，在面罩（Mask）中的高位置，向前傳送。坦率地說，那種美聲唱法傳統的味道，現在已快失傳。

有意思的是，跟法蘭克上課，會讓我想起十六歲時在北京鍋爐廠學徒的經歷。我的師傅活兒幹得極棒，大字不識，說話沒幾個字，怎麼掄大錘也不教你，跟着他掄就是。甚麼電焊、切割、剪板機，師傅從來沒講出過道理，就跟着他模仿。學唱歌就是模仿，悟性從模仿開始。

我的每一節聲樂課，C 幾乎都在。他聽課的勁頭比我還認真。我聽不懂的時候他是翻譯，我和法蘭克對一個作品或者一個發音位置需要交換意見的時候，他不但兩邊翻譯，還會參加討論，有時忍不住就唱起來，一堂課三個人上。而且他總要求做我的司機，開着他隨時會拋錨的車，接送我上課。

有一段時間，我發現小伙子唱歌的時候聲音變厚了，說話也變得低沉，唱得很重時高音開始偏低。最後找到原因——C在模仿我歌唱和說話的聲音，他說要找我歌唱的感覺。我是男低音，說話的位置當然比他低沉，歌唱的音色也比他的厚。我不斷地提醒他，禁止他對我說話和歌唱音色的模仿。為了幫助他改正這個新的"壞習慣"，跟他說話，我還有意把說話位置提高，差點影響了我的歌唱狀態。

模仿不能亂模仿。

法蘭克的學費收得不高，五十歐元，屬於低的。也許跟他不是歌劇院的聲樂指導，也不是音樂學院的教師有關，學費收不高。我沒看到過有意大利人跟他學習，還發現意大利人學聲樂的越來越少，外國學生越來越多。沒過幾年，意大利音樂學院裡的中國聲樂學生急劇增多，已經超過韓國和日本的學生。

法蘭克的家在佛羅倫薩市區的一座戰後建的樓裡，有兩個臥室，一個客廳，不大。家裡沒有貴重的傢具和古董，但一眼看過去很實在，窗簾、牆紙、實用的擺設，都是意大利傳統傢具和裝飾的老味道。乾乾淨淨，整整齊齊。可以感到主人對自己的生活狀況很滿足。牆上有法蘭克早年的演出劇照，英俊挺拔，站在那裡的姿勢都老範兒，很"自然"。

有時我會感覺到，法蘭克在教一些根本不可能有希望的亞裔學生時，表情多少會有些無奈。那麼美聲唱法傳承的未來到底在哪裡呢？

《塞維利亞的理髮師》公演的時候，法蘭克和夫人去看了我的演出。演出結束謝幕後，他們來到我的化裝間。法蘭克穿着很整齊的一身西裝，理了頭髮，臉刮得特別乾淨。可以感到他很激動，也顯得有點失落，人有點拘束。這畢竟是他演出過的劇院，我的化裝間十年以前裡面坐的也許就是他。法蘭克是男中音的時候合同還是不少，改唱男高音以後，事業就開始下滑，一步走錯，想必他心裡會有一種永久的遺憾。來到這個見證了他歌唱事業興衰的劇院，感覺一定很複雜。

佛羅倫薩歌劇院又給了我一年以後唱威爾第《弄臣》的合同，我和瑪莎都很高興，能回到可愛的佛羅倫薩，還能繼續跟法蘭克學習。

回到紐約，我找出跟法蘭克上課的錄音，能聽出我的聲音的確有了一種變化，歌唱的方法和語音的運用，都明顯地多了意大利美聲時代的味道。

　　當時我正在準備錄製一個歌劇詠歎調的 CD，曲目中主要是威爾第、貝里尼、羅西尼的作品。我感到必須要在傳統的美聲唱法方面再下一層功夫。發現自己的日程有兩個星期的空，就跟瑪莎商量回佛羅倫薩去跟法蘭克上課，面對面地學習。

　　瑪莎給我找到特價機票，便宜得讓人吃驚，紐約—佛羅倫薩來回才四百多美金，是平常票價一半的價格。節約的錢可以跟法蘭克上十節聲樂課。

　　三天後我告別瑪莎，重歸意大利。

　　C 開着老爺車興高采烈地來接我，穿過已經蒙上一層金黃暮色的佛羅倫薩城區，上了很窄的盤山道，沿着一路的橄欖樹和葡萄園，彎彎曲曲地來到了他住的農舍。這兩個星期我會住在這裡。C 給了我最好的房間，在樓上。這是一個至少上百年的鄉間農舍，非常可愛。牆是老磚疊的，地是石頭拼的，屋頂很高，木頭橫樑粗壯質樸地撐着天花板。我放下行李箱，走到漆成深綠色的木頭百葉窗前，一推，佛羅倫薩帶着斑斑點點的燈火和山野間的晚風一起迎面而來。

　　橄欖樹在晚風中發出輕輕的聲響，可以聽到蟲鳴和鳥兒朦朧的低語，遙遠的甚麼地方傳來幾聲晚鐘，有金屬般的泛音，穿在又濃又圓的音色裡，非常輕，非常"傳"。

　　上午 11 點，我準時到了法蘭克的門外，聽到裡面正在上課。法蘭克大聲地做着發聲的示範，一個細聲細氣的女聲在努力模仿，聲音發直，聽上去耳熟。雖然已到我上課的時間，但我不想打斷屋裡的課，能想像那個瘦弱的日本女孩子一定想多唱幾句；回來的第一課，又不想遲到，正猶豫時，門開了，法蘭克高興地站在那裡。

"請進！歡迎回到佛羅倫薩！"法蘭克大聲地說，聲音圓潤，有金屬般的泛音。

美聲老味道。

# 石灰岩上的歌劇院

## 序幕

"田先生，早上好先生！田！"

有人叫我？我看看四周，挺長的一條街，陽光下沒人，陰涼裡也沒人。

"田先生！我在這裡！這兒！"

左前方一座樓房的二層陽台上，有人向我招手，指了幾下樓下。

"嗨，你好！"我也揮揮手，打個招呼，那個人看來想跟我說話，我就向那個樓走去。

在大門口迎接我的人不認識，像個生意人，中年發福的身材，頭髮梳得一絲不亂，西服革履打着領帶，很客氣。我抬頭看到大門上方的招牌是一家銀行，但這個四層小樓的外表實在就像個住家。

陌生人自我介紹是約瑟夫，客氣地問我有沒有時間聊幾句，我說當然可以，就被請進銀行的會客室。我心想不是找我投資吧？那他可找錯人了。

這位先生說話也乾脆，幾句話我就聽明白他是怎麼回事了。

## 戈佐的《麥克白》

我們來之前以為是在馬耳他首都的歌劇院演出,也查過,知道馬耳他是島國,五十多萬人,在地中海中心,靠近意大利。

我喜歡去沒去過的地方唱歌劇。沒想到在馬耳他下了飛機又上了輪渡,在海上行走半小時後,我和瑪莎被放在一個叫戈佐的小島上,花了些時間才從接我們的人那裡弄清楚——我們是在戈佐島演歌劇。

我還從來沒有在一個島上演過歌劇。這真是個小島,只有十幾平方公里,人口兩萬多。島上倒是有幾條公路,才兩個紅綠燈。最神的是,就這麼個小島,卻有兩個正經規模的歌劇院,都是一千多的座位,都有創立幾十年的歷史,專門演出意大利和法國的大歌劇。兩個歌劇院斜對門,在同一條街上,每年擠在一起演歌劇。你演完我演,我演完你演,比着演,看誰的製作好,誰的演員陣容厲害,歌劇成了島上的大事。觀眾分兩大陣營,來自兩大家族,每一邊都有幾千狂熱的支持者。其他觀眾哪兒來的都有,馬耳他首都的人會來,意大利人會從西西里飛過來,還有歐洲的遊客。大家來看歌劇,也是來看歌劇"龍虎鬥"的。

我們是來戈佐島演威爾第的《麥克白》,主要角色的演員都認識,以前在美國就合作過。演麥克白的是我的黑人哥們兒男中音邁克·拉科,女主角是帕梅拉。帕梅拉在紐約曼哈頓住,導演巴歇塔也住曼哈頓,我們在不同的歌劇院一起演出過幾部歌劇了。劇組的人一熟,排練和演出的壓力就少一半。這次每場演出的酬勞很少,我和瑪莎還是想來。有檔期,沒壓力，喜歡《麥克白》。而且我在這裡結束就去以色列演出，離這裡不遠。再有就是想換換環境，來一個一輩子可能都不會再來的地方。

我們這組人很快就引起了整個島的注意。歌劇演員在這裡地位不一般，想認識我們的人越來越多。我們是在戈佐島的阿斯特拉歌劇院演出，所有認識的人都跟這個劇院有關。不是在這個劇院裡工作的，就是這個劇院的支持者，或者是跟這個劇院有關的家族的成員。

沒幾天我們就發現這條街上還有一個歌劇院，叫奧羅拉歌劇院，每天排練都會經過。那裡也有一大幫人。同樣，這些人不是在那個劇院工作的，就是那個劇院的支持者，或者就是跟那個劇院有關係的家族的成員。

兩個歌劇院馬耳他政府都支持，都給錢，覺得促進了歌劇文化的發展，又吸引了遊客，都是好事。再加上戈佐島的人極其善良。劇院如此對立，彼此卻從不對罵，不會打架，不會說對方的壞話，也絕不來往。

戈佐的兩大家族各有自己的俱樂部和鼓號隊，逢年過節兩邊都會遊行慶賀，各自的隊伍都是鼓樂齊鳴，彩旗飄飄，又唱又跳的，熱鬧至極。最後發現能把對方鎮住的方式還得是歌劇，大歌劇。於是兩邊都蓋了歌劇院，模仿意大利的建築風格和裝飾，像模像樣，就開始比着演歌劇。

這邊演威爾第《茶花女》，那邊就演比才《卡門》。這邊剛宣佈演《納布柯》，那邊馬上宣佈演出《奧泰羅》。兩個劇院都爭着請歐美的演員，尤其是在著名歌劇院演出的歌唱家。紐約大都會歌劇院是個大招牌，宣傳起來能把對方鎮住，我們就被萬里迢迢地請來，為阿斯特拉歌劇院助陣演出《麥克白》。

這兩個歌劇院運作方式一樣。從院長到釘佈景的、做服裝的、辦公室的、合唱隊、舞蹈隊，所有人都是兼職，各行各業都有，醫院的、幼兒園的、做裝修的、家庭婦女等等。大家都是下了班就跑來歌劇院無償地幹活兒。不管是白領的藍領的男女老少，每個人都努力地幫助自己的劇院，一定要做得比馬路對面的好。阿斯特拉歌劇院院長朱瑟夫是一個大胖子，平時是律師，歌劇院有任何跟法務有關的事就是他的義務，不收費。

邀請我們的歌劇院知道我們的演出酬勞不多，就想盡辦法照顧我們。院長朱瑟夫用律師的三寸不爛之舌，說服了島上最好的度假村酒店做贊助。我們簽到住進這個酒店時，發現這是一個非常舒適的五星級酒店，簡直像來度假。所有的房間都是獨立的，平層，有自己的小花園和游泳池，到處栽種着鮮花，不遠處就是大海，藍的不能再藍的大海。

住在島上，我就總想，這麼個小島淡水從哪裡來呢？排污往哪裡排呢？兩萬人用水一定很厲害。後來發現這裡有很科學的儲水裝置，會有效地收集雨水，轉化成生活用淡水。排污是經過嚴格處理過才會排進大海。有一次有人在海岸的懸崖上指給我們，能看見在海面下，有一排巨大的管道口，說這就是島上部分排污管道。

我們在戈佐連排練帶兩場演出一共待了二十天。我和瑪莎越來越喜歡這裡，甚至說了幾次將來退休搬到戈佐來。

整個島上的建築幾乎都是石灰岩造的，就在本地取材。到處是自然色的石灰岩：教堂是、住宅是、牆是、柱子是、樓梯是、地板是、廁所也是。很多工藝品、室內的裝潢也都會用石灰岩。周圍的一切都是那種令人非常舒服的淡米色。這種顏色既不刺眼，又跟綠樹和鮮花是絕配，太陽升太陽落都好看。還有就是讓大海的湛藍一襯，美得讓你根本挪不開眼睛。

戈佐島上的人太好了，具有一種跟世界完全無關的善良，我們那時覺得這裡是地球上最後一個純潔的地方。

首先，戈佐島上是零犯罪率，請注意，是零！還有，我們到處看見鑰匙插在汽車的門上，沒人。到處看見鑰匙插在住家門上，也沒人。還有還有，路上遇到人，無論男女老少、認識不認識，一定是先跟你笑然後問你好。

歌劇院就像是一個大家庭，熱鬧至極。排演一部歌劇好像在一起準備大聚會。就算是要跟馬路對面的歌劇院對着幹，每個人也都高興得像是要過節，準備工作有條不紊。在小排練廳排了大約一個星期後，我們馬上就要進劇場在舞台上排練，整個舞台製作團隊的人動作都快了一倍，到處是迅速的敲打聲。主要的舞美製作負責師傅是戈佐島政府文化部部長，那邊辦完公就馬上奔過來幹活兒，最忙的地方準能看見他。只見他鬍子茬上都是灰，穿着破工作服，鋸木頭釘釘子，不停地刷油漆。他要保證我們進劇場排練時能用上佈景。

一切都要就緒，突然，我們的男主角麥克白，我兄弟男中音邁克不幹了。

"我不進去，這個劇場到處發霉，你們聞聞這霉味兒，我嗓子受不了，過敏！"邁克和他妻子賽迪，坐在劇院大門外的台階上，一臉的不高興，拒絕進劇院。

我非常同情邁克，但不知道怎麼幫助他，因為我沒有聞到霉味兒。

　　劇院的管理人趕快打開所有的窗戶，甚至搬出風扇吹，邁克還是搖着頭坐着不動。我們都站在周圍，看看劇場看看邁克，他是第一主角，沒他我們無法排練。

　　邁克跟我以"兄弟"互稱，他個子不高，很壯，屬於很黑的黑人。邁克永遠穿黑色的衣服，無論春夏秋冬，毛衣、夾克、大衣或是短袖 T 恤衫，都是黑色。邁克告訴過我們他是生在芝加哥最窮的黑人區，知道甚麼是最底層的生活。我和瑪莎都感到他是一個極度敏感的人，尤其對任何有關膚色和種族的事兒，都會有很強烈的反應。邁克能成為合同很多的歌唱家，是因為他的聲音很有力量，雖然不是那麼好聽，卻是一個可以唱非常戲劇性角色的男中音，這種歌唱家很難找。邁克從來不缺活兒，美國唱得多，歐洲少。他在大都會歌劇院第一次演出是《阿依達》，扮演阿依達的父親、埃塞俄比亞王阿姆納斯特羅。這是一個很重要的深色皮膚角色，白人演員演，就要塗黑一些，黑人演員能演這個角色的不多。邁克在大都會首演時，我的角色是埃及國王，也多少畫得黑一些。

　　演出前化好裝，我去邁克的房間預祝他首演一定成功。他謝謝我之後馬上補一句："我猜因為我是黑人才拿到這個角色。"

　　我們在戈佐得到過很多熱情的邀請，只要晚上沒有排練總會有人請客。有一個英國人的家我和瑪莎都喜歡，那是一個巨大的用石灰岩造的房子，裡外淡淡的米色。房頂很高，從牆上可以看到大塊的石灰岩交錯疊起的紋路，朝海的一面牆是落地窗，可以完全打開。地中海的風景在戈佐島的襯托下，像一幅巨大的寬銀幕，壯麗地在你面前展開。主人在客廳中間放置了一個很大的圓形沙發，上面可以橫躺豎臥七八個人，整個房間任意鋪放着一些色彩鮮豔的阿拉伯和意大利毛毯。很多舒適的沙發隨便你坐，到處都擺着食物、酒和蠟燭。大家都很放鬆，聊着各種話題，每當這種時候，我總覺得我兄弟邁克不能完全放鬆，坐在那裡老帶着一點戒備的神態，好像時刻準備反擊任何可能對他的歧視。我對種族問題也很敏感，但沒他那麼尖銳和沉重。聚會快結束的時候，我和邁克站在屋子外面，面對着迷人的地中海閒聊，就聽他突然説了一句："告訴你，我永遠不相信會有種族平等這回事。"

邁克的妻子賽迪是一個再好不過的人，膚色比邁克白，南美人。她是一個極好的歌劇指導，彈一手好鋼琴。她永遠貼着邁克站着，即便坐下，也是挨着邁克坐。我總覺得賽迪對他太重要了，她總是在鼓勵他，照顧他，為他跑前跑後。我有一種感覺，如果有危險出現，邁克還沒看見，賽迪就一定撲了上去保護他。

那天在劇院門口"霉"危機的解決方式，還是靠他們自己。邁克旅行總帶着一個大黑手提包，裡面有各式工具、插頭、接線、變壓器和各種醫療設備。跟他們在一起的時候，瑪莎所有關於電腦和任何有關電路的問題都是問邁克。只要他打開那個黑色的"百寶"手提包，一切都會解決。這次"霉"危機的解決，是邁克在自己的黑提包裡找到一個小型噴霧器，帶小馬達，接着一個有噴嘴的、白色的塑料瓶，灌上水可以在周圍噴出一米左右霧狀的水汽。邁克兄最後是舉着噴霧器，噴着霧氣進劇場的。

給我們伴奏的是一個"拼"起來的意大利樂隊，大部分是來自西西里某樂團的樂手，還有一些哪來的就不知道了，反正有人組織張羅，排練起來的聲音還不錯。

　　首演前一天是最後彩排，也是第一次合樂隊。第一幕一切都好，進行順利。中場休息時，樂隊突然發難，要求劇院馬上付全部工資，現金，否則罷演。院長朱瑟夫一頭大汗地跑進跑出，緊急協調，跟樂隊組織人指手畫腳地爭執。合唱隊還在喝咖啡，舞台團隊從容不迫，該抽煙抽煙，該說笑說笑，一點不急。我們這幾位演員看傻了，從來沒見過這種戲劇性的"勞資糾紛"。

　　現金，最後是現金解決問題。幾個劇院的人一張張地點紙幣，點給所有的樂手。紙幣點完，排練繼續，樂手們從容演奏，似乎甚麼事也沒發生過，聲音效果比上半場還好。

　　首演驚人地隆重，居然馬耳他共和國的總統、總理，還有很多部長都來了。另外還有美國、德國、愛爾蘭、法國等十幾個國家的大使也來了。

　　我在《麥克白》裡扮演的角色是將軍班柯，在歌劇進行一半的時候，被麥克白設計殺害，然後變成鬼魂。我的唱段只在上半場，下半場沒有我。首演時導演決定，讓我在上半場結束時跟大家一起謝幕，歌劇最後演完時就不用再謝幕了。

　　沒想到觀眾不幹了。

　　由於最後謝幕我沒出現，演出一完，觀眾就開始四處打聽，猜我出了甚麼意外。病了？不高興了？後台有甚麼事故？連第二天當地報紙的樂評都在猜，為甚麼這個演班柯的歌唱家神秘消失，謝幕都沒出來。於是我成了戈佐島當天的一個話題。院長朱瑟夫和導演趕快決定第二天的演出我必須在中場和演出結束時兩次出去謝幕，平息大家的猜測。這裡的人實在太純了，第二天我在演出結束最後出去謝幕時，觀眾掌聲突然極其熱烈，還可以聽到很多人"啊"地鬆了一口大氣，如釋重負。

## 尾聲

叫約瑟夫的那個陌生人把我帶進銀行的會客室，自我介紹是這家銀行的行長，很有禮貌地問我昨天《麥克白》演出怎麼樣，我說很好。

"聽說你唱得特別好，祝賀！"他說。

"非常感謝！"我說。

"我是奧羅拉歌劇院的院長。"他又說。

"……啊！"我噎住了一下。

"很高興認識你！"我說。

"你有回戈佐演出的計劃嗎？"

"我很喜歡這裡，有邀請當然想回來。"

"我可以邀請你來這裡跟我們演出《埃爾南尼》。"

"好啊！我太喜歡這部歌劇了。"

"不過我有個要求。"

"請說。"

"你要回來跟我們演出，就不能再接受對面阿斯特拉劇院的任何邀請。"

很多年過去了，我和瑪莎還是會聊到戈佐島。

我真是很喜歡石灰岩。你要仔細看那種米色的石頭，會看到石頭上隱約地有小昆蟲和植物的化石痕跡。這種兩三百萬年形成的石灰岩，似乎不是那麼堅硬，使點勁，用指甲都可以劃出一條線。

但是，石灰岩承得住兩座歌劇院。

# 《山楂樹》

　　我第二次回到德國波恩歌劇院演出是冬天，從 11 月一直到次年 2 月。這次演三部歌劇，莫扎特的《唐璜》、普契尼的《西部女郎》和再次演出戈梅茲的《瓜拉尼人》。五個月前首演《瓜拉尼人》的時候，巨星多明戈飾演第一男主角，又是世界首演，吸引了好幾千各國來的觀眾。小城有兩個星期熱鬧得像過節，聚集了很多多明戈的崇拜者。這次我再回來演第二輪，沒有大明星的陣容，演出效果估計會冷清很多。我這三部歌劇排練和演出的日程交錯，三個月不能回紐約。

　　德國冬天的天氣真不好，老下雨，下那種不大不小的雨，像裹着雨絲的霧。打雨傘？雨霧如毛，都下不直，飄散着不值得撐傘。不打傘？一會兒衣服上就會有一層細小的水汽，陰濕。

　　我住在一個四層的連體樓裡，大概是一百多年前的建築，很厚實的牆，沒有複雜的牆飾，淺黃色，大門也很厚實，深棕色，好木頭做的，重，推門關門都得使點勁兒。這家德國人住在一層和二層，三層四層出租，我住第四層。每一層樓都有挺高的屋頂，我需要爬很多台階的樓梯。四層是頂層，房間不大、天花板也不高，有客廳、睡房和廚房。房間的佈置和顏色跟主人的性格一樣，乾淨、整潔、有條有理、實實在在。

　　我的廚房裡所有的電器都是德國產品，一看就經久耐用，的確，特別是洗碗機。這個洗碗機不大，但上面的按鈕非常多，啟動洗碗後有好幾個大小紅燈閃爍，然後是長達一個小時以上的洗碗過程：左轉右轉、上沖下噴，至少經過兩三道洗碗液，再加上反覆地烘乾。第一次用洗碗機時，我基本上被這個嚴肅而一絲不苟的傢伙折騰暈了。

　　據說我之前的租客是一位德國畫家，在這裡住過兩年，現在搬到陽光燦爛的西班牙海邊去了。公寓裡掛了他七八幅水彩風景畫，不大，每張一尺見方。看得出來，一半是在西班牙畫的，色彩亮麗，遠山近樹鮮花大海。另幾張一看就是波恩，冬天，街巷暗淡，行人舉傘弓腰，大衣下襬飄起。

　　接連三個星期都沒有陽光，讓我第一次感到沒有陽光的生活有多可怕。我客廳只有一扇不大的窗戶，也就一米寬，一米五高。窗外的風景就是波恩小城，看見的都是三四層相連的小樓，樓頂大部分都是灰色或者黑色的，被雨水沖刷得很乾淨，反射着陰鬱的天空。

　　我不能在這扇窗戶前面站太久，會頭痛，遠近都是烏雲。這裡的烏雲看着很重，一層層地裹着，一動不動。正確地說，你要是站在窗戶前，那烏雲就壓在你眉毛上，不動。

　　日子過得很慢，排練的速度也很慢，日程定得乾乾淨淨，極為細緻，一點一滴的情節都會排到，就是慢。很多場景重複地排，幾個小時地磨，力求精確。劇院的樂隊、合唱隊、舞台工作人員，還有絕大部分獨唱演員，都是劇院固定聘用的藝術家，工作有保障，每月定期領工資，政府每年撥資金，感覺不到壓力和危機。德國人排練起來倒是極為認真，只是很難交上朋友。他們看着你的時候眼神清澈,直視,幾乎不眨眼,很有禮貌加客氣,沒有玩笑。排練一結束,都加快腳步走出劇院門口四散離去,消失得無影無蹤。

有一段時間我很好奇,真不明白德國人晚上幹甚麼。這個小城所有的商店晚上 6 點全部打烊,你要是關門時間到了還在店裡,店員會走到大門邊,禮貌地站住,看着你。你得走,否則他不眨眼。

寂靜。

波恩的極度寂靜總讓我懷疑自己的耳朵是不是出了毛病。一到晚上,城裡沒人也沒車,偶爾一輛車開過去,好像不好意思打破寧靜似的,趕快就消失在黑暗中。我注視着那些亮燈的窗口,非常想聽到生活的聲音在哪裡,所有的窗戶都無聲無息。

這次在波恩演的第一部歌劇是《唐璜》,我的角色是石面人,唱段並不是很多,讓我多了時間休息,也多了沉悶——不知道能幹甚麼。帶的幾本書很快看完了,瑪莎在紐約上班,不能來,只能打電話,從德國打長途電話那時候還極貴。我不是一個看電視的人,又沒有朋友,每天進入夜晚就開始憂鬱。

一天排練完,走出劇院大門,外面依舊下着冰冷的細毛雨,我站在劇院門口,左右張望,不想抬頭,知道天上壓的是烏雲。看看錶 6 點多了,周圍已無人跡,街燈還沒亮,一排排三四層的小樓都站在雨中沉默不語,沒有亮燈的窗戶像一片緊閉的眼睛,雨跡如一縷縷濕髮貼着牆垂下。

去哪裡吃飯呢?晚上幹甚麼?我正猶豫着,感到憂鬱開始在全身蔓延。突然聽到不遠的地方傳來一陣音樂的聲音,曲調很熟,熟得那麼意外,我馬上被吸引,開始精神起來。於是我沿着濕漉漉的石板地，把大衣裹緊，順着樂聲走進劇院前面那條小街。只見一家商店的屋檐下有三個中年的男樂手在演奏，一個站着，彈奏着像貝斯提琴似的三角形大木琴，一個坐着拉巴揚手風琴，一個撥奏着像曼陀林似的樂器，他們正在演奏蘇聯時代的歌曲《山楂樹》。

山楂樹啊山楂樹……多麼熟悉的旋律！手風琴的聲音一下子把我帶去了遙遠的地方，心被揪起，記憶從深處緩緩地湧上來——"歌聲輕輕蕩漾在黃昏的水面上，暮色中的工廠已發出閃光。列車飛快地奔馳，車窗裡燈火輝煌，山楂樹下兩青年在把我盼望。啊，茂密的山楂樹，白花滿樹開放，啊山楂樹啊，你為何要悲傷……"這幾句旋律和歌詞，我們這一代無人不知，持續了幾十年的感動。

小街上迴蕩的《山楂樹》只有我一個聽眾。

三個演奏者專心地彈奏着，手風琴手是主要領奏者，旋律都出自於這個小小的巴揚。他半閉着眼睛，完全沉浸在演奏中，似乎在巴揚鍵盤上下移動的手指都與他無關。

樂手們開始感覺到我的存在，他們一定覺得這個聽眾有點兒特別，要不然不會不打雨傘，站在細雨中一動不動。三個音樂家的演奏變得興奮起來，一首接一首忘情地演奏着，用心地演奏。所有的曲子我都知道，天哪！都是我們十幾歲時唱的歌。

接着《山楂樹》的是《小路》《喀秋莎》《莫斯科郊外的晚上》《燈光》《三套車》《去動盪的遠方》……

不知過了多久，我還站在那裡沒動，渾身的血都湧進了頭，激動得幾乎失控。所有的歌詞我都記得，如果不是拚命抑制自己，不想打擾他們，我會跟着唱出聲，會熱淚盈眶。

　　多麼熟悉的歌啊，它們在 20 世紀 70 年代陪伴着我從少年走入青年，它們和我一起度過了六年半在北京工廠的生活，見證了我的成長，我的初戀，給過我多少安慰，讓我交了多少朋友，直接影響着我走上專業的歌唱之路。當他們彈奏起《海港之夜》的時候，我的眼眶一熱，樂手們變得模糊起來。

　　《海港之夜》是一首深沉的歌，據説是蘇聯水兵在衛國戰爭時期，唱着這首歌，駕駛艦艇去衝擊納粹海軍的封鎖線，十有八九是犧牲，但這首歌鼓舞着水兵們視死如歸。"當天剛發亮，親人的藍頭巾，在船尾上飄蕩，再見吧可愛的城市，明天我們要到海上去航行……親愛的老船長，讓我們一起去遠航……"這首歌讓我想起蘇小明，我們大院兒一個像清風一樣的女孩兒。

　　那時我們多麼喜歡在一起唱二重唱，她唱高聲部，我唱低聲部，輪着拉手風琴，彈吉他，唱那些"革命"和"不革命"的歌。後來小明唱進了海軍，一首《軍港之夜》讓她一夜成名家喻戶曉。成名不會抹去記憶，二十多年沒見，見面就剎不住地唱《海港之夜》，當然還有《山楂樹》。

　　"啊，茂密的山楂樹，白花滿樹開放，啊你山楂樹啊，你為何要悲傷……"

　　三個有棕黑色鬈髮的樂手顯然都是俄羅斯人，上唇都留着鬍鬚，年紀與我相仿，似乎有過與我類似的經歷，也許都有像我大哥一樣的兄弟姐妹，否則不可能如此投入地演奏。他們穿着一種粗麻布的俄羅斯民族服裝，灰白色，領子和袖口有些暗紅的繡花，在冬季的寒雨中顯得有些單薄。他們演奏得非常默契，一首接一首，沒有停頓，也沒人提示商量，手風琴拉出第一個音，兩個彈撥樂手自然就合奏進入。這些歌都美得有些傷感，旋律顯得那麼久遠，似乎能把你帶到俄羅斯的原野，能看到大片的白樺林，能聽到第聶伯河的水流，在講那些簡單又感人的愛情故事。

天早就黑了，街上空無一人，樂手們身後的餐具店也已關門。老闆好心，沒有關店門外屋簷下的燈，給低頭演奏者和濕透的聽眾留下幾縷溫暖的光。

在波恩的日子裡，總會經過那條小街。

有時我會在那個德國餐具店的櫥窗外站一站，看看那些閃亮的餐具。我會想起那三個樂手，他們再也沒出現過，跟着《山楂樹》一起消失了。

我們在波恩演出的《瓜拉尼人》觀眾越來越少，明星不在加上天氣惡劣，我想都是原因。有一場《瓜拉尼人》的第一幕，大幕一開，我們在台上一邊唱一邊大吃一驚，觀眾席是空的，我暗數一下，才十二個觀眾，台上演員加樂隊和舞美至少有一百五十人。我意識到該回家了。

當我演完所有三部歌劇，準備回紐約的時候，我又走去那條小街，在那個餐具店買了一整套不鏽鋼的刀叉，八刀八叉八勺。餐具的設計師是帕洛瑪·畢加索，大師畢加索的女兒。設計風格中規中矩，餐具質量不錯，透着德國人那種認真的工藝，實用，而且不貴。我很高興買了這套刀叉，一定會用很久很久，會讓我記住這條小街，還有《山楂樹》。

我知道不能把這套餐具放進行李箱，於是手提着，隨時準備在機場應付檢查。在德國的機場被檢查過，在紐約的機場也被要求打開查看。美國海關的一位大鬍子官員拿出刀叉仔細看了一番，讓我出示購物發票，我找不到，就告訴大鬍子，這套餐具的價格不貴，沒有超過一個人六百美元的禮品免稅規定。沒想到這位大鬍子官員很不高興，說我要是找不到發票，就去交兩百五十美元超過免稅金額的罰款。我覺得很委屈，明明這套刀叉的價格沒有超過免稅金額，於是一再解釋。大鬍子一下子生氣了，向我逼近一步，指着付款的窗口說："你這套刀叉絕對不便宜！你選擇，去那個窗口付兩百五十美金，或者我扣下你這套餐具。"然後又壓低嗓子補了一句：

"你以為我不知道畢加索是誰嗎？！"

2006 年 12 月，多明戈在大都會歌劇院主演了譚盾作曲、張藝謀導演的歌劇《秦始皇》

1995 年、2015 年，我分別在紐約和北京兩度與多明戈合作歌劇《西蒙·博卡涅拉》

1991 年 10 月 10 日，多明戈在大都會歌劇院新製作的《西部女郎》中出演第一男主角，該場也是我在這個劇院的首次演出

我在《西部女郎》中出演一個印第安人

2016 年，我和多明戈在北京國家大劇院一起演出《麥克白》

由詹姆斯·萊文指揮威爾第的《路易莎·米勒》，
那是我在大都會歌劇院跟他演出的第七部歌劇

上圖：在大都會歌劇院演出《阿依達》，中間是美國前總統克林頓、詹姆斯·萊文和帕瓦羅蒂，我是前排左起第三人

下圖：在大都會歌劇院演出《假面舞會》後的謝幕，中間為詹姆斯·萊文和帕瓦羅蒂，我是左起第一人

在《蝴蝶夫人》中飾演暴怒的僧人邦賽，男低音最短的角色，只出場一分二十秒

盧克是一隻會唱歌劇的鸚鵡

# 普拉西多 · 多明戈

## 《西蒙 · 博卡涅拉》· 北京

2015 年 8 月 20 日晚上 6 點。

兩個小時以後，威爾第的歌劇《西蒙 · 博卡涅拉》將在北京的國家大劇院開幕公演，主演多明戈。

化裝間不大，擠滿了人，都是因為大師多明戈。有拍攝錄像的、劇院的工作人員、多明戈家人，還有一些靦腆的年輕人就想進來看看多明戈。不少人拿出手機迅速偷拍，一個陌生女孩乾脆搬了個椅子，坐在正化裝的多明戈旁邊，找碴兒搭訕。直到劇院有人意識到化裝間裡人太雜，會影響大師休息，於是請閒人出去，房間裡才開始安靜下來。

多明戈情緒不錯，看來對他的妝挺滿意。"我真不知道為甚麼，"多明戈的臉朝我側了一下，眼睛看着他面前的鏡子說，"你說我為甚麼還站在舞台上？"他一邊說，一邊用手整理耳邊的頭髮。多明戈的化裝師剛在他頭髮上塗了些深棕帶點灰的顏色，使他看上去年輕了十幾歲。

"因為這是你想做的。"我回答他。

說完這句話我馬上後悔了。我發現多明戈不是問我，他在自言自語。我的回答像沒話找話。

我在面前的鏡子裡顯得有點尷尬。化裝師正努力把我畫得更老一點，我的角色要比多明戈的大至少二十歲——一個七十多歲的意大利貴族。正好，滿臉皺紋和滄桑的假髮，加上灰白的鬍鬚，遮住了我的不安。

"In bocca al lupo!"多明戈站起來，對着鏡子左右看看，謝了他的化裝師，伸出手在我的肩膀一按，說了一句在西方歌劇圈子預祝演出成功的意大利話，這是行規，意思是"進狼嘴裡"。

"Crepi lupo!"我回答謝謝他，也是行規，用意大利語，意思是"狼死了"。"Anche tu!"（"你也是！"）我又補了一句，祝他演出成功。

多明戈兩天前才到北京，只參加了兩次排練，今晚就首演。可完全看不出他有時差反應，眼神有力，聲音一碰就響，絲毫不顯疲勞。大師已經七十四歲，唱《西蒙·博卡涅拉》這部歌劇不是鬧着玩兒的。飾演第一男主角，三個多小時從頭唱到尾，還要全力投入情感和動作。雖然我跟多明戈一起演過很多歌劇，熟悉他的工作風格，但還是會經常被他的精力震驚。

我是真需要多明戈的祝福。費耶斯科是威爾第歌劇中最知名、最難唱的男低音角色之一，這是我第一次唱這個角色，所以必須得"進狼嘴裡"。著名的男低音詠歎調《破碎的心》就來自這部歌劇。

在國家大劇院排練期間，我已經跟韓國著名指揮家鄭明勳反覆磨合過費耶斯科的所有唱段，知道了他的要求，熟悉了他的指揮手勢。而且跟劇組所有的歌唱家，尤其是女高音主角和慧，排戲都很順利，按說我已經很熟悉費耶斯科這個角色。

但這個角色還是沒有真正唱進我的喉嚨，還沒有唱進我的血液裡。就要首演，總覺得生疏。並且，跟大師多明戈同台，你會時刻感到他站在你旁邊那種全方位的壓力，逼着你最專注地投入，必須唱好。

在《西蒙·博卡涅拉》裡，我跟多明戈有很多對手戲，二重唱就有兩首，尤其是最後一幕，在西蒙臨死之前我們那段生死對唱《哭吧，因為我的話》，是非常重要的唱段，等於給這部歌劇畫上句號。雖然在排練時我已經被他感染得眼淚都上來了，但多明戈畢竟剛到兩天，我們才排過一次戲，心中實在沒數。這個演出會拍攝實況錄像，出版高清 DVD，而且是在故鄉北京首演。

不知為甚麼，我算是久經歌劇沙場，"出生入死"歌劇舞台三十多年，但每次在北京演出，總覺得壓力巨大，也不知道在怕甚麼，近鄉情怯？

1995 年我在紐約大都會歌劇院時，就跟多明戈演過這部歌劇，還出版了 DVD。當時他演的是男高音主角阿多爾諾，我是配角市民皮耶特羅。這次在北京演出完全不一樣，多明戈已經改唱男中音，飾演第一主角西蒙·博卡涅拉，我是第一次扮演男低音主角費耶斯科。真沒想到，世界就是這樣，永遠會有意料之外。

的確是意料之外。試想一個巨星男高音，敢在四十年的輝煌之後，年近七十還改唱男中音？！在北京演《西蒙·博卡涅拉》時，多明戈以七十四歲之齡改唱男中音已六年，演唱日程還密集得令人不可置信，全部在世界最著名的歌劇院演唱最主要的男中音角色，雖然很多男中音角色他還沒唱過，全得從頭學。

"你説我為甚麼還站在舞台上？"

誰能回答大師這個問題？

唯有多明戈。

## 帕瓦羅蒂·多明戈

人們總喜歡拿巨星帕瓦羅蒂和巨星多明戈做比較。大部分人都是比較兩人的高音誰唱得好，比較兩位誰的聲音大，其實並不公平。天才就是天才，怎麼比？每一個偉大的歌唱家都有自己天才的特點，全面地認識他們的特點才是公平，嗓音只是一部分。要能虛下心來，全面地琢磨和分析他們的歌唱，才能讓自己長悟性。

帕瓦羅蒂的聲音是從天上下來的，而多明戈的聲音是平地衝上天。也許跟多明戈年輕時從男中音改唱男高音有關，他的高音是練出來的，半個音半個音地磨，鐵杵磨成針，每一個高音出來都像鋥亮的鐵針，都有多明戈式的"狠"勁兒，別模仿，學不來，會欣賞即可。不像帕瓦羅蒂的聲音，彷彿雨後飛流直下的彩虹，美得讓你無語。

如果説帕瓦羅蒂是我崇敬的神，那麼多明戈是我崇拜的人。

神遠，人近。

神和人都唱歌劇，跟神在一起，會敬畏，可以成為朋友的，是人。

我跟多明戈比跟帕瓦羅蒂熟，和帕瓦羅蒂一起演過三部歌劇，但和多明戈演過十二部，加起來近百場。雖然熟，但總覺得多明戈對我有個意見，像一個解不開的結，在很多年裡，至少有四五次，他總是很嚴肅地追問我一件事。

有一次美國的公共廣播電台（NPR）採訪我，我講了我從北京到紐約的第一天，1983年12月17日，在大都會歌劇院看了人生第一部歌劇，主演是巨星帕瓦羅蒂。十年後的同一天，1993年12月17日，我在大都會第一次跟帕瓦羅蒂同台演出，找機會跟他講了我的經歷，最令我意外和感動的，是演出結束時，帕瓦羅蒂拽着我跟他一起謝幕，還讓觀眾們給我鼓掌。節目錄製時，主持人讓我講了這段經歷。他當然不知道，這是我在大都會歌劇院首演三年後發生的事，所以，很多人就以為我在大都會的第一場演出，就是跟帕瓦羅蒂同台。

"我明明記得你在大都會第一次演出是跟我一起吧？"多明戈每次問我都是這句話，而且會追着問："那為甚麼你在電台採訪裡，說你在大都會的首演是跟帕瓦羅蒂呢？"我每次都非常窘地跟多明戈說這是個誤會，採訪時我解釋過，是主持人記錯了。但多明戈每隔幾年都會再問我一次同樣的問題，"我記得你在大都會第一次演出……？"每次的表情都很嚴肅，很在意，每次都把我窘住，心裡一片陰影，彷彿自己真做了對不起多明戈的事。


## 《西部女郎》・紐約

多明戈說得對，我在大都會歌劇院第一部歌劇是跟他一起演的。那是在1991年的10月10日，演的是普契尼的歌劇《西部女郎》。

　　普契尼是我最喜歡的作曲大師之一，雖然他所有的歌劇中沒有一個主要角色是男低音，沒給男低音寫過一首有分量的詠歎調，唯一在《波西米亞人》給男低音科林寫了一段詠歎調《舊大衣之歌》，還是全世界歌劇詠歎調中最短的一首。當然，我們可以聊很多這首詠歎調的特點，不過這是另一個話題。雖然沒有人能研究出為甚麼普契尼的歌劇都沒有男低音主角，但我們必須承認，普契尼的每一部歌劇，都有讓人不得不五體投地的獨特風格。《蝴蝶夫人》《圖蘭朵》《波西米亞人》《托斯卡》等偉大作品都有根本不同的音樂個性，充滿着異國情調的音樂色彩和不同的文化元素。每一個樂句都生氣勃勃，有血有肉，每一部歌劇都是不朽的經典。中國觀眾最熟悉的應該是《圖蘭朵》，因為劇本的素材源自關於中國的傳說，劇中的音樂主線是中國民歌《茉莉花》。不過，《西部女郎》對我來說更有特別意義。

　　《西部女郎》講的是美國加州淘金時代的故事，主角分別是酒吧女主人明妮、綠林好漢約翰遜和警長蘭斯，劇情圍繞着三人之間的愛恨情仇。整部歌劇的味道就是美國西部，就是適者生存，一言不合就拔槍的原始開發時代。從開場普契尼就沒放過你，他的音樂就像縱身跳起來的生命，吶喊着，充滿着熱血和野性，牢牢地把你按在美國西部荒蠻的土地上，讓你盡情地享受乾草和馬糞混合的香味兒。三幕歌劇一氣呵成。

　　在過去的很多年中，西方歌劇界的重心在作曲家和指揮。但從 20 世紀五六十年代起，歌劇重心已從指揮轉移到歌唱家。多好的歌劇，沒有明星主演不行，這個現象持續了四十多年。那時的明星是真正的明星，是在舞台上頂天立地的歌劇演唱藝術家，是真唱出來的。無論聲音和唱功，舞台的風範，都令人讚歎無比。那時在歌劇院，你可以閉上眼睛聽歌劇，現在你得睜開眼睛看歌劇，因為歌劇重心已經從歌唱家轉移到導演和舞台設計師。

1991 年大都會歌劇院全新製作《西部女郎》的男高音主角是多明戈，男中音主角是米爾恩斯，女高音主要角色是芭芭拉·丹紐，指揮是斯拉特肯，再加上導演強卡洛·莫納科，這是當年一個典型的最佳明星陣容。

多明戈那時剛過五十歲，是他最迷人的時候。高大健壯，長方形的臉雕刻般的精緻，既有男性的剛毅帥氣，又瀟灑從容、舉止優雅。而且多明戈的演唱可以說已入無人之境，無人可擋。聲音世界一流，演出動作無懈可擊，渾身瀰漫着一種男性明星不可抗拒的誘惑，往台上一站就是氣場，已成為世界歌劇界公認的超級巨星。

在《西部女郎》中，多明戈扮演約翰遜，一個意外成為"匪首"的好漢。這個角色好像就是給他寫的，他站在那兒就英氣逼人，挺拔彪悍，還不失性感和"匪氣"。

我們開始在舞台上試裝排練時，多明戈首次着演出服出現在舞台上。只見他穿着典型的美國西部牛仔的灰色土布服裝，披一件浸透着滄桑皺紋的黑色長風衣，粗糙的皮腰帶上別着一支左輪槍，戴着一頂壓在眉毛上的黑色牛仔帽，穿一雙做舊的牛仔靴，眼神炯炯，快步走到台中央，一亮相，滿台的人都禁不住發出一聲"哇——"的輕聲讚歎，包括我。因為他實在太帥了。看得出來，在場合唱隊的女士們都立馬眼神散亂，瞬間愛上多明戈。

　　跟多明戈演對手戲的米爾恩斯，是當時世界著名的美國男中音，大約一米九的個子，身材正好，長臂大手，一副硬漢的勁頭。他那眼眶裡深陷的眼睛總眯縫着一絲嘲諷，眉毛霸道壓下，鼻樑傲慢挺起，臉頰和下巴長得有一種緊繃繃的力量，一臉的自信。不用化裝，就是歌劇《奧泰羅》裡最惡的亞戈和《托斯卡》中可恨的斯卡爾皮亞，他能把邪惡用最優雅的方式呈現。這次在《西部女郎》中扮演警長蘭斯，活生生地就是他的戲。米爾恩斯比多明戈大幾歲，是大都會歌劇院長達四十多年的當家男中音，同時在世界上很多歌劇院演出，飾演過所有威爾第歌劇的男中音主角，絕對的明星。奇怪的是，他演過這麼多意大利歌劇，錄過極多的 DVD 和 CD，很多都是經典，卻罕見他在歌劇的誕生地意大利演出。年輕的男中音們很多都喜歡聽他的錄音，模仿他的演唱。米爾恩斯的歌唱極具樂感，尤其是他在唱長線條的句子時，那種連貫和起伏，聽得你會醉。他的台風舉止老派，人帥動作也帥。我從北京出國留學時，隨身帶的箱子裡只有一盒六十分鐘的 TDK 盒式磁帶，A 面是多明戈的詠歎調，B 面是米爾恩斯的。我在台上飾演角色時總是不自覺地模仿米爾恩斯的動作和手勢，多少年已經成了習慣。

　　我是 1989 年在丹佛市認識米爾恩斯的，當時他去科羅拉多歌劇院演出《茶花女》，擔任男中音主角亞芒。那個時候我剛從丹佛大學音樂學院畢業，正愁歌唱事業苦無出路，每年只是在科羅拉多歌劇院演一兩個配角。當時我也在《茶花女》劇組，飾演醫生格蘭維歐。

　　瑪莎請米爾恩斯來家裡吃飯，他欣然前來。一進門往周圍一看，只有瑪莎實驗室裡一個小伙子助手在幫忙，他第一句話就問："怎麼沒請些女孩子來吃飯啊？"我們頓時為大師的"直率"愣住。米爾恩斯是屬於在哪兒演出，都會引起女士們騷動的那種性感明星，他可能期望我們這兒也會有他的女粉絲。晚飯後我們送他，米爾恩斯上車前轉過身來，想了想，拍了我一下，意外地用中文説出："毛澤東。"他是我這麼多年所有的西方朋友，説"毛澤東"這三個字發音最標準的一個。

多明戈和米爾恩斯一起錄過很多歌劇唱片，有一張是兩個人在 1970 年錄製出版的，裡面都是歌劇中最著名的男聲二重唱選段。當時多明戈還不到三十歲，唱片中有一段極其有名的二重唱，選自比才的歌劇《採珠人》"在神殿的深處"，好聽到要命。

真沒想到，我在大都會歌劇院演的第一部歌劇，是和這兩位大明星同台。我在這部歌劇中演的是美國印第安土著比利，唱段不多，東一句西一句，抱着個酒瓶子醉醺醺的。等穿好服裝化上妝，頭髮上抹一把髮膠，鏡子裡一看還真像個印第安人。誰知道呢？拿到大都會的第一個合同是演出《西部女郎》，也許就因為我的樣子像比利。都説美國印第安土著的祖先是中國人，也許這就是我的緣分，比利"返祖歸宗"。

我完全不在乎在這裡演出的角色是大是小，能進到大都會歌劇院演出，讓我無限珍惜這個機會，我和瑪莎能在一起，跟大都會歌劇院有直接的關係。

1991 年 9 月，我在紐約開始排練《西部女郎》。每天我都是興奮不已，迫不及待地走進排練廳，沒排練我也去，去看多明戈和米爾恩斯排對手戲，實在太過癮了。兩個人配合默契的那種大師範兒，讓我如醉如癡。尤其是第一幕結尾時，警長蘭斯在酒吧女主人明妮的住處，抓住了受傷的土匪約翰遜，把他從閣樓上揪出來，暴力地按在地上，用槍指着他臉的情景。唱得震撼無比，演得驚心動魄，看得我們所有在場的人都情不自禁地鼓起掌來。這只是在排練，他們已經排出這種效果，實況演出一定還會加倍激發。

幸虧我在大都會歌劇院是從最小的角色演起，讓我有無窮的空間和時間，可以吸取大師們畢生的演出經驗。

有一次我們在歌劇院地下五層的樂隊排練廳排戲，那天是穿服裝排練。休息的時候，我突然聽到有人彈鋼琴，彈的是肖邦的《波羅乃茲》，雖然彈漏了幾個音，但味道很棒，彈得也很好，走過去一看吃了一驚，彈琴的是多明戈。只見他穿着一身牛仔"土匪裝"，歪戴牛仔帽，眼神頑皮，彈得專注。再仔細一看，原來他居然是戴着一雙翻皮的牛仔手套在彈琴！肖邦這曲子可不好彈，速度又快，能彈出多明戈這水平可不容易，誰要是不服，戴上皮手套彈彈看？

多明戈不一般的音樂修養，是他後來開始做指揮的主因，看樂隊總譜排歌劇的歌唱家只有他一個。


## 一言難盡強卡洛

《西部女郎》在大都會歌劇院成功上演，跟導演強卡洛有關係。強卡洛的父親是意大利最著名的男高音之一馬里奧·莫納科。這可不是個一般的男高音，他的聲音具有極強的音量，音質明亮，有箭一樣的穿透性。他個子不高但非常結實，專門演出戲劇性的男高音角色，有"金色的小號"之稱。

意大利觀眾把馬里奧・莫納科當英雄崇拜，演完歌劇，他會被瘋狂的觀眾舉起來在夜幕中歡呼遊行，直接把他舉進酒店狂歡。作為這樣一個英雄的兒子，小強卡洛長得跟他爸一模一樣，面目堅毅，英俊，從小在意大利歌劇圈子長大，無人不識，關係遍地。強卡洛性格強悍如黑手黨，行事風格霸道專橫，但實在是一個天生的歌劇導演。他導的每一部歌劇都飽含他蠻橫的個性，透着蠻力但大氣，美得震人。你可以討厭他，但你一定喜歡他的戲。

《西部女郎》是強卡洛在大都會歌劇院導的第一部歌劇，所以他鉚足了勁兒要導一部好戲。整個劇的舞台設計完全與普契尼音樂的寫實風格相配，很傳統但不拘泥於傳統。第一幕在明妮的酒館，舞台設計是放大的圓木結構小屋，擴展角度巧妙又不失想像的空間。木櫃木桌木椅木牆木窗木柱，滿台粗糙有力的大圓木四處伸展得特別舒服，散佈在各處的大小擺設透着一股溫情，幾盞油燈搖晃出的光亮正正好，西部牛仔鎮小酒館的視覺感真是絕了，每場演出一開幕觀眾就為舞台設計鼓掌，而且是那種瞬間就爆發的掌聲。

1991年大都會歌劇院已開始禁止抽煙，抽煙的人得走出劇院站在後門外抽。可強卡洛一定要在他的合同中註明他可以在劇院裡自由抽煙。當時沒有任何一個指揮、導演和演員有這種特權合同，所以導致我們很多時候是在他雪茄的煙霧中排練。刺鼻的煙霧並沒有妨礙強卡洛用這部歌劇完美地演繹了他的天才。

　　《西部女郎》於 1991 年 10 月 10 日首演，立刻成為歌劇界公認的傑作，至今還在上演。成功的原因：第一是明星陣容，有多明戈和米爾恩斯。第二，強卡洛的舞台呈現和普契尼音樂中濃濃的牛仔味兒完美結合，嚴絲合縫，把普契尼這部歌劇該有的光彩全部激發出來了。

　　有一次舞台排練改了日程，多明戈不知道，沒有出現。那是一場揪心的二重唱，在明妮的小木屋外，她緊緊地抱着受了槍傷的土匪約翰遜，兩人如泣如訴地擁抱着互傾愛戀。當時舞台上的場景是深夜，大雪紛飛，音樂鋪天蓋地，但多明戈不見蹤影。舞台工作人員四處奔跑也找不着他，明妮站在那裡焦急萬分，等待多明戈出現，馬上就要唱那段撕心裂肺的二重唱了。音樂正在進行，還是找不到多明戈。正在這萬分緊張的時刻，只見強卡洛衝上舞台，一把抱住明妮，激昂地唱出多明戈的唱段，聲音一流，完全像他爸，一個字不錯，活脫脫一個"金色的小號"！他望着天，捧着明妮的臉，在樂隊的烘托下，渾身爆發着歌唱的力量。那是怎樣的一刻！我完全不能自已，激動得發抖。

　　強卡洛就有這種本事——用意大利歌劇的輝煌，讓你渾身發抖。

## 首演前後

　　在《西部女郎》裡，我的唱段只有三處，都很短，在第二幕，我跟多明戈只有不到三十秒鐘的對手戲：他騎着馬來到台上，我走過去拉住馬的韁繩，他從馬上一躍而下，我拉着馬走下台。

就這麼不到一分鐘的戲，我都沒演好。

我們在排練廳時沒馬，排練時就比畫一下。在台上進入彩排，馬來了。多明戈很會騎馬，當他騎着馬快步從台側上台時，簡直就是一個帥牛仔，一身皺巴巴的黑風衣，牛仔帽斜在眉毛上，等他一拉韁繩停住馬，我應該馬上拉住馬臉上的套索，讓多明戈跳下馬。不知為甚麼我這麼怕這匹馬。這是一匹高大的黑馬，毛髮鋥亮，前胸寬闊，肌肉一塊塊地隆起，四隻大蹄子威風凜凜地翻上翻下，兩眼圓睜，大鼻孔響亮地噴着粗氣，跑上台時地板都在震動。第一次排這段戲，馬兒好像立刻感到我怕牠。我剛要伸手去拉韁繩，牠兩條強壯的前腿一下子騰空而起，交錯地踏上踏下，左右掙扎着避開我，這讓多明戈一時很緊張，沒有辦法下馬。我越慌，馬越不安，再試一次，還是不行，我躲馬、馬閃我，多明戈完全有可能被甩下馬。於是導演立刻決定換人拉馬，請了馬房的主人穿上跟我一樣的服裝，背對着觀眾，演我。我很久都非常沮喪，左思右想：怎麼這麼點戲我都演不好？！這可是我在大都會歌劇院的首次演出，會不會影響我在這裡的前途？

首演那天，第一幕開始不久，我正準備出場唱我的唱段，緊張地站在側幕，等待舞台監督讓我上台的手勢。周圍一片黑暗。我就要第一次正式走上大都會的舞台，不停地告訴自己無論如何不能演砸，我能感到心臟跳得頂到了喉嚨。

"你有一個非常好的聲音。"我突然聽到有人在我背後輕聲地說，一回頭，看到多明戈。那是我們第一次講話。

　　我有理由緊張，因為我得了嚴重的氣管炎。

　　歌唱家們很多都極為敏感，容易生病。有些是真病，有些是"假病"——覺得自己病了。喉嚨不舒服是我們的職業病，大多數是幻覺，心理緊張所致，演出完當場就好。不過，我在大都會歌劇院首演時是真病，病的還很兇。

　　我的氣管炎始於大傷風，然後就是兇猛的咳嗽，持續了兩週，越咳越深，大咳起來連氣都喘不上來，最後喉嚨整個腫起來，滿氣管濃痰。

　　我沒有請過一天病假，不敢，也捨不得。我剛開始在大都會歌劇院工作還不到一個月，每天的經歷都是我多少年夢裡都夢不到的，讓我無限珍惜。所以我在最後一週的排練中拚命隱藏我的病情，憋得滿臉通紅也不願意在別人面前咳出來。我的顧慮還包括不想給人一個印象——唱配角還唱不好。奇怪的是，我嚴重的咳嗽居然沒影響到我的歌唱，聲音一直還不錯。

　　首演那天，我還發燒。走進化裝間，我覺得要說實話，就抱歉地跟同化裝間的美國男中音約瑟夫說——我病了，很厲害的氣管炎，我會咳嗽。只見約瑟夫立刻站起，驚慌地看看我，喃喃了幾個甚麼字，抱起他的服裝就說："OK，OK，我再去找一個化裝間。"然後快步走了出去。

　　強卡洛進來打招呼，我也說了實話——我病了。他"嗤嗤"地抽了幾下鼻子，說："如果你他 × 得了氣管炎還能唱這麼好，別治，就留着這他 × 的氣管炎！"臨出門，他又跟我說了一句："今天大都會又給了我四個歌劇合同，怎麼樣，讓那些想毀掉我的人他 × 的去死吧！"強卡洛一臉得意，根本沒注意我站在那兒不知該祝賀還是感謝，一拉門，"嗤嗤"地抽着鼻子,走了。

　　不喜歡強卡洛的人,説他是因為吸毒,所以會抽鼻子。有他這種性格的人,一定會招閒話。二十多年以後,在國家大劇院我碰到在那裡導戲的強卡洛,他一邊説到我們在大都會的《西部女郎》,一邊還在"嗤嗤"抽鼻。

　　我不知道別人第一次在大都會歌劇院舞台上演出是甚麼感覺,我是坐立不安又無法集中思路,等着上台的每一秒鐘都像是煎熬,既渴望又緊張。化裝間門開門關,進來的化裝師把我畫成印第安土著,服裝師來幫我穿戲服,要確認我穿的每一件服裝都是對的,要拿的道具和帽子就在眼前。一個拉着冷臉、眼白比瞳孔大的人送來一瓶香檳,一個字沒説轉身出去了。我看了一下香檳上的小卡片,歌劇院藝術總監萊文給的,這是劇院的傳統,每個演出季你的第一場演出,都會收到他送的一瓶香檳。

　　瑪莎一陣風似的走了進來,穿着一件剛做好的深藍色絲絨長裙,好漂亮,洋溢着她特有的一種令人振奮的神采,立刻,我生病的沮喪一掃而空。瑪莎高興起來人是亮的,笑的時候眼睛大睜,眉毛揚起,你根本無法躲避她樂觀的感染。瑪莎是一個天生的心理學家,她可以寫一本專著,教你如何對付歌唱家的脆弱。她根本不問我一句咳不咳了,喉嚨怎麼樣,只是笑着在鏡子前迅速補一下妝,一邊告訴我在前天彩排時唱得非常好,聲音沒任何問題,今晚的首演一定好。於是我完全忘了自己剛才還在廁所裡大咳,情緒頓時明亮。

　　再敲門的可是個大意外,我在丹佛大學音樂學院的聲樂教授沃斯特奧突然出現,站在化裝間門外熱淚盈眶。他是下午坐飛機從丹佛飛來的，專程來看我的首演，沒告訴我，瑪莎安排的，給我一個驚喜。

　　還有十分鐘就要開幕，化裝間的牆上有一個小擴音箱，可以聽到台上裝台和樂手們練習的聲音，還有舞台監督不斷提醒後台的演員做準備的聲音。在他念的一長串演員名字裡，最後聽到我的名字"Haojiang Tian"。舞台監督半小時前進過我的房間，專門來問我名字的正確發音，真夠敬業的。他出門前在我的化裝台上放下一個信封，我打開一看是一張支票，當晚的演出費。

　　我乾脆大開房門，隨便誰都可以進我的化裝間，也釋放一下房間裡不斷聚集的緊張感。《西部女郎》有大約二十個角色，加上工作人員，後台熙熙攘攘的有三四十人，很熱鬧。飾演各個角色的歌唱家們化過裝，就像一幫髒了吧唧荷槍實彈的牛仔，喧鬧着在十幾個化裝間穿行，不少人進來祝我在大都會歌劇院的首場演出順利。似乎每個人都情緒高漲，對今晚《西部女郎》首演的成功信心十足。遠處傳來多明戈練聲的聲音，我專注地聽着，暫時忘卻了咳嗽。

　　多明戈演出前會用大約十五分鐘開嗓子，通常只用"i"母音，只練習快速地上行音階，九度，半個音半個音上行，一直到大約高音 B，然後再半個音半個音地下行，還是九度的快速音階。都是一個音量，放聲。可以感覺到，他要確認自己的聲音一直是上下統一，靠前，高位置，用"i"母音保持聲音的集中和明亮。他的聲音有一種金屬般的泛音，非常穿透，雖然他關着門，練聲時，整個化裝區域的每個房間都聽得到。

　　普契尼《西部女郎》的音樂中沒有給觀眾鼓掌的地方，甚至多明戈一段著名的詠歎調《她以為我遠走高飛了》，唱完之後音樂仍然沒有停頓，繼續進行。觀眾憋了一晚上，演出進行中沒地方鼓掌，所以當歌劇最後一個音還沒完全停住，掌聲就像重磅炸彈一樣炸響了。不知道為甚麼，這部歌劇裡任何獨唱唱段結束後，音樂都不停頓，也許普契尼就想讓一百八十分鐘的音樂一氣呵成。

沒有意外的演出不是成功的演出，《西部女郎》也如此。

有一段戲是我在看排練時最喜歡的，在演出中出事了。

當警長蘭斯發現了受傷的土匪約翰遜，從小屋的閣樓把他拽下來，按住，用槍指着他的臉。在歌唱和音樂都震撼進行時，兩個人太入戲了。當米爾恩斯暴力地按住倒在地上的多明戈，警長手裡的左輪槍一下子捅進了土匪的嘴——沒人想到這裡會出事。當大幕在震撼的音樂中急速落下，外面的觀眾開始喊叫鼓掌的時候，多明戈用手捂着嘴一下子跳起來大聲喊着："我的牙！我的牙！！"一邊喊一邊轉圈兒。我們旁邊的人都傻了。米爾恩斯沮喪地把兩隻長胳膊一攤，衝上去連說抱歉，如果多明戈的門牙沒了，抱歉有甚麼用？米爾恩斯的太太南希當時也站在側幕看演出，跟在老公後面一臉焦慮，壓低了嗓音不停地說："你知道嗎？他可以告你要兩百萬美金的賠償！你知道嗎？！"米爾恩斯懊惱到了極點："是我太激動，演過頭了，你讓我說甚麼？！你要我怎麼辦？！"後台亂成一團，沒人想到謝幕。

幸好，多明戈的門牙只是裂了，演出繼續進行。至於兩位明星是不是有過法律爭執？不知道，可以確定的是，多明戈沒有失去門牙。

　　演出結束後有一個好幾百人的大宴會，就在大都會歌劇院前廳的二樓，張燈結彩，擺了至少五十桌，每桌十個人。多明戈那桌坐的都是歌劇院最重要的贊助者，這些人的贊助每年都是上千萬美元，各人的表情和裝束也都顯示出家財萬貫。女士們滿身亮晶晶的珠寶，每一件可能都是天價。很多億萬富翁都有一種特別的表情——冷禮貌。有時大都會的節目單上會出現"匿名贊助者"的字樣，後面的贊助數目也龐大驚人，但他們一"匿名"，倒讓我添了幾分好感。這些私人的贊助，是大都會歌劇院最重要的資金來源。

　　當然，演出結束跟巨星坐在同一張餐桌上慶賀，對很多贊助者非常重要，也是上層社會重要的社交時刻。我和瑪莎跟她的妹妹咪咪，以及我的聲樂教授一桌，也有幾個贊助者坐我們的桌子，他們對我的興趣似乎只集中在我在中國的經歷，尤其是我怎麼度過"文革"時代。

　　我看着遠處忙於周旋的多明戈，覺得這一切對我來說似乎都不是真的，我不知道這種夢一樣的感覺會維持多久，會不會有夢醒的時刻，真實的世界到底會是甚麼樣子？我也根本沒有想到在以後的二十多年中，我的歌唱生涯會跟多明戈持續有關。


## 超人多明戈

　　真正的超級巨星多明戈是一個甚麼樣的人？首先，他是個超人，超人都有超凡的記憶力。

　　多明戈是世界上唯一的一個歌劇巨星，演出的角色橫跨戲劇性和抒情性，悲劇喜劇都駕馭自如。無論最傳統的經典劇目還是最現代的歌劇，都在他的劇目單上。難得的是，他演的每一個角色都能在台上立住，很多都能成為經典，包括他演的歌劇電影《茶花女》，還有他演的《奧泰羅》，都是經典中的經典，永遠沒人可以超越。

有一位我認識的美國音樂評論家告訴我，他問過多明戈，如果讓他兩天後就上台演出，有多少部歌劇他可以熟悉一下就馬上上台？多明戈想了一會兒說："五十部。"然後他又想了一下，說："五十三部。"

帕瓦羅蒂一生演過的劇目大約有二十五部，大多數世界知名的歌唱家的演出劇目表上最多也就二三十部，個別的可能會達到四五十部，多明戈演出過的男高音劇目卻多達一百三十多部！而且，當他成為男中音以後，據說他全部演出過的劇目達到一百四十八部！

能唱一百四十八部歌劇，且不論演過多少場，只有超人。

有一次多明戈過生日，朋友們送給他一個非常特別的禮物。他們精心做了一棵樹，樹上繫着一百多張小卡片，上面是所有多明戈演過的角色名字和劇名，首演地的國家、劇場和日期。可以想像這是傾注了多少心血和愛的禮物！多明戈興奮地圍着樹轉，仔細地翻看着每一張小卡片，上面記錄着他幾十年的輝煌。

"你們太了不起了！都對了！只有這張卡片，上面寫的劇院錯了，另外這張的演出月份不對，你再查一下，應該是早一個月。"

2000 年底的一天，我正走出大都會歌劇院的後門，多明戈剛進來，我們打了個招呼，就要擦肩而過。"田！"他忽然停下叫住我，説："我真是非常抱歉你哥哥去世了，希望你不要太悲傷。"多明戈帶着同情的表情跟我握握手。我感謝了他，但極為驚訝。我哥是一年以前在北京去世的，劇院裡幾乎沒人知道，而且，我也從來沒有跟多明戈講過我哥的事。

## 《瓜拉尼人》·波恩

導演強卡洛和多明戈是多年的好友，《西部女郎》並不是第一次合作，你來我往一起做過不少歌劇。大的合作包括巴西作曲家卡洛·戈梅茲的歌劇《瓜拉尼人》。

戈梅茲 1836 年出生，是南美最重要的作曲家，早年在意大利學習，比威爾第年輕，比普契尼老，所以有人説他的歌劇作品填補了從威爾第到普契尼中間的空隙。

《瓜拉尼人》1870 年在米蘭斯卡拉歌劇院首演，然後大約有一百二十多年沒演過。在歌劇史上只留下一張黑膠木七十八轉的唱片，實況演出，好像是歐洲哪個歌劇院一百年前錄的，聲音模模糊糊，單聲道，質量雖然很差，但格外珍貴，尤其對我而言。

1992 年，強卡洛成為德國波恩歌劇院的院長。波恩是"二戰"結束後西德的首都，城市不大，整個繞一圈兒三四個小時就走完了，但所有的西德政府部門當時都在波恩。作為一個首都，波恩似乎小了點，但名聲可不小。首先，德國偉大的作曲家貝多芬就生在波恩，他出生的房子是全世界音樂愛好者們朝拜的聖地。

　　20 世紀 90 年代，有好幾年，波恩歌劇院成了歐洲引人注目的劇院。因為強卡洛動用了他在世界範圍內歌劇界的所有關係，在波恩歌劇院推出了許多著名的歌劇製作，自己導，也請著名導演去導，在這方面他並不自私和妒才。強卡洛知道明星的重要，所以花重金請了許多當時最著名的歌唱家去波恩演出，包括大明星多明戈。直到波恩歌劇院被強卡洛折騰得花了太多的錢，嚴重超支，無法維持，才不得不讓他在 1997 年離開。

　　波恩歌劇院高峰期最輝煌的製作，就是戈梅茲的《瓜拉尼人》，那是多明戈的建議和全力推動的結果。在很多年中，多明戈都大力幫助西班牙語系的作曲家和歌唱家，給他們創造演出的機會。雖然這位巴西作曲家的歌劇已經一百多年沒有任何劇院演過，多明戈仍然決心給予戈梅茲的《瓜拉尼人》重生的機會。強卡洛慨然答應在波恩歌劇院首演這部歌劇，多明戈答應出演《瓜拉尼人》的第一男高音主角佩利。這個新聞立刻開始在世界範圍的歌劇界傳播。

　　《瓜拉尼人》的製作團隊絕對一流，導演是著名的德國電影導演赫爾佐格和他組建的舞台製作團隊，索尼公司決定出版《瓜拉尼人》實況演出的 CD，製作人是指揮大師卡拉揚所有最著名唱片的御用製作人米舍爾·戈勞茲。赫爾佐格還決定把這部歌劇整個製作過程拍成紀錄片。《瓜拉尼人》決定於 1994 年 10 月在波恩歌劇院舉行世界首演。

　　1993 年，當強卡洛還在紐約大都會歌劇院準備他在那裡的第三部歌劇《命運之力》時，就在紐約開始進行一系列的試聽，為《瓜拉尼人》的首演甄選演員。我在大都會一個小排練廳參加了強卡洛主持的試唱，大約有十幾個大都會的歌唱家參加。小排練廳很小，強卡洛坐在他的煙霧裡，我們在令人窒息的雪茄味道中輪着唱了一兩首詠歎調。試唱的過程拉得很長，強卡洛不一會兒就説要出去辦事，不知道去幹甚麼，出去就無影無蹤。我們一等就十幾、二十分鐘，每個人都筋疲力盡，怨聲載道。我根本就沒抱任何希望，覺得強卡洛漫不經心，對歌唱家們又不尊重，態度"匪裡匪氣"，這一切就像一個大玩笑。

幾天以後，在大都會歌劇院的咖啡廳，強卡洛坐在靠近門口的一張圓桌子旁，手裡夾着一根雪茄，不時地噴着難聞的青煙。他嘴裡在跟兩個助手説着甚麼，眼睛卻盯着進出的人追着看。

"田！"他看到我走進咖啡廳，用雪茄指指我，叫我過去。

"你想不想到我那裡去唱歌劇？"

"想啊，甚麼時候？"我隨口回他，根本沒覺得他是認真的。

"明年 10 月。"他説。

"甚麼歌劇呢？"我問，覺得他這回好像不是玩笑。

"戈梅兹的《瓜拉尼人》。"

我根本沒聽懂強卡洛説的是甚麼歌劇，也沒聽説過這個作曲家，不過我當然想去德國演出。

強卡洛有一個特點，你越不把他當回事兒，他越跟你來真的。幾個月後我還真收到了波恩歌劇院的合同。

我其實並不想要這個合同，紐約的經紀人保羅也感覺到我的猶豫。因為我還不知道 1994 年大都會歌劇院是否跟我續約，非常怕失去在大都會的演出機會。經紀人有他的眼光，沒費多少勁就説服了我。他告訴我是多明戈主演，赫爾佐格導演，索尼要錄唱片，還會錄製紀錄片，等等，並説這是一個多

麼重要的機會，他説服我最主要的一句話是：“你要想在大都
會歌劇院演出重要的角色，必須要先在歐洲的歌劇院演出重要
角色。”

波恩歌劇院給我的合同很特別，估計給我寫合同的人也不
知道這個歌劇。歌劇院列了兩個男低音的角色讓我選擇，這在
我所有的歌劇合同裡是第一次。

保羅好不容易找到一張《瓜拉尼人》的老唱片，反覆叮囑
我千萬別弄壞了，因為基本上是絕版。他只給了我兩天時間，
讓我聽唱片，馬上告訴他我要演哪個角色，並且説我要不盡快
決定，波恩就自己決定了。

老唱片已經有點變形，聲音出來哆哆嗦嗦，唱腔和樂隊的
音準都不穩定，我反覆聽了兩遍這部歌劇。寫得好的地方就像
威爾第，不太好的地方，聽得出來是作曲家想自己發展一下寫
作手法，於是就像火車要出軌，和聲和旋律馬上變得讓你揪心。
不過這個作品還是大歌劇的寫法，聽得出來是個重要的作品。
波恩歌劇院用傳真發來的譜子根本看不清楚，估計是用上百年
的舊譜子複印的，所有的音符和歌詞都模模糊糊，很多字體七
扭八歪，斷斷續續，像是外星人發來的信息，想看明白？靠猜。

我選的角色是南美殖民地的葡萄牙貴族唐‧安東尼奧，另
一個男低音角色是當地印第安部落首領卡奇可。故事主要講貴
族安東尼奧的女兒切奇麗亞愛上了另一個印第安部落的首領佩
利，還有一個男中音貴族岡查雷斯，為了“我”的女兒和多明
戈演的佩利誓不兩立，最後，佩利帶着“我”女兒走向遠方，
為了女兒的幸福，“我”和壞人男中音岡查雷斯在大爆炸中同
歸於盡。

　　這不是我在歌劇中第一次被殺死。在來波恩之前，我在大都會歌劇院跟多明戈演出了威爾第的《命運之力》，也演了一個貴族，在開場不到十五分鐘，就被愛上"我"女兒的多明戈演的的角色因手槍走火誤殺了。

　　我在《瓜拉尼人》中選擇演出葡萄牙貴族安東尼奧，主要是因為我剛在《西部女郎》裡演了一個印第安土著，我不能老"返祖歸宗"啊！

　　事實證明我是對的，安東尼奧的戲份和唱段都比印第安土著卡奇可重要，雖然沒有詠歎調，但也有大段的唱段，還有跟多明戈的二重唱，以及跟女兒的二重唱，都很戲劇性，可以在演唱中發揮自己的聲音，還有很多情感衝突的場面可以表演，我喜歡這種對自己的挑戰。

　　我們在波恩第一天排練，多明戈走進排練廳，一見到我就大聲說："田！上次你在《西部女郎》演印第安人，這次我演印第安人，哈！在《命運之力》你剛被我殺掉，我要抱歉，這次你又要因為我被殺掉啦！"

　　至此，我在不同的歌劇演出中一共死過四次，死因都跟多明戈有關。

　　我們在波恩排《瓜拉尼人》大約有一個月，多明戈因為日程太忙，一共就來參加了四次排練，然後直接進入彩排。我們沒有一個人唱過這部歌劇，包括多明戈。這部歌劇大約三小時長，很多唱段很難唱。每個人來波恩之前都學會了全劇，能背，但還是生疏。我們為了不唱錯，在進入排戲之前，至少跟指揮排了一個星期的音樂，就坐在那裡一遍一遍地唱，大家才逐漸熟悉了整部歌劇和自己的唱段。多明戈實在是太忙，跟不同的歌劇院有密集的排練和演出日程。他抽空飛到波恩跟我們排練一天，然後馬上飛去甚麼地方演出，過幾天又飛回來再排一天。

雖然我們已經基本把歌劇排熟，但大師一來，又全亂了，因為——大師不熟。多明戈超級有樂感，記憶力又強，每次來到波恩，等於指揮、導演和我們都圍繞着他的記憶排練。他熟的唱段，我們就排戲，他不熟的音樂，我們就坐唱。多明戈非常感謝大家的"照顧"，很努力，又友好，我們也願意配合他，誰會抱怨一個和善的大明星呢？他在的時候，哪怕只有一天，他也會不休止地練習和排練，只要他能背下音樂，他的戲排一兩遍就近乎完美，這就是天才吧。

我跟多明戈有一段二重唱，講的是我這個貴族爸爸終於同意了一個印第安首領和女兒的戀情，讓"多明戈"發誓永遠愛她。在首演之前，因為大師的日程，我們也就排過四五次，而且大師不熟，我們的二重唱沒有一次是全部唱對的，這使我的緊張變成神經質。多明戈唱錯，我會覺得是我錯，他唱對了，我也不知道誰對了。二重唱需要兩個人每個音每一拍都對在一起，任何一人錯，全亂。巴西指揮納士林在首演之前來到我的化裝間對我說："田，你們那段二重唱，你記住，別聽大師的拍子，你就看我的手勢，跟着我，多明戈會自己校正的，你別緊張。"

首演之夜還真出了奇跡，我們這段二重唱只能用完美來形容，音樂嚴絲合縫，對戲恰到好處。我從來沒意識到，這段二重唱是如此好聽和感人。這就是多明戈，關鍵時刻，他一定閃出光芒。

## 女兒維羅妮卡

　　《瓜拉尼人》的女主角維羅妮卡是一個智利女高音。意大利著名女高音斯各特在智利講課時發現了她，幫助她來到紐約茱莉亞音樂學院學習，畢業以後開始在歐美的歌劇院演出。遇到多明戈，也許是維羅妮卡歌唱事業真正的起飛。不過，我覺得她成功的原因，首先是維羅妮卡的聲音本錢非常好，有一種很高貴的音色，聲音中有一種意大利美聲傳統的圓潤和明亮，還有輕而易舉的技巧天分，加上很自然的感染力。維羅妮卡天生會演戲，很能感人，在台上有觀眾緣。其次，她實在漂亮，眼角上揚，眉毛飛起，鼻子小巧但自信地挺起，嘴唇豐滿而且性感。

　　演員性感很重要，在舞台上，具有天生的美貌和無邪的性感，無論男女，都是受到更多關注的原因之一。漂亮又性感，音色一流，是維羅妮卡的特點，這造就了她的歌唱事業，更重要的是，她人好。

　　維羅妮卡在《瓜拉尼人》中飾演我的女兒切奇麗亞，她大概比我小十幾歲，身材豐滿，熱情洋溢。她的眼睛總在笑，像會說話，遇到英俊的男士，維羅妮卡的眼睛和嘴唇立刻就有反應，會瞬間迸發出拉丁女孩那種火熱的誘惑。對待朋友，維羅妮卡可以把心掏給你，遠遠地在大街上遇到，她會叫着你的名字跑過來跟你擁抱。她是我認識的歌唱家成名以後對家人最好的一個。演出有收入了，她就給遠在家鄉的父母買房子，幫助姐妹們的學業，把有潛力的妹妹帶到紐約學聲樂，支付一切費用。好朋友沒工作，維羅妮卡就給她薪水，做自己並不那麼需要的演出經理，交的男朋友彷彿個個都沒錢，她就會把他們連吃帶住都包了。可以想像，當她退出歌劇舞台時已經傾其所有，兩手空空。於是維羅妮卡回到有大批粉絲的祖國智利，勇敢地開始新的人生。我和瑪莎都非常喜歡她。從在波恩演我女兒開始，維羅妮卡就叫我 Padre（父親），至今二十多年，我和瑪莎仍然是她的田爸爸田媽媽。

多明戈對維羅妮卡有一種特別的感情，不單單因為她是西班牙語系的歌唱家，他們就是合得來。他帶着維羅妮卡演過很多歌劇，開過很多音樂會。維羅妮卡是一個很獨特的歌唱家，具有成為國際明星的所有條件，也有超過二十年令人讚歎的歌唱生涯。唯一的問題是她的優點也是她的缺點，她天賦的才能太自然，太容易，所以她一直在消耗她的天才，在演唱難度極高的歌劇中，仍然只是依靠自然的才能，就差再吃點兒苦，在歌唱技巧和修養上下點兒狠功夫，所以總會在最關鍵的句子和音高上差那麼一點點，留下遺憾。可惜了，否則維羅妮卡可以在歌劇史上留下重重的一筆。


## 指揮·導演·索尼

臨近《瓜拉尼人》正式公演時，指揮納士林越來越緊張，因為是新歌劇，排練時總會有各種問題，你會看到他的眼睛緊盯着我們。誰的歌唱要是出點錯，他會在剎那間狠狠地射出刀一樣的目光，下巴往下一拉，上唇一抬，露出滿嘴的牙，像要咬你。納士林唯獨對多明戈客氣，遷就他在歌唱中的任何變化和處理。我們其實都不想唱錯，但畢竟這是個非常生僻的歌劇，錯的地方太多的時候，指揮就跟我們開會，討論原因，拿着厚厚總譜，按着上面無數的標記，跟我們講需要改正的地方。會總是開得很長。

排練緊張的時候，我們都不想開會，累。

有一天指揮在上午 10 點又叫大家開會，看得出來，每個人都沒精打采，都沒睡夠。指揮托着他的總譜，一頁一頁地翻，一個音一個音地講，大家都兩眼無神，勉強地應付指揮。多明戈的眼睛一直看着別的地方，我以為他對這個會完全沒興趣。我們是在旅館大堂開會，大堂有一個巨大的轉門，人進人出，厚重的大門不停地轉動。我順着多明戈的目光看去，只見一個大約一歲的鬈髮男孩，咬着自己的手站在轉門旁。突然多明戈從沙發上一躍而起，幾個箭步衝向轉門，用腳伸進正在轉動的大門，兩手抄起就要卡進轉門的小男孩。這個被大明星救了的男孩子，在多明戈的臂彎裡"咯咯咯"地笑了起來，完全不知道發生了甚麼。轉門仍在旋轉。一對年輕的父母跑過來，認出多明戈，左謝右謝。

我看着多明戈笑着把孩子遞給那個父親，心裡一陣感動。其實我也一直在想怎麼感謝大師。《瓜拉尼人》主要角色的選拔，多明戈的意見非常重要，我能被選上擔任男低音主角，實在意外，因為我還沒有跟多明戈演過一個重要的角色，他怎麼就認為我可以勝任呢？

參加演出《瓜拉尼人》對一個年輕歌手的事業有極為重要的影響。首先，留下了一張索尼公司錄製出版的 CD。CD 封面上有三個主要演員的名字：多明戈，維羅妮卡，還有西班牙男中音卡洛斯‧阿瓦雷斯（飾演貴族岡查雷斯）。封底是所有參加演出的歌唱家，按出場順序的名字排列。雖然我的名字排在第一個，我紐約經紀人保羅還是不幹了。他認為我的角色屬於主要男低音，有很多唱段，名字應該出現在封面上，列在主演的第四位。於是他給索尼公司寫去一封嚴肅的信。最後結果是不了了之，我的名字仍然不屬於封面。Haojiang Tian 這個名字不會幫助索尼公司推銷這盤 CD。保羅希望的是把我的重要性推高一些，這樣可以幫助他為我在歌劇界爭取更好的合同。可我當時真的並不在意，我能參與到這個重要的演出和歌劇事件中，已經樂得不行了。

赫爾佐格是德國大師級電影導演，我很喜歡他的電影《陸上行舟》，一個非常奇特的故事。電影講的是南美秘魯的一個歌劇瘋子，萌生出要在雨林中的一個小鎮修建一座大歌劇院的瘋狂念頭。為了籌款，他要把一條三百多噸重的大船，讓上千的印第安土人抬過一座大山，去運橡膠。看過影片很多年，我都沒有忘記那個神經質的主演和那大船過大山的驚險鏡頭，就像赫爾佐格，他似乎有一種非常奇怪的力量，使人難以掙脫。那是一種冷力量，來自他的眼睛。

"沒有任何東西可以逃過我的眼睛。"赫爾佐格筆直地向我走過來，說："我看得見這裡每個人任何細節。"他停在我面前，說："為甚麼你跟昨天演的不一樣？"赫爾佐格的眼睛好像結冰了似的，一動不動地盯着我。我有點慌亂，實在沒想起來忘記了甚麼，最後發現是我沒拿好手中的手杖。"手杖不是拐棍兒，也不是刀劍，尤其是在你揮舞手杖的時候，要知道甚麼是貴族的動作。"導演嚴肅地說，然後目不轉睛地盯着我改正拿手杖的動作。

我還是更喜歡他的電影。

"我希望將來能在你的電影裡演個角色。"有一天我斗膽跟赫爾佐格講。

"好啊，如果我拍電影需要一個日本武士，一定找你。"

難道我只能演個日本武士嗎？！心中立刻湧出一陣不滿，並開始有了心理障礙，老覺得手裡的手杖是武士刀。

## 艾琳

我們在波恩歌劇院的首演，吸引了無數多明戈的崇拜者前去觀看，崇拜者們大部分都是女性，在全世界追隨着這位迷人的巨星。我和瑪莎認識其中一些最忠實的"多粉"。她們看過無數多明戈的演出，演出結束後都會聚集在後台，穿得漂漂亮亮，精心做過頭髮化過妝，等待多明戈的出現。多明戈是一個少見的明星，願意把他的熱情和關注，分給每一個"粉絲"，他會擁抱和親吻她們，再加一句溫暖的問候。多明戈需要她們，她們也需要多明戈。其中有一位叫艾琳。

艾琳是一個瑞士的女護士，追隨多明戈的演出至少有三十年。我跟多明戈演過的一些歌劇，首演結束後，在歌劇院的後台都會看到艾琳。她總是一個人，永遠短髮，淡妝，個子瘦高，安安靜靜地站在後台並不顯眼的地方，看着擁擠的人們，等候她的英雄。艾琳多少年都是自己搭配出一束非常漂亮的鮮花，等見到多明戈，遞給他，跟他擁抱，輕吻，在他耳邊說一聲：

"祝賀演出成功！"三十年過去，艾琳的背開始駝了，仍然喜歡站在後台不顯眼的地方，只要多明戈走近，她又會挺直身軀，又成了瘦高的艾琳，遞上一束精美的鮮花，抱住偶像。跟她熟了，艾琳也會來我的化裝間，快步地進來，快速地祝賀幾句，又快步地走出。她來過我們紐約的家吃飯，話題沒有離開過她看過的多明戈演出。艾琳就是一個普通的瑞士醫務工作者，你從來不覺得她的穿着多麼豪華，首飾多麼貴重，我們也不知道她怎麼負擔所有這些旅行的費用，還有那些看歌劇的開支？

也許，有一種愛就是紮一束花，默默地跟隨，無論何時何地。


## 波恩首演‧世界紀錄

1995 年的 10 月，《瓜拉尼人》在波恩歌劇院的首演，讓我經歷了這輩子最長的謝幕。

當歌劇結束後，穿了一身印第安土著酋長服飾的多明戈，首先走出大幕向觀眾致意，掌聲和鮮花蜂擁而至。多明戈很喜歡觀眾扔上台的花朵，他會盡可能地撿起每一束，甚至每一朵花，有小卡片的，他還會迅速地看一眼卡片，然後舉起鮮花，向不知何處的獻花者致意。

在德國演出，劇院有一個不成文的規矩。只要觀眾不停止鼓掌，演員們就要不停地走出大幕，向觀眾們謝幕。

《瓜拉尼人》首演之夜，我們完全記不住出去謝了多少次幕。開始大家都精神抖擻，在多明戈的帶領下走出大幕鞠躬、鞠躬、再鞠躬。集體出去，然後每個人輪流出去，再集體出去，再每個人輪流出去。觀眾們全體站立，鼓掌加歡呼，不停不息。於是我們又集體出去，再個人出去，再集體出去，再個人出去……最後，我們所有十來個演員都筋疲力盡。個人出去謝幕時，幕後的我們會坐在地上短暫地休息一下，輪到自己再掙扎起來走出大幕。再後來所有的人都累癱了，最精神的是多明戈。每次走出大幕，觀眾的歡呼聲會馬上放大兩倍。他永遠都是精神百倍地向觀眾揮手鞠躬微笑，絲毫沒有倦意。

五十二分鐘！我們的謝幕持續了五十二分鐘！直到多明戈最後一個人走出大幕，做出了好幾個需要睡覺的姿勢，觀眾的掌聲才在笑聲中漸漸平息。

據說這個五十二分鐘打破了世界紀錄。有一點可以肯定，演三個多小時歌劇，再加五十二分鐘謝幕，絕對需要多明戈式的體力。

## 土耳其慶功宴

通常，西方歌劇院公演一個有大明星主演的全新歌劇，結束以後一定會有宴會。譬如在大都會歌劇院，首演的慶賀晚宴，至少都有幾百人參加，所有的演員和他們的配偶都會受邀。可是我們在波恩歌劇院這麼折騰的大演出，《瓜拉尼人》首演完了以後沒有任何宴會的跡象。當多明戈、維羅妮卡、男中音卡洛斯和我幾個人最終卸完妝走出劇院時，已過午夜。劇院外空無一人，街上沒有一輛車，整個城市寂靜無聲，劇院後面的萊茵河似乎也進入了夢鄉。

一向喜歡熱鬧的多明戈似乎有些失望，我們都累壞了，而且很餓。劇院對面馬路邊有一個小小的土耳其餐館，隱約還有燈光，於是我們帶着一絲期望走過去。

波恩這個小城，晚上 6 點以後所有的商店全部關門，飯店到了 9 點多基本都會打烊，這似乎是一個沒有夜生活的城市，連賣成人情趣用品的商店都在 6 點關門。

土耳其小餐館早已休息，老闆正在收拾，準備回家。瑪莎帶頭進去表示希望能吃一點東西，也許土耳其老闆認出來我們之中的一位是大師多明戈，欣然答應給我們做點食物，一邊伸手開了幾盞燈。

我們拉開椅子坐下，要了些小吃，開了酒，說笑着開始"慶功宴"。瑪莎直接就佔領了廚房，成了主人，要確認土耳其老闆給我們拿出最好吃的食物。老闆跟在瑪莎後面跑出跑入，一盤盤地往外端食物。總之，他端出甚麼我們都一掃而空，多明戈還點上了一支長長的雪茄。

早上 4 點，大家依然情緒高昂，不停地說笑。多明戈看看手錶，熄滅了雪茄，一臉抱歉地說："很對不起，我得回旅館收拾一下行李箱，6 點半要去機場，飛蒙特卡洛，10 點有排練。"甚麼？6 個小時以後他要在蒙特卡洛排練？！我們都覺得聽錯了。"晚上我們在蒙特卡洛有三大男高音音樂會。"多明戈再解釋了一下。

帕瓦羅蒂、多明戈和卡雷拉斯的音樂會，是在蒙特卡洛一個大型的運動場開，現場據說有五萬多人，而且會全球轉播。我直到現在都無法想像，在這麼重要的三大男高音音樂會開場前的十五個小時，多明戈還在另一個國家，跟我們坐在一個黑暗的土耳其小餐館，抽雪茄，喝葡萄酒，剛唱完一場大歌劇。

## 多明戈的秘密

全世界沒有任何一個歌唱家有類似多明戈的日程，也沒人可以想像他的日程。他可以不睡覺，全球飛，可以連續地排練、演出、開會、錄唱片、指揮，可以保持無窮的精力和絕不會疲倦的鋼鐵聲音。

多明戈的夫人也叫瑪莎。有一次我的瑪莎問多明戈的瑪莎，多明戈大師怎麼會有這種超人的精力，他到底怎麼應付他的日程？大師的瑪莎馬上用雙手把耳朵蓋住，使勁搖着頭説："別問我，別問我！別問我！！"

多明戈不但有極為密集的演唱合同，還在世界範圍的交響樂團和歌劇院指揮交響樂和歌劇，還曾同時擔任美國華盛頓歌劇院和洛杉磯歌劇院的院長，他還創辦了"多明戈國際聲樂比賽"，三個國際性的青年歌唱家訓練項目。而且，他還幫助他的孩子們開過十一家"多明戈餐館"。

唯一的多明戈。

我曾試圖找出大師的"秘密"，實在是太好奇了。我總想知道他是不是吃了甚麼"祖傳偏方""大力丸"之類。很多歌唱家演出前或者演出中，會吃一些自認會對嗓子好的東西，很多人都是吃藥，祛痰的、止痛藥（放鬆用）、抗憂鬱藥、胃藥之類，或者水果，大多數人喝很多水。多明戈的化裝台上永遠撒着一把潤喉糖，很多時候會有一串葡萄。他覺得聲音有些不乾淨的時候，會馬上扔一顆潤喉糖進嘴裡，"咔吧咔吧"地嚼碎嚥下。

如果説點"機密"，大師在穿演出鞋時，永遠先穿左腳的再穿右腳的，如果不小心先穿了右腳的鞋，會不高興，馬上脱了重穿，這是大都會歌劇院的服裝師告訴我的。

榜樣的力量是無窮的，在我很多年的歌劇演出中，我都一直是先穿左腳再穿右腳的鞋，模仿我的大師。直到最近，跟多明戈在北京的國家大劇院演出威爾第的《麥克白》，首演時，我一不小心先穿了右腳的鞋上場，發現時已在台上，頓時驚出一身汗。但那天演出非常好，聲音發揮得比哪一天都好。從那天起，我再也沒注意過先穿哪隻腳的鞋。不過有很長一段時間，總覺得自己像個"叛徒"。

多明戈的"秘密"還包括他的天才、意志力和強壯的體魄。

他優美的嗓音，他自然的樂感，對樂句的流動和連貫的本能，還有歌唱咬字的才能，都具有極高的天分，從小就出眾。他堅強的意志力讓他絕不放棄任何他想做的事，堅決執行到底，而且他根本不想坐下休息——怕生鏽。他強壯的體魄來自從小就喜歡的踢球運動。在《瓜拉尼人》演出的最後一幕，他可以輕而易舉地雙手平托起體重絕對不輕的維羅妮卡，走上舞台的斜坡，一步步邁向最高處。

他還有一個重要的"秘密"，就是他的家庭。他的夫人和兒孫滿堂的大家庭永遠支撐着他的事業。他的兒媳婦中有一個有中國血統，生的孩子會講一點中文，有一次在慶祝多明戈七十大壽的宴會上，這個孩子還為祖父創作了一首歌，第一句上來就用中文叫多明戈"公公"。

我們在紐約的家離大都會歌劇院隔一條街，多明戈的三兒子阿瓦羅一家也住在我們樓。阿瓦羅夫婦有兩個可愛的兒子，都在十歲左右。多明戈是一個不能再好的祖父，只要他在大都會排練或演出，有一點時間，他都會過來看看孫子們，跟他們一起度過哪怕短暫的時光。這是一個非常溫暖的大家庭，無論多明戈的生活和事業有任何起伏和動盪，每一個家族成員都會全力地支持他。

## 客座歌唱家

多明戈是 1968 年在大都會歌劇院首次登台的。當時年僅二十七歲的西班牙男高音多明戈，擔任著名的意大利明星男高音科萊利的替補，不料科萊利生病，多明戈在演出當天接到緊急通知當晚上台演出，結果一夜成名。從那時到 2019 年，多明戈在大都會歌劇院連續演出了五十一年。從"替補"到超級巨星。

在歐美的歌劇院，最主要的獨唱演員是沒有"終身制"的，都是按歌劇劇目簽訂合同，演出來劇院，演完就再見。在大都會歌劇院每年有兩百多位來自各國的獨唱演員參加演出季，其中只有十來個歌唱家有類似"駐院歌唱家"整個演出季的合同，專門演出配角，而且每年都要重新續約，視當年演出的表現決定是否續簽。絕大部分獨唱演員都是"客座歌唱家"，包括明星們如帕瓦羅蒂、多明戈等。我還從來沒聽說過哪個歌劇院的主要演員是"終身歌唱家"。德國和一些歐洲的歌劇院有"駐院歌唱家"，但也絕對不是終身的合同。你要是嗓子壞了，仍然會一輩子給你演出酬勞？

"客座歌唱家"多明戈在大都會歌劇院演出過七百零六場歌劇，指揮過一百六十九場。

我在 1991 年得到大都會的第一個合同，是"駐院歌唱家"，一共四十個星期，包括排練和演出，五部歌劇，還有五個星期的帶薪假期和健康保險。從第二年開始，在我經紀人保羅的強烈建議下，我就成為"客座歌唱家"，有了一定的演出"自由"，還可以跟大都會歌劇院商議演出劇目和日程的可能。所以從 1992 年起，我就開始幸運地同時在不同的歌劇院和大都會演唱。在大都會，"大客座歌唱家"們一簽就是未來幾年的演出合同，我們"小客座歌唱家"通常每年一簽，很簡單，如果這個演出季沒唱好，你不可能拿到下個演出季的合同，也許就是跟大都會歌劇院的永別。

《瓜拉尼人》是我在歐洲演的第二部歌劇。我經紀人的"戰略方針"是對的，《瓜拉尼人》之後，我開始在大都會歌劇院演出主要的男低音角色，也就是有詠歎調的角色，使我的歌唱事業有了質的變化，也和多明戈有了更多的合作。

能和大師合作演出，最幸運的，是可以跟你崇拜的偶像學習，而且總有新的東西可以學。一個演員需要有自己的崇拜對象，否則可能會開始崇拜自己，那將是悲劇的開始。

## 大師直率

2000 年 4 月，我們在大都會歌劇院排練普契尼的《波西米亞人》，多明戈指揮，我的角色是哲學家科林，那是我第一次跟"指揮家"多明戈合作。

排練休息的時候，多明戈跟我們講起在 20 世紀 70 年代，大都會歌劇院還在進行每年夏季在美國的全國巡演。當時巡演的劇目之一就是《波西米亞人》。帕瓦羅蒂演第一組的男高音主角魯道夫，多明戈演第二組的同一角色，指揮是藝術總監萊文。魯道夫最著名的詠歎調是《冰涼的小手》，最高音到高音 C。由於兩位當紅男高音有不一樣的高音，於是樂隊在演奏這段詠歎調時，給帕瓦羅蒂的伴奏是原調，到高音 C，給多明戈伴奏降了半個音，到高音 B。大師萊文和樂隊都很熟悉這個安排：到多明戈演出那天，樂隊的譜務就會給樂手和指揮換上多明戈的降調譜。可誰想得到，一個差錯差點讓多明戈敗走麥城，毀了一世英名。差錯出得其實再小不過：輪到多明戈演出那場，樂隊譜務忘了換譜子。當多明戈在台上張口開唱詠歎調時，馬上意識到樂隊高了半個音，大吃一驚，是帕瓦羅蒂的調！高半個音，對男高音歌唱家來說，會要命的。因為在演唱完全習慣的調性時，突然高半個音，喉嚨的肌肉反應不過來，歌唱家的聲音控制會馬上失調，高音可能會破，這段詠歎調的演唱將是一場災難，會讓人們長久地記住那個破音。

　　"我完全不知道自己是怎麼唱下來的！"多明戈用雙手揪起自己的頭髮說，"我覺得我的頭髮都立起來了，太可怕了！尤其是最後那個高音 C！"多明戈邊說邊搖頭。"演出完我馬上去問萊文大師為甚麼沒換譜子，萊文看着我，根本不知道我在說甚麼，我說樂隊用的是帕瓦羅蒂的調！我差點被殺掉！"多明戈說着，自己也笑了起來，大師萊文的反應是："你不是唱下來了嗎？很棒啊！以後要不要換到帕瓦羅蒂的調？"

　　全世界，只有一個偉大的男高音歌唱家，可以如此坦率地笑談自己的高音。

　　唯一的多明戈！

## "漸慢" 和紐鈕

多明戈酷愛指揮，而且是第一個在大都會歌劇院同時擔任"客座歌唱家"和"客座指揮家"的歌唱家。能指揮交響樂的大歌唱家，也只有多明戈。

大多數指揮都是"獨裁"，有不容置疑的權威習慣，有的甚至會"很兇"，習慣樂手們和歌唱家們絕對地服從。但多明戈不同。

2000 年我在大都會演出《波西米亞人》，飾演哲學家科林，那是我第一次跟指揮家多明戈合作，第一次在他的指揮棒下演唱。

當我們在排練《波西米亞人》的時候，多明戈會非常耐心和友好地問所有的主要演員，在甚麼地方，在哪一句，我們會想要甚麼樣的音樂處理，需要甚麼樣的節奏。

在《波西米亞人》中，我有一段詠歎調，普契尼唯一寫給男低音的詠歎調《舊大衣之歌》，很短，很傷感，不高不低但非常難唱。在詠歎調的後半部有一句"我對你說再見……"，普契尼標註了一個意大利文的音樂表情記號"rall"（rallentando），意思是"漸慢"。我們排練的時候，多明戈就問我想怎麼唱這個記號，我說："延長這兩個十六分音符的時候，我會跟着你的手勢，決定這個音的長短。"這個詠歎調我跟好幾個指揮演出過，沒有任何一位問過這個問題，我只是服從指揮的手勢，但容易產生誤解，這兩個十六分音符會唱得很緊張。跟多明戈的演出中，就是因為我們交流過，每次唱到這個地方，我和多明戈會默契地對一下眼神兒，默契地互相配合，默契地完成普契尼這個用"rall"標註的音樂要求。

不可思議的是，幾年後我在日本跟大師小澤征爾演出《波西米亞人》的時候，有過類似的經歷。

至於一個偉大的歌唱家能不能成為一個偉大的指揮家？這是人們一直爭論的話題。有歌唱家試過，沒有成功的。而偉大的鋼琴家和器樂演奏家卻有不少成為大指揮家。

有一點必須要說的是，多明戈指揮過的樂團，樂手們都很喜歡他，因為他可親、迷人，還很幽默，不會給樂手們難堪。當然，更喜歡他的是女樂手們，這不奇怪，就像他在歌劇院的粉絲絕大部分都是女性。加拿大某樂團就有一位女中提琴手毫不掩飾她對多明戈狂熱的好感，當多明戈走上指揮台開始排練柴可夫斯基的《第五交響曲》時，坐在他對面那位漂亮的加拿大女中提琴家，會情不自禁地多解開兩個紐釦，把襯衣拉開三寸。不知道是不是因為這兩顆紐釦，多明戈指揮的那場音樂會效果並不如意。

這不該怪大師吧？


## 《熙德》· 華盛頓


1999 年 6 月的一天，在華盛頓歌劇院不大的院長辦公室，多明戈讓我坐下，說："烏戈讓我開除你，馬上換人，我在盡量讓他冷靜下來。"大師開門見山，目光和語氣都很嚴肅。我馬上感到問題嚴重，只說了聲"謝謝"就說不下去了，也不知道該怎麼解釋。"我告訴烏戈，我跟你合作過好幾部歌劇，你是一個很好的歌唱家，一定會唱好。我本來不想告訴你，怕你有壓力，但希望你能跟烏戈好好合作。"多明戈說。他對我從來沒有這麼嚴肅過。

情況的確很不好。

當時我正在華盛頓歌劇院排練馬斯涅的歌劇《熙德》。兩個星期我才參加了四次排練，還有兩個星期就要首演。這是一個非常重要的全新製作，華盛頓歌劇院這個演出季最重要的歌劇，美國首演。《熙德》的導演是阿根廷著名導演烏戈。

多明戈是《熙德》的第一主角羅德里格，還是華盛頓歌劇院院長，掌有生殺大權，可以決定任何歌唱家的錄用，也有開除權。《熙德》的公演事關重大，已經做了大量的宣傳，七場演出票已經售盡，不但要錄製和出版 DVD，還要在美國 PBS 公共電視台實況播出。多明戈這位西班牙歌劇大師出演西班牙民族英雄，足以引起歌劇界的廣泛期待。

排練正在全面展開，華盛頓歌劇院的合唱隊、舞蹈隊、樂隊、舞台製作團隊和烏戈的導演團隊，都開始進入緊張的合成階段，一切似乎進展順利，只有我一個人總不能出現參加排練，當然會讓導演烏戈暴怒。

多明戈告訴我，烏戈幾乎每天都要給他壓力，要把我開除掉，讓我的替補——一個澳大利亞的男低音，換上來演唱我的角色。不知道從哪天開始，烏戈完全不跟我講話了。

我快崩潰了，壓力太大，我根本解釋不清為甚麼我在兩個星期內只參加了四次排練。

這一切不能怪我，只能怪我的經紀人保羅。

在我跟華盛頓歌劇院簽訂《熙德》演出合約的同時，我已經跟大都會歌劇院簽了合約，演出多尼采蒂的歌劇《拉摩摩爾的露琪亞》，出演神父雷蒙多，男低音主要角色，有兩段詠歎調和不少重唱，所以我對在大都會演唱這部歌劇絕對不敢掉以輕心。

我的日程有可怕的衝突，演出《露琪亞》的日期和排練《熙德》的日期，有兩個星期的重疊。保羅沒跟我商量就簽了合同，他認為華盛頓距離紐約只需坐三個小時的火車，或者一個小時的飛機，我應該可以同時在大都會演出，在華盛頓排練，耽誤幾天《熙德》的排練不會有太大的問題。

怎麼會沒有問題？！演唱《露琪亞》和排練《熙德》都極為重要，我怎麼兩邊兼顧？在紐約演出，在華盛頓排練，兩邊奔波，我完全不知道自己能否撐下來，而且《熙德》的很多排練我都去不了。

科學家瑪莎幫我列了一個詳細的時間表，清清楚楚地標出我兼顧兩地最佳的日程可能。她準確地計算出我要坐的火車和飛機，安排好在兩個城市之間最科學的旅行。瑪莎密密麻麻地寫出在華盛頓幾點排練完，趕幾點的飛機，幾點到紐約，幾點去大都會化裝，參加當天晚上幾點鐘的《露琪亞》演出。第二天，我要幾點起床，坐幾點的快車到華盛頓參加幾點的排練，等等。我嚴格地按照瑪莎給我制定的時間表，在兩個城市之間飛奔了兩個星期。有些時候是前一天晚上在紐約演出《露琪亞》，第二天早上 6 點出門去機場，趕到華盛頓參加上午 11 點的《熙德》排練。

我在《熙德》裡的角色非常重，每一幕、每一場都有我，有很多唱段，包括兩段詠歎調。我不能來排練，會影響到所有人的戲。最後，本來就脾氣暴躁的導演烏戈，一看到我沒出現就大發脾氣，估計想殺我的心都有了。

據說有一次烏戈對着多明戈大吼："誰能保證這個中國人可以把這個角色唱好？！他從來沒唱過這個角色，也不來排練，這個演出還要出 DVD！誰負責？誰負責？！"

多明戈堅持着沒有開除我，但把烏戈這幾句話轉告給了我。就是"這個中國人"把我激怒了，抱歉的內疚感一掃而空。"這個中國人"就要給你看看，他可以唱得比你想像的還要好！於是我拚了。

人一憤怒會爆發出巨大的力量，當我最後結束了在大都會歌劇院《露琪亞》的演出，可以在華盛頓參加所有的排練時，我像瘋子一樣地投入工作。

我在紐約已經花了兩個月的時間學習《熙德》，早已背得爛熟，但我決定把我所有的唱段再從頭學習一遍，讓自己對演唱建立百分之二百的信心。

《熙德》是用法語演唱，我們的指揮是個年輕的法國人——曼紐維歐·維拉莫，首次在美國指揮。我們還有一個大都會歌劇院來的極棒的法語歌劇指導德妮思·瑪賽，我就是跟她學的整部歌劇。現在我再次從頭跟她學起，每天加班。同時請求跟指揮曼紐維歐找時間排音樂。那時，舞台上已經開始放上全部佈景排練，我會在合排之前早到劇場兩個小時，在舞台上琢磨我的動作和站位，合排之後，我再加兩個小時的班，在佈景中間熟悉剛排過的一切走位和動作。瑪莎是我的專業攝影師，端着一個錄像機從各種角度幫我把動作和走位錄下來，讓我回旅館複習。所有這些自我安排的排練，我都有求於烏戈的助手，一個靦腆的南美小伙子何塞。他非常耐心地告訴我，在我沒來的時候，烏戈是怎麼要求我的替補做的。因為烏戈排練時見到我就一扭頭，不想看我，也完全不跟我講話。靦腆助手真不錯，有求必應，跟我一起加班。不過在合排中，小伙子的處境太難了。

在我們排大場面的場景時，台上會有至少兩三百人，合唱隊、舞蹈隊和群眾演員。烏戈會對着靦腆的助手大吼一聲："告訴田！讓他走到右邊去站着！"於是可憐的小伙子向我跑過來傳達導演的指令。我就對助手大聲地說："你問導演！我要往右邊走多遠？！"助手又趕快小步跑回烏戈身邊輕聲說幾句。"告訴他！往右邊走五步！"烏戈又大吼一聲，小伙子漲紅着臉，又顛兒顛兒地跑回來傳達。"我要面對甚麼方向，拿不拿劍？！"我的音量也不減。

所有站在舞台上的演員們都顯得很緊張，沒人動也沒人出聲，看着我們兩人之間充滿火藥味兒的較勁。

隨着排練越來越深入，烏戈叫喊的次數開始增多，而且是對所有的人。我發現他在排練的時候完全無法控制自己的脾氣，會對所有的人喊叫，不是故意的，是真的生氣，而且氣得臉色青白發灰，兩隻眼球會瞪得爆出眼眶，吼叫的聲音嘶啞又尖厲。

不過我慢慢覺得烏戈的喊叫有一定的道理，基本上都跟演員們的動作和走位佈局有關，他對我們每一個動作都做了設計，手起手落的尺寸都有嚴格要求。如果演員們下一次排練忘了，或者動作的角度稍差分毫，烏戈嘶啞的尖叫馬上就爆發："No! No!！No!！！"他會握着拳頭痛苦地對着天喊："不——

可——相——信！！我昨天白——說——了！！天哪！！"然後，他會加一個髒字，用意大利文："CAZZO！！！！"意思是××（請自查字典）。

其實，那是他性格的特點，不是他的缺點。你得原諒他，因為他的尖叫不是針對你，是為了最完美的舞台佈局和最協調的動作效果，是為了歌劇。我能原諒他的另一個原因，是他不發火的時候，大家做得比他的要求還好的時候，他會瞬間溫柔可愛得讓你大吃一驚。

要求絕對的完美是極為痛苦的事，也許需要喊叫。

我必須承認，烏戈是個好導演，而且是世界級的舞台和服裝設計大師。他的舞台和服裝設計絕對忠實於意大利最傳統的寫實主義風格，忠實地傳遞着經典歌劇最唯美的輝煌。今天的遺憾，是我們已經快忘記歌劇真正的輝煌是甚麼。近幾年，當烏戈開始嘗試用當今流行的多媒體視覺效果，讓人感到他的設計已經開始有些無奈和迷惑。這只是我個人的感覺，也許是因為我經歷過《熙德》。

整個《熙德》的舞台設計是暗的，地板是黑色的，側幕都是黑色的，天幕是黑色的，舞台背景也基本上是黑調子。所有的黑色完美地襯托出舞台上設計圖案的最佳效果。天幕每一場都會輪換着上升或下降皇宮、官邸和教堂等佈景，每一片佈景下來都讓人讚歎，讚歎上面的圖案，那些動物、花朵、各種宗教的圖騰、門飾等等，都像極為精美的雕塑。金銀銅鐵的質感，石雕和木刻的視覺感都是立體的，那麼完美、華貴。很多舞台上的設計遠看唬人，近看粗糙不堪。烏戈的設計和對製作精細的要求，使舞台上所有的細節都非常經看——無論遠近。

我很喜歡走近去摸摸他的佈景，好像在觸摸一件藝術品，能感覺歷史，可以走進西班牙英雄熙德的時代。

燈光，烏戈對燈光的要求也近乎苛刻。他所有的設計，包括盔甲、刀劍、頭盔、戰馬銀灰色的面具，所有的佈景，在他的燈光中，都在閃爍着油畫般的效果。盔甲和頭盔的製作要求極為嚴格，烏戈會仔細地監督塗料和工藝，並反覆試驗燈光效果，力求一切道具在燈光的照射下，呈現最真實的質感和視覺感，如刀劍必須能反射出冰冷的寒光；貴族和皇族身上的長袍和點綴的寶石，在光線中必須能散發出色彩斑斕的光芒；女士們的金髮都讓烏戈的燈光調出奇特的美感。他的舞台效果總讓我想起大畫家倫勃朗的油畫《夜巡》和《戴金盔的人》。

烏戈的服裝設計也是一絕，總讓我有迫不及待地穿上戲裝進入角色的感覺。他用的布料、選的顏色、裝飾的點點滴滴都細緻入微到了極點，一分一毫都會反覆推敲。跟選料推敲，跟色彩推敲，最重要的，跟歷史推敲。

我的服裝有一件拖地的長披風，紫紅色，鑲着許多寶石和金色的裝飾，已經顯得很貴族了。試裝時，烏戈圍着我繞了好幾圈，雖然一眼也不看我，只是死盯着我的服裝，上下打量。最後他還是覺得我的披風上少了些甚麼。他居然找來一把意大利那種很硬的通心粉條，自己坐在那裡用剪刀仔細地把通心粉剪成兩毫米大小的顆粒，噴上金粉，然後用萬能膠一粒粒地黏在我披風的褶子裡。我的披風突然變了，被無數金子般的顆粒點綴得尊貴無比。

至此，烏戈還是沒有和我講過話，也沒有再向多明戈要求開除我。

我跟烏戈的來往雖然還是無聲的,但在藝術上,我們開始感覺彼此。不說話就不說話,無聲勝有聲。

## 大師課‧一對一

歌劇演員必須會演戲,演戲必須和歌唱血肉相連,相輔相成,才能成為一個真正的歌劇演唱家。

多明戈可以說是唱做俱佳的佼佼者,我在舞台上從多明戈那裡學到的一切,直接幫助了我整個的演唱生涯。

在《熙德》中多明戈飾演的是羅德里格,也就是西班牙的英雄熙德,我飾演的是多明戈的父親,貴族唐狄也戈。受了另一個貴族戈麥茲可怕的侮辱,於是父親讓兒子去殺掉他的仇人。當兒子發現我的仇人就是他戀人的父親,內心產生巨大的矛盾和掙扎,在父親的逼迫下,最後發下誓言,答應去殺掉父親的仇人。這個情節發生在一段我跟多明戈的二重唱中,那是他給我上的最珍貴的大師課,一對一。

在歌劇中,很多時候唱好重唱比唱好詠歎調難。一般的歌唱家會在歌劇演出中,把全部精力放在自己獨唱的詠歎調上,而傑出的歌唱家,絕對不會忽略重唱的重要性,尤其是二重唱。

唱二重唱,首先是傾聽對方,尋找默契。兩個人的演唱要互相在音準、音色、樂句和情緒上感覺對方,要盡可能完美地把自己的樂句傳遞給對方,把雙方的樂句完美連接。而且要在肢體動作、眼神和表情上流暢地與對方溝通。最重要的是,兩人的情感交流要在一個水平上。

　　我和多明戈在排練的時候，並沒有討論該怎麼做，我完全是被他自然地帶動着，激勵着，緊緊地跟着音樂和劇情對唱。他的步伐和手勢讓我不自覺地、下意識地應對，不可思議地進入到兩個人的境界。在我演過的許多歌劇中都有重唱，但很少有跟多明戈唱重唱的這種感覺，能完全沉浸在對唱的情節中。歌唱家絕對不能只顧自己的歌唱，把重唱當獨唱。

　　在《熙德》中，我們的二重唱有幾句是我對多明戈講述我受到的侮辱，當時多明戈是面對我，背向觀眾聽我唱。他是我合作過的歌唱家中唯一的一個，在背對觀眾的時候也全力以赴地灌注感情，絕不離開角色。你可以想像，在我悲憤地述說時，多明戈面對我，背對觀眾，眼睛裡冒着憤怒的火焰，表情裡全是戲，肩膀裡的肌肉都在跳動。我能不被他感染嗎？！不但是我，所有的觀眾都可以從多明戈的後背感到他的憤怒。這就是多明戈，在台上的分分秒秒都在角色中。

　　我在二重唱中有一句需要抓住多明戈的雙肩，讓他轉過來面對我，發誓去殺掉我的仇人。這是一位歌劇巨星，我怎能大力地去扳他的肩膀呢？再說，多明戈的肩膀寬闊，肌肉發達，非常強壯，不使勁扳不動，使勁怕傷到他，於是我就小心地在排練中做做樣子。多明戈搖搖頭停下來，說："你是讓我去殺人，不是去喝杯酒，別忘了你是受到殘忍的侮辱，我是你的兒子，是你唯一能報仇的希望，你得來真的，觀眾甚麼都看得見。"他頓了一下，說："再來！"

　　這是無價的大師課，每時每刻都是啟發。

　　烏戈設計的黑色地板是一層層寬大的台階，每一級不高，大約五厘米，但至少有三十個台階。我們所有的舞台調度，走位，舞蹈和啞劇演員們都是在這些台階上表演和舞動。開始的時候我非常不習慣，又要表演又要唱，還要小心不要在這些台階上摔跤。我們都穿着長長的演出服，我不斷地踩上自己的大披風，嚴重地干擾着我演戲和歌唱，苦惱又堪。奇怪的是，我注意到多明戈在這些台階上的移動是出奇的自由和自信，甚至在他和我"仇敵"的一段生死鬥劍中，也看不出他對腳下的層層台階有任何顧慮和受到影響，步伐流暢又平穩。於是我在排練時找了個時間問他是怎麼做到的。多明戈一邊揮舞着手中的劍，一邊在層層台階上下左右移動着說："非常簡單，數你的步子，幾步就轉身，幾步就上或者下。數步子！"天哪，大明星原來是如此嚴苛地訓練自己！

我不知道烏戈是在甚麼時候放棄了開除我的念頭，我也不知道他對我這個第一次合作的中國人，是否改變了印象。我管不了這些，只是把自己完全地沉浸在排練之中，把自己徹底變成10世紀的西班牙貴族唐狄也戈。同時，我通過幾百次的練習，完全熟悉了台上的每一個台階和自己每一步的移動，用多明戈的秘訣——"數步子"。

**瑪莎！**

在華盛頓排練和演出期間，我們住在離肯尼迪中心華盛頓歌劇院所在地不遠的一個酒店式公寓，窗外是一條美麗的河，兩岸的樹枝向河水垂下，有些樹枝帶着樹葉彎進水中，再從水面伸出，風景如畫。每天排練完回到旅館，我會讓自己慢慢地從歌劇中走出來，回到現實。我必須回到現實，因為當時內心正承受着一個可怕的壓力：遠在北京醫院裡的大哥正在肝癌晚期中掙扎，臨近死亡，他才五十歲，這也太殘酷了！我每天都會在旅館的公共電話間給他打一兩個小時的長途電話，忍着焦慮，跟他山南海北地聊天，轉移他的注意力，並想辦法幫助他能接受最好的治療，不讓他擔心醫療費用。瑪莎知道我承受着各種壓力，盡一切可能地幫我，為我分憂。總是為我做最好吃的食物，保證我可以睡好，而且每天在排練中幫我錄音，在劇場走台時"非法"地幫我錄像，讓我能每天都可以參考改進歌唱和表演的可能。當時我們還有上百個朋友要從各地來看《熙德》的首演，包括從北京飛過來的母親。瑪莎一邊照顧母親，每天還要幫助所有的朋友安排演出票和很多住宿上的瑣事。瑪莎還在香港地區駐華盛頓的貿易代表處，為《熙德》的公演，籌劃了一個大約兩百人的慶賀晚宴。

我永遠不會忘記的是，在她為我做這一切的時候，為了不給我增加壓力，不影響我的演出，一直忍着沒說她開始感覺乳房痛，而且可以摸到腫塊，醫生警告她有癌變的可能，必須馬上做確診的進一步檢查。但她一直等到所有的演出結束，並且等到我大哥去世，我們趕去北京向他告別，最後回到紐約家裡的第一天，瑪莎才讓我跟她一起坐下來，告訴我她需要馬上開始做一系列的檢查，大概是得了乳腺癌。

這就是我的瑪莎。

《熙德》的演出雖然是我歌劇事業的一個高峰，大哥的離世和瑪莎因為癌變而做的手術，使我經歷了人生重要的一次得與失。

不幸中的萬幸，瑪莎的手術非常成功，她的癌症不是致命的種類。

## 《熙德》有關的一二三

一、原計劃出版《熙德》DVD 的決定最後取消了，因為在首演前三天，多明戈病了，他甚至沒能參加《熙德》的最後彩排。他得了重感冒，發燒，躺了兩天，這在多明戈的演出生涯中極為少見。不少大明星都有取消演出的時候，唯獨多明戈，只要有一點可能，他絕不會取消演出。但他在《熙德》首演的演唱多少受到了影響。

演出時，我們都能感到多明戈是拚了，他是竭盡全力在舞台上演出，能聽出他的聲音有些吃力。作為一個歌唱方法極為出色的歌唱家，在嗓音不好的情況下，會更多地使用聲樂技巧，絕不給自己不舒服的喉嚨增加壓力，巧妙地節約嗓音，力保唱下全劇。在我們二重唱的進行中，多明戈離我很近，唱到很強的音高時，會噴射出雨點般的唾液直接落在我的臉上。我有一秒鐘想到躲閃，怕染上他的感冒，下一秒鐘立刻感到羞愧，他既然拚了，我就捨命陪君子！

二、《熙德》一共演出了七場，加上彩排和副彩排，我們一共有九次化裝登台。因為要拍攝錄像，每次我的妝都要畫兩三個小時以上，化裝師必須做到讓我看上去比多明戈大二十歲。多明戈真實年紀比我大將近十五歲，當然，他也希望在台上看上去比他"爸"年輕。

我們在同一個化裝間化裝,導演烏戈會站在那裡苛刻地監督我們的化裝師,時不時還會搶過化妝筆自己上陣畫幾筆,要確認多明戈變年輕的同時,我在變老。

我的化裝師在我的臉上試了很多種讓我"老化"的辦法。為了近鏡頭的效果,不能用化妝筆畫皺紋,最後的方法,就是使用一種很強的膠水,塗在我的臉上,吹乾,再塗一層,再吹乾,再塗。於是我的臉在一層層的膠水拉扯下,終於開始有了導演需要的橫七豎八的皺紋。皺紋有了,我的臉皮也快沒了,滿臉劇痛。最糟糕的是滿臉強力膠水讓我既不能笑,也張不開嘴,可我不能閉着嘴唱歌啊!

戴上灰白的假髮和鬍子,加上滿臉的膠水皺紋,我老了。只是每次要唱歌和咬字的時候,都要在皺紋的束縛中拚命掙扎着張嘴,有時皺紋會開膠。劇場休息的時候,化裝師會跑着進我的房間說從攝影機看出我的臉開膠了,拉我去化裝室再上幾遍"膠水酷刑",為了那些可怕的近——鏡——頭!

三、我們在華盛頓的《熙德》錄出來的音響效果不太理想,首演第二天我們坐在一起觀看演出錄像時都有這種感覺。我們一共錄製了三場實況演出,最後出版方還是決定不出版《熙德》的 DVD,不過美國 PBS 公共電視台播出過兩次《熙德》的實況演出,我也設法要到了錄像的原版帶,"非法"地做了一個拷貝,給自己留下一個終生難忘的記憶。

從攝像機裡看到舞台的場景極美,葡萄牙女高音瑪托絲和美國女高音威爾遜都在美輪美奐的佈景和服裝的襯托下,成為舉止優雅端莊的西班牙貴族女士,禁得起遠近鏡頭的推敲。瑪托絲的聲音令人讚歎,所以這次演出給她帶來了在大都會歌劇院演出的合同。威爾遜是一個漂亮的金髮女孩，雖然她的花腔和音色略顯不足，但形象非常適合角色，還有舞蹈身段，事業發展得不錯。

錄像上沒有的一個鏡頭，是在《熙德》首演結束後，在華盛頓肯尼迪中心舉辦了一個很大的慶祝宴會，至少有上千人參加。在我和瑪莎走向宴會廳時，我發現走在我前面不到十米的，是烏戈，還沒有跟我說過話的烏戈。

快到宴會廳大門時，烏戈停了下來，站住，轉身，向我伸出右手，說："我想祝賀你，你是一位非常出色的藝術家！"我心裡一熱，趕快走上前一把握住他的手說："我很幸運能跟你一起工作，真的很幸運，謝謝！"

宴會廳大門打開時，一片歡樂的聲浪和熱烈的氣氛撲面而來，烏戈的手搭在我的肩膀上，我們談笑着並肩走進大廳，那種感覺真好。

母親是從北京飛過來看我們的演出的，在宴會進行中，她一定要讓我和瑪莎帶她去見見多明戈。母親一向直率，我以為她就是去恭喜大師，沒想到她向多明戈伸出大拇指表示祝賀後，就拉着他的手用中文說："多明戈，你知道嗎？我是你奶奶！"

## 《秦始皇》· 紐約

2006 年，我們在大都會歌劇院首演譚盾的歌劇《秦始皇》。導演是張藝謀，多明戈演秦始皇，這在當時的西方歌劇界是一件大事，也是大都會歌劇院的歷史中第一次委約中國作曲家、中國導演，製作中國題材的新歌劇。我扮演的是秦始皇的開國大將王將軍。

簡單地講，王將軍因為功高蓋主，被秦始皇賜毒而死。王將軍死了以後化為厲鬼，還唱了一段詠歎調，雙手捧劍，跪行到秦始皇面前，發誓就是在墓穴中，也要帶着千萬兵馬俑護衛秦王。從某種意義上講，多明戈對我來說就像一個"王"。我願意忠實地跟着他演唱，無論甚麼劇目。

在演《秦始皇》的時候，多明戈已萌生改唱男中音的想法，他在"秦始皇"角色的音域已經開始改變。作曲家譚盾根據他的聲音做了很多細緻的考慮和創作，整部歌劇他的最高音唱到降 A。站在大師旁邊排練，我能感覺到他開始在調整自己的音域，把聲音的位置往男中音調，一點點地在嘗試男中音的音色和音高。在我們第一次和樂隊排練《秦始皇》全劇音樂時，樂隊剛開始演奏第一幕的音樂，多明戈便在音樂的轟鳴中回過頭皺着眉，低聲對我說："你知道我要唱多少升 F 嗎？四十二個！太可怕了！"說完把兩塊潤喉糖扔進嘴裡，"咔吧咔吧"地嚼了。

升 F 通常是男高音的換聲區，多明戈作為男高音時沒有任何問題。但現在他的音域開始在降低，這個音會讓他覺得高，不習慣，也不舒服。很明顯，這是多明戈自己音域變化帶來的問題。但這一切並沒有妨礙他把秦始皇這個角色演出耀眼的光彩，也沒有妨礙他的粉絲們，包括我，對他繼續崇拜。

2007 年，巨星帕瓦羅蒂去世。同年，巨星多明戈宣佈"歌唱生涯的最後變動"，將在 2009 年開始改唱男中音。

　　《秦始皇》在大都會演出的最後一場，我有國內的朋友來看演出，他非常想演出結束後來後台見見大明星，請他簽個字，合張影。我幫他安排進到後台，那裡至少有上百人排隊等着見多明戈，我的朋友排在最後一個。

　　多明戈的習慣是演出後盡快卸妝，然後穿上西服，打上領帶，精神抖擻地出來見粉絲。

　　那天我的朋友拿着節目單終於等到多明戈時，是子夜1點，後台的人幾乎走光了。朋友萬分激動，得到多明戈的簽字後，不好意思地拿出照相機想跟多明戈合影。多明戈看得出來有點累了，説："好吧，快點好嗎？"他一邊説一邊快速地拽過我的朋友，讓我給他們照相，然後説："真很抱歉，我得趕快去開個會。"指着遠處站着的幾個人，説："他們已經等了很久，開完會我3點還要開始錄唱片。"

　　早上3點鐘開始錄唱片？一個大歌劇演完以後？跟一百多人擁抱簽字合影以後？再開始錄唱片？沒聽説過。

　　唯一的多明戈。

## 《命運之力》·"北京烤鴨"

　　《命運之力》是威爾第非常傑出的一部歌劇，但在西方歌劇界對演出這部歌劇總有忌諱，説不吉利。很多歌劇院演出這部歌劇時，甚至會改歌劇的名字，還有其中幾句歌詞，因為劇院領導不想聽到不吉利的歌詞，歌唱家也不想唱。多明戈在大都會歌劇院演出這部歌劇時，一切都是原版，顯然沒有任何忌諱的畏懼。

歌唱家們最忌諱的事情之一，是在演出的過程中吃錯東西，尤其是有刺激性的食物，影響到自己的聲音。

瑪莎很多年了都會在中國春節期間，為大都會歌劇院後台的工作人員做一頓飯。那天晚上後台就會像過節一樣，至少有幾十個人擠在那裡高興地品嚐瑪莎做的中國美食。瑪莎會想盡辦法警告演員們別吃，怕他們刺激到喉嚨，影響演出，責任太大了。

有一次《命運之力》第一幕演完，歌唱家們謝完幕回到後台，只見多明戈衝過去，推開眾人，擠到最前面，伸手就抓了一個瑪莎做的春卷塞進嘴裡。我當時一下子急了，因為做飯時是我給瑪沙打的下手，知道春卷裡有蔥、薑、蒜，還有胡椒！下一場一開始就是多明戈唱的詠歎調，我一想，完了，多明戈在台上要是從嘴裡跳出一根蔥，或者一條薑絲卡住嗓子，怎麼辦哪？！

下一場一開幕，多明戈上台，我趕緊走到側幕去聽他唱詠歎調，結果，大師那天晚上唱得比哪天都好。

瑪莎在大都會的後台最受歡迎的美食，是北京烤鴨。烤鴨的出現，總會引起一片歡樂，當晚的演出一定順利。

多明戈很喜歡吃瑪莎做的飯，尤其是"北京烤鴨"，就連他最不喜歡吃鴨子的夫人，在我們家也會連吃兩份瑪莎做的烤鴨。

我們是 1991 年從丹佛市搬到紐約的，瑪莎出名的烤鴨就跟着一起來了。從那年起，為了好玩兒，我們開始統計做過多少隻烤鴨，統計到兩千零四十隻的時候停下了，因為瑪莎是帶着烤鴨架旅行的，在不同的國家，不同的歌劇院都做過烤鴨，沒法兒統計了。在紐約吃過瑪莎烤鴨的人太多，很多都是大都會歌劇院的人，有演員，也有工作人員；有事業有成的百萬富翁，也有很多學生；有成熟的音樂家，也有在地鐵裡拉琴的流浪樂手。大家擠在一起，拿着杯酒，聊得不亦樂乎，那是我們家的常態。瑪莎的"北京烤鴨"總是聚會的主角。

很多聚會是在大都會演出結束之後。瑪莎的烤鴨是需要烤的，鴨子全部準備完畢，就要在烤箱裡烤三個半小時。如果歌劇是三個小時長，那就正好，瑪莎會在去歌劇院之前，把鴨子放進烤箱，出門時按下烤箱的啟動鍵，歌劇演完，瑪莎會趕快到後台轉一下就回家，烤箱裡的烤鴨就已經滿身金黃，坐在那裡等待客人了。

也許是出於對多明戈的尊重，我總是稱呼他"大師"，瑪莎對多明戈比我要隨意很多，也因為她爽快的性格，總是直呼多明戈的名字"普拉西多"。"來吃飯吧，普拉西多？"瑪莎見到"普拉西多"會自然而直截了當地邀請他和家人。

有一次在大都會演出完，瑪莎告訴多明戈歡迎他來夜宵，我們家將有十來個客人，大家都會很高興見到他。多明戈顯得很猶豫，瑪莎就説："來吧普拉西多，你要有朋友就一起來。"大師馬上問帶八九個人可以嗎？瑪莎一口答應，我當時覺得——"完了"，我得洗多少碗啊？！

演出完大師來了，身後跟着九位年輕女士，一個都沒見過，有唱歌的有不唱歌的，大都是南美來的西班牙裔，個個美貌。有兩個女孩還是從甚麼地方坐飛機來看大師演出，第一次見到多明戈，兩人站在那裡滿臉的激動和快樂。所有的南美女孩都是平生第一次吃烤鴨，興高采烈。

聽大師演唱加"北京烤鴨"，多麼完美的夜晚。

## 《麥克白》·北京

我總是很怕知道哪一部歌劇將是我和多明戈的最後一次合作。多少年來我都有個習慣：把每一場演出都當成最後一場，全力以赴。沒人知道歌劇演員明天的命運是甚麼。

所以，每一次和多明戈演出，我都會當作是跟他合作的最後一場。

2016 年 9 月 7 日，多明戈再次回到北京的國家大劇院，演出威爾第歌劇《麥克白》。劇本是根據莎士比亞同名劇作改編的，那一年正是莎士比亞逝世四百週年。國家大劇院當時的院長是陳平，他對歌劇有一種非常特殊的激情。在他的任上，國家大劇院至少推出了五十多部國際水平的中外歌劇製作。中國歌劇很多是原創，西方歌劇都是世界最著名的經典，而且請來了世界著名的指揮、導演和歌唱家來北京演出。僅僅幾年的時間，國家大劇院得到了世界歌劇界的高度關注，很多歌劇院表示了強烈的合作意願，這是一個非常了不起的成就。《麥克白》就是其中的一部。

多明戈這次是在演出前四天到的北京，作風依舊，下飛機直奔大劇院試服裝，馬上進入排練。

我的角色是將軍班柯，被多明戈扮演的麥克白派人暗殺，最後麥克白被報仇的鄧肯之子殺死。這是一部很沉重和壓抑的悲劇，貫穿着一種黑色的戲劇力量，男中音們都以演出麥克白這個角色為理想，多明戈當然要把這個角色放進自己的角色單中。

在《麥克白》中，我是在第二幕一開始就被刺客們在陰暗的樹林中殺死，後半部歌劇沒我的戲，可以看演出。我最想看的就是多明戈演的麥克白最後如何死。

演死亡，在歌劇中是很高級的事，能演好非常難，因為很多時候演員是在歌唱的過程中演死亡，非常不容易，會做作。如果死的時候還要唱着高音，拖得很長的高音，更難。另如歌劇《托斯卡》，最後托斯卡要唱完跳下城牆自盡，那是極度絕望的一躍，但女高音們跳得好的不多，有的甚至跳得像進游泳池去度假。

我和多明戈在不同的歌劇演出中有過幾次"生死之交"，不是他死就是我死。不過這次又給了我一個珍貴的機會，向大師學習"死"。不少明星，在台上對演"死"比較草率，唱得好就行了。多明戈卻為我們演示了巨星級表演風範，為"死"，做出了最敬業的表率。我是特別注意看他怎麼演戲，他總是"死"得讓人喘不過氣，無法忘懷。他在歌劇電影《奧泰羅》中，演奧泰羅嚥下最後一口氣的鏡頭簡直是催人淚下。他那種絕望的目光，緩緩伸出的手，顫抖的最後一句演唱，內心那種懊悔的掙扎……直到最後倒下時那漸漸的放棄，演出了何等偉大的死亡！

多明戈第一天到國家大劇院上台排《麥克白》，已是彩排。排到尾聲時，我想大師也許會節省體力，為了三天後的首演，有些動作就會從簡。沒想到他沒有放過任何細節，從唱到演全力投入。最後當麥克白被復仇的國王鄧肯之子一劍刺中，多明戈是向後平摔下去，倒在地上還在歌唱，我們在場的人都暗暗地倒吸一口冷氣。年輕人後仰平摔恐怕都不敢，七十五歲的大師，給我們上了一堂無價的死亡課。當天再次聯排這段戲時，多明戈仍然一絲不苟，被刺一劍，後仰平摔。

《麥克白》是我們一起演出的第十二部歌劇，也是第一次，在台上，我們都被殺掉了。

那應該是我們二十多年的合作，最後一部歌劇。

## 唯一的多明戈

2019 年 8 月 14 日，美國歌劇界的九名女演員，舉報她們從 20 世紀 80 年代起，持續遭到多明戈性騷擾。舉報人包括我們認識的，在歌劇《熙德》中擔任第二女高音的美國歌唱家安傑拉·特奈爾。

2019 年 9 月 24 日，美國 CNN 電視台報道，紐約大都會歌劇院發表聲明，多明戈同意退出在大都會未來所有的演出合同，退出將於 9 月 25 日公演的歌劇《麥克白》。馬上，大都會歌劇院刪除了多明戈在《麥克白》演出廣告中的信息和照片。

當天，多明戈發表聲明，表示強烈質疑對他的指控，還說他能以七十八歲之齡在大都會歌劇院《麥克白》的最後彩排中出演第一主角感到欣慰，表示這是他在大都會歌劇院的最後一次登台。

幾天之內，美國幾個著名的歌劇院和交響樂團先後取消了跟多明戈的演出合同，歐洲的一些歌劇院則宣佈繼續跟大師合作。

2020 年 2 月 28 日，多明戈發表聲明，向指控他性騷擾的所有女性道歉，表示對自己的行為承擔所有責任。

2020 年 3 月 22 日，多明戈通過媒體，宣佈他被新冠病毒感染，開始自我隔離。

2020 年 7 月 12 日，我們接到大師家人的郵件，說大師度過了非常艱難的一段時期，現在已經康復。

2019 年 9 月 24 日的下午，大師剛宣佈同意退出大都會歌劇院未來所有的演出，並退出第二天要公演的《麥克白》。我和瑪莎也剛聽說多明戈將永遠離開大都會歌劇院的消息，感到很沉悶，都不知道說甚麼，就想出去走走。在我們樓下的前廳，迎面碰到多明戈夫婦。

"普拉西多！"瑪莎迎上去，跟多明戈和夫人打招呼，"你們好嗎？你們要是沒甚麼事，哪天歡迎過來吃個晚餐？"還是瑪莎那種真誠的笑容。

"好啊！這樣吧，我們要去德國，準備在柏林歌劇院的演出，11 月會回到紐約，那時候聚吧！"多明戈認真地說。大師和夫人看上去很平靜，我們都沒提剛剛在大都會歌劇院發生的一切。

大約幾個小時後，我們又在前廳遠遠地看到多明戈和夫人在前面走，我和瑪莎不約而同地放慢了腳步，不想再打擾他們。

我第一次注意到大師的背駝了，透出些疲倦。

2020 年 3 月 20 日，紐約大都會歌劇院宣佈，因為新冠肺炎的疫情在加速擴大，劇院將停止所有的歌劇演出。同時，紐約交響樂團、紐約市芭蕾舞團、美國芭蕾舞團、林肯中心的話劇院、電影院、圖書館相繼宣佈關閉。整個林肯表演藝術中心將停止所有的演出活動到 2021 年。

從我們家的窗戶，可以看到林肯中心，雖然還有燈光閃爍，卻已無人跡。

作為美國最重要的表演藝術中心，演出全部消失，為歷史上首次。

# 盧克

　　盧克是一隻鸚鵡，比巴掌大點兒，紅眼綠毛，脖子後面有一片黃，屬於亞馬孫黃脖子種。牠的嘴向下彎，上寬下尖，很堅硬，咬力極強。盧克的祖先來自南美，今天已經完全被禁止進口北美，說屬於瀕於滅亡的物種，其實在南美的國家滿樹都是。

　　盧克會説話，幾句英文，兩句中文，一句廣東話，還會吹口哨。盧克最可樂的是會大笑，跟瑪莎的笑聲一模一樣，"哈哈哈"地笑。瑪莎總後悔，説盧克小時候沒好好教牠説話。不過盧克會模仿，有些本事是自學的，比如唱歌劇。

　　不少鸚鵡會唱歌，像盧克這種花腔女高音還不多。牠的音域可以跨三個八度，高聲區尤其好聽，顫音均勻，而且穿透力極強。盧克最拿手的是意大利美聲唱法的練聲，從上到下，音色非常統一，橫膈膜的運用無師自通。牠的頭只有乒乓球那麼大，按説共鳴腔不大，可是牠要是敞開喉嚨唱起來，比任何專業歌手的嗓門都大。

　　我在家裡練唱歌的時候，盧克會從容加入，我唱高牠也唱高，我唱低，牠就跟着我唱低。關鍵是我一張口牠就開始唱，我一停，牠跟我一起停。很多次惹得我大發脾氣，叫瑪莎把盧克拿到別的房間去，因為牠一唱起來，我根本聽不見自己的聲音！

　　我們家總有歌唱家來來往往，尤其是在大都會歌劇院演出完，或者逢年過節，總會有人來熱鬧一番，很多時候就會有人唱歌。盧克沒上過聲樂課，唱歌的本事是靠聽，很多時候牠會先認真地聽一下，然後就開始出聲發表見解。盧克的鑒賞力很高，唱得好的歌唱家，會給牠帶來巨大的愉快，紅眼睛會發亮，接着就敞開喉嚨歡樂地跟你一起歌唱。如果牠聽到一個不怎麼樣的歌唱家，盧克就會完全沉默，絕對不出一聲，雙眼低垂，強忍着聽。實在忍不住了，牠會突然"哇——！"的一下，大聲地發出一個極難聽的聲音，表示牠的不滿和批評。

　　有一次有個男高音朋友，要在林肯中心附近的地方，給佛羅里達一個歌劇院的院長試唱，他們要演歌劇《阿依達》，在找男高音主角拉達梅斯。這位朋友需要在試唱之前找一個地方練聲，問到我們，我們當然說可以，於是男高音就來了。我們當然知道試唱之前歌手會緊張，為了不打擾他練聲，我和瑪莎都進了臥室，關上門，男高音彈着鋼琴開始練聲。一分鐘後，盧克開始大聲地加入他的歌唱，客廳裡就像有兩個男高音，你來我往，比着飆高音。

　　十幾分鐘以後，男高音輕輕地敲我們的門，懇求我們把盧克帶走，說："真是太抱歉了！我實在沒辦法，你們盧克聲音太大，我根本聽不見自己的聲音！"

　　我們也很抱歉，趕快把盧克拿進我們的房間。盧克好像知道自己打擾了男高音，進屋以後靜靜地站在那裡一聲都不出。

　　半小時以後男高音要去試唱，左謝右謝我們讓他來練聲。瑪莎跟他說，別謝我們，要謝就謝盧克，牠只跟唱得好的歌唱家合唱，你這個試唱肯定成功！

第二天男高音打個電話來，興高采烈，說是專門來感謝盧克。他的試唱很成功，歌劇院已經通知他被錄取去唱《阿依達》！

盧克著名的故事之一，是有一年的秋天，在大都會歌劇院下午場的《波西米亞人》演完之後，很多人過來吃晚飯，包括那天擔任指揮的大師多明戈，還有劇組的歌唱家們。多明戈進來看到盧克，說要講一個鸚鵡的笑話，大家就都圍了過去。多明戈說：“在西班牙有一個人走進鳥店想買一隻鸚鵡，店裡有三隻標價在賣。他看到第一隻標價五萬歐元，就問老闆怎麼這麼貴？老闆說別小看這隻鸚鵡，牠會說五種語言！這個顧客說太貴了。他看到第二隻鸚鵡標價是十萬歐元，大吃一驚，問老闆這隻怎麼貴了這麼多？！老闆說這隻更不得了，會唱所有歌劇男高音的詠歎調！顧客一轉頭看到角落裡還站着一隻鸚鵡，掉了很多毛，垂着頭，駝着背，一看就上了歲數，心想實在不成就買這隻吧，就問老闆那這隻總該便宜些吧？老闆聳聳肩膀說這隻是五十萬歐元。顧客呆住了，說，甚麼？五……十萬？！不可能？！老闆說因為另外兩隻叫這隻大師（Maestro）！”

多明戈話音剛落，盧克領先所有人半秒鐘，“哈哈哈”地大笑！每個人包括多明戈都笑彎了腰，不是因為笑話，都在笑盧克。

盧克是個男孩子的名字。鸚鵡一輩子只跟一個人，牠從小跟瑪莎長大，就認瑪莎。瑪莎可以抱着牠，摸牠，揪牠翅膀，摳牠的頭，怎麼折騰牠都沒關係。我就不能碰牠，已經被牠咬過幾次。盧克其實膽小，你伸手太快，牠會嚇一跳，反應就是要保護自己，一口咬過來，快得像閃電。我們很多朋友都是因為覺得盧克真漂亮，想摸摸牠，結果在手上留下一個盧克咬過的疤。盧克生在 1983 年，那年我來美國學聲樂。

瑪莎一直把盧克當男孩養，因為牠說話聲音很壯，語氣就不像女孩，而且盧克明顯地喜歡女孩。一直到牠二十七歲那年，一個獸醫來家裡看盧克，然後勸瑪莎給盧克做一個基因測試，確認牠的性別。從外觀上看，這種鸚鵡是看不出男女的。醫生說萬一盧克得甚麼病，也許需要根據性別做治療。我們同意了。過了幾天，獸醫打回電話說：「祝賀你啊瑪莎，你們的盧克是個女孩！」瑪莎不相信，因為她自己就是搞遺傳學的，她說這些獸醫做實驗可能會粗手粗腳，不認真，這種基因測試也不需要那麼細緻。

那時已經是夏天，我們因為一些事去了南京，住進一個旅館，第二天早上 5 點鐘被電話鈴聲吵醒。電話是從紐約打過來的，幫助我們帶鸚鵡和狗的朋友在電話裡急促地說：「不好，出了大事了！」我們這邊嚇壞了，趕快問出了甚麼大事，「盧克下了一個蛋！」朋友慌裡慌張地在電話裡說。

那個夏天，盧克一共下了四個蛋。

# 後門內外

有兩種觀眾我是惦記的。

在歌劇舞台上謝幕的時候，我學會了向坐在最高一層最後一排的觀眾揮揮手。那裡的票價最便宜，買最便宜票的人不是學生就是沒錢的人，他們都是真正的歌劇迷，最忠實的觀眾。像紐約大都會歌劇院這麼大，有四千個座位的劇院，在台上根本看不清坐在最高最遠處的人。看不清也要謝，這是我很多年的習慣。如果有年輕演員跟我一起謝幕，看着人挺好，我就會提一句建議：很簡單，我們走出大幕，向坐在面前的觀眾行禮後，記住把下巴抬高一寸，眼睛往上面最遠的地方看兩眼，招幾下手，就夠了。那些遙遠的觀眾們會特別高興，我知道，我曾經就是那些遙遠的人之一。

還有一種觀眾我惦記，是因為對他們有一種敬意。這些人生活中命一樣的部分，全給了歌劇和歌唱家。很長一段時間我都沒有真正地認識他們。這樣的觀眾不多，世界範圍都有，紐約這幾位最典型。

每天晚上，他們都會在演出結束後出現在歌劇院的後門外，耐心地站在那裡，一直等到每一個歌唱家走出後門。他們會讓你在節目單上簽個字，合個影，再跟你說上幾句話。你也許不知道，跟你見個面對他們有多重要。還有，他們對今晚演出的這部歌劇，懂得很可能比你多。

大都會歌劇院的前廳是幾層樓高的落地玻璃窗，吊着一串串鑽石般的水晶大吊燈，一開燈，就向四面八方散射出令人讚歎的萬千星點，點綴着那些精美的雕像、油畫和牆飾。上下寬闊的樓梯鋪着厚厚的紫紅色地毯，進出的旋轉門都是銅質的把手和門框，擦得閃亮。

大劇院的後門卻顯得簡陋。兩扇黑色的小門，每個門也就一人寬，門上有一個方形的玻璃窗，讓你看到門那邊有沒有人要推門出來。玻璃窗下面一邊一個小牌子，右邊綠色的寫着“准入”，左邊紅色的寫着“禁止進入”。兩扇門上面的黑油漆顯得很厚，似乎很久以前刷這個門的油漆工，有意地多刷上好幾層黑漆，一勞永逸。

大都會歌劇院的後門在室內地下停車場的車道旁，白天黑夜都得開着燈。冬天的寒風會順着車道呼嘯着進來，跟天花板上的暖氣機爭奪溫度。最冷的時候，一出後門，人們都會馬上裹緊圍巾大衣，戴好帽子，收肩，加快腳步。

別小看這兩扇門，每天推出推入的有兩千多人。進去的是為了上班、會客、排練、做道具、打掃衛生、搬運佈景、走台、化裝、演出。出去的目的簡單——回家。

每晚演出後等在後門外的這十來個人，對進到後台這兩扇黑門的裡面，似乎沒有興趣。他們知道，演出完後台會有許多人，尤其是那些明星的粉絲會擁在那裡，人擠人。要想進後台的化裝間並不容易，歌劇院嚴格掌控，主要演員們要提供一份來賓名單，演出結束後，後門的警衛會根據名單放人進後台。

警衛們表情嚴肅，嚴格執行規定，名單上沒有名字的，一律不放行。看完歌劇進後台去祝賀演員們，是很多人喜歡做的事，那裡是一個另類的社交場合。

等在後門外的那幾位，不會求你把他們的名字放在進後台的名單上，不會進去擠在化裝間裡。他們就喜歡演員們走出後台時，跟他們相處的那幾分鐘，在那個片刻，你是他們的。

我在大都會歌劇院演過三百四十一場歌劇，還有很多彩排，他們也會出現。所以在二十年中，有幾個人我至少見過上百次。不好意思的是，我很久都叫不上他們的名字，雖然一見面很熟。也許就是因為每次見到就是簽字、照相、説幾句話，兩三分鐘。

任何一個人，能每天看歌劇，然後就站在後門外等演員，無論等多久，不管春夏與秋冬，有這樣的觀眾是歌劇的榮幸。

這幾位之中我們最熟的一個叫理查。

理查中等個兒，有六十多歲，比較胖，有時留鬍子。大頭，少髮，顯得頭更大。理查和氣，説話發沙，聲音有點漏風。戴一副舊眼鏡，多少年沒換過，不知為甚麼眼鏡總會歪，他説話時得不停地用手推一下，矯正眼鏡框的位置，但一會兒又歪，讓人着急。

理查的眼睛很大，有眼神兒，瞳孔顏色卻很淺，等於沒顏色。理查説話容易激動，一激動眼神兒一亮，瞳孔就沒了。

理查脖子上總掛着一個到三個相機，都是不太新的相機，其中一個是那種裡面有相紙的"拍立得"，拍完照會把照片吐出來。他會要求跟你照至少三四張照片，用不同的相機，有些歌唱家會有點不耐煩。我知道他，這些照片對他太重要了，有時他會遞給你兩三年前跟你的合照，讓你簽字，你以為是給你的，簽好字，他把手一縮，照片拿走。

有些演員不記得理查的名字，就說"愛出汗的那個人"，他的確總是滿頭滿臉的汗，無論天多冷，他都會大汗淋漓。理查會抓緊每一秒鐘跟你聊當晚的歌劇，準確地說出演出中的精彩和問題。他還會迅速地打聽你將會在哪個歌劇院演出甚麼歌劇，還喜歡問幾句其他歌唱家、指揮和導演的小道消息，聊得越來勁兒站得跟你越近。有的時候我會幾個月不在大都會演出，再見到他的時候，他會高興地緊貼着你問話，帶着渾身的汗。

海德莉應該是理查的太太。理查介紹過她太多次了，他介紹她的方式，會讓你無法確定他們的關係，說是夫妻，又像在同居，還可能是同室好友。海德莉的眉毛是白色的，頭髮是白色的，有時你還會發現她有幾根白色的鬍鬚。海德莉不大說話，而且總站在理查的側面或者後面，帶着一種苦笑的表情，好像她的任務就是幫助先生跟各個演員合影。理查常常會說一兩句他太太正在某種大病之中，海德莉就會皺着眉不停地點頭。還有我和瑪莎都不懂的是，我們有很多次只看見理查，一問，說海德莉正在俄國聖彼得堡，不是因為護照問題回不來，就是有重病住在那裡的醫院，或者是在俄國出了車禍，架着雙拐也不能走路。我永遠無法確定他們是怎麼回事，只能把話題趕快引回到當晚的歌劇。

2019 年 6 月，我在林肯中心演出江蘇省歌舞劇院的歌劇《鑒真東渡》。瑪莎想到了理查，居然找到他的電話號碼，準備請他看演出。理查很高興瑪莎想到他，說他已經買了票，買的是最好的票，一百五十美元。他說有一段時間沒看過我演出，又是一個新的歌劇，很期待，要仔細看。接着補充説太太在聖彼得堡，還是簽證問題回不來。《鑒真東渡》的演出是兩場，第一場晚上演，第二天下午第二場。我的角色是鑒真，戲很重，幾乎從頭到尾都在台上。首演第二天上午瑪莎打電話給理查，問他感覺這個歌劇如何，理查説這個歌劇太好了，説我把他演哭了。他又買了第二場演出票，再看一次，還是買的貴票，一百五十美元。看完演出，理查在劇場外等我，看到我們他馬上熱淚盈眶，説這部歌劇是他這一年看過最好的演出。一邊説一邊試着扣襯衣最下面的兩個鈕子，怎麼也扣不上，我發現他動作很不協調。理查説他要做很多檢查，他有癌症，正在治。

約翰跟理查熟，也是大都會歌劇院後門外的主要成員，是這群人中比較直的一個。他總是等理查説得差不多時，才上前一步説幾句話，簡單地評價一下當天主要演員的演唱，從來都是實話實説。比如他會説："你今天在第二幕唱的那首詠歎調比上一場好很多。"弄得我馬上就在想上一場唱得有甚麼問題時，約翰已經面無表情地走開，不會跟你展開話題。我估計會有很多歌唱家不喜歡他這種直率。約翰最絕的地方是，他可以準確地説你在大都會多少年前的一場演出的情景，誰指揮、誰是女高音主角、男高音唱得怎麼樣、樂隊在甚麼地方跟歌唱家沒合上、謝幕的時候你做了一個甚麼姿勢等等。2016 年 11 月，我最後一次在大都會後門外見到約翰，他突然説到我在大都會的第一場演出，是普契尼的《西部女郎》，他説他在場，我的角色是一個美國原住民的印第安人，説我唱得不多，戲演得不錯。我吃了一驚，那可是二十五年前的事情，而且約翰在這麼多年肯定又看過好幾百場歌劇，聽過無數的演員，怎麼可能記得住我那場演出？

約翰永遠穿那幾件衣服，天冷就套上一件舊毛衣，橘紅色，有些地方還脫線。他總是一個人，臉上常年有青春痘。我從來不知道，也沒有問過他是做甚麼的，無法想像他怎麼會有錢每天看歌劇。那個晚上在後門外告別他們幾位時，約翰突然說了一句：「如果你有興趣，我可以唱給你聽聽嗎？給我提點建議。」眼神兒裡是一種試探性的期待。我從來不知道他也唱歌，當然說可以，但他沒給我聯繫方式，也不知他現在在哪裡。我得找着約翰，答應的事兒就要完成。

世界上有些事情就是這樣，在門外認識，在門外消失。

大都會的後門外邊，在十多年裡還有過一個中國人，羅珊娜，台灣來的女士，從 90 年代某一年就開始出現。

羅珊娜個子很小，比我矮一頭，據她說在新澤西州一個化學公司的實驗室工作。她的樣子也像一個搞科研的人，不修邊幅，頭髮短直，不化妝，也沒穿過漂亮衣服，好像是從實驗室直接過來看歌劇。她在後台門外是一個幾乎看不見的人，會插空突然出現在你面前，遞上一本當晚歌劇的節目單請你簽字，用幾乎聽不見的音量，低聲說兩句祝賀的話，然後又突然消失了。她個子矮，說話的時候並不抬高頭，而是把眼睛翻上來看你，你要是低下頭跟她說話，就會看到一雙很大的眼睛。她是許多年等在劇院後門外唯一跟我講中文的人，讓我和瑪莎覺得很親切。有一場演出結束後，瑪莎請她來我們家跟一些朋友和演員一起吃點東西。她坐了半個多小時，一直顯得不安，後來說要趕最後一班公交車回新澤西州，於是我送她到電梯口。等電梯時，羅珊娜說她每次進曼哈頓看歌劇都是坐最後一班公交車回到哈德遜河對面的新澤西。算算時間，她看一場歌劇來回要三個小時在路上。

最後一班車還有二十分鐘從 42 街發車，我們家在 66 街，她來得及嗎？我有點擔心。

在電梯口，羅珊娜一回頭，我發現她眼睛裡含着眼淚，一慌，趕快問她怎麼了，怕是照顧不周。她說她覺得大都會歌劇院開始用麥克風了，我說不會吧，沒人給我戴麥克。她說一定的，說自己在大都會聽了這麼多年歌劇，耳朵絕對靈敏。今晚的演出她試着坐了幾個不同的位置，說發誓大都會用了麥克，尤其是樂隊和歌唱的比例，跟沒有麥克時根本不一樣，聲音全變了。她還說幾個歌唱家在台上移動時，某一個女高音轉身跟不轉身，聲音沒有變化。羅珊娜一邊說一邊哭出聲來："歌劇不能這樣的，不對的，怎麼能用擴音呢？！大都會完了，最真實的聲音完全沒了！我再也不會來看歌劇了！我真難過！我接受不了，我必須要講出來！"電梯來了，羅珊娜擦了一把眼淚說了聲對不起，縮着肩膀走進電梯，顯得更加矮小。

於是，從曼哈頓去新澤西的最後一班車，再無羅珊娜。

鮑爾，是大都會後門群體裡穿着最體面的一個人，五十多歲，總喜歡穿一件深色的西服上衣，深色的褲子，打一條深色的領帶。一本正經地站在後門外。鮑爾熟知男低音的角色，叫出的名字不管是哪國語言的，他的發音都很準。我估計他一定學過唱男低音。鮑爾最喜歡跟我講話，在我面前一開口，聲音馬上低三度，還帶上胸腔共鳴。鮑爾有一個大腦門兒，很瘦，臉色總是不太好，兩隻大眼球瘦得凸出來，轉得很慢，沒有光澤。鮑爾兩隻手很大，瘦骨嶙峋，跟我說話時會不時抓住我的胳膊，大手冰涼。鮑爾喜歡說我唱得怎麼好，而且說得很細，聽得出來是內行。他也被瑪莎請到家裡吃過飯，那天鮑爾非常興奮，他說大都會的人都說到我們家吃飯是很特別的事兒，都喜歡瑪莎做的飯。人一興奮就話多，他告訴我們他在《紐約客》雜誌工作，是那座樓地下停車場的經理。他有權安排工作時間，就把晚上騰出來看歌劇。他最主要的事是照顧年老的母親，給母親講大都會歌劇院的事兒，是兩個人最重要的話題。我和瑪莎有一段時間很擔心他，因為他的臉色，他站在那裡總顯得很弱。鮑爾很少拿着節目單請我們簽名，可以感覺到他的快樂就是待在那兒，跟歌唱家們講講話，用聲可以低三度，再加上胸腔共鳴。

後門外還有一位女士，站在哪裡你都會看到她，絕不會錯過，她叫露易絲。

在大都會歌劇院，無論是巨星還是青年歌唱家，無人不知露易絲。從 20 世紀 50 年代起她就開始在大都會歌劇院看歌劇。歌手們都知道，她只把節目單給她認為好的歌唱家簽字，所以我們都說在露易絲的節目單上簽過字，才算得到大都會的認可。

露易絲小個子，上歲數後就是背彎了一點，仍然是一個很有型的女士。她衣服穿得有個性，顏色、樣式、髮型和首飾都搭配得恰到好處。露易絲老戴一副黑色的寬邊眼鏡，藏在鏡框裡的眼睛一掃，就能找到她要找的人。她不多說話，有時見到我就說一兩個字："很棒！""棒！"如果我那天演出效果一般，露易絲看見我就點個頭，我也會點個頭，就都明白了。

老人家並不是每一場都買票，她喜歡"蹭票"。每一個檢票員、帶位的、劇場前廳後門的經理都認識她，六十年的老觀眾，怎麼也會照顧一下，有時就放她進去，還會給她找個好位子坐。

露易絲經常背着一個大手提袋，演出完，在後門等她要等的人。等到了，就伸手在大手提袋裡翻，拿出這個歌唱家在大都會演過的所有歌劇節目單，一本本地讓歌手簽字。得到露易絲女士的認可不容易，我就是十來部歌劇的節目單一本本簽的，簽完了鬆口大氣，像考過試一樣。

這位資格最老的後門女士最近剛去世。我們才知道她曾經是個電話接線員，會用接線的時間打聽歌劇院和卡內基音樂廳的演出信息，一年至少看三百場演出，歌劇為主，也聽音樂會。露易絲是單身，沒人知道她有沒有親人，一個人住在下城一個租金很便宜的公寓。露易絲生過大都會歌劇院的氣，因為後門有警衛覺得她在那裡轉來轉去礙事兒，就讓她離開，可能還不止一次。她真氣着了，在遺囑裡把所有的錢分給了三個朋友和幾個慈善組織，一分錢沒有留給大都會，一共兩百五十萬美元。

露易絲去世後，她的朋友在她的公寓中，整理出二十多萬本簽過字的節目單。

2020 年 3 月，紐約新冠疫情大暴發，大都會歌劇院宣佈停止演出，到今天已經十四個月，還沒有重開。每當我去地下停車庫取車，經過大都會後門的時候，都會覺得一陣感慨。周圍冷清到看不見一個人，只聽到自己的腳步聲。兩扇黑門站在那裡一動不動，門裡門外都沒人。

後門外的朋友們，你們都好嗎？

# 詹姆斯・萊文

2021 年 3 月 18 日，世界範圍的各大媒體都報道了指揮大師詹姆斯・萊文去世的消息。我的心情非常複雜，首先是難過，然後是疑問。沒有一篇報道講到他去世的原因，也沒有人解釋為甚麼大師去世一週後才公佈於世。

為甚麼？

網上都在傳關於萊文的消息，很多人認為萊文大師是當代最偉大的歌劇指揮家，我同意。也有很多人在談論他備受爭議的"醜聞"，我不奇怪。對個人隱私的傳聞我沒興趣多說，只想講講自己經歷過的事。

回憶，回憶，回憶。

那是 1993 年 11 月 5 日，紐約大都會歌劇院地下五層的樂隊排練廳。

上午，差幾分鐘 11 點，我們馬上要排練威爾第的歌劇《朗巴底人》，滿屋都能感到明星的分量。

著名美國男低音雷米雙手插在牛仔褲兜裡站在那兒，穿着一件高領花毛衣，顏色很配他已經開始花白的頭髮，眼睛看着地板，不太跟人講話。大都會的當家女高音米羅穿着一件深色的落地長裙，昂着頭在跟副指揮説話。美國名導演拉莫斯面色有點緊張，一邊輕聲跟他的助手在說着甚麼，一邊不安地看看周圍。其他幾位演配角的歌唱家都已經坐在擺成排的摺疊椅上，壓低了聲音在閒聊。每個人都知道今天是帕瓦羅蒂第一次來排戲，也是大師萊文第一次跟我們排《朗巴底人》，空氣中有一種隱隱的壓力。我從來沒有跟這幾個明星合作過，猶豫着站在門邊，不知道是否應該過去跟哪一位自我介紹一下。

11 點整，萊文快步走進排練廳。

大師一頭蓬鬆的鬈髮，穿着一件白色的短袖 T 恤，左肩膀搭着一條乳白色的大毛巾，灰藍色的褲子，一雙白色的球鞋，步子輕快。沒想到大師一進門看到我，就徑直走過來，我慌忙迎上兩步。

"咋天晚上《蝴蝶夫人》的演出，你很棒！"萊文看着我點了一下頭輕聲說，我還沒反應過來，他已經轉身快步走向他的指揮台。

排練廳的門又被推開，進來的是帕瓦羅蒂。所有人都停止了說話，目光不自覺地跟着他。老帕走向萊文，寒暄兩句，重重地坐進指揮旁邊的椅子，一把拉過譜架。

"我們開始。"萊文用帶點沙啞的嗓音輕輕地說，排練廳裡的氛圍一下子嚴肅起來。

那是我第一次跟大師萊文排練。

前一天晚上我的確演出了普契尼的《蝴蝶夫人》。

我的角色是日本僧人邦賽，主角蝴蝶夫人喬喬桑的叔父。因為她跟美國軍官結婚而大怒，在喬喬桑的婚禮上邦賽揮着一根大竹杖闖入，詛咒她的婚姻，說她背叛了日本的宗教，並驅趕所有的婚禮賓客跟他離去。那是全劇最激烈的時刻，樂隊震耳欲聾，僧人竭盡全力，用最強的音量唱出他的憤怒。全部唱段才一分二十秒，是我演過的角色中最短的一個。

沒有人會注意《蝴蝶夫人》中僧人這個角色，那個角色閃電一樣就消失了，我根本想不到這麼小的一個角色會引起大師的注意。

20 世紀 90 年代是萊文大師在大都會歌劇院的全盛時期，他有權決定每年演出季所有二十幾部歌劇的劇目。在演出季的九個月中，除了星期天，每天都有歌劇演出，星期六兩場。三分之一劇目由他親自指揮，他指揮的歌劇，導演他定，演員他定，從巨星到最小的角色全部由萊文親自挑選。

在歌劇的歷史裡，很長一段時間，舞台是作曲家的。簡單說，從格魯克到莫扎特到瓦格納、威爾第到普契尼，都是作曲家說了算。然後是明星歌唱家主導的時代，從卡魯索到卡拉斯到帕瓦羅蒂，明星最重要。在萊文時代，20 世紀中期開始，歌劇舞台是指揮家的。歐洲是卡拉揚的天下，美國屬於萊文。

萊文不像同時代歐美的大指揮家，常年在世界範圍到處指揮，忙碌地奔波。雖然他也兼任過波士頓交響樂團的首席指揮，還擔任過慕尼黑交響樂團的音樂總監，但萊文最專注的就是大都會歌劇院。他用四十七年的時間，打造了這個世界一流的歌劇院、一流的歌劇交響樂團和合唱隊、一流的導演和舞台製作團隊，吸引了世界範圍最傑出的歌唱家，成為全球資金最雄厚，製作最輝煌的偉大歌劇院。

在萊文的直接參與下，大都會歌劇院把對音樂質量的要求放在第一位。萊文每個星期都要安排兩次跟音樂部門所有的歌劇音樂指導、助理指揮和鋼琴伴奏們開會，聽取大家對歌唱家們在每一部歌劇的演唱和排練中的表現的意見，然後馬上決定需要加強和改進的部分，當時就會決定哪個歌劇指導跟哪一位歌唱家做甚麼具體的音樂作業。我那時每個星期除了參加不同歌劇的排練和演出，還會至少有兩次跟歌劇指導的練習。

萊文從一部歌劇的第一天排練就開始跟歌唱家們工作，坐在那裡，從音樂到排戲，每天全程參加。對新的歌劇製作，尤其是在大都會首演的劇目，他會持續跟歌唱家們排練大約兩三個星期，然後演出。今天沒有任何一個大指揮能做到。有些最牛的指揮甚至在歌劇最後彩排時才出現。

都說，萊文的辦公室裡有一套複雜的音響設備，跟舞台和每一個大小排練廳相連，讓他可以隨時打開，根據排練日程，從擴音器中聽到不同的劇目正在排練的聲音。萊文很多時候還會在晚上留下，靜靜地坐在劇院觀眾席裡不起眼的地方，看一會兒並不是他指揮的歌劇演出。我在《蝴蝶夫人》的演出，就是這樣給他留下的印象。

1990 年 12 月，我第一次在大都會的舞台上給萊文試唱，考進了大都會歌劇院。第一個演出季，我參加演出的是普契尼的《西部女郎》和威爾第的《弄臣》，都不是萊文指揮。

1992 年 5 月，我在大都會的第一個演出季結束時，不知甚麼原因，大師萊文要求我再給他做一次試唱。試唱也是在大舞台上進行的。大師聽完我的試唱沒有說話，我當時很不開心，覺得自己唱得不好。試唱之前我有一個六小時的歌劇排練，人很疲勞，聲音也疲勞。

後來歌劇院藝術部門負責合同的主管，告訴我的經紀人，我唱完試唱幾天以後，萊文走進他們的辦公室，討論了很多下個演出季劇目的問題，臨走時，大師跟他們講："我要把田留在這裡，我想看他怎麼成長。"

這一句話，讓我在大都會歌劇院簽約了整整二十年。

二十年中，我跟萊文大師演出過威爾第的《路易莎‧米勒》《朗巴底人》《假面舞會》《阿依達》《西蒙‧博卡涅拉》和《命運之力》，瓦格納的《紐倫堡的名歌手》和莫扎特的《伊多米‧內歐》，一共八部歌劇。

我在寫這篇文字時問過瑪莎："你對萊文最深的印象是甚麼呢？"瑪莎想都沒想就說："最深的印象就是你怕他。"她又補了一句："你在他面前從來就沒放鬆過。"

瑪莎說得太對了，我合作過的所有指揮，讓我最緊張的就是萊文，這是一種根本無法解釋的緊張。

萊文大師的臉上總帶着微笑。排練的時候，他永遠表情輕鬆，語音柔和，絲絲地有點啞，舉止隨意，總穿着他的白 T 恤，肩膀上一條大毛巾，藍褲子白球鞋。排練中，萊文時不時會開一兩句玩笑，讓氣氛鬆一下。有一次我們十幾個演員跟他做音樂作業，過一遍歌劇《命運之力》，鋼琴伴奏。他走進排練廳坐下後，馬上看出好幾位歌手顯得拘謹，就跟男高音主角多明戈說："來，普拉西多，給大家講講那天你給我講的笑話！"多明戈站起來走到大家面前，連講帶比畫，給我們講了一個男人在情婦那裡混了一夜，回家如何撒謊騙過夫人的笑話，逗得大家哈哈大笑，排練輕鬆開始。

我不怕萊文大師笑，是怕他藏在笑容裡面那種嚴厲。在大都會的二十年中，我從來沒有聽到過大師高聲說話，也沒有聽到過他訓斥任何人。他的嚴厲在他的眼睛深處、眉毛和手指尖兒，在他的指揮棒。

萊文眼睛很大，在一副大眼鏡裡顯得更大，裡面是錐子一樣的瞳孔。他微笑的時候"錐子"不笑，但是，只要你在音樂和歌唱中有丁點兒問題，你立刻就會感到大師眼睛裡那種刺人的尖利，冷冷地扎過來。

大師從來沒有誇張的指揮動作，跟他工作，你必須要注意他每一根手指，還有指揮棒的棒尖兒，還要同時看到他的眼睛和眉毛。萊文指揮的時候，會抬一下眉毛，或掃你一眼，那都是指揮的動作，把他想要的音樂、節奏和呼吸，跟手指和指揮棒混合在一起。大師會笑，只要你記住了他要的東西，準確地做出來的時候，他會抬起頭給你一個快速的微笑。大師對音樂的要求極為敏感，他不會放過任何細節，指揮起來看似隨意，卻有很多音樂的要求。你必須要知道他微笑後面要的是甚麼，小心那刺人的"錐子"。

我是怕萊文，在他面前就是緊張。一個英國著名的男低音跟我說過："跟全世界的指揮都唱過，不知為甚麼就他 × 在萊文這兒緊張。"

最後我才明白，怕他，是因為對他的崇拜。崇拜的組成部分之一就是敬畏。

我對萊文指揮出來的音樂充滿着崇拜。他的音樂輝煌就是輝煌，細膩就是細膩，線條就是線條，輕柔就是輕柔。無論莫扎特、威爾第、瓦格納、普契尼、德彪西或者格拉斯，每一位作曲家都清清楚楚地站在你面前，每一個音樂動機都乾乾淨淨地傳遞給你，每一個和聲都是活的。每一句歌詞，萊文會跟你一起唱，每一個樂句，他都跟你一起呼吸。我有無數的理由怕他，因為萊文指揮的音樂充滿着力量，每一個音符都在震撼你，讓你可怕的感動。

大師的"錐子"有時會冷酷無情。

萊文的一個助理告訴我，有一次在大都會的彩排，大師正在指揮一個女高音唱她的詠歎調，一邊揮着拍子，一邊注意着女高音的演唱，還帶着微笑給她豎過大拇指。詠歎調結束，大師回過頭去跟助理指揮說："我不想在大都會再看見她。"那是這個女高音在這個劇院的最後一部歌劇，從此消失。

事實如此，很多歌唱家失去大都會的合同後，尤其是在重要的演出中沒有唱好，很快，也會開始失去世界範圍歌劇院的合同。

威爾第的《命運之力》是我跟萊文演唱的第三部歌劇。這部歌劇在西方歌劇界有一個忌諱，都認為這部歌劇不吉利。迷信從意大利開始，演這部歌劇時劇院總會出點事，不是有人沒唱好被解除合約，就是排練有人受傷，或者佈景臨時出問題。總之，會有不順。所以歌劇院對這部歌劇敬而遠之，能不演就不演。但上百年來世界範圍的歌劇院還是會上演《命運之力》，是因為這個作品震撼人心的音樂和優美的唱段。《命運之力》的序曲更是世界知名的音樂會曲目，即便不願意演出這部歌劇的劇院，也會在音樂會中演奏《命運之力》的序曲。

我很喜歡我在這部歌劇中的角色——卡拉特拉瓦侯爵。侯爵最心愛的女兒愛上了一個有異族血統的秘魯政治流亡者，準備跟他私奔。侯爵發現後暴怒，完全聽不進"卑賤外族人"的懇求，最後這位流亡者的手槍走火，侯爵中彈身亡。

整部歌劇我的戲很集中，從開場第一句到第一幕幕落結束，總共十多分鐘。我的角色很戲劇性，從對女兒的愛，到對女兒和外族人企圖私奔的狂怒，再到意外中彈倒地，詛咒他們直至死亡。演唱音域非常適合我的聲音，而且有戲可演，能讓我充分發揮。

在大都會歌劇院這部新製作裡，手槍走火的秘魯人扮演者是巨星多明戈。在我跟他演過的十二部歌劇裡，他"殺過"我四次，分別在四部歌劇中。從手槍走火到兩次下毒再到讓我跟他的敵人同歸於盡。

女高音主角萊奧若拉的扮演者是雪倫‧斯威特，一個美國年輕的歌唱家，是萊文親自培養的新星之一。她曾在北京紫禁城演出過張藝謀導演的歌劇《圖蘭朵》，扮演公主圖蘭朵，還被拍成 DVD 發行。看過現場演出的北京朋友都不喜歡雪倫的形象。大約三百磅的體重讓她動作沉重，使人無法聯想這是一個美麗而冷峻的中國公主——雖然她的聲音一流而且非常有力量。後來迫使她放棄歌劇事業的原因，是她的健康開始出問題，步履艱難。在我們演出《命運之力》不久後雪倫就不再上台，轉為教學，令人特別遺憾，因為雪倫是一位傑出的歌唱家，還是一位非常好的人。

男中音主角是俄國非常著名的歌唱家切爾諾夫。聲音動人，極具樂感，形象和演戲都是明星的級別，人也和藹可親。在大都會歌劇院當時所有新製作的威爾第歌劇裡，都是他出演第一男中音角色。

當我們開始從排練廳轉到舞台上排練時，我發現切爾諾夫極度依靠夫人卡嘉。排練進行的時候，他的眼睛經常在尋找她，尋求歌唱的指示。卡嘉是一個歌劇專家，據說鋼琴彈得很棒，而且是切爾諾夫的聲樂指導。問題是，她每時每刻都在指導切爾諾夫。

卡嘉會從觀眾席、側台、佈景後面、大幕邊上，在排練進行時或停頓的片刻，用複雜的手勢發給切爾諾夫各種信號，指上指下，用手掌用胳膊，瞪眼張嘴加表情，密集地指示着切爾諾夫的每一個發聲位置。我注意過她的手勢和動作，覺得這非常危險，因為切爾諾夫過分地依賴卡嘉的指令，如果切爾諾夫看不到卡嘉從隱藏之處發出的那些手勢和表情，這位著名的俄國男中音會馬上不安，歌唱狀態立刻就不穩定。

《命運之力》的男中音主角唐卡洛有很多戲劇性的唱段，需要具有穿透力的音量和有濃度的聲音。切爾諾夫是一個典型的抒情男中音，具有非常優美的音色，歌唱技巧很好，並具有明星氣質。但他不是威爾第男中音，沒有那種震撼的音量，自己也意識到了這一點。在切爾諾夫的歌唱中能聽出隱隱約約的顧慮，尤其在非常戲劇性、需要大音量的句子裡，你會感覺到他極為小心，絕不撐大自己的聲音。

有一次切爾諾夫很嚴肅地低聲跟我講："你知道嗎？我不是一個威爾第男中音，我其實最適合唱羅西尼的作品，這些威爾第的歌劇對我太重了，讓我唱得緊張。"但是他還是一直在大都會唱着最沉重的角色。

沒有人會拒絕大都會歌劇院的邀請，因為邀請直接來自萊文。

幾年後切爾諾夫的聲音出現問題，就此離開了歌劇舞台，開始在音樂學院教聲樂。那時他還很年輕，大概四十多歲，是最好的歌劇年齡。人們說他把嗓子唱壞了，那些戲劇性的角色毀了他的聲音，他說是因為耳朵發炎，讓他無法掌握歌唱的音準。

大師可以把你捧成明星，升空之後要自己掌握方向，一旦墜落，沒人接得住你，因為你是明星。

《命運之力》力道在此。

當那首最著名的序曲結束之後，整個《命運之力》的第一句，是我唱出來的。侯爵走出睡房，在四小節音樂後開始對他摯愛的女兒唱出："晚上好，我的女兒……"

我唱出的第一個音之前的一小節，音樂節奏變成切分，這個切分節奏，使我無法找到第一句第一個音的拍子，總是晚一拍進來。結果，這晚進的一拍成了我的噩夢。

我沒有一次排練可以準確地唱好這第一拍的節奏。我的腦子被《命運之力》的音符帶來了精神分裂般的恐懼，無論我怎麼練習，練幾百次，聽多少遍錄音，只要樂隊一開始演奏，只要看到萊文大師眼睛裡的"錐子"，我一定錯，腦子剎那間空白，一定唱不好那個該死的第一拍。

我無法想像萊文為甚麼選擇原諒我。

他那刺人的注視，淡淡地微笑，使我信心全無。雖然他特地跟我單獨練過幾次這個句子，我還是錯。我能感到所有人都在為我們緊張。因為這句唱不好，會影響整部歌劇開場的連貫和節奏，至少會造成兩三秒鐘不穩定的片刻。

沒有一位指揮大師會接受歌劇開場時的短暫混亂，哪怕是片刻。也沒有一位指揮大師會有耐心，跟一個年輕歌手單獨練習了幾次，其實很簡單的句子，而他仍然唱不對。

我極度絕望，《命運之力》，真是不吉利！

萊文大師能原諒我的原因，也許是他喜歡我的聲音？也許是他喜歡我的表演？

沒有答案。

在第一幕結束之前，侯爵被"秘魯人"多明戈的槍不小心走火擊中腹部，狠狠地摔在舞台前方，離在樂池中正指揮的萊文很近，幾乎臉對臉。我痛苦地唱出："我不行了！"然後帶着絕望死去。

我"死"得一定很真實。每次演到這裡，我都是徹底地投入在角色和劇情中。排練的時候，受傷倒地這一下，我練過不知多少次。好幾次在演出中，當我中彈倒地掙扎演唱時，萊文一邊指揮，一邊注意地看着我的表演，點點頭，微微一笑。左手打着拍子，右手摸摸左臂，在樂聲激烈的轟鳴中眯起眼睛，做出一個起雞皮疙瘩的表情。

我最喜歡跟萊文排練——雖然我怕他。

跟大師演出的八部歌劇，我和他一起排練了上百次，而且是近距離地工作。他渾身散發出的音樂，能直接進入我的每一根神經。那種音樂的感覺是厚實的，可靠的，久遠又富有生氣。我是那麼懷念跟他排練的時光，分秒都是上課。

有一次排練，我終於知道萊文為甚麼總在左肩膀上搭一條大毛巾，他跟我們說他左肩膀老痛，刺痛，還怕冷。我覺得那是他帕金森病的開始。

從 1999 年開始，萊文指揮時，左手臂用得越來越少了。

大師喝很多水——也許是茶。每次排練總有一個男助手給他端進端出幾大茶缸子水。助手比我年輕大約十歲，是一個從來沒有任何表情的人，走路身子略往前弓，很瘦，步子很輕，端着大茶缸子顯得有點重，用雙手捧着。他一進排練廳，直線走向鋼琴放茶缸，一返身，再直線走出。助手一聲沒出過，眼不斜視，看上去一臉的堅忍，嘴唇緊閉，腮幫子兩邊總鼓着兩條肌肉，似乎永遠咬着牙根兒。

2001—2002 年在大都會歌劇院的演出季，跟大師排練時，他已經完全不用左手端茶缸子了。

那個演出季，是我在大都會演出壓力最大的一年，也是我歌劇生涯中最嚴峻的兩個月。

2001 年 9 月 11 日的早上，一直令紐約曼哈頓驕傲無比的世界貿易中心，一百多層的摩天雙塔，被恐怖分子駕機撞入，那是致命的撞擊，兩座曾經的世界最高建築瞬間化為灰燼。

"9·11"事件使大都會歌劇院一下子陷入混亂，短暫的停演後，發現復演有巨大的困難——許多應該來擔任主演的外國歌唱家取消了演出，都被世貿中心殘骸上的餘煙嚇壞了。尤其是歐洲的歌唱家，覺得紐約已是戰區，來這裡有生命危險。

大都會歌劇院當時有兩個重要的歌劇新製作即將開排：貝里尼的《諾爾瑪》和威爾第的《路易莎·米勒》。兩部歌劇都有很重要的男低音角色。擔任這兩個角色的是一個意大利有名的男低音 CC，任憑大都會"威脅利誘"，以合同中"不可控的原因之下，雙方都有權結束合同"的條款為由，CC 拒絕前來紐約演出。

《路易莎·米勒》是萊文大師指揮，導演是摩辛斯基，猶太人，很有名，據說也很怪。這部歌劇還沒上演已經引起廣泛注意，演出票早已售光，大都會歌劇院已經三十多年沒上演過這部歌劇。

《路易莎·米勒》聞名的是音樂的優美和難度，還需要有一組訓練有素、技巧一流、聲音可以穿越樂隊的歌唱家。很多年來，威爾第這類歌劇難以上演的原因，是找不齊一組水平相近的一流歌唱家。很多人在等，等着在大都會看這輩子第一次，也許是唯一的一次《路易莎 · 米勒》。

JF 是大都會歌劇院藝術部的總監。所有大都會的主要演員，包括明星們的合同都出自他手，他是直接對萊文負責選角色的關鍵人物。JF 個子不高，一頭短短的鬈髮，性格古怪。他大權在握，卻總是躲躲閃閃，走起路來很快，明明是直行，卻會突然橫着跨出一步，而且絕不跟人對視。多少年在大都會歌劇院，我們相遇過無數次，沒說過幾次話，我也從來沒有看見過他的眼睛，因為他躲閃，會橫着跨出一步。

此刻，JF 坐在他的辦公桌後面，胳膊肘架在桌面上，看着自己的手指，帶着一種似笑非笑的表情對我說："我們決定讓你唱所有《路易莎 · 米勒》的演出，對，沃爾特侯爵，所有七場演出。"

"還有，我們需要你唱所有的《諾爾瑪》的演出，奧爾維梭，五場都你唱。"

JF 迅速地補充道。

"那《伊多米 · 內歐》怎麼辦呢？"

我的聲音顯得很陌生，輕得像自言自語。

我的腦子很亂，嗡嗡響，拚命在想日程，因為想起自己的合同中還要演出六場《伊多米 · 內歐》。

我記得這三部歌劇都擠在兩個多月裡，排練和演出緊密地交錯着，幾乎沒有休息的時間。我剛拿到這三部歌劇的合同時，還覺得很幸運，因為最難唱的《路易莎 · 米勒》和《諾爾瑪》我是 B 組，演得少，候補多。《伊多米·內歐》我只是幕後的一個角色，不出場，只在後台唱。這樣，我覺得自己還能支撐三部歌劇的恐怖日程。但現在全變了。JF 把排練和演出的日程輕輕地放在我面前，紙上都是小方格子，每個格子裡都是密密麻麻的字，字小得根本看不清楚，到處都是劇名和"Sing""Sing""Sing"，"Sing"（演唱）就是我演出的日期和場次。

"決定是這樣，你只唱《伊多米·內歐》首演的第一場，其他五場我們希望你同意取消，把全部精力放在《路易莎·米勒》和《諾爾瑪》上，因為這些演出都非常重要，你知道。"JF 還是似笑非笑，"這都是萊文大師的決定。"

萊文的決定？

沒有人會對大師的決定說"不"。

JF 從來沒有跟我講過這麼多話。他說在前一天的會議上，他們討論的問題包括我這個角色。意大利男低音 CC 拒絕來演《路易莎·米勒》和《諾爾瑪》，給大都會歌劇院造成巨大的困難。JF 和藝術部門的人用了兩天時間在世界範圍尋找可以演這兩個角色的人，最好是明星級演員，結果根本沒有希望，在這麼短的時間找到會唱《路易莎·米勒》裡沃爾特侯爵的男低音，而且有空檔可以來大都會，根本不可能，更何況排練馬上就要開始。

當 JF 向萊文彙報尋找結果時，大師馬上就說那就讓"田"唱，還說絕對不願意找一個"湊合"的男低音，就算是明星級。寧願讓我唱，並認為我能勝任。

JF 的形容讓我一陣感動，不自覺地脫口而出："好吧，我唱。"

"我們只有一個要求。"JF 抬起眼睛，"你必須保證不能生病。我們沒有人可以做你的替補，就是這樣，你要堅持到底，完成這兩部歌劇，總共十二場演出，尤其是《路易莎 · 米勒》。"

"明白。"我簡短地回答，感到一種沉重的壓力在內心升起。

"讓瑪莎多給你做些好吃的，好好照顧你！"JF 難得地笑了起來。

他喜歡吃瑪莎做的飯。

萊文大師也酷愛瑪莎做的菜，他自己不會在演出前來拿食物，卻會讓總是陪伴他的弟弟來取瑪莎的飯菜，拿了一盤又一盤。

拿到《路易莎 · 米勒》的合同卻是悲劇性的。

《路易莎 · 米勒》裡的男低音主角是沃爾特侯爵，有兩段詠歎調，一段很重的男低音二重唱，再加上很多重唱的唱段，其中一段是無伴奏的五重唱，由沃爾特領唱。這是一個典型的"Thankless"角色，意思是費力不討好，沒有人會記得住的角色。

我最大的問題是——我沒準備好。

這一年我一共有八部歌劇的合同，在大都會的五部和在歐洲的三部，其中一半都是沒唱過的新劇目。緊張的排練和演出，奔波和旅行，讓我一直都沒有休息的時間，所有演出和旅行的空隙，都在緊張地學習新的角色。

我本來有一種僥倖心理，以為《路易莎 · 米勒》有 A 組，意大利的 CC，按常規，他會先於我進入排練，我至少有兩個星期不那麼緊張的日程，可以好好練習和背譜子。但沒想到坍塌的世貿中心，使我瞬間成為 A 組演員，而且沒有 B 組候補演員。所以從排練第一天我就在重壓之下，拚命背譜子和跟歌劇指導練唱。喉嚨越來越累。

"你是生在哪裡的？"摩辛斯基一邊喝着可樂，一邊問我，那是我們開始《朗巴底人》戲劇排練的第一天。排練之前在大都會的咖啡廳，導演走過來在我旁邊坐下。

"我生在北京。"我說。

"我生在上海。"導演說。

摩辛斯基的黑邊眼鏡裡有一對直愣愣的眼睛。

"你生在上海？真的？！"我看着他那完全是西方人的臉龐和大鼻子，驚訝地問他。

"我父母在第二次世界大戰時，從德國逃到上海，那時有幾萬猶太人在上海避難，我就生在那裡。"摩辛斯基粗聲地笑了兩下，笑聲像乾咳，黑邊眼鏡裡直愣的眼睛沒有任何表情。

"真的？簡直無法想像！如果可能，我非常想聽你講講故事！"我激動起來。

總聽說幾萬猶太人 20 世紀 30 年代從歐洲逃到上海，在那裡居住了好幾年的傳聞，眼前就坐着一個！還生在上海！我突然覺得跟這個著名的導演很親，我一定會跟他交個好朋友，一定會合作順利！還馬上想到請他吃飯，來我們家，請瑪莎做烤鴨！

我們所有的猶太朋友都喜歡瑪莎的烤鴨。據說猶太人的歷史比中國的歷史早一千年，所以猶太人等了一千多年才終於吃到中國飯。

大師萊文是猶太人，摩辛斯基是猶太人，JF 是猶太人，我們劇組的男高音主角契科夫也是猶太人。他們中間一定有一種不用言喻的關係，這種關係浸透着極為頑強的生命力，歷經苦難和千百年的延續，交織着，伸展着，現在匯集到大都會歌劇院。

　　我的一個猶太朋友開過一個玩笑，說本來全世界排名前十位的偉大音樂家都是猶太人，後來有了一個空缺，因為他們對中國人印象好，就決定把這個名額送給了馬友友。

　　我在大都會做的第一次試唱，主考的是一位非常端莊的女士，神態優雅，她是歌劇院藝術部門的副總監，叫蕾諾・洛森伯格，喜歡我的聲音，是她給我安排了給大師萊文的試唱，使我開始簽約大都會。我在大都會演唱時所有的合同都跟她有關。她也是猶太人。

　　我跟猶太人一定有緣。

　　跟“中國老鄉”導演摩辛斯基順利工作的緣分和期望，兩個小時以後粉碎成憤怒。

　　在開始排練我的詠歎調時，我發現飾演女主角的俄國女高音坐在遠遠的一個角落在擦眼淚，所有的人都沉默不語，導演臉色發黑。

　　從我的第一個動作和走位開始，摩辛斯基就不高興，不讓我走不讓我動不讓我站也不讓我坐。我怎麼演都不對，抬頭不對低頭也不對，伸手不對轉身也不對。而且他的聲音越來越大，最後就開始用帶着侮辱性的字眼兒對我喊叫：“你怎麼這麼笨？！做這種傻子一樣的動作，有腦子嗎？！”

　　我覺得自己的臉變得冰冷，身體在僵硬地顫動，憤怒的感覺在腦子裡橫衝直撞。我絕對不是一個很差的演員，我不怕任何導演挑我的刺兒，只要有道理，只要可以得到啟發，讓我知道你到底要甚麼，我會極為認真地配合練習，如果可能，導演能給個動作的示範更好。但你不能對我吼叫，不能侮辱我。

　　大師萊文那天不在，我無法想像如果他在會怎麼反應，從藝術要求的角度？從猶太人幫猶太人的角度？後來我發現，當萊文在場的時候，摩辛斯基完全是另一個人，客氣、安靜、合理。

當摩辛斯基對我吼叫時，在場的其他演員、歌劇指導們、導演助理們……所有的人，都低垂着眼睛或看着不知甚麼地方，沒人說話。在這種場合，沒有甚麼對與錯，導演是絕對權威。

在摩辛斯基的大喊大叫中，我聽出來他要我做的，是一個沒有任何動作、沒有任何表情、僵硬的侯爵，嚴酷的父親。

沒關係，我可以努力嘗試，也願意學習塑造完全不同的形象，這是第一次排練，才排了十分鐘，我沒有遇到過任何一個導演如此暴躁，如此無禮。我拚命地克制自己的情緒，又堅持了十幾分鐘。

我排了整個詠歎調，最後一個音唱完後，好幾個人給我鼓掌。"No!!"摩辛斯基打斷了所有的人，嘶啞地喊起來，"你的這種表演糟糕透頂！我根本不能接受！可怕！可怕！可怕至極！"

我"騰"地站起來就走出排練廳，在走廊裡給藝術部門一位負責人打了一個電話，拒絕排下去，說這個導演是個瘋子，我根本沒法跟他合作。

排練停頓了很久，最後藝術部門的人找到我，說他們告訴了導演，要他給我道歉，還告訴他不能對演員沒有理由地發怒。

"他們讓我給你道個歉，OK，道歉！哼！"排練再開始的時候，摩辛斯基走到我面前，歪着頭粗聲粗氣地低聲說道，還用錯亂的眼神狠狠地盯了我一眼。

　　萊文大師參加排練時，摩辛斯基已經跟所有演員都結了仇——除了猶太男高音主角。至少，排練廳裡安靜許多，因為摩辛斯基幾乎不再對演員提任何要求，也沒有人願意跟他說話。

　　我顧不上跟這位"中國老鄉"導演慪氣，我的聲帶開始水腫，每天都在加重。

　　一個新的角色，尤其是很吃重的角色，我必須要反覆地唱，大聲地唱，需要把這個陌生角色的聲音唱進喉嚨肌肉的記憶，讓聲帶熟悉這些聲音運動的方式。因為沒有足夠時間準備和練習，我聲帶的水腫使聲音變得模糊，逐漸失去明亮的音色和力度。

　　瑪莎趕快給我安排了去見嗓音醫生 L。L 醫生很有經驗，中國台灣來的，診所在曼哈頓東區昂貴的住宅區裡。他給我仔細地檢查了聲帶之後，沒說話，慢慢地放好他那些醫療器械，眨了十幾次眼睛，說："你聲帶左側水腫，兩邊聲帶都充血，很簡單，你需要五天噤聲，不要說話，不要唱，我給你開兩種藥，五天以後來看我，再決定你能不能唱。"

　　五天噤聲？！不許說話不許唱？！我哪兒有這五天啊！明天上午要跟萊文大師做第一次音樂作業，全體演員，11 點開始，把整部歌劇唱一遍！

　　噤聲！噤聲！！噤噤噤噤——聲？！

　　"你必須保證不能生病，我們沒有人可以做你的替補，你必須堅持到底。"

　　我彷彿又聽到 JF 那嚴肅的聲音。

　　在大都會歌劇院有一條明文規定，所有的歌唱家，無一例外，在一部歌劇首演前的最後彩排，每一個參加人必須放聲演唱，像演出那樣，放出全部聲音，否則取消參加首演的合同。

　　大都會的明文規定在我這裡破了例。

　　當萊文大師知道我的聲帶水腫後，馬上決定讓我在所有的排練中"小聲地唱"。當時只有四天就要首演，我只能想盡一切辦法節約聲音，盡可能地休息，才有可能保證參加首演。我當時面臨着失聲的危險，因為"小聲地唱"可能會更糟，輕聲的演唱有時會讓聲帶增加更大的疲勞——如果你沒有掌握輕聲演唱的技巧。

　　我可能是唯一的一個歌手，在大都會歌劇院，幾乎沒有放聲地參加了一部大歌劇的最後彩排。

　　彩排開始之前，萊文走進我的化裝間，還是短袖的白 T 恤，左肩膀搭着大毛巾。他一進來就問我感覺怎麼樣，沒等我回答，大師就迅速地說："我知道你聲帶水腫，很抱歉。今天彩排你一定要省着你的聲音，後天的首演最重要。"他語音未落，眼睛就閃出兩道不動聲色的"錐"光。"你可以放聲唱那兩首詠歎調嗎？我很想聽聽，其他的段落你不出聲都可以。"大師很快又補充了一句，語氣真誠。

　　我不知道在大都會歌劇院無數次的彩排之前，萊文是否走進過任何演員的化裝間，告訴他們不用放聲唱——無論甚麼原因。最後彩排沒唱好被取消參加首演的例子不是沒有。

　　我不知道該感謝誰，大師萊文？意大利的 CC？感謝沒人可以替代？感謝"9‧11"？這是我在大都會歌劇院演唱的最大的一個角色，是在聲帶的危機中完成的。

　　一天以後，我參加了《路易莎・米勒》的首演。在大幕拉開之前，我站在台上，默默地告訴自己："你很幸運，拚了吧！！"

　　演出有兩次中場休息，每次休息，我化裝間牆上電話的鈴聲就會響起，我知道，那一定是萊文大師。"感覺怎麼樣？我的朋友，剛才這場你很不錯，很高興對不對？下一場會更快樂的！好，台上見！"他有時還會跟我開個玩笑，用他那微微沙啞的聲音。誰都可以想像，那些鼓勵的電話對一個負有重壓的歌唱家有多麼重要！

　　《路易莎・米勒》首場演出的樂評中對我的評論並不好。這已經不重要了，重要的是我堅持了過來，經歷了不可能的經歷，而且永遠不會忘記。

　　2015 年 12 月的一個下午。

　　我和瑪莎受邀參加了一個大都會歌劇院舉辦的午宴，慶祝明星多明戈在大都會演唱五十週年。那是一個非常長的午宴，延續了三個多小時。

　　午餐結束，所有講話結束，多明戈開始演唱。

　　多明戈選擇了很多曲目，出乎大家的意料，演唱了跟在座歌劇明星們演唱過的歌劇唱段，既不是男高音的詠歎調，也不是男中音的詠歎調，有時還是這些明星，無論男女，自己演唱過的一些段落。在座的包括米爾恩斯，霍恩，維瑞特，索維洛，沃伊特，丹尼爾……還包括大師萊文。

　　多明戈對他演唱的這些大家並不熟悉的唱段做了些解釋，還跟在座的明星們開些玩笑，回憶些合作時有趣的經歷。三個多小時後，在座的幾百位嘉賓不少都開始顯得疲勞，尤其是坐在主要貴賓席上的指揮大師萊文。

萊文坐在輪椅上，可以感覺到他越來越不舒服。大師發言時說過幾句短暫的賀詞，提到與多明戈幾十年的合作，語音無力，雙手似乎失控地左右擺動，頸部有些抽搐。

當午餐結束後，我和瑪莎馬上走過去問候萊文。大師的周圍並沒有甚麼人跟他說話，當他看見我們的時候，還操縱着他的電動輪椅開過來離我們近一點。

"你們看，我還能做甚麼？現在就是這個樣子。"大師一邊說一邊揮揮顫抖得很厲害的雙手。在我們簡短地問候他以後，萊文說："謝謝，很高興看到你們，我們在大都會見！"大師看着我們點點頭，勉強地笑了一下，算是告別，我可以看到他的眼睛裡佈滿了血絲。

大都會見⋯⋯

大師在大都會的演出越來越少，身體狀況越來越差，甚至無法保持平衡。最後，他坐着輪椅指揮都很費勁，大都會歌劇院特地為他改建了指揮台，讓他可以把輪椅開上去。

後來，在他親手建立起的偉大樂團裡，有些樂手開始抱怨說看不清楚大師的手勢。因為他的帕金森症——讓他無法控制身體的抖動，尤其是雙手。

指揮的雙手就是節拍，就是音樂，就是整個樂隊，就是生命。

2017 年 12 月 2 日，萊文最後一次在大都會歌劇院指揮。同日，大都會宣佈停止與大師萊文的合約，並開啟對他"戀童醜聞"指控的調查。

不久，他所有的音像製品全部下架，所有與他有關的歌劇報道全部消失，彷彿大都會歌劇院四十多年中偉大的建樹都與萊文大師無關。

萊文與大都會展開了一場冰冷的訴訟，涉及的金額其實並不重要，關鍵是名譽。據說，大師最後勝訴，獲得些賠償，名譽？已經殘破不堪。雖然網絡上可以重見大師的作品，又可以看到他指揮的歌劇視頻。但一切已經結束，萊文徹底離開了舞台。

對與錯？世界上的事情往往關係到雙方或者多方，有時都對，有時都錯，有時對中有錯，有時錯中有對。最後，一切歸於歷史。

偉大的天才一定不是完美的，完美的天才？

沒有。

# 晴朗的一天

　　大約有八年，我們曾經住在紐約曼哈頓下城的炮台公園城，窗戶對着東河的入海口，對面就是自由女神像。瑪莎每天開車，經過世界上最複雜的公路和橋樑網，去位於布朗克斯區的愛因斯坦醫學院上班，做一個老牌兒遺傳學雜誌的執行主編。我每天坐地鐵，從下城坐到林肯中心，去大都會歌劇院排練或演出。

　　地鐵站在著名的世界貿易中心下面，永遠人來人往，前後左右都是人。那時還不興戴口罩，各種膚色各種表情，加上各種眼神各種語言，仔細看，每個人都有故事。在那裡面工作的人，百分之九十九，在銀行或者投資公司做事，做的都是跟錢有關的事。再不會寫作的人，站在世貿中心那兩座雙塔下面的中心大廳，就看人，一個小時以後，也應該能寫出點甚麼。

　　我和瑪莎一個星期總會在世貿中心裡面消磨一些時間，有時是約好兩個人都下班時，在那裡見面吃個飯，或者去那裡的書店喝一杯咖啡，在商店裡轉轉。很多時候是一起坐地鐵去歌劇院，我去演，她去看。曼哈頓的街道上下班時一定堵車，那時開車會得心臟病，坐地鐵最保險。就算紐約的地鐵"髒亂差"，準時是可以保證的。

世貿中心對於我們有點像老朋友。無論外面是春夏秋冬，下雨下雪，酷暑還是嚴寒，雙塔總是帶着恆溫歡迎我們，歡迎每一個人，隨便你在裡面待多久。

據說在建世貿中心打地基的時候，挖出了很多土和石頭，都堆積在我們這邊，那個時候我們這裡就是河邊，甚麼都沒有，就是水，東河。從世貿中心挖出來的土石，填進水裡，形成了長長的一塊地，後來就變成炮台公園城，蓋了這十幾座樓，還有我們家。

瑪莎工作很忙的時候，會回來比較晚。我在歌劇院排練完，在世貿中心下了地鐵，就會在中心大廳裡隨便找個快餐店吃點甚麼，麥當勞常常是首選。

那天大概是晚上 8 點多鐘，下了地鐵，我又走進這個麥當勞，買了喜歡的起司漢堡，三層牛肉的，加薯條和冰鎮可樂。我隨便找了桌子坐下，開始吃我的晚餐。

突然聽到有人唱了一句歌，我往後一看，離我不遠的一張桌子，坐着一個黑人女子，很胖，圍着一個花圍巾，一身黑色的衣服，衣服顯得非常寬大，有些破舊，鼓鼓囊囊的不太合身。挺大的一個快餐店，居然只有我們兩個客人，我不好意思盯着她看，就轉回身繼續吃我的漢堡。剛吃兩口，又聽見有人唱歌，再一看，是這位黑女子在唱，這下我開始好奇，因為她唱的是歌劇。

我站起來去加了一杯可樂，回到餐桌，換了一個座椅坐下，可以從斜一點的角度看到她。

看得出來，黑女子是一個無家可歸的流浪者，大概五十多歲，屬於膚色比較黑的黑人。她的身邊是一個類似超市裡的購物推車，上面堆滿了東西。有兩三個塞得滿滿的大黑塑料口袋，下面是發暗的幾條被褥毛毯和挺髒的睡袋，都擠在手推車裡。手推車的四面掛着一些塑料瓶子和罐子，還有很多看不清楚不知道是甚麼的東西堆在車上，斜着插着一面小小的美國國旗。

黑女子根本沒注意到我，唱着歌，在她的餐桌上忙着甚麼。

她唱的是普契尼歌劇《蝴蝶夫人》裡女高音著名的詠歎調《晴朗的一天》。我完全被這歌聲吸引住，她唱得太好了。

《晴朗的一天》是這部名劇女主角喬喬桑最主要的唱段，她正萬分思念着不知身在何方的美國海軍軍官平克頓，她知道她的僕人鈴木不相信她的軍官戀人還會歸來，就給鈴木唱了這一段對幸福充滿期待、催人淚下的詠歎調，"晴朗的一天，我們會再相會"。

這首詠歎調不好唱，充滿着情感，有極好聽的旋律線條，又有很戲劇性的句子，尤其是結尾一直推向高潮那長長的高音，震撼人心，是無數女高音夢寐以求渴望演出的角色。

我演過這部歌劇裡面的一位僧人，蝴蝶夫人的叔叔邦賽，雷霆般衝入喬喬桑的婚禮，當眾詛咒她和美國軍官的不當之戀，驅趕所有來賓離開。我演過很多場這個角色，所以非常熟悉《晴朗的一天》這首詠歎調。我聽過很多一起演出的女高音主角演唱這首名曲，能夠唱好演好、有好聲音、聲音能穿透樂隊、字字動人心弦，極難。

面前這位頭髮亂蓬蓬地紮成一束，立在頭上，臉有點腫的黑人流浪女正輕聲地唱着"晴朗的……"她的意大利文很好，吐字發音很清晰，充滿着感情，聲音的控制完全是專業的，流動着，唱到最後那個高音的時候，聲音還是穩穩地站在高位置上，輕輕地灌滿了整個麥當勞。

我完全呆住了。這可不是一般的歌劇愛好者，這是一個歌唱家啊！能用半聲唱這首詠歎調，聲音清亮乾淨，這麼自然的呼吸支持，唱到這種程度，至少學了十年唱歌都不止。我坐在那裡不由自主地激動着，眼淚都快被她唱出來了。她是誰啊？哪裡來的？在哪裡學的唱歌？她怎麼就無家可歸了？！她怎麼就成了乞丐了？！

我發現她唱歌的時候，眼神溫暖，歌唱是下意識的，所有的注意力都在她面前的桌子上。

黑女子面前的桌子上堆滿了硬幣，從一分錢的到兩毛五的，攤了一大片。她一邊唱一邊細心地把硬幣分類。棕黃色的一分錢最多，堆得像一座小山坡。一摞一摞地豎着，被分成一毛錢一毛錢，一塊錢一塊錢地堆着。她用銀行裡拿到的硬幣紙捲，分不同顏色地把硬幣捲成一筒一筒的，仔細地數着，在"晴朗的一天"優美的旋律中，數着……

"她是要把錢存進銀行嗎？"

"她有賬戶嗎？"

我只是在問自己，並不期待答案。

她仍然沒有注意到我，我也不想打擾她。

我告訴了瑪莎這個經歷，有時我們會專門回到那個麥當勞，看看那位黑人流浪女高音會不會出現。

兩年後，我們搬到了上西城大都會歌劇院旁邊的新居，很少有機會再回到世貿中心和炮台公園城。

又過了兩年，兩架飛機分別撞進世貿中心那兩座摩天大樓。

在晴朗的一天。

瑪莎

# 後/記

　　我在這本書裡的很多地方都寫到瑪莎，因為我的歌唱經歷跟她休戚相關。

　　瑪莎也叫 Martha，也叫廖英華。大家都喜歡她，覺得她是一個明亮的人，能讓人信任給人快樂。

　　瑪莎生在英國的利茲，因為父母曾在那裡留學，她是利茲城第一個中國嬰兒，出生後上了當地報紙，收到很多不知來自何處的鮮花，許多陌生的英國人去醫院探望，就為了看看這個可愛的黑頭髮女嬰。

　　瑪莎在中國香港長大，去了美國讀大學和研究生，在費城的賓州大學拿到物理化學博士學位，後來從事人類遺傳學研究。瑪莎是個好學生，讀書不費勁，學物理化學不是鬧着玩兒的，她卻學得輕鬆，一邊讀書一邊學鋼琴，喜歡做飯，還參加了"革命"。

　　20 世紀 70 年代，在美國的左派港台留學生發起了"保釣"運動，"保釣"就是抗議和保衛日本侵佔的釣魚島，後來發展到支持中國進入聯合國，反對台灣國民黨政權等系列活動。那是一群熱血澎湃的港台青年學生。"鬧革命"的活動包括：學習毛選、唱革命歌曲、賣春卷籌集經費和遊行示威。瑪莎可能是最年輕的小"保釣"，因為會彈鋼琴，沒少伴奏"革命"音樂會。我聽過他們那個年代錄的磁帶，大合唱"紅軍不怕遠征難"，一片撒氣漏風的港台腔，卻有滿滿的真誠。

瑪莎 1979 年第一次回國。我是 1982 年在上海認識瑪莎的，那時她從美國回到國內，受邀復旦大學，參與人類遺傳學的研究工作。我當時在上海第二軍醫大學陪父親做肝癌手術。

第一次見到瑪莎，她正在一個復旦的教授家裡給一個小女孩理髮，動作快得讓人眼花，跑前跑後，一邊剪髮一邊跟周圍所有的人開心說笑。瑪莎看上去非常漂亮，充滿活力，我沒有想到一個搞嚴肅科學的人，能這麼爽朗和美好，也沒想到"美"和"好"能這麼動人地結合。

三十多年間，我們在國內國外一起做了很多項目，都跟歌唱和教育有關。做項目當然會有成功與失敗，能堅持下來的關鍵是我們有瑪莎，她用她的果斷、美食、笑容和誠懇，非常自然地凝聚着每一個人。

瑪莎喜歡幫助人，她有一種非常科學的直覺，知道誰需要幫助，怎麼幫。幫完就完，不記着。

瑪莎看過我所有歌劇和音樂會的演出，包括很多排練和彩排。她總說自己是個"專業的觀眾"。要知道，沒有觀眾，演員的生命毫無價值。

我永遠對科學界懷有內疚。因為我歌唱事業的發展，加上很多旅行，瑪莎決定放棄她的科研事業全力支持我。遺傳學界少了一個很好的科學家，而我成了一個幸運加幸運的人。

有一次我們跟朋友閒聊，瑪莎説："如果要再活一次，絕對不會嫁給歌劇演員。"大家笑。我説："是啊，歌劇壓力一大我就情緒低落，亂發脾氣，至少有三次瑪莎都差點兒跳樓了。"大家又笑。等大家笑完，瑪莎安靜地説："五次。"

這本書獻給瑪莎，沒有她就不可能有這些故事。

2012 年，我在北京的國家大劇院公演了個人舞台劇《我歌我哥》，內容是真實的經歷，根據我在大哥病危的最後時刻，從紐約的兩場歌劇演出中間，趕回北京，跟他在醫院裡一起度過的三小時改編的。

排練和演出我都極為投入，覺得自己和大哥最後相處的經歷刻骨銘心。每次排演都是滿臉的熱淚，參與製作的團隊和演出時的觀眾也都反應強烈，我的自我感覺非常好。

首演那天，徐冰和翟永明兩位朋友去了，還帶了一對夫婦，那是我第一次見到劉禾和李陀。過了幾天我們一起吃了個飯。

"你這個劇啊，直説吧，甚麼都不是，沒法給你歸類。"這是李陀開口跟我説的第一句話。"你和你哥的關係和情感並不特別，在這個劇裡也沒有真正的戲劇衝突。不過你在舞台上的掌控能力和你的表演都不錯。"李陀又補了一句。

李陀就是李陀，從我認識他的第一天開始，他就是這麼直，説話直取要害從不客氣，不廢話，不耐煩，不為"平庸"浪費時間。認識李陀，我才知道甚麼是真正的批評家，誰被他批評那是誰的幸運。

　　李陀的時間絕大部分都用在閱讀和寫作上。我們在紐約時不時能聚。李陀可不是一個簡單的學者和文學批評家，他的知識面和關注的問題極為廣泛，觀點嚴謹而鋒利，聽他講話就是上課。

　　跟李陀上課的地點不定，不是他們家就是我們家，也會在博物館或者中央公園。李陀喜歡找一個咖啡館寫作。我很留戀他從曼哈頓上西城的 116 街走下來，我從 66 街走上去，在某個咖啡館裡"接頭"的時光。

　　後來，我們還發現過去在北京的經歷有很多巧合：我們都住在新外大街小西天，我們院兒就在他們院兒的隔壁，都當過工人。在很多年裡，每天早上都坐 22 路汽車，都到西單換廠裡的班車。我倆的工廠都在石景山那邊，他在"北重"，我在"北鍋"，挨得很近，都參加過廠裡的宣傳隊，我還去過他的工廠演出。越說越神的時候，我們就會不約而同地："哎！我們肯定碰到過啊，不是在 22 路上就在西單！"兩人會突然用廠子裡說話的勁兒，帶出些工人兄弟常用的"髒字兒"。在那個愉快的時刻，老師成師傅了。

　　2017 年，我們一起去了李陀工作二十來年的北京重型機械廠。工廠已經停工關閉，跟門衛磨了半天才進了廠門。一個當年有七八千工人的大廠已無人跡，每一個巨大的廠房裡都是一片廢墟，眼見全是殘磚廢石。當年熱火朝天的車間只留下寂靜的傷感和幻覺，工人弟兄們都上哪兒去了？

　　李陀和劉禾看過我在紐約和北京演的歌劇，聽過我的音樂會。有意思的是，沒過多久，李陀就嚴肅地跟瑪莎和我宣佈：

我的歌劇演唱事業已達高峰，應該考慮開始寫作。

寫作？讓一個已經唱了三十年歌劇的演員走下舞台，改行寫作？

一連幾年我都沒寫甚麼，仍然在我的演唱"高峰"徘徊，繼續唱了很多歌劇。但李陀沒有放棄他的"預言"，一直堅決地鼓勵我要拿起筆來。後來，我發現我自覺不自覺地從李陀那裡得到些很重要的影響，跟着他對文學和戲劇、繪畫與歷史、寫作和現代社會等方面產生了關注和興趣。最後，我拿起了筆，打開久遠的記憶。

在我這個年紀，能遇到他那個年紀的一位忘年交，豈止幸運！

這本書要同時獻給李陀，沒有他就不可能有這本書。

翟永明為這本書寫了序，她是我非常崇敬的詩人，詩人能為我這本書寫序，感動之下，實在不敢當！

謝謝劉淨植老師，她為這本書甘當"黃世仁"，多少次嚴肅地逼着我"交租子"，同時給了我這個業餘寫字的人那麼多專業的指教，還具體地教給我完成一本書的每一個步驟。她是用心做的這本書。

我要感謝商偉教授，他為《帕瓦羅蒂》和《普拉西多·多明戈》做了極為細緻的修改建議，使我把從他那裡學到的東西用到了其他的文章。

感謝陶慶梅老師，當我很茫然地開始寫這個集子的時候，得到過她啟發性的建議和鼓勵。

我要擁抱 Alice（周倩茹），她默默地幫助我做了多少整理和瑣碎的準備工作，還有 Betty（吳可欣）！

這本書裡有很多照片，來自我三十多年歌劇演唱的經歷。時間久了，很多照片已經無法找到出處，尤其是那些令人難忘的劇照，有些照片我甚至不知道拍攝者是誰。在此，我要懷着感激的心意做個說明：在本書寫作和出版階段，我們和出版方一直在努力地嘗試，希望得到本書所有圖片的相關出版授權，至今，仍無法與部分攝影者取得聯繫，非常遺憾。恭請版權持有人見書後與活字文化聯繫，以便出版方奉寄樣書和稿酬。

我無法想像這本書真的會出版！就像 1983 年，我肩膀上背着一把吉他，揣着幾十美元走出紐約機場的時候，根本想不到我會成為一個真正的歌劇演員，並能以此為生。

我很想知道大家怎麼看這本書，就像我演了一場歌劇希望知道觀眾的反應一樣。

這本書沒寫完，只寫了我在海外的歌劇演唱經歷，想寫的還有很多。

我特別想寫的，就有和瑪莎一起發起的 iSING! 國際青年歌唱家藝術節。

我和瑪莎一起為這個項目投入了多少感情和時間！iSING! 藝術節從 2014 年起落戶蘇州工業園區，每年一屆，至今有超過三百五十位來自三十多個國家的青年歌唱家參加過這個項目。讓外國歌唱家學習用中文演唱是我們的堅持，還有就是培養中國的年輕歌唱家走上國內外的歌劇舞台。我和瑪莎都知道歌劇事業的"輝煌"後面有多艱難，多孤獨，多麼需要支持。幫助那些值得幫助的人吧！這就是為甚麼，我們這個小小的 iSING! Suzhou 團隊，得到了很多人無私的幫助，在美麗的蘇州堅持到了今天。

我還想寫：為甚麼我在小時候是那麼痛恨西方音樂。後來怎麼就從北京鍋爐廠去了中央樂團。怎麼就去了西方學聲樂，怎麼"走私"手錶，湊夠飛紐約的天價機票錢。還有，跟偉忠兄一起做一起演一起笑着流淚的舞台劇《往事只能回味》，怎麼就為江蘇的《鑑真東渡》落髮剃鬚，怎麼在落基山上的淘金小鎮做郭文景的歌劇《詩人李白》。還有我和瑪莎帶着支持國內歌劇發展的美夢，如何投入到血本無歸的"中美合資"化妝品工廠——那三年在泥沼中的經歷。還有我要交代是怎麼撬開北京一個圖書館的門，偷了七十本西方名著，成了那個遙遠年代最"富有"的少年。還有我難忘的小西天一號，一起用青春彈着吉他拉手風琴，一起用純情歌唱的髮小們，北京鍋爐廠的鍋友們，中央樂團二局五樓我們學員班那些可愛的同學們，樂團的朋友們。當然，還有我那用全部身心撲進去的個人舞台劇《我歌我哥》！還有，1975 年北京那個炎熱的夏天，遇到的陌生人，就聊了三分鐘，告訴我應該學唱歌。

還有……

祝願每個人都能遇到一個瑪莎，還有李陀。

2017 年 7 月 19 日，與李陀在曾經的北京重型機械廠，面對消失的車間

# 附/錄

———— 書中部分歌劇與人物介紹 ————

## 威爾第

　　意大利偉大的歌劇作曲家，在五十多年的創作生涯中寫過二十六部歌劇。威爾第於 1813 年在意大利布賽托附近一間不大的房子裡出生， 1901 年在羅馬逝世，意大利政府為他舉行了隆重的國葬。

　　本書列舉了十六部威爾第歌劇，都是世界範圍歌劇院經常上演的經典劇目。包括《埃爾南尼》《納布柯》《朗巴底人》《耶路撒冷》《奧泰羅》《命運之力》《茶花女》《遊吟詩人》《唐卡洛》《西西里的晚禱》《麥克白》《弄臣》《假面舞會》《阿依達》《西蒙·博卡涅拉》《路易莎·米勒》。

　　這十六部歌劇均為筆者演出過的劇目，其中參演過《阿依達》在歐美和北京九個歌劇院不同的製作版本大約三百場。包括於 2001 年與帕瓦羅蒂在大都會歌劇院的合作，指揮為詹姆斯·萊文，那是帕瓦羅蒂最後一次在大都會演出《阿依達》。

《西蒙·博卡涅拉》在北京國家大劇院的實況演出製作出版了高清 DVD，多明戈飾演第一主角男中音西蒙，指揮鄭明勳，筆者出演男低音主角費耶斯科。有意思的是，在 1996 年，大都會歌劇院也出版了這部歌劇的 DVD，當時多明戈飾演的是男高音阿多爾諾，筆者飾演配角皮耶特羅。

威爾第的偉大，在於他以沉着而有力的步伐，不停地發展着他的天才，每一部歌劇的創作都有新的成就，這是他一生的事業特點。威爾第的創作活力一直持續到他晚期的作品，尤其是《奧泰羅》和《福斯塔夫》，都取得了巨大的成功，奠定了威爾第無比崇高的大師聲譽。同時，他還是一位令人敬佩的愛國作曲家，尤其在他早期作品裡大都充滿着政治色彩和家國情懷。

難以想像的是：當威爾第十八歲的時候，想進入意大利米蘭音樂學院學習，被拒絕，原因是他缺乏音樂大才。

## 意大利歌劇詠歎調《她從來沒有愛過我》

選自威爾第的歌劇《唐卡洛》，是意大利最著名的男低音詠歎調之一，最長也最難。

西班牙國王菲利普二世與一位年輕到足以成為他孫女的法國公主伊麗莎白，進行了一場有關政治利益的包辦婚姻。他懷疑他的兒子卡洛與她有染，內心無比煎熬，整夜無法入睡，獨自坐在陰暗的書房。在第一道晨曦中，回憶起她第一次見到他的情景，痛感衰老而悲傷，自言自語道 "她從來沒有愛過我"，繼而爆發出對背叛的憤怒，誓言報復。

這是筆者四十年前學習的第一首威爾第的詠歎調，之後演出過十七部威爾第的歌劇。

《唐卡洛》在比利時

## 普契尼

　　如果説威爾第後繼有人，那就是 20 世紀偉大的意大利作曲家普契尼（1858—1924）。從廣泛的層面看，普契尼的作品深受瓦格納和威爾第的影響。在應用"主導動機"的音樂結構上，受瓦格納的影響更多。他所創作的具有精緻戲劇性的管弦樂和無與倫比的詠歎調與重唱，使他的作品一百多年來始終具有迷人的魔力，廣受熱愛，經久不衰。

　　普契尼普遍被認為是真實主義的作曲大師，一共創作過十二部歌劇，其中《托斯卡》《蝴蝶夫人》《波西米亞人》和《圖蘭朵》是他經典中的經典，也是世界範圍的歌劇院最常見的演出劇目，幾乎每一首男女高音的詠歎調都是非凡的傑作，擁有最高的演出頻率。包括《蝴蝶夫人》中《晴朗的一天》、《托斯卡》中的《星光燦爛》、《波西米亞人》中的《冰涼的小手》和《我的名字叫咪咪》，還有世人皆知《圖蘭朵》中的《今夜無人入睡》。

　　歌劇《圖蘭朵》是根據一個中國古代公主圖蘭朵的傳説創作而成。直到今天，世人還不知道一百多年前的普契尼是從甚麼地方得到中國民謠《茉莉花》的旋律，然後把它千變萬化地融進整部歌劇之中。筆者參加過國際範圍十一個歌劇院的《圖蘭朵》新製作，擔任老韃靼王的角色，演出將近四百場，包括在大都會歌劇院四十一場的演出。筆者還參加了北京國家大劇院落成後的首部歌劇《圖蘭朵》的首演，實況已製作成高清DVD 出版發行。

　　很遺憾，普契尼沒有寫完《圖蘭朵》就去世了，他的學生

阿爾法諾收集了他的草稿，完成了大師的遺志。該劇於 1926
年 4 月 25 日在米蘭斯卡拉歌劇院首演，由大師托斯卡尼尼指
揮。當演出進行到普契尼最後寫下的幾個和弦時，托斯卡尼尼
放下指揮棒，說："就在這裡，死亡奪去了大師普契尼手中的
羽筆。"然後轉身離去。大幕緩緩落下，《圖蘭朵》首演結束。

不少人說，普契尼的逝世，標誌着意大利歌劇的終結。對
與否，請查閱普契尼之後的意大利新歌劇對比，自尋答案。

《圖蘭朵》在大都會

多明戈、維羅尼卡和我在波恩演出《瓜拉尼人》

## 巴西歌劇《瓜拉尼人》

由巴西著名作曲家戈梅茲創作的第一部意大利風格的歌劇,根據巴西作家阿倫卡爾的小説《瓜拉尼人》改編,1870 年 3 月 19 日於米蘭的斯卡拉劇院正式首演。 1870 年 12 月 2 日首次在巴西里約熱內盧的歌劇院上演,是第一部在巴西境外獲得讚譽的巴西歌劇。主要講述發生在巴西土著瓜拉尼部落,圍繞着愛恨與權謀的歷史故事。在經過一百多年沒有上演之後,1994 年由男高音大師多明戈力薦,在德國波恩歌劇院重新推出。多明戈飾演第一主角佩利,筆者的角色是唐·安東尼奧,是筆者第一次在德國演出。首演實況由索尼公司製作成 CD 發行。由本歌劇導演赫爾佐格製作的紀錄片《歌劇故事》於 1994 年上映。

## 俄羅斯歌劇《鮑里斯‧戈東諾夫》

俄國作曲家 M. P. 穆索爾斯基創作的四幕歌劇，由作曲家本人根據普希金的同名歷史劇編寫的劇本，1874 年在聖彼得堡馬林斯基歌劇院首演。是一部有二十個獨唱角色的大型歌劇，戲劇情節和音樂的張力以沉重的色彩完美結合，成功地塑造了陰鬱的沙皇戈東諾夫。故事發生在大約 1600 年，俄國沙皇鮑里斯‧戈東諾夫原來是伊凡雷帝的大臣，他謀殺了應該繼承王位的伊凡雷帝的兒子季米特里，強迫人民擁戴自己當皇帝。年輕的修道士、政治冒險家格里高利假冒季米特里的名字逃亡，利用對鮑里斯的不滿，向他興兵討伐，贏得了人民的支持。鮑里斯被這一切嚇壞了，倉促地把繼承權交給了他兒子費奧多爾，自己在精神錯亂中死去。

這部歌劇是俄羅斯民族樂派的優秀作品，其音樂在運用平行和弦、民歌調式等方面，特別是在劇中突出群眾場面，加強合唱的地位，不過分顯耀主角，是歌劇創作上的革新。

## 意大利歌劇《塞維利亞的理髮師》

　　意大利喜歌劇，斯泰爾比尼編劇，著名作曲家羅西尼以短短十三天一氣呵成完成譜曲。它的首演是西歐歌劇史上十分著名的失敗演出之一，失敗的原因是多方面的。其一是因為在羅西尼之前，當時意大利老資格的作曲家帕依謝洛已將博馬舍的喜劇《塞維利亞的理髮師》創作成歌劇，因此相當多的觀眾認為羅西尼重新創作帕依謝洛已經創作過的歌劇是膽大妄為，甚至感到非常氣憤。1816 年 2 月 5 日在羅馬阿根廷劇院首演當天，口哨聲、喝倒彩聲此起彼伏，觀眾幾乎聽不見演員在唱甚麼。第二天情況有所好轉；一週以後，該劇的演出才獲得巨大的成功，並與莫扎特的《費加羅的婚禮》並稱為喜劇雙絕。該劇很快成為世界各地歌劇院最重要的演出戲碼之一，也成為歌劇史上永放光芒的不朽名作。

　　劇情描述了發生在 17 世紀西班牙的一個故事。伯爵阿爾馬維瓦與富有而美麗的少女羅西娜相愛，但羅西娜的監護人、貪婪而狡猾的醫生巴爾托羅也在打羅西娜的主意，音樂教師巴西里奧（此為筆者演出的角色）為他出謀劃策。在機敏幽默而又正直的理髮師費加羅的巧妙安排下，伯爵和羅西娜衝破了巴爾托羅的阻撓和防範，終成眷屬。

## 法國歌劇《浮士德》

法國作曲家古諾所創作的五幕歌劇。劇情根據德國大文豪歌德的悲劇《浮士德》改編。《浮士德》在 1859 年 3 月 19 日於巴黎的抒情歌劇院首演。

當古諾向巴黎歌劇院遞交自己幾乎完成的歌劇《浮士德》總譜時，卻遭到了拒絕，理由是音樂不夠"華麗"。好在另一家抒情歌劇院的經理同意接納，但有附加條件：首演推遲一年，減少上演場次，而且，必須由他的妻子出任歌劇女主角。終於，1859 年 3 月 19 日，《浮士德》在巴黎抒情歌劇院首演，贏得了評論界的一片讚譽，成了當時最受巴黎觀眾歡迎的劇目。女高音著名的詠歎調《珠寶之歌》和男高音的詠歎調《你好啊！貞潔而純淨的住所》都是經典之作。魔鬼梅菲斯特是歌劇男低音最著名的角色之一。筆者在阿根廷、美國和新加坡演出過該劇，並在上海大劇院的開幕年參演了《浮士德》的首演，為筆者留學回國演出的第一部歌劇。

## 中國現代原創歌劇《馬可·波羅》

　　廣州大劇院原創歌劇。由丹麥導演霍爾滕執導，韋錦編劇，德國作曲家恩約特·施耐德作曲。2018 年 5 月 4 日於廣州大劇院首演。該劇通過深度演繹馬可·波羅自陸上和海上絲綢之路往返中國的傳奇經歷，彰顯了絲綢之路的文化價值和人文風采，表達了對人類和平、世界和諧的嚮往和讚美。也以馬可·波羅的視角，講述了宋末元初朝代更迭的風雲際會，同時展現了他與中國姑娘傳雲的愛情傳奇。筆者參與了該劇的世界首演，飾元代皇帝忽必烈。該劇於 2019 年赴馬可·波羅的故鄉意大利進行了巡演。

## 中國現代原創歌劇《駱駝祥子》

　　國家大劇院首部改編自中國現代文學名著的原創歌劇《駱駝祥子》，於 2014 年 6 月在中國北京首演問世。國家大劇院歷經三年醞釀籌備，將中國現代文豪老舍與中國傑出作曲家郭文景，進行了一場穿越半個世紀的強強聯合，並集結著名編劇徐瑛、導演 / 舞美設計易立明等國內一流創作團隊，首度將《駱駝祥子》搬上歌劇舞台。並於 2015 年 9 月 23 日—10 月 5 日前往歌劇故鄉意大利巡演，在都靈皇家歌劇院、熱那亞歌劇院、佛羅倫薩歌劇院巡演，並在米蘭威爾第音樂廳與帕爾馬帕格尼尼音樂廳以中國歌劇音樂會的形式亮相。筆者飾演的角色是女主角虎妞的父親劉四爺。

## 中國現代原創歌劇《鑒真東渡》

　　江蘇省演藝集團歌劇舞劇院的第三部原創歌劇。唐建平作曲，馮柏銘、馮必烈編劇，邢時苗導演。2016 年 12 月 20 日，於東京奧查德劇場進行世界首演，取得圓滿成功。很多日本觀眾都在演出落幕後熱淚盈眶，因為唐代高僧鑒真對日本文化和宗教的貢獻，被尊為"文化恩人"載入教科書。《鑒真東渡》是關於鑒真生平的第一部歌劇在歷史中首次上演。該劇兩度赴日本巡演，於 2018 年赴中國台灣巡演，並於 2019 年在美國洛杉磯和紐約林肯表演藝術中心公演。江蘇省演藝集團大約二百位藝術家的巡演團隊創造了中國大型現代歌劇成功的在海外巡演的成就。

飾演鑒真大師是筆者演出生涯中最重要的經歷之一

# 紐約大都會歌劇院原創歌劇《秦始皇》

　　一部以中國第一位皇帝秦始皇為原型的悲歌劇，用英文演出。該劇由國際著名作曲家譚盾譜曲，並和作家哈金一同完成劇本的創作。張藝謀任導演，王潮歌、樊躍任執行導演。經過十年的籌備，於 2006 年 12 月 21 日在美國紐約大都會歌劇院進行了首次公演。

　　《秦始皇》的上演具有獨特的歷史意義：世界最著名的歌劇院首次委約中國作曲家，首次演出一部中國題材的原創歌劇，由中國的導演團隊製作，演員陣容由世界著名的歌劇大師多明戈領銜，美國歌唱家和中國歌唱家（筆者的角色為秦代的開國元勳王將軍）同台演出，為西方歌劇界巨大的文化事件。指揮由作曲家譚盾親任，連續兩年在大都會歌劇院上演，所有演出票全部售出，引起世界歌劇界的廣泛關注。《秦始皇》在大都會歌劇院的首演已製作成高清歌劇電影，在世界範圍五十多個國家和地區包括中國的影院上演。

## 俄國指揮大師
## 瓦萊里·捷傑耶夫（Valery Gergiev）

出生於 1953 年 5 月 2 日，是當今世界古典樂壇上最炙手可熱的俄羅斯指揮家，人稱"指揮沙皇"。現擔任著名的俄羅斯聖彼得堡馬林斯基歌劇院院長兼藝術總監、聖彼得堡"白夜"藝術節總監、倫敦交響樂團首席指揮、德國慕尼黑愛樂樂團音樂總監。在捷傑耶夫的帶領下，馬林斯基歌劇院從瀕於破產到成為世界首屈一指的歌劇院之一。他主要的貢獻，是在世界範圍內推動和介紹俄國的音樂和歌劇，他不但是一位傑出的指揮家，而且是一位具有過人魅力的俄羅斯文化英雄。

2014 年捷傑耶夫來到北京國家大劇院，指揮柴可夫斯基作曲的著名俄國歌劇《葉甫蓋尼·奧涅金》的首演（筆者飾演的角色是公爵戈列敏）。演出激動人心，捷傑耶夫受到中國觀眾狂熱地歡迎。演出結束後捷傑耶夫當即宣佈，他的馬林斯基歌劇院與國家大劇院合作，邀請中國歌唱家和俄國歌唱家一起，參加次年在聖彼得堡"白夜"藝術節《葉甫蓋尼·奧涅金》的公演。此為筆者首次在俄國的演出。

## 美國男中音
## 米爾恩斯（Sherrill Milnes）

國際著名美國男中音歌唱家，生於 1935 年 1 月 10 日，在世界範圍的主要歌劇院以演繹威爾第作品的角色而聞名。

1965 年開始在紐約大都會歌劇院登台演出，在四十多年中一直是大都會最主要的男中音明星。他最有名的角色是《托斯卡》中的警長斯卡爾皮亞，還有《奧泰羅》中的亞戈。他的聲音具有非常強烈的個人風格和戲劇性，而且一米九的酷象增加了他的舞台魅力，使得米爾恩斯在國際舞台成為 20 世紀 70 年代到 90 年代演繹威爾第作品最著名的男中音之一。

瑪莎組織的美國亞裔表演藝術中心，於 1993 年與中國文化部合作，首次邀請了米爾恩斯訪華演出（筆者參演），演出由中央電視台和中央廣播電台錄製播出。

## 美國男低音
## 雷米（Samuel Ramey）

美國著名男低音歌唱家，出生於 1942 年 3 月 28 日，他豐滿的音色和嫻熟的美聲唱法，能夠完美地演唱亨德爾、莫扎特和羅西尼等不同風格的音樂，同時他聲音的張力讓他也能勝任威爾第和普契尼作品中戲劇性的角色。雷米因他的"三個魔鬼"而廣受讚譽：鮑伊托的《梅菲斯特》，古諾的《浮士德》和柏遼茲的傳奇戲劇《浮士德的詛咒》。同時，雷米是錄製唱片最多的男低音，他至少參與過將近八十個 CD 和 DVD 的製作與出版。

## 阿根廷男高音
## 何塞·庫拉（Jose Cura）

　　1962 年 12 月 5 日，何塞·庫拉生於阿根廷的羅薩里奧。十五歲就以合唱指揮的身份初次登台。十六歲兼學鋼琴與作曲。天賦異稟加上名師指點，二十歲的庫拉進入音樂學院進行系統學習，主修樂隊指揮和作曲。1988 年，二十六歲的庫拉開始跟隨阿根廷聲樂名家阿莫里（H. Amauri）正式學唱，繼而開始了他世界範圍的歌劇演唱生涯。他不僅是聞名國際的男高音歌唱家，同時也是活躍於世界舞台上的作曲家、指揮家和舞台導演。

　　2015 年，因其在教育和文化方面的成就被阿根廷政府授予"多明戈·福斯蒂諾·薩米恩托獎"。

## 意大利男高音
## 大師貝爾岡齊（Carlo Bergonzi）

　　1924 年 7 月 13 日生於意大利布賽托，是威爾第的同鄉，意大利男高音歌唱家、歌劇藝術大師。1948 年首次登台，在羅西尼歌劇《塞維利亞的理髮師》中飾演費加羅。1951 年開始從男中音改唱男高音，後來的幾十年，貝爾岡齊成為 20 世紀威爾第歌劇最出色的演唱者之一，錄製了許多唱片和 DVD，均為大師級經典。他的手杖上雕刻着威爾第的頭像，為樂迷們津津樂道。他也擅長演唱很多不同風格作曲家的歌劇，自稱能出演的保留劇目就有七十一部。2015年，由瑪莎的美國非營利組織美國亞裔表演藝術中心發起，與中央音樂學院合作主辦，邀請貝爾岡齊大師訪華講學，引起了來自全國聲樂界的高度關注。2014年7月26日大師於意大利米蘭逝世。


## 俄國女高音歌唱家
## 安娜・奈瑞貝科（Anna Netrebko）

出生於1971年9月18日，是目前最著名的俄羅斯女高音歌唱家，她的演出遍佈世界範圍所有重要的歌劇院，如薩爾茨堡音樂節、美國大都會歌劇院、維也納國家歌劇院、米蘭歌劇院、倫敦皇家歌劇院等，演出深受歡迎，是票房的保證。奈瑞貝科多次被《時代週刊》《紐約時報》《美國音樂雜誌》、德國《古典回聲》等評為"年度最佳古典音樂人""全球最有影響力古典音樂家第一名"等最高榮譽稱號。她曾以演唱抒情聞名，飾演了很多莫扎特和美聲歌劇的角色，並且連續不斷地主演俄羅斯歌劇。後來開始進入戲劇性的角色如《遊吟詩人》中的蕾奧諾拉和《麥克白》中的麥克白夫人及真實主義歌劇的演出。奈瑞貝科還連續推出演唱的專輯和在世界各地舉行演唱會，進入了演唱事業最成熟的階段。

## 德國導演
## 赫爾佐格（Werner Herzog）

著名德國導演與編劇家。於 1942 年 9 月 5 日生於慕尼黑，被認為是德國新浪潮重要的成員之一。維爾納·赫爾佐格導演過四十多部電影，最著名的作品包括《天譴》與《陸上行舟》。他還出版過十幾本散文，導演超過十部歌劇。他的各類作品都具有一種非凡的品質，獲過很多重要的國際獎項。


## 意大利導演
## 強卡洛·莫納科（Giancarlo del Monaco）

意大利國際著名歌劇導演。父親馬里奧·德·莫納科是 20 世紀五六十年代著名的戲劇男高音，也是當代十大男高音之一。這位意大利歌劇名門之後，成為從小就在歌劇院摸爬滾打的歌劇導演，曾經在世界各大著名歌劇院導演歌劇，其中《托斯卡》就有六個版本之多。近五十年的藝術生涯中，他排演了三百部（版）歌劇的新製作，包括在北京國家大劇院導演的《漂泊的荷蘭人》《鄉村騎士》和《丑角》以及《托斯卡》。筆者跟強卡洛在大都會歌劇院合作過的歌劇有《西部女郎》《西蒙·博卡涅拉》和《命運之力》。在德國波恩歌劇院跟他合作的是貝多芬唯一的歌劇《費德利奧》。

## 澳大利亞歌劇導演
## 摩辛斯基（Elijah Moshinsky）

生於 1946 年 1 月 8 日，2021 年 2 月 14 日去世，父母是俄國猶太人，在上海出生，五歲時全家移民墨爾本，畢業於墨爾本大學，並求學於牛津聖安東尼學院。作為著名的歌劇導演、話劇導演和電視導演，曾受邀大都會歌劇院、英國皇家歌劇院和英國廣播公司電視台等。代表作有歌劇《路易莎·米勒》《彼得·格萊姆斯》《奧泰羅》《鄉村騎士》等。

## 阿根廷歌劇導演
## 烏戈·德·安納（Hugo de Ana）

生於布宜諾斯艾利斯，職業生涯起源於阿根廷科隆大劇院，很快他的導演事業就發展到歐洲。烏戈·德·安納與所有歐洲最重要的歌劇院合作了數十部歌劇的新製作，獲得了很多導演、舞台設計和服裝設計的重要獎項。他在北京國家大劇院受邀導演了《假面舞會》《遊吟詩人》《參孫與達麗拉》《水仙女》。

在國家大劇院排練威爾第歌劇《西蒙·博卡涅拉》時，由於原定導演摩辛斯基重病，烏戈·德·安納接手執導了這部由大師多明戈擔綱第一主角的偉大歌劇，也是筆者第三次跟這位脾氣暴躁但天才橫溢的著名導演合作。

集導演、舞台設計和服裝設計為一身的歌劇導演非常罕見，而烏戈·德·安納卻具有一種超凡的藝術眼光和技能可以全面兼顧，並輝煌呈現。筆者第一次跟他的合作在華盛頓歌劇院演出《熙德》，雖然在合作初期彼此有誤解和嚴重衝突，但最後還是被烏戈‧德‧安納的修養和才能徹底折服。第二次在意大利熱那亞歌劇院，跟他合作《唐卡洛》，飾演西班牙國王菲利普二世時，是筆者學習塑造歌劇人物一次深刻的感悟。

## iSING! 國際青年歌唱家藝術節

2000 年，筆者在意大利熱那亞歌劇院演出威爾第的歌劇《耶路撒冷》。第一天排練休息的時候，劇組陌生的同事們問了很多問題：從哪裡來的？北京有歌劇院嗎？有音樂學院嗎？中國歌手也學美聲唱法？也能出國學習聲樂？很明顯，他們對中國的了解極為有限。那天晚上，筆者跟在紐約的瑪莎打了很長時間的電話，都覺得必須做點甚麼。於是，在 2011 年由瑪莎任主席的美國亞裔表演藝術中心發起創辦了"iSING! 國際青年歌唱家藝術節"。從 2014 年開始落戶蘇州工業園區，得到江蘇省、蘇州市、蘇州工業園區、蘇州新時代集團和蘇州文化藝術中心的支持，每年夏季舉辦，"iSING! Suzhou 藝術節"已成為國際知名的青年歌唱家訓練項目。宗旨是訓練西方歌唱家學習用中文演唱，幫助有才能的中國青年歌唱家走上歌劇舞台。

世界範圍有數千青年歌唱家報考過 iSING!，三百五十多位來自三十多個國家和地區的歌手通過甄選，來到中國參加了這個東西方唯一的聲樂藝術節，其中包括一百多位優秀的中國青年歌唱家。學習與訓練的內容包括中文、東西方經典歌劇和藝術歌曲、表演和文化修養等課程。至今，iSING! 藝術節已經跟中國所有重要的樂團和劇院合作，並在紐約林肯表演藝術中心、卡內基音樂廳等舉行過五十多場音樂會。iSING! 藝術節還受到中央電視台、東方衛視、江蘇衛視、湖南衛視、BBC、NBC、NPR 等邀請演出，並得到超過一千六百家中外主流媒體的關注和報道。

在疫情開始在世界肆虐的 2020 年，iSING! 藝術節用 7 個月的時間，舉辦了"iSING! 國際青年作曲家比賽"，委約了來自八個國家獲獎的青年作曲家為唐詩譜曲，並於 2020 年 11 月在蘇州舉行了世界首演，蘇州市、中國對外文化集團和蘇州工業園區聯合主辦並製作了首演的紀錄片。來自七個國家包括中國傑出的歌唱家同台演出，在與蘇州交響樂團的合作中，一起見證了十四首燦爛的古唐詩與中西現代音樂震撼融合的歷史時刻。

iSING! 是一個國際大家庭，充滿着溫暖的友愛和東西文化的交融。這個大家庭幾十個國家和地區的成員多少年都保持着聯繫，交換着來自世界各地的信息，在需要的時候互相幫助。

iSING! 大家庭不但有在 iSING! 相遇碰撞出愛戀、已經喜結良緣有了小小 iSING!，還有十幾位傑出的中外青年歌唱家正在世界範圍重要的歌劇院擔任主要角色！不少成員已經是經驗豐富的聲樂老師，還有的開始在音樂藝術專業的領域成為重要的策劃和執行人才。這個大家庭不但有領導者、有企業家、有贊助者、有資深的顧問，當然還有將近四百位各國的青年歌唱家、專家們和一組充滿激情的行政人員。

iSING! 是中國的，也是世界的，必將克服一切困難走向未來。iSING! 相信歌唱，因為歌唱可以感動每一個人，還可以連接整個世界。

iSING! 是中國的，也是世界的

掃一掃
您將欣賞到書中提到的部分歌曲和歌劇選段